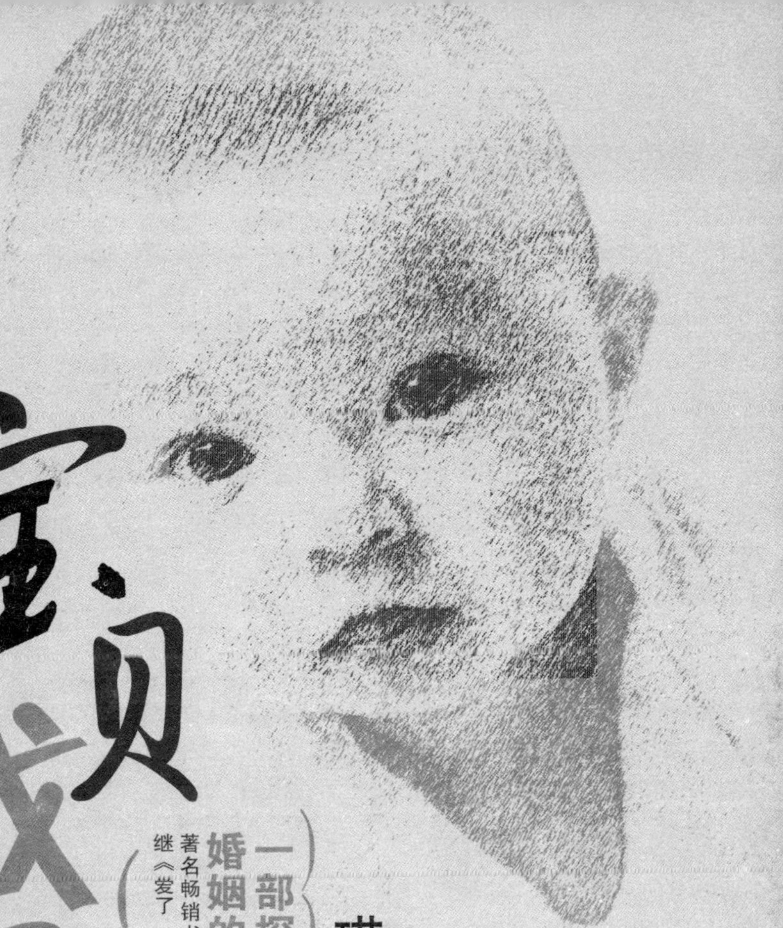

宝贝战争

一部探索无子婚姻的文学作品

著名畅销书作家瑛子
继《爱了 散了》之后又一力作

瑛子 著

百花文艺出版社
BAIHUA LITERATURE AND
ART PUBLISHING HOUSE

图书在版编目（C I P）数据

宝贝战争 / 瑛子著. — 天津：百花文艺出版社，2012. 1
ISBN 978-7-5306-6077-5

Ⅰ. ①宝… Ⅱ. ①瑛… Ⅲ. ①长篇小说—中国—当代
Ⅳ. ①I247. 5

中国版本图书馆 CIP 数据核字(2012)第 005141 号

百花文艺出版社出版发行
地址：天津市和平区西康路 35 号
邮编：300051
e－mail: bhpubl @ public.tpt.tj.cn
http: //www. bhpubl.com.cn
发行部电话：(022)23332651 邮购部电话：(022)23332478
全国新华书店经销
天津新华印刷三厂印刷

*

开本 787×1092 毫米 1/16 印张 21.25 插页 2 字数 370 千字
2012 年 3 月第 1 版 2012 年 3 月第 1 次印刷
印数：1-10000 册 定价：32.80 元

第一章

1

情人节之后的一个日子，乍暖还寒的天气，一桩离婚官司找上了女律师叶如馨。

一个男人以妻子红杏出墙为由起诉离婚。被起诉的女人叫吴远虹，作为被告，她慕名找到在业内有着“离婚官司第一人”之称的叶如馨律师。在一片充满异域风情的青瓦红顶的建筑群落中，海盛律师事务所不显山不露水地坐落在这里。

这是两个人第一次见面。第一眼看到叶如馨，吴远虹不由睁大双眼，惊讶不已：“您，您真的是叶律师？”

叶如馨很清楚对方的惊讶源于何处。

吴远虹一定以为当红影星在律师事务所体验生活呢。

近年来，娱乐圈有一个叫黎冰的影星迅速走红，随着这位影星被越来越多的观众所熟识，叶如馨便越来越多地听到初次见面的人直面惊呼：你跟那个演员长得真像！是孪生姐妹吗？甚至有同事建议她去参加电视台的明星模仿秀……晕死！她看过黎冰的片子，只能承认脸形和五官确有几分相像而已，但气质是完全不同的。在这个问题上她的先生柳志文和她的看法完全一致。他对这个话题十分不屑，他会说，哎呀，那个女人一脸世俗，我媳妇哪里像她呀。

“我是叶如馨，谈正题吧。”叶如馨点点头，不亢不卑，淡然安静，脸上的表情不多一分，也不少一分，完全是职业性的。

吴远虹脸上的惊讶很快消失了。离婚的伤痛正摧残着她，眼睛里还残留着隐约的泪迹。如馨原安排小刘在旁边听听，顺便做个记录。可吴远虹表示，希望单独谈话。于是，如馨支开小刘，关上了门。很快，她就获悉，坐在面前的女人居然是一位富婆，也可以说，是本市地产界一位富豪的老婆。

从吴远虹的陈述中，如馨对那个男人的资产进行了粗略估计，可以肯定地说，这个案子做下来，应该有一笔不菲的收入。

重新审视着面前的女人，年约三十五六，姿容秀丽，风韵不减。此时此刻，这个女人从头到脚都深深笼罩在离婚的阴影之中。一个曾经漂亮的女人，正在遭受人生重创。当然了，被富豪抛弃的感觉，毕竟与被穷鬼抛弃完全不同。

为什么出轨呢，婚姻的背叛者，如馨一向对这样的女人没有好感。不管对方有多少理由，偏离正常的情感轨道，挑战做人的道德底线，她不会赞同。

可是干这一行，有着自由的时间，却最好不要根据个人喜好自由地选择客户。当然，不会有人强迫你，但如果一味地任性，在这个行当一定不好混下去。通往大律师的道路注定不会平坦，悬崖峭壁随时会挡在身前，奋力攀登的时候，就算你不愿扭曲自己，最起码也要学会适应和克制。当事人没有好坏之分，只分强弱、贫富、有罪无罪、罪轻罪重，就算面对一个十恶不赦的杀人犯、流氓、浑蛋，也必须要拿出耐心，接受了委托就得忠实服务，这是规矩。

没办法，就这么一种环境。几乎每天都要面对各种各样的悲痛、忧虑、困惑，甚至愤怒疯狂……总之，接触阴暗的一面居多。而这些来自阴暗部落的来访者，无一不希望从她这里找到光明。

提到孩子，吴远虹再次失颜，失声痛哭。夫妻离异，孩子无疑是最大的受害者，富豪的孩子也不例外。如馨皱着眉头："现在心疼了？当初你为什么要生下这个孩子？"

从业十年，叶如馨的问题第一次这么不靠谱，偏离主题。心里还有一句没有出口：要孩子是为了传宗接代？还是自私的情感需求？需要孩子给自己带来生活的乐趣？

吴远虹已经愕然，她诧异地望着她，喃喃道："叶律师，这，这，这个问题很重要吗？"

如馨当然知道这个问题并不在工作范围之内。她的任务是如何帮助当事人获得女儿的抚养权和最大限度的财产分配。那个男人经商多年，生意成功，面前的女人不甘心在离婚大战中败下阵来，一无所获。

"同为女人，我替孩子感到痛心。"如馨当然不会让当事人看出自己的失态，她以颇具人情味儿的口吻说道，"既然要了孩子，就该担起责任。不要只想到自己的痛苦，根本不顾孩子的感受。大人要追求幸福，孩子就不要幸福了？早知今日，何必当初？唉，孩子无辜啊。"

吴远虹黯然叹一口气："根本就想不出来当初为什么要这个孩子，根本没什么原因，孩子自然而然来了，就很高兴地接受了，那时候没想这么多，更没想到日子竟会走到今天这般田地，两个人会过不下去。不过我从没后悔要这个孩子，如今孩子爸铁了心要甩我，我正是为了对孩子负责为了孩子的幸福，才铁了心留住孩子……"

不管怎么样，一颗母亲的心可圈可点，可嘉可敬。

吴远虹心事重重地离开了。如馨回头向小刘道："打起精神了，新的战役开始了……"

小杨插话道："当然！大生意呢。"

如馨笑道："没跟你说话。"

小杨说："可是我的耳朵听到了。"

小刘在旁边嘻嘻地笑。

如馨问："不是让你们回避，偷听了？"

小刘道："从窗口看到了，7 系 BMW 呢，实力不小啊。"

如馨哼了一声："眼睛还蛮尖。"

小刘笑道："名师出高徒，得益于馨姐不倦教诲。"

小杨道："馨姐，你不是已发誓不再接离婚官司了？好了伤疤忘了痛？特事特办？"

小刘接道："你这话太极端了，应该加个括弧——富豪和富豪太太的离婚官司除外。"

前不久如馨代理一个离婚案，为女方争取到一套房子，结果男方挥着菜刀追到办公室，口口声声要剁她，她一身冷汗发誓不再接离婚官司。同事们常常调侃自己的职业："在这个世界的灰色地带，在别人的痛苦、泪水、威胁中坚强战斗，从而获得薪酬、荣誉和精神的充实。"是啊，要想活得精彩，干得出色，就算菜刀当头，也不能逃避。

如馨笑问："你们俩的意思就是，这个吴远虹我就干脆别做了，让给你们俩得了？"

小杨道："馨姐真是太善解人意了，如果能给我提供一次单独锻炼的机会，至少这一年我会记着你的好。"

如馨笑笑："你可真会做美梦，你以为梦想会成真？"

小杨说："你十佳大律师，找上门的人那么多，天天吃肉，还在乎给我们一口汤喝？"

如馨哈哈一笑："我在乎！我明确告诉你，你就别吃着碗里看着锅里了，一心二用你能行吗？眼下你手上那个侵权案马上开庭了，你给我办好，办圆满，这是你的任务，至于吴远虹嘛，没你的份儿了，有小刘就够了。”

心里想，哼，就算十佳，也还是希望锦上添花。大客户成就大律师，不是哪个律师都能有幸为富豪的太太打离婚官司的，主动送上门来，岂能让出去？我有那么傻吗？我也是个普通的女人，本能的虚荣和私心一样不少哦。

2

下班后，如馨开车路过超市，顺便捎了些水果回家。柳志文出差去了外地，家里就剩下三个人：公婆和她。和公婆生活，日常采购基本都由勤快的婆婆包下了，小两口只要自觉地出些生活费，凑上两张嘴就 OK 了。当然，有点不爽的是，婆婆每天都买水果，但很少买如馨爱吃的种类。这不能怪婆婆，要怪只能怪如馨这张刁钻特别的嘴。这张嘴特难侍候，而她偏偏又纵容它，除了满足它的特别欲望，自己也无计可施。

推开家门，婆婆张金芳正在厨房里忙碌。公公柳洪亮以一个习惯性姿势坐在沙发上，面前的茶几上摆着一套功夫茶具，茶壶的蒸气袅袅升腾着，茶香溢满整个房间。一般情况下，老头子总是这样不紧不慢地一边品茶，一边守着液晶电视机欣赏球赛。看上去很享受，实际上呢，很难受。他并没有多喜欢日复一日地做这种沙发土豆，主要是由于脑血栓发病几乎半身不遂行动不便，才不得不向残酷的现实妥协。

如馨扔下包洗了手，走进厨房，给婆婆打下手。

进厨房并非喜欢，而是被习惯所推动。被动地，有些无奈。这就是生活。你是个女人，为房子为车子为生活质量你得和男人一样在社会上打拼，回到家你又得恢复女人的面目到厨房忙活。

“今天从报纸上看到一篇报道，一个高龄产妇在医院生下一个脑瘫儿。”张金芳手里挥着锅铲，嘴里冷不丁冒出一句。

如馨“嗯”了一声，剥着手里的蒜。

“我知道说这些你不爱听，可你想想，我是何苦？这不为你好吗？身为女人，谁也逃不掉这一关，早晚要生，晚就不如早，年龄越大，卵子受污染的几率越大，将来孩子的质量就会越低……不要一门心思只想工作赚钱，钱赚多少是够？钱是赚不完的，咱家现在还缺什么？不缺吃不缺喝不缺穿，跟二十年前连饭都吃不饱的时候比起来，这日子已经是天堂了，看看左邻右舍，看看别的小家庭，咱现在就缺个孩子了。岁月不饶人，你们拖不起了，没有孩子，赚再多钱有什么用？”

“噢，知道了。”如馨把蒜瓣放进石臼，咣咣咣地用捣槌砸起来。真晕！耳朵要起茧子了！老太太，婆婆，亲娘哎，亲娘都没你这么啰唆，太让人刮目了，真想不到竟然已经开始研究卵子了，都可以去当生殖科医生了，天天在家做饭大材小用啊。你的人生目标是什么？就是为了你的孩子再生个孩子？赚钱就是为了给孩子花？没孩子赚来的钱就是废纸？什么逻辑？去你的大头鬼吧！

陪婆婆做饭做家务她没意见，但她不乐意听婆婆说教。又不是亲妈，没生我没养我，凭什么让我耳朵承受这番唠叨的酷刑？真是没有自知之明，亲妈还没这样子呢……但如果不忍受这些唠叨，如果一进门就躲进卧室或书房，婆婆就一定不乐意。只要婆婆不高兴，整个家里的气氛都会很压抑。为了不让婆婆不乐意，为了这个家表面上的一团和气，如馨只好牺牲自己。老天！曾经多么自我的女人，一进家门，便完全丧失了自我，更别奢谈什么个性了。

“你也不能总是噢噢噢，光说不练，这过了年又长一岁，迫在眉睫，不能再拖了，再拖下去对你自己没好处。”

“生脑瘫儿的产妇多大年纪？”如馨反问。

“三十五，标准高龄。”

叶如馨每次站到镜子前，看到的都是一个容貌姣好、气质高雅、风姿秀逸的漂亮女子。她一直觉得自己还年轻，从未拿“高龄”往身上套过。见婆婆如此危言耸听，她不屑地笑笑：“别着急，妈，我才三十二，还有三年嘛。现在好多女人过了三十都没结婚呢，三十七八、四十岁生孩子的多的是，报纸上的畸形儿也不过偶然现象，不畸形怎能上报纸？”

“什么？”张金芳停下锅铲，扭头皱眉盯着儿媳，“你虚岁三十三，不再三十二了！我警告你，女人过了三十，各方面机能都在衰退，再过两年，身体不好恢复不说，连带孩子的精力都没有了。四十岁生孩子那是正常人吗？你干吗要学那些不正常的女人？非逼到没办法的时候才去生？真要生出不健康的孩子，你怎么给我交代？”

“知道了，妈，这怀孕也不是一天两天的事，我们这不正准备着吗？最近案子特别多，体力有些透支，总得保证质量吧？你再给点时间，等忙过这一阵就怀孕，放心吧，一两年内保准让你抱上孙子！哎，妈，孙女行吗？”如馨尽量不把气氛往坏里搞。

“或男或女，只要你生下来，在我这里都是宝贝！”

“那我就放心了，妈，你歇会儿，我来吧。”如馨接过锅铲，准备下一道菜。

为了息事宁人，在法庭上一向被视为“铁嘴”的叶如馨只便好对婆婆的话随声附和，一味迁就。母亲曾教导她：你对我怎么样，就要对婆婆怎么样，试着把婆婆当亲妈，一定会有好效果。老天，晕死！我不高兴可以给亲妈掉脸子、犟嘴、耍脾气，跟婆婆敢吗？还不是吃不了兜着走，找死啊？

我忍我忍我忍忍忍，这是她与婆婆相处的特别方式。女友告诉她，婆媳关系，不是东风压倒西风，就是西风压倒东风，千万不能软，你一退她就进。是啊，没错，我做梦都想压倒她，可要不是公爹身体有病，若非丈夫又是天下第一号大孝子，我干吗要做这忍者“神龟”，干吗让婆婆这时不时地“抽风”将我压倒？只求婆婆不要把忍让当软弱，不要继续得寸进尺了。

晚饭后，如馨将买来的山竹全部洗了，装在水晶果盘里端到客厅。山竹这东西，看上去并不起眼，一点儿也不好看，但剥开坚硬的厚厚的外壳，雪白的果肉酸甜可口，鲜美至极。若只有柳志文在，她会让他帮忙剥开厚壳，她的并非樱桃但被常人称之为性感的小口，只负责享用果肉，这是夫妻之间的一项小游戏，也是晚饭后的愉快时光。可现在只有柳志文爸妈在，不管什么游戏自然是一律全免。

装山竹的水晶果盘，是花一千多元买来的。当然是仿水晶的，玻璃的纯净度较高而已，要是真品，这个价连个盘沿怕也买不下来。不过它的确漂亮精致，赏心悦目，一见它就备感愉快，食欲大增。这是她去年办过一次大案后给自己的一点奖赏，确实有些奢侈。如馨坐下来与公公柳洪亮聊了一会儿。柳洪亮性格开朗，爱说爱笑，他的话题无非是健康啊，饮食啊，锻炼啊，呼吸负离子啊，有氧运动啊……自从生了这场病，他开始潜心研究养生之学和健康之道，如今完全可以去做养生专家了。

边聊，如馨边旁若无人地一口气吃掉八个山竹。八个山竹的市场价在三十五元左右，平均每个山竹抵得上婆婆吃二斤苹果。除了她吃掉的，盘里还剩十多个，那是留给公婆的，她希望他们能与她分享，心意至此，他们吃与不吃都是他们的事了。

婆婆曾揶揄，太腐败了，这些毛病是从哪里惯出来的？不可能打小在娘家养出来的吧？

如馨也调侃，说得太对了，正因为小时候家里穷，吃得少，所以才要补上啊。

又补上一句：又不用你的钱，你疼什么？你疼有用吗？白费感情，我照吃不误。

当然，后补这话不是直接说出来的，而是以切实行动告知婆婆的。

当然，关于水果的战争，以婆婆的失败和沉默告终。

推开卧室的门，一张报纸搁在梳妆台醒目的位置。那篇高龄产妇脑瘫儿的报道赫然在目,配着彩色图片着实触目惊心。

在传宗接代的问题上,婆婆的责任心的确发挥到了极致,她比当事人还要千万倍地忧心忡忡,心急如焚。不过以前,不管心里怎么想,嘴上还是很留情面的;不管在儿子面前怎么唠叨,在儿媳面前还是很委婉的。委婉含蓄地透露出这个意思:希望家里添个孙子,这个家就更美满了。

那时候,公婆还住在他们自己的房子里,过着他们自己的日子,婆媳之间还是很有几分明显的客气。自从半年前公爹一夜之间脑溢血了,柳志文担心父亲万一哪天半夜出意外,只有老太太一个人肯定不行,抱都抱不起来,旁边没个身强力壮的人可如何是好?如馨说,脑血栓病人犯了病不能随便抱,打120是最好的办法……话音未落便遭柳志文一顿痛斥:养儿防老,你兄弟姐妹都是这样对待父母的?一句话说得如馨面红耳赤,满腔罪恶感。看到丈夫一脸伤感和失望,为了不让他太难受,她只好违背自己的意志,主动提出接老人来家里同住,以便"防老"。就这样,两代人生活在一个屋檐下,两家人成了一家人,婆婆也不拿自己当外人了,以前的几分客气便不知不觉地消失了。

很显然,在"添丁"的问题上,婆婆已然失去耐心,已不愿再委婉含蓄,不再客气,而是已经撕破脸皮,公然挑衅了,根本不顾儿媳的感受,不管儿媳愿不愿意。既然老太婆已经这样不留情面了,我干吗还要说着言不由衷的话讨好她?我是天生的受气包吗?长这么大我受过谁的气?如馨感到胸口阵阵发堵,下意识地将报纸揉作一团,愤愤地扔进纸篓。

孩子,孩子！这个在一年以前如馨从未在意过的问题,如今竟如影随形,梦魇一般地纠缠着她,让她煎熬不已,摆脱不去。真是的,我生孩子,要给你交代什么?

3

如馨第三次走进"竞天"的生殖遗传学研究中心的大门。

这是一家通过国家资格审查的医学单位。她从网上查到,这家研究所近两年来在生殖医学领域的成就,尤其是试管移植方面的成果,就全世界范围内,都是走在前列的。头一次与柳志文一块儿来的。为了让她免受摧残,他先做了全方位检查。第二次来取结果,他没问题,一切正常。看来问题在她这儿了,于是她做了检查。今天来取结果。

以前如馨从未想过,有朝一日自己会到这种地方来。一直觉得女人怀孕生子是自然而然、水到渠成的事。就像一个名女人说的那样，女人一辈子，在什么阶段，就应该做什么事。该结婚的时候，就应该结婚。该生小孩的时候，就应该生小孩。如馨也一直认为，到了想要孩子的时候，孩子就自然会来到了。那时候听到周围某某不孕，在大街上看到不孕不育广告，一点感觉都没有。她做梦也没想到，这样的事居然会降临到自己头上。

身体发育正常，乳房形态正常，妇科检查无异常，就是不能像正常的女人那样怀孕生子。结婚七年，当初曾有过一次意外怀孕，不久意外流产。当时以为工作压力所致，夫妻俩并未在意。那时自恃年轻，一门心思先干事业，并无要孩子的打算，于是主动避孕。直到如馨年龄突破三十大关，在双方老人的再三催促下计划生子，却不知何故，再也无法如愿怀孕。双方老人自始至终对这些事毫不知情。在众多亲友眼里，这对年逾三十的夫妻，或许是由于观念前卫，不愿受孩子所累，刻意做丁克一族。这自然招致了柳家老人的不满。而如馨的父母，对女儿迟迟不要孩子，也颇有微词。

来这儿求医的还真不少。男的女的，年轻的年壮的，有的是老人陪着来的，有的是拖着行李包裹来的，同病相怜啊，都是看不孕不育的，憧憬、困惑、焦虑、渴望，写在一张张脸上。大厅里、走廊上，到处贴着宝宝的画片，注明了宝宝们的父母都是从这里获得了生命的延续，这些画片让患者们不由得增强了信心和希望。

穿行在这样的环境里，如馨总觉得有那么一丝别扭。

可是没法子，别扭也要上，拖不起了啊。

为她做诊断的是黄玉梅教授，黄玉梅是国内著名的生育专家。

此时，黄教授郑重地将诊断书与相关检查结果推到叶如馨面前。

报告上一组组排列有序的医学数据，如馨看不懂。但她清楚地看到诊断书的结论：体内存在超量 AsAb，无法自然受孕。

黄教授温和斯文的声音在耳边响着，她指着那些天文般的数据，耐心仔细地解释相关生殖学问题，“Antisperm antibodies，简称 AsAb，也就是通常说的抗精子抗体，AsAb 在宫颈黏液中的过量存在，严重阻碍精子的正常运行，从而影响精子与卵子的正常结合，最终导致不能正常受精。”

“好治吗？”如馨并不想了解那些让她心乱如麻的专业词汇，只是急切地想知道结果。如今医学这么发达，应该不算什么疑难杂症吧。

“对于一般的患者，保守的疗法只有一种，死守抗体转阴。这个过程不会一帆风顺，需要一定的时间，一年，两年，或许三年，五年，需要不断地用药，抗体会在阴阳之间反反复复，通俗一点儿来说，这些抗体大多数守在宫颈口，只要遇到精子,就会把它消灭掉。而我们的治疗就是趁抗体打盹的时候,打个游击战,看能否有漏网的精子可以突破抗体的重围。”

老天,太可怕了,干脆杀了我吧。

一听到要常年用药,把宝贵的时间都耗在治疗上,如馨的大脑就嗡嗡作响,真是不可思议啊。

“除了死守法,还有没有别的方法?”她问。

黄教授直截了当:“那就是做试管。”

如馨的心一下子凉了半截,她从来没有这样的心理准备。退而求其次,她试探着商量:“听说试管的成功率很低,那还是采用保守的方法吧,中西药哪个疗法更好些呢?”心里想,如要常年用药,最好中药了,起码副作用小。

黄教授一双眼睛沉静地望着她:“我刚才说的,仅适用于一般的患者,你的情况比较特殊,中西医都不适合你。”

“什么?”如馨仿佛挨了一棍,刚刚说服自己做好上战场的准备,打算拿出锲而不舍的精神与抗体作持久战,怎么还没这个资格了?

黄教授指着报告单上另一组天文般的数据,耐心地解释:“这是一种非常罕见的组织核型,我们专家组针对这一特殊情况进行过专门讨论,我只能坦率地告诉你,就目前的医学技术而言,你这种情况治疗的意义不大,所以我建议你放弃治疗。”

如馨无法接受这一结论:“怎么会这样?怎么可能?为什么不能治?为什么?为什么不能用些药试试?比如说中药什么的?”

黄教授肯定地说:“这种情况如果我给你治疗那是不负责任的,在我们这儿,不会有医生敢给你开药的,无论开多少药,治到最后不仅要退还所有药费,还要受到处罚,因为结局只能是失败。如果哪家医院敢给你治疗,那只能是为了挣医药费,你除了白白地浪费金钱和时间,还会对你的身体造成必然的摧残。”

“可是,体内有这些东西,这不正常啊,总得治啊,要不然……这多可怕?”

“这你不用担心,除了不能怀孕,它不影响健康、生活、智力,和体内所有正常细胞一样,它与你和平相处。”

“既然不能保守治疗,那就做试管啊,”如馨抓住最后一根稻草,“听说你们研究所在这方面是很先进的,难道就不能帮助我?”

“这两年我们所在试管培育这一技术上,的确已经走在同领域前列,一般的患者在我们这里,都是可以通过辅助技术来完成孕育的。不过我刚刚说了,你这种情况是十分罕见的,这种特殊结构的 AsAb,是因免疫系统的紊乱和遗传物质的不确定因素而引发的,它不仅存在于宫颈口,还大量游离于宫腔内,具有很强的杀伤力，它能通过多种方式损害卵子受精和胚胎发育成长，就算有幸怀孕，流产率和畸胎率近乎百分之百，从您和下一代的健康出发，我们建议还是慎重考虑。”

如馨被一棒子打进深渊，心底里顿时冰冰凉：“这么说，我这辈子就不能有自己的孩子了？”

“不过，这并不是说患者绝对不能有自己的孩子。除了 AsAb，你的一切都很正常，和任何一个健康的女性一样，你有健康的卵子。”

如馨黯然的眼睛顿时闪出一线亮光：“有希望，对吗？”

黄教授轻轻叹口气，低沉着声音说：“借助于他人的子宫。”

“啊？”如馨瞠目结舌，无法相信这一切都是真的，“那就是找人代孕了？你们有这方面的经验吗？”

“没有，法律不允许。”黄教授说，“代孕从法律上讲目前还是个瓶颈，正规医院不会实施这种手术的。”

如馨呆呆地坐着，整个人都要木了，大脑发蒙，思绪混乱，从未有过的不知所措，有那么一刻，简直要疯掉。

黄教授是留学美国的海归博士，著作等身，治愈过上万例不孕不育疑难杂症，是生殖遗传学领域的著名权威人物。此时此刻，她智慧豁达的眼睛里不仅写着二十年的从业经验，还流露着真诚的体恤和关怀。她又道：“不能生育对女人来说可能很残酷，不过想开了也没什么，不影响健康，不影响正常生活，与医院里那么多患绝症的不幸者比起来，也算是很幸运了，人的一生中，孩子并不是最重要的，还有很多更重要的事情，也有很多孩子不能替代的快乐，看开点儿，没什么。”

春天就要来了。空气中飘散着淡淡的花粉的香气。

而那张薄薄的诊断书，就像骤然袭来的狂风骤雨，冰雹雷电，残酷地砸在如馨的心上。

她着实遭受了从未有过的沉重打击，失魂落魄地走出了研究中心的大门。

在那扇大门里面，那些脸上写着焦虑、困惑、憧憬、渴望的患者，那些把生命中最美好的年华和全部的积蓄，都用在艰难求医路上的患者，那些为了怀孕不惜辞掉工作一心一意、年复一年、锲而不舍地进行治疗的女人，每一个都比她幸运。因为她们都有机会，都有希望，而她，则被无情地判了死刑。

这个下午，如馨没有去律师所，不想让那些永远看不完的案卷、永远写不完的起诉书扰乱思维，影响情绪。她也没有回家，不想去听从婆婆嘴里出来的那些关于晚育高龄畸胎儿的骇人听闻的恐怖故事。她一个人去了健身馆。她把跑步机调到最高速度,一阵猛跑,大汗淋漓。有熟人走过来打招呼,如馨只是机械性地"嗯嗯哦哦"点头应付一下,根本听不进她们嘴里在说些什么。

在健身馆消磨了大半天,直到天已经黑了,柳志文打来电话。

"有应酬?"他问。

"没,在英派斯。"

"完事了吗?天黑了也不知道回家吃饭!我已经到家了。"

如馨忽然想起柳志文已经出差五天,今日归来。但她的声音里没有任何喜悦兴奋之意,只是闷闷地回一声:"马上。"

啪,电话挂断。

旁边正"快步行走"的女伴笑嘻嘻地问:"老公在召唤?结婚几年了还这么黏人?跟新婚似的,不是装的吧?"

"上辈子给安排的,没办法,先走一步,别嫉妒啊。"如馨回应着,仍然没有马上回家。她闷着头到浴室冲了澡,吹头发的时候又对着镜子发了好一阵呆,这才换好衣服披着湿漉漉的头发不紧不慢地驱车回家。

4

家中的气氛是欢快的。柳志文兴高采烈地与父母有说有笑,亲亲热热,一团和气。张金芳正在试穿儿子买的羊绒衫,直夸儿子有眼光。桌上饭菜已经摆好,一家人显然在等待如馨。为了不扫大家的兴致,如馨强作欢颜,就像没事人一样顺着公婆和柳志文的话题聊了几句。这是一顿欢乐温馨的家庭晚餐,如馨第一次感到了发自肺腑的遗憾:如果添个宝贝,将会是多么完美。

饭后如馨陪大家坐在沙发上观看电视节目,张金芳冷不丁道:"如馨,马上三月了,室外气温十多度,正是不冷不热温度宜人的时候啊。"

"嗯,是啊。"如馨心不在焉。

"外界气候特别恶劣的时候,比如盛夏酷暑、寒冬腊月,适合到英派斯去。像今天这样的天气,早起半小时到海边跑跑步,晚上出去走走,多好啊。有氧运动是最科学的,健身馆那种封闭空间,那么多人在里面扎堆,运动能有什么好效果呢?"

"嗯,知道了。"如馨心里道,老人家你又可以当运动专家了,你简直是全能啊！

“我说你这孩子，说什么都是嗯嗯嗯，做起来又我行我素另一套，我的话听进去了吗？”

“听进去了。”如馨脸上没有一丝笑容，“可是妈，室外到处都是汽车尾气，只有山里面空气干净，可惜太远了，汽油费划不来啊。”

“去海边吸负离子啊……”

不待婆婆说完，如馨便打断：“海边风大，我不喜欢被风吹。”

“戴个帽子不就行了？”

“不喜欢，会压坏发型的。”

“就是喜欢花钱。”

“挣钱这么辛苦，挣完了还不去享受，当钱奴？”

“你看人家金金，没钱吗？天天早上在外面跑步，从不去什么健身馆。”

金金是住在隔壁的一位全职太太，丈夫做生意，开奔驰，算得上富人，但金金身上穿的总是几年前的款式，说什么都是名牌，永远不会过时，似乎不把衣服穿烂绝不换新的。金金喜欢买回焗油膏在家戴着电帽子做营养，绝不让美发店多赚她一分钱。健身馆之类的场所她轻易不涉足，说是没必要的浪费，在家里打扫卫生的效果并不比健身馆差，反正是要四肢活动身体出汗，殊途同归一样达到锻炼效果。自从婆婆住到这里认识了金金，便欣赏有加，常常将金金当作过日子的正面教材，动辄拿来给儿媳做示范，恨不得儿媳也成为第二个金金，只挣不花，把钱都存银行等着生崽儿，最好死了再带进棺材里。

如馨不屑地哼了一声：“过自己的日子，学别人干吗？金金那种守财奴全世界就她一个，我不觉得她活着有什么意思，我可怜她。”

整理完行李的柳志文从卧室走出来，挨着如馨的身体坐了，顺势在她腰间捏了一把：“不能好好说话吗？抬什么杠？少说两句当你是哑巴？妈说得有道理，你虚心接受，以后注意点。”

如馨不客气地打开他的手：“捏我干什么？我说得有错吗？民主社会，自由言论还不允许？”

柳洪亮朗声笑道：“如馨说得没错，金芳说得也没错，自由言论，继续讨论。”

“你们讨论吧，我看份材料。”如馨心里堵得发慌，眼看再待下去就得吵架了，于是起身去了书房。一年到头案子缠身时间宝贵，看肥皂剧还不愉快，不如干点正事。

“一天到晚看材料写材料，就你知道用功？我们家要的是儿媳妇，不是什么十佳律师。”张金芳盯着电视屏幕冷冷地甩出这句话。

柳洪亮劝解:“金芳啊,听我一句话,孩子们的事情少管点不行吗?如馨愿去哪儿运动就去哪,愿干吗就让她干去,她做什么总有她的道理,你就省点心,整天唠唠叨叨,我听着都烦,就不能让人安生看会儿电视?”

张金芳瞪了老伴儿一眼,绷着脸起身回了卧室。

柳洪亮笑道:“瞧瞧,你妈多大岁数了,还跟小孩似的,说翻脸就翻脸啦,甭理她……”

是夜,月光透过窗帘照进来,卧室里被镀上一层皎洁的光。小别胜新婚,若在以往,少不了一番激情欢娱。但此时此刻,如馨没有丝毫兴致。面对这个男人,恋爱三年结婚七年一起走过了整十个年头的男人, 如馨早已没有了当初的激情。想必他也一样。可是,这个已不能带来任何新鲜感觉的男人,在她的生活里竟是那么重要,一天不见,就仿佛浑身少了点儿什么,分别五天,每一大都度日如年。此时,虽然不再有激情,但整个身体躲在他温暖有力的臂弯里,从里到外都获得了彻底的放松。

“还在生妈的气?”

“怎么会。”

“为什么不高兴?”他在她额头轻吻一下。

“没有不高兴。”

“那为什么……”

“锻炼太累了,改天吧。”她翻过身去。

身体确实感到疲劳,却又不能立即入睡。如馨大脑里不停有各种想法冒出来,就这样辗转反侧。柳志文以为她情绪低落是因与妈拌嘴的事,安慰道:“其实妈说得有理,锻炼这事,春秋在户外,冬夏在室内,是比较科学的。你平常忙案子,好不容易有个休息天,就在家里多待一会儿,陪陪老人,帮妈做点儿家务,她说什么你愿听不听,但不要顶嘴,她高兴你高兴大家都高兴,有什么不好呢?”

“还有完没完?刚听完你妈的说教再听你说教?我去健身馆花我自己挣的钱,我亲妈都没说个不字,你妈心疼什么?”

“不是钱的问题,别误会妈的意思,她今天说得没错,建议你户外运动是为你好,你怎么不讲道理?”

如馨不由来了气:“不是钱的问题是什么问题?我不讲道理?如果健身馆是免费的你妈还会埋怨我吗?你就知道心疼你妈!我帮她做家务她什么时候领过情?”

柳志文一愣,从她脑袋下把胳膊抽去,语气也变了:“大家住一块儿,家务活是她一个人的事吗？你没份儿吗？别说你没干什么，就是干了也是应该的，你要她领什么情？”

“我不是不干，我确实没有时间。我花钱请保姆，请钟点工，她为什么不接受我的好意？为什么每次都是她找借口把人辞掉？”

“她这不是为了大家好吗？怕保姆不卫生，什么事都她亲自动手，你摊上这么个勤快婆婆是福气，别不知足。”

“我看你妈就是没事找事故意找碴儿，我做什么在她眼里都不对，整天跟我过不去。有时候我真想扳着她的脸问问，这么多年了，她为什么还对我这么横挑鼻子竖挑眼，我哪做得不好？当初就因你爸是局长她是局长夫人，觉得我配不上她儿子，觉得不门当户对，横竖看我不顺眼。可是现在你爸不当局长她不是局长夫人了，为什么还这么挑我？我这当儿媳妇的有哪儿做得不对？做过对不起她的事吗？我处处低三下四讨她的好，每天小心翼翼生怕她不高兴，我天生的贱命？我怎么就这么贱？”

“又来了又来了，犯什么神经哪？你不会这么小心眼儿吧？我的大律师，你以前可不是这样的啊。”

“以前我活得很虚伪，从今天起，我不想再那么虚伪了，我想以后要活得真实一点，我现在最真实的想法就是后悔让你父母搬到我们家里，两个人的生活变成两代人的生活，很后悔很后悔，后悔得要死，这日子没法过下去了。”

“屁大的事搞这么复杂，犯得着吗？”柳志文也翻过身去，夫妻俩在各自的被窝里，背对着背，上床前的愉快气氛消失得无影无踪了。

“离婚算了，你再找一个，找一个让你妈满意的。”

“有病是吧？妈给提个建议，你爱听不听，扯什么离婚哪？知道在外奔波有多累吗？五天来没睡个囫囵觉，还让不让人睡觉了？”柳志文也火了。他翻身下床抱起被子走到门口，手抓到了门把，却没打开，只是呆立了一会儿又无奈地回到床上。

两代人生活确实不便，连夫妻吵架都如此憋屈。

如馨轻轻咬着嘴唇，眼泪悄悄地滑落。在工作中看惯了太多别人的眼泪，每次都劝人家不要哭，因为没用，眼泪不能解决任何问题。所以她的眼泪一向珍贵，轻易不肯落下。可是今天，这是第几次流泪？太伤心了，根本控制不住。黄教授的话犹在耳边，残酷的报告结果还在眼前晃动。这是真的吗？一个女人，不能体验十月怀胎的幸福？让她绝后？不能有血脉留在这个世间？这种事怎么就摊在她头上？上帝的安排吗？太不公平了！

第二章

1

次日一早，太阳还贴在海面上，如馨习惯性地起床了。昨日的情绪波动和昨夜的泪痕已随着新一天朝霞的升起而消逝，出现在她脸上的，是和往日一样的温馨和平静。

她没有睡懒觉的习惯，她的习惯是与婆婆一块儿做早餐。

以如馨的习惯，牛奶、面包、鸡蛋，再来一碟小菜，营养基本上就可以了，最主要是节省时间。张金芳却不以为然。每天要早早起床煮稀饭熬粥。在婆婆眼里，似乎只有吃粥才能保障一天的体力，不吃粥就会挨饿，儿媳愿意挨饿她管不着，但若让儿子挨饿，她不允许。

也许出于责任，也许出于客气，如馨只要不出差，只要住家里，每早也只好早早起床，有她陪着婆婆一块儿在厨房吃油烟，婆婆的心情就会好许多。要不然，少不了抱怨、牢骚和不好看的脸子。年过六十的婆婆依然保持着更年期综合征，如馨只需少睡个把小时，落得个耳根清净，落个心里安宁。其实如馨更愿意一个人安安静静地在厨房做，希望婆婆坐享其成。可是婆婆不喜欢享福，她喜欢掌管厨房的大权，谁也剥夺不得。

早饭后，如馨又像往日那样带着明媚的微笑神采奕奕地出现在律师楼的办公室里。

在所里，如馨承包了一个业务部，杨军和刘萍是她的两个签约律师，说助手也成，说合作伙伴也可。两个都是新手，所以成本很低。三个人在一起，根据案子的难度和性质，有时候团队协作，有时候分头独立运行。团队合作时，小刘和小杨拿的是正常薪水和奖金，独立运行的时候，可以拿到一定比例的提成。新手自有新手的打算，若不与前辈邦交，就得整天为案源犯愁，弄不好连饭都吃不上。像如馨这样成绩斐然、案源稳定的名律师，自然是新手邦交的首选对象。她的部门是一个套间，宽敞明亮的单间自然由她享用，开窗见海，十分惬意。小杨和小刘，分布在大厅的两个方位。大厅有二十多个平方米，人均十平方米以上，以小杨、小刘的资历，在行业内部算是中等偏上的办公环境了。

和丈夫争夺财产与女儿抚养权的吴远虹又如期而至。

委托协议已经签过，剩下的就是如何完成应诉目的。陈述，回忆，谴责。痛苦，不解，忧虑。如馨耐心地倾听，仔细地记录。她要帮助这个女人，即使不能帮她解除痛苦，但至少要帮她把痛苦缩减到最小。

吴远虹愁眉紧锁："叶律师，在财产问题上我虽然有所准备，但具体到什么样的材料才算最有力证据？"

"叶律师，两年前他就离开家跟我彻底分居，直到现在他才起诉离婚，我可以肯定，之所以空出这段时间，他就是为了转移财产，被他转移走的财产我估计……不，简直是无法估量的，怎么样才可以夺回属于我的那一部分？"

吴远虹疑问不断，忧虑不止。

这个蠢女人。丈夫的财产竟然多到无法估量，属于她的那一份究竟多少自己并不知道。不过如果她什么都很清楚，还来律师所干什么？叶如馨和同事们也该喝西北风了。

如馨面授机宜，教她如何合理合法地获取相关的财产证据。如馨告诉她，数据一定要准确，绝不能含糊不清，模棱两可，只有这样在主张财产分配时才能占据主动。

谁知她谈了半天，仍是对牛弹琴。

吴远虹思索了半天又道："叶律师，他的财产，不，我们家的财产相当复杂，还有一些异地投资我根本就不了解情况，你说的那些数据恐怕不好弄，一时半会儿也弄不来，这种情况该怎么办？"

"关于异地投资，你手里有什么线索？只要是事实，就一定能查到，当然，只要你提供线索，我会竭尽全力的。"

待吴远虹离去，如馨叫来刘萍，重新阅卷，认真分析，仔细整理吴远虹送来的各种材料。这些材料装了整整五只档案袋，包括吴的丈夫赵挥背叛夫妻感情对家庭不忠的照片、录音以及录像等证据资料。光看这些材料，吴的丈夫无疑是个浑蛋，道貌岸然的伪君子。如馨不禁对这个女人生出几分同情，最初的看法也悄然转变。夫妻感情出了问题，谁对谁错，女人往往是最终受害者。男人家外有家,还不准老婆有怨。寂寞妇人被逼无奈寻求情感慰藉,换来的是被抛弃之恶果。

刘萍翻着几张照片,笑道:“不是一家人不进一家门,这两口子真有意思,男的包养二奶,女的红杏出墙,男的跟踪女的,女的偷拍男的,这日子过的够来劲的。”

杨军走过来插话:“吴远虹这种人越多越好啊,如果隔三差五来这么一个,我们就可以直奔富人行列了。”

如馨笑道:“别这么心理阴暗,吴远虹有她的苦衷,挺可怜的。查清那个男人的全部资产,尽可能替她多多争取,这才是眼下最重要的。”

海盛律师所共有二十多名律师。平常情况下,午饭时没有外出的同事们就会聚在一楼餐厅里用工作餐,这也是同事聚会的主要场地。

难得见主任在所里吃一顿午饭。不愧为律师的头儿,主任的嘴一秒钟也闲不下来。除了吃,就是说,刚刚谈完一个经济大案,话锋一转又谈到股票。谈到证券市场的狂热和赚钱效应,大谈某某投资茅台三年赚了百分之六百,某某投资万科十年变成亿万富豪,用活生生的事例鼓励各位律师们踊跃购买股票和基金。

主任袁水五十多岁,从业三十几年,代理过多起著名大案,出版过专业论著,上过司法杂志封面,曾被中央台报道过,是一位名副其实的大律师,在本市首屈一指。如今,主任住别墅,开凌志,真正的事业有成,春风得意。也只有在吃饭这样的时间里,他才会与同事们闲聊几句。平常工作时段内,他喜欢看到大家疯狂地工作。所有的律师都时时刻刻忙碌不停,忙得脚打后脑勺儿,忙得团团转,忙得恨不能长三个脑袋四只手,忙得筋疲力尽,忙得叫苦连天,忙得半死不活,忙得如牛如马,累得猪狗不如,主任就会很高兴,他觉得这才是正常的工作状态。如果有张有弛、有紧张有休闲,律师们自己觉得劳动强度刚刚好,主任一定会皱着眉头大声训斥:没事干了是不?没事干那就学习!不工作就学习!大好时光如此宝贵,浪费一分钟就是犯罪!

近年来,主任不知何故颇有往经济学家发展的趋势,时刻关注国内经济形势,每打开电脑必先浏览金融财经网页,追踪投资新动向。每每与人聊到工作之外,少不了一个话题:投资,消费。有大钱的劝你买房,有房的劝你换大房,没车的劝你买车,有车的劝你换名车,美其名曰“提升我所形象和品位”。看你胆儿大就拉你炒股炒汇,胆儿小就劝你抢购国债,上午你刚拿到律师费,下午见面他就要你尝试理财新产品。你说数额太小到期收益比活期储蓄多不了多少,他说终究是有利可图，多一块是一块，你不理财财不理你，再小的钱谁能白给你一分？

多么朴实的真理！在主任冲锋陷阵、亲身示范的领导之下，同事们纷纷买房买车穿名牌，有钱的花现金，没钱的刷信用卡用贷款。总之，消费第一，存钱老土，为了潇洒消费，必须拼命工作，也算良性循环。如今在这个所里，人人有房还不一定，但多数人都有了车。就连小杨，工作不足两年，居然贷款买了M6。不过小杨买车的目的不是为了响应主任提升律师所形象，主要是为了方便泡妞。房租、还贷、谈恋爱、跟潮流、讲时尚、品位、情调，加之乱七八糟的消费，通通都得拿钱堆，月初还钱，月底借钱，月月精光，日日捉襟见肘，过着表面风光实际上狼狈不堪的日子。就在这种消费热潮中，一向把积蓄用来银行存款和股票投资的如馨，也忍不住淘汰了开了四年的宝来，换成了新款帕萨特。

"老李，上次让你吃进北大荒，吃了吗？"主任大声问。

"没多吃，吃了十万。"老李答，"等有回调机会再增仓。"

"好，拿稳了，包赚。小杨，你吃江铃汽车了吗？"

"股票太悬乎了，没吃汽车，就吃了你介绍的那个动力组合基金，想多吃没钱，就吃了一万，这次我决定采用胶皮糖政策，狠狠黏住它，坚决跟庄家战斗到底，2008年奥运闭幕之前绝不撒手。"小杨答。

"好，叶子，你又吃进什么了？"

"股票、基金我都有，最近大盘震荡太厉害，不能加码啦了，我准备两会结束之前减仓。"

"女人哪，要不怎么说头发长见识短呢，黄金十年大牛市刚刚开始，不要被庄家骗去筹码哟，哈哈哈……"

最近以来主任业余痴迷于股票和基金，每日研究，逢人必谈。称他"股疯"绝不为过。如今这个所里，人人有股，基民随处可见，主任功不可没。

主任哈哈一笑，冲如馨又道："狗屎运又来了？为富婆打离婚了？"

如馨笑道："反正这类小案你们都不干，我不下地狱谁下地狱。"

"不要得了便宜还卖乖，"主任笑道，"人家指定要你叶如馨，我都嫉妒了，这次不管输赢，你都有利可图，吴远虹丈夫是地产名流，资产以亿计数，你又要发喽，哈哈……"

"不会是地产界有名的流氓吧？"另一律师笑道，"馨姐你可得小心啦，别光想着赢官司赚钱，流氓要报复可是不择手段的。"

"瞎说八道什么？那个人定期做慈善，就算为了这个脸面，也不能做流氓吧？"另一律师反驳。

"名流不是有律师团吗？"又一声音传来，"馨姐你单干行吗？我们合股吧？六四开？七三也成！”

刘萍手一挥：“想得美！有我呢，怎么是单干？你们靠边站去吧！”

有人又道：“上次××律师帮一个地产界老总成功转移数亿财产，律师费就赚了两百多万，这么好的机会，主任，能不能托人问问这名流，他的律师行吗？够用吗？要不要把我们全所推荐给他？”

通常情况下，在这一行里，离婚这种案子，基本没人乐意做。本是小案，琐碎，赚不了几个钱不说，主要是影响情绪。遇到素质高的夫妻还行，素质差的，当庭就能大打出手，万一倒霉遇到特愣的，还会冲上去揍律师，任何说服教育都是对牛弹琴，枉费口舌。所以，律师们只要不是闲得手痒，一般不愿干这类费力不讨好的事。但事情总得有人干，从如馨进所第一天起，主任看她脾气好，耐性好，遇到这类人人不愿干的活，就安排给她。主任整天强调“衍生产品”：不要嫌案子小，小案也可能带来大收获。这次你干得好，当事人下次有了事还要来找你，不仅自己找，还会一传十，十传百，介绍亲戚朋友来找。这就成了资源，资源才是最宝贵的财富啊。

主任是一个混世魔头，没正形。但打起官司来有一绝，无论什么疑难杂案到了他手里，不论原告还是被告，谁能请到他就相当于赢了大半，绝对属于律师队伍里的天才型。如馨从一开始就跟着主任实习，由主任一手调教出来，从最初没有一个当事人找她，闲得难熬闲得烦恼闲得无聊，免费帮主任帮同事做案子，到如今居然成长为这个所里“离婚官司第一人”，资源丰富，案源不断，去年还获得了本市“十佳”律师称号，真正成了所里的招牌之一。离婚案子做多了，也便熟能生巧，很快成了公认的“高人”。

“除了名师，高手有一部分是给逼出来的。”如馨如是总结。

这次吴远虹的案子，一开始因女方出轨过错，叶如馨觉得有点棘手。但今天看了这些材料，只觉信心倍增，胜券在握。心想不管你什么富豪名流，只要你也有这些见不得人的丑事，就不怕你能张狂到哪儿去。

下午下班后，主任又率领大部队出去腐败。请法官吃饭，被当事人请吃，类似的应酬隔三差五都会有。吃饭啊唱歌啊，一次少则几百多则几千，不论这份花销割谁的肉，反正只要不割自己，就不会心疼。没办法，这也是律师们工作内容的一部分。如馨热爱律师这份职业，但从内心里厌恶这一部分内容，平常除了推不开的应酬，基本一律拒绝。这次，如馨依然谢绝了主任的招呼，她笑着说：“我有约了，也要跟法官吃饭。”

主任依旧热情相邀：“并一桌好啦！”

“不方便啊,我是私会。”

“与谁厮混?”

如馨笑道:“私人约会,保密的。”

2

如馨驱车赶到那间名为“海边人”的临海餐馆,柳志文已经提前到了。

柳志文打电话约的她。

以前的二人世界,日子是相当甜蜜愉快的。父亲脑血栓发病后,柳志文建议如馨搬到父母家里,柳家四室两厅的房子相当宽敞的。可如馨说什么也不愿意,无奈柳志文折中让步,恳求父母搬到他这里。为了防备不测,为了老伴的身体平安,张金芳纵然有一千一万个不情愿,最终还是妥协了。老头子倒是豁达得很,只要家人高兴,住哪里都成。住过来以后,各种意想不到的矛盾摩擦层出不穷,柳志文成了夹心饼,不是这个不高兴,就是那个不开心,常常让他感到左右为难、头痛棘手。昨天,他明显感觉到妻子情绪异常。妻子的情绪是很重要的事,因为它常常严重影响着他的情绪。遇到她情绪不好,他会拉她单独出来吃饭,聊聊心里话,哄哄她,换换心情。

柳志文椅子边放着一只购物袋,里面装着一只礼盒。不待他说什么,如馨一把拎起袋子:“给我的礼物?”

“毒眼,怎么这么尖呢?”他一本正经地望着她,“还没来得及藏起来呢,就被敌人发现了。”

她笑嘻嘻地打开了,一件白色低领羊绒衫。

“补给我的情人节礼物?晚了,不领情。”她撅着嘴说。

“干吗要补?不过节就不能送件礼物?”他故作漫不经心。

收到丈夫的礼物,总是让她十分受用。她深知丈夫想用礼物这类东西来表达他对她的情感,至于她是否真正需要,他根本不会多加考虑。他不过是一名普通的法官,一直靠薪水吃饭,工资不高,但花起钱来大手大脚,毫无计划。他自幼生长于条件优越的环境中,从小没有钱的概念,长大后也从来没有理财观念。如馨则恰恰相反,自小父母扳着指头过日子,很小的时候她就知道钱的重要性,长大后又努力赚钱,精于理财,如今她的收入比他不知高出多少倍,但每花一块钱,她都会算算值不值。如果她跟他一块儿逛商场,肯定会阻止买这件羊绒衫,因为衣柜里的羊绒衫数十件,不乏同种颜色款式的,压根儿就穿不过来,纯属浪费。不过此时,她的心里仍是充溢着久违的甜蜜感,就像一下子回到当初的恋爱时光。

如馨用手抚抚柔软的羊绒衫:“手感不错呀,我决定了,以后永远不会再买羊毛衫了,羊毛太沉了,穿着累,要买只买羊绒衫。”

“那我可惨了,老婆,那我只有天天吃萝卜咸菜了。”

“那我只好陪你吃喽。”如馨笑着说。

菜上来了,边吃边聊。柳志文忽然想起一件事:“对了,那天你不是说去取结果吗？取了吗？”

“取了。”

“怎么样？没什么事吧？”

“但愿没事。”如馨故作轻松地笑了笑,举重若轻,“可是,有事。”

“什么问题？”柳志文并不太当回事。

“病历在车上,待会儿你自己看,先吃饭,换个话题。”如馨跟没事人一样。

晚餐还是愉快的。从餐馆出来,在停车场如馨的车上,柳志文坐在驾座,如馨坐到副驾座。只要跟他在一起,充当司机的一定是他。不需为行驶费神,可以闭上眼睛听音乐,天马行空地闲聊,自然舒服得很。

然而此时此刻,以往的惬意却了无踪影。

柳志文手里捏着一纸病历。气氛异常凝重。刚才餐桌上的若无其事、波澜不惊已荡然无存。如馨再也无法强颜作笑,内心里巨大的悲伤又一次湮没了她。

“这么大的事,你昨晚怎么没告诉我？”一小段沉默后,他问。

“昨晚看你和爸妈那么高兴,不想坏你情绪。”

“可能诊断有误,换医院复查。”

“据我所知,竞天在这方面是最权威的了。”

“那也不能给它一棍子打死呀。”

“如果复查结果一样呢？”

“一样就一样,没什么大不了的。”

如馨苦笑:“我想过了,我可以一辈子不要孩子,你呢？”

“和你一样,我也可以不要,一辈子二人世界,轻松自在,多爽啊。”

“你会甘心吗？”

“有什么不甘心的？生活得更轻松有什么不好？”

“我是认真地跟你谈这件事。”

“我也是认真的,没开玩笑。”

“怎么跟你父母交代？”

"我们自己的事自己做主,他们应该会理解。"

"如实坦白吧,要不然你妈整天催,大家都不好过。"

"先别急,复查后再说,万一有误呢?"

一周后,在另一家权威的专业医院,复查结果出来。与前次结果如出一辙,没有任何治疗的希望,残酷的现实粉碎了夫妻俩最后一丝幻想。从医院出来,一路上两个人一句话没有,车内静得吓人,空气仿佛凝固了一般。快到家时,这种凝固被划破了。是如馨的啜泣声,这些日子她一直假装坚强,却最终没能坚持住。柳志文将车子滑到路边岔道里,停下来。他伸出一只大手在她头上胡噜了两下,柔声道:"怎么啦?多大了还哭鼻子?"

他的亲昵动作和十年前恋爱时毫无二致。这动作并非是恋爱专利,结婚以来的日常生活中,她的心也常常被类似的亲昵所融化。每当这时,她总会怀疑心底里十年未变的甜蜜感觉是否经历过岁月洗礼,是否从恋爱期间直接移植而来,甚至怀疑自己是否已经年过三十。两人携手走过十个年头,因为一直没要孩子,大她三岁的他就一直拿她当孩子来爱。她知道自己不是孩子,可久而久之竟然弄假成真,只要单独跟他在一起,也会不自觉地把自己当成孩子。可是今天,她再也找不到以往那种倚小卖小的感觉了。

"志文,我们离婚吧。"她严肃地提出这个问题。

"荒唐!"他打断她。

"我是真心的,这些日子一直这么想,我不能耽误你。"

"耽误我?哈……"他笑了,"难道我跟你结婚就是为了生孩子?我是为了生孩子才娶媳妇的?哈哈……"

"谢谢你能这么想,可我真的不想让你这辈子有遗憾,你就放我走吧。"

"放你走我就不遗憾了?你舍得我吗?你离得开我吗?"

"你放心好了,我自己的独立生活能力还是蛮强的。"

"可我的独立生活能力不行啊,当初算命先生不都说了,我们俩一个柳,一个叶,天赐良缘,天生一对,柳叶能分得开吗?"

如馨心痛如割,扳着指头一条条道:"法官,庭长,处级干部,英俊潇洒,年富力强,个性正直,心地善良,沿海景区宽敞住房一套,工作时间有公车可以随时使用,父母均有退休金,无家庭负担,以这样的条件,找一个二十多岁漂亮健康的未婚女孩,不费吹灰之力,没准再婚不到一年,就能抱上个白胖小子。到时候,你父母高兴得合不拢嘴,一家人都高高兴兴,过快乐日子。"

"还有一条你漏了,已婚,自结婚日起从无离婚打算。"他扭头望着她,伸手从盒里抽出纸巾塞到她手里。

她毫不怀疑他是一个好丈夫，一个重感情的好男人。她毫不怀疑他对她的爱，不论一切如何仍然会一如既往地爱她。她毫不怀疑他的话，他不会因为老婆不孕就抛弃她。她仍然眼泪汹涌，伤心不可扼制，哭得更厉害了："你真的不在乎吗？"

"还记得吗？当初婚礼上我们都发誓，生老病死在一起，不论发生什么事，谁也不会嫌弃对方，你忘啦？那我就再说一遍，不管怎么样，你是我老婆，这一点一辈子不会改变。"

"可是我真的很难过，不能给你生孩子，我也不会幸福的，我会一辈子内疚的。"

"傻瓜，"他笑笑，"别自己折磨自己。"

车子启动。到了楼下，她却不肯下车，流着泪又问："你真的不在乎？我要你一句心里话，不许哄我。"

柳志文叹口气，坦白道："那就说心里话吧，这事让谁遇到了，都会感到遗憾，我也不例外。但如果为了生一个孩子而放弃你，换句话说，为了一个不可预见的人，而失去一个满意度高达百分之九十以上的人，单从经济学角度来讲，这事有风险，不划算啊。再从人道主义讲，为一个不知道什么样的人，而放弃一个我爱的人，这对我很残忍。"

如馨用纸巾按住眼睛，啜泣声止。她抬头望着他。

柳志文又道："好啦好啦，别哭了，别说就这点小事，就算活着只剩两天，也要痛痛快快地活着，整天愁云惨雾折磨自己，损失不就更大了吗？"

"这事还小吗？"

"你别在乎它，它就什么也不是，连小事也够不上。"

这么说着，他也控制不住双目发红，眼眶湿润。当然，在夜色里，他不会让她看出来。

下了车没走两步，在一棵树的阴影里，如馨又忍不住停下来，她哭着说："这事为什么让我们摊上？上辈子没做什么缺德事啊？上帝也太不公平了。"

柳志文搂着她的肩，任她抱着他痛哭，她的哭声撕裂着他的心。

很快，柳志文伸手抹去她的泪，望望四周："不哭不哭，别让人看见了笑话！"

"我就是不甘心，老天对我太不公平了！"

柳志文长叹一声，安慰道："行啦，老婆，你知足吧，老天爷对你够厚道了！给你明星一样的容貌，模特一样的身材，给你聪明过人的大脑，让你考了名牌大学，这么年轻就摘了十佳桂冠，在圈子里名气比我要大许多倍，收入比我高得多,你还要什么?你不觉得正因为得到太多上帝已经在嫉妒吗?就算比别人少一样东西,这也平衡了是吧?不能什么好事都让你一个人占全了吧?做人不能太贪心哦!"

这种情绪不能进家门。俩人在小区里踩着鹅卵石小径慢走,不知过了多久,眼泪干了,情绪慢慢恢复了,才回到家里。关上卧室的门,如馨躺在床上辗转反侧。

柳志文轻轻拍着她的背:"好啦好啦,我可怜的宝贝,这件事不是你的错,不要自责,别想太多,别再折磨自己了,只当什么也没发生,就像以前一样,让我们回到从前,一起开开心心过日子。只要你快乐,其他的东西我都看得很淡,知道吗?睡吧,明天还要上班呢。"

"怎么跟你妈说?"她眼泪汪汪可怜兮兮无助地问他。

"你别管了,交给我,我去说。"

"估计她难以接受。"

"放心,我会尽量说服她的。"

第三章

1

张金芳出去串门，不知在谁家看到一组吧台，情有独钟。回到家里，在餐厅里左瞧瞧右看看，怎么看都觉得少件东西。她跟如馨大谈那套吧台如何漂亮，如何别致，甚至要带儿媳去参观，目的就是想学着人家也添一套。如馨对婆婆的提议没有丝毫兴趣，只觉可笑。她再三给婆婆讲时尚、情调，讲如何布置家居才能体现美观和品位，讲吧台已是十年前的流行，早已是落伍淘汰的旧景。

"咱家这餐厅不是挺好的吗？买了吧台往哪摆？那样会显得拥挤的，不行，我不喜欢。"如馨一开始苦口婆心劝说，最后索性坚决反对。

婆婆像中了魔一样，脸色一变，已懒得再商量："你怕花钱是吧？我告诉你，我就看中了，不用你的钱，用我的钱，没见过你这样的人，给你添家具，你还不高兴。"

随后，不知道张金芳跟儿子说了什么，晚上一进卧室，柳志文就板着脸教训媳妇："不就是买套吧台嘛？能花几个钱？妈喜欢就让她买去，多大的事啊跟她过不去？"

看到丈夫洗过澡早早回了卧室，还以为……如馨满腔的柔情顿时崩溃掉。

如馨耐着性子解释："根本不是钱的问题，几千块我舍不得？我是那样的人吗？你说现在谁家还摆吧台？难看不难看？有没有审美观？"

"你管他谁家摆不摆的，妈愿摆就让她摆去。说句不好听的话，老人都这个岁数了还能活几年？就不能哄着她让她开开心心过日子吗？"

"我哄她，谁哄我？这是我的家还是她的家？她愿摆啥就摆啥，我不同意！"

“你给我闭嘴！听着，只要有我在，我的家也是我妈的家！”

她毫不怀疑，平常两个人在一起，他是那么爱她，怜她，疼她。她也毫不怀疑，只要有他妈在，只要她跟他妈发生了分歧冲突，他一定会毫不犹豫地站到妈妈的立场上。昨晚在车上因为孩子的问题对妻子百般爱怜千般柔情的丈夫一夜之间就不见了。因为妈妈的问题，一转眼就变了一个人。

看到柳志文发了脾气，如馨也不想把事情闹大，忍了又忍，把一肚子火给憋回去。没过两天，早上如馨正要出门，家具公司就来了人，将几只沉重的打包箱抬进了门。如馨没时间理会，匆匆上班去了。晚上一进家门，高高低低一组吧台赫然从餐厅拔地而起。实木与板材结合，做工还算精细，但深褐的颜色与家里橘黄色全实木家具形成强烈反差，左看右看横瞅竖瞅，无论从哪个角度都觉得刺目，别扭，不伦不类，就像鸡群里站了一只鸭。

我的祖宗呀，真晕！这就是婆婆慷慨解囊花六千多元添置来的家当吗？

如馨站在吧台前差点喷血。

张金芳脸色铁青坐在沙发上，就像被人捅了一刀，满脸疼痛与苦悲。

如馨走过去，强颜作笑道：“妈，这吧台也买来了，你怎么还不高兴啊？”

“你觉得怎么样？”张金芳眼巴巴地望着儿媳，满脸是期待，期待儿媳说几句赞赏的话。

但如馨已不愿再发表任何意见。自从那天柳志文跟她发过火，她就很少对婆婆做的事发表看法。可又不愿说违心的话，她反问婆婆：“你觉得怎么样？”

“有点不太好看，确实有点，唉，没想到会是这样，放在欢欢家里就那么好看。”

柳洪亮在旁边火上浇油：“当然，我们的家跟别人的家肯定不一样。简直是驴唇不对马嘴，不是有点，是完全不搭配！不协调！”

“我打过电话了，家具店说啥也不肯退货。”张金芳沮丧至极，带着哭腔。

“刚买回来一天没用为啥要退？”如馨冷冷地问，心头涌出一阵莫名快感。心想，老太太有没有神经抽筋？

“不合适啊，”张金芳带着哭腔，“六千多块呢，我刚才打电话问过欢欢奶奶了，她家那套才三千多。老柳，你赶紧找人哪，把它给退了。”

“为退一套柜子让我去求人？我丢不起这张老脸，你自己弄的，自己看着办吧。”

一连三天，张金芳的脸就像霜打的冬瓜，青里透灰。每顿饭坐到餐厅一看到吧台，就忍不住唉声叹气，六千多块钱像一块巨石，压得她整个人无精打采。柳志文天天在法院审案、审卷宗到深夜,家里的事基本上视而不见。

自作自受,活该为你的愚蠢付出代价。本想让婆婆多受几天折磨,可天天回家看到她那乌云压顶的样子,浑身都不舒坦。没办法,叶如馨给家具店打去电话,希望通融。那边却态度生硬,十分怠慢。如馨只好亲自跑一趟,直接找到老板,主动递上名片,请求退货调解。没想对方牛气得很,根本没有调解余地:“您是律师啊!那您就更该明白了,单就这件事而言,法官来了我们也只能是三个字,对不起!根据家具法相关条例,售出并且已经安装的家具没有质量问题,退货没门,色彩不协调不是理由,冲您律师的面子,我们可以调换一套,但运费得由你们出。”

如馨在店里转了一圈,清一色的深褐色调,调换等于多此一举。

其间,张金芳又打去电话,提出找人大、找消协什么的。那边老板索性翻脸放狠话:“愿找谁找去,愿上哪告就告去,告到首都也是两个字,不退!什么消协人大,消协人大也得讲理!老子跑江湖多少年了啥没见过?怕过谁?”

一看对方竟然露出流氓嘴脸,如馨立即制止了婆婆四处打电话。颜色、款式都是你自己看好的,定金、货款是你自己送上门去的,商家不存在欺诈行为,你又找不出质量问题,消协想帮你也帮不了。张金芳愁眉苦脸,唉声叹气,六千多块呢,窝在这儿天天看着难受。

无奈, 如馨厚着脸皮在一位朋友陪同下直接拜访了国税局一位分局局长。局长正忙着去开会,听如馨说到退货二字,根本不问缘由,只要了家具卖场的电话,一个电话过去,吩咐某经理尽快办妥。还是权力好使啊,不出三天,家具店派人送来了货款,拆了家具重新打包拉走。而张金芳,这一场神经质行为,除了损失掉多日的好心情,还支付了送货取货来回两趟的民工费用。

之后张金芳还是难过了好几天。想当初,柳洪亮在城建局长的位子上,在这个城市里,有什么摆不平的事?别说退个家具,有回买了一件玉器,按法律条文完全属于走出店门不退不换的商品吧,不料在家放了七八个月,一次赏玩时不小心摔出一道裂缝,还不照旧找商家分文不少给退掉?老柳家以前的确有一些关系,如今却是退的退,死的死,多数不好使了,人走茶凉,不过退一套家具,竟然还要屈尊求助于这个当初张金芳完全看不上眼的儿媳妇。什么世道。

如馨倒是长吐一口气。

审美上,你不行,因为你老了。

社会关系,你不行,也因为你老了。

如今的天下,是我们的,你就靠边站去吧。

别总以为你还在当家做主,动不动张牙舞爪的,你那一套,早过时了。

2

不久，柳洪亮接到一位老部下的请柬：庆贺孙子百岁，大摆酒席宴客。

柳洪亮的半身不遂经过治疗和不懈的锻炼，如今可以正常说话吃饭，但行走时多了一条“腿”，上下楼梯需要借助于拐杖。平常外出不过在小区里走走，但若要远一点儿的路，则由儿子接来送往。其实他用车很方便，只要一个电话，局里一定会派车来，长途也可以随便跑。但军人出身的柳洪亮，如今依然保持着朴素的生活作风，既然不在位子上了，不能为党做事了，就绝不愿再占公家的一分便宜。就算用车这样的小事，他也不会随便开口。

这天柳志文出庭审理案子分身无术，时间自由的叶如馨自然义不容辞。十点多钟，如馨从律师楼抽空回家，公婆已然换好了赴宴服装，于是开车将他们送往酒店。下午两点半，她又抽空离开律师楼，从酒店接了公婆回家。

原打算送老人到家接着就赶回律师楼，近来手里七八个案子接连进入诉讼程序，忙得团团转。不料接公婆回家时，一路上婆婆的脸拉得像个紫色的长茄子，紧绷着一句话也不说，与上午出门时兴致勃勃的神情判若两人。这让如馨也颇感不悦，我又不是大闲人，好心好意于百忙之中接送你赴宴，你却给我脸色看，一点人情味没有。如馨猜测，婆婆心情不佳，一定是受了“孙子”的刺激。想到这里，如馨的心情顿时变得灰暗，心想早知如此，真不该送他们去吃这顿不该吃的饭。好在柳洪亮一直笑呵呵的，一路上看到新的街景，还主动与儿媳聊上几句。

进了门，老头子就到卧室补午觉了。如馨正要转身离去。张金芳冷不丁叫住了她：“如馨，我们谈谈吧。”

如馨心里咯噔一下，抬腕看看表：“非得现在谈吗？”

“你眼里要是还有我这个婆婆，就安安静静坐下来，听我把话说完。”

晕！如果今天我一定坚持回去忙工作，你就铁定会说我不把你放眼里了？如馨回过身，一言不发地在沙发上坐下来。谈什么？莫非柳志文与母亲说了自己的事情？算了，静观其变，顺其自然吧。

张金芳转身从卧室里取来一只鼓囊囊的包，咚地丢在如馨身边。如馨一愣：“妈，什么？”

如馨迟疑着打开包。

里面竟然装满了婴儿用品。小衣服，小毯子，小枕头，甚至奶瓶玩具，一应俱全。

张金芳道:“自从我住到你这儿来,并不单纯为了老头子。我们老两口早就做好了给你们带孩子的准备,天天盼,夜夜盼,甚至一次次到寺里为你们祈福求子,每次逛商场,都会去看看婴儿用品,陆陆续续买了这些东西回来,希望有一天能用得上,可时间一天天过去,你们一点动静没有,你能理解我们做老人的心情吗?

看来柳志文还没跟父母坦白。

如馨心情黯然,眉头微锁:“妈,我能理解你的心情,你这么为我们操心,我挺过意不去的。”

“既然过意不去,那就开始行动啊。”

“妈,我……”如馨差点就脱口而出了。

可是婆婆猛地打断她:“如馨,今天我心里特别难受。”

婆婆突然哽咽起来,说着眼泪就掉了下来。

这眼泪就像黏液一样,黏住如馨脱不开身。如馨起身去拧了热毛巾,递给婆婆,又倒来一杯热茶,送到婆婆手上:“妈,别这样,是不是累了?喝杯水润润嗓子吧。”

“那老刘是什么东西?”张金芳突然话题一转,愤愤道,“原来也就是你爸手底下一条哈巴狗!让他往东他不敢往西,逢年过节大箱小箱往咱家搬牛肉、羊腿,巴结讨好献殷勤,打都打不走!可现在呢?就因为他儿子去年结婚今年就抱上了孙子,就像抱了个金豆子金元宝,自以为有多么了不得,还问我什么时候抱孙子,说什么等着喝咱家的喜酒……明摆着是在嘲笑我嘛!”

“妈,你别多心,刘叔叔他怎么会嘲笑你呢,他不会有别的意思,他只是随意地聊聊家常话,你别胡思乱想。”

“那你们倒是给我争点气呀!我没儿子吗?可志文这家伙自从娶你进门,他啥事听过我一句话?只要跟他一提孩子他就跟我急!我只能找你说,你也不争气,早让你们生就是不生,为什么?今天你给我明白话,啥时候解决这个问题呀?”

张金芳不大在儿子面前提孙子的事。柳志文平时很随和,一旦犟起来像头驴,对他纠缠不爱听的话题只能自讨没趣,会一蹄子踢你个鼻青脸肿的。于是,张金芳找机会便在儿媳面前灌输这类思想。而更多时候,她觉得主要问题还在儿媳这儿。儿媳工作起来奋不顾身,不肯放弃任何工作机会,生怕稍一停顿就落后于人。张金芳不反对她狂热工作,但如此严重影响了家庭建设和家庭的未来,她站在婆婆的立场上,根本无法接受。

婆婆嘤嘤哭泣，叶如馨手足无措。柳志文为什么还没坦白？索性就说了吧。如馨几次张张口，话到嘴边又咽回去，无论如何也说不出来。她身上承载着婆婆满心的期待，柳志文只有一个妹妹，如今还在上大学，就算将来嫁人生子，孩子还是姓人家的姓。因此，这个家庭传宗接代延续香火的重任如山一样压在她不争气的身体上。她能对着婆婆的脸说，“您老人家就死了这条心吧，这是永远不可能的事了。”能说出来吗？婆婆受得了这个打击吗？忍心让这个盼孙子盼到走火入魔的老人的期望骤然落空吗？是不是太残忍了？

但她现在又不能像之前一直安慰婆婆那样说，“给我一点时间，一两年保证给你抱孙子”的话了。老人没有错，她不能欺骗她。如馨不由自主叹了口气。

张金芳步步紧逼：“你回答呀，给我个明白话行吗？不要整天忙工作了好不好？把工作暂时放一放能损失多少钱？”

“妈，不是钱的问题。”

“那是什么问题？告诉我，我们一起想办法解决呀！”

“妈，为什么一定要孩子呢？我们现在过得不是很好吗？孩子就那么重要吗？”

“就那么重要，很重要！”婆婆斩钉截铁。

“有多重要？为什么一定要让这件事来破坏我们的心情，影响我们的生活？”如馨苦恼至极。

张金芳脸色骤变，双目像剑一样刺着儿媳：“你是不是正常人呀？怎么说出这样不正常的话？哪个女人像你这样？你看看周围就你这个岁数的哪个还没当妈妈？一天到晚除了案子你还知道什么？整个一个工作狂！你不要孩子可以啊，可你不能害我们老两口抱不成孙子！我们都是正常人，我们有正常的情感需要！我们需要孩子！我告诉你，没有孙子，我就不会有好心情！生活就没滋没味不会有好日子过！”

“我倒是愿意跟你儿子离婚，可你儿子不同意，我也很苦恼！”如馨竭力克制。

“你说什么？”张金芳瞪圆两只眼睛，“为了不生孩子你还要离婚？老天爷呀，我柳家这是造了什么孽？当初怎么娶你这样的儿媳妇进门！这是为什么？当初有那么多姑娘追志文，有那么多选择，为啥偏偏找了你呀！”

叶如馨呆呆地坐着，一言不发。她感觉内心的伤口被撕裂一样隐隐作痛，律师的理智告诉她：我忍，我忍，我忍忍忍！克制，克制，再克制！什么也不要说……

想当初张金芳贵为局长夫人，视上名牌大学的儿子为人生骄傲，对儿子的婚姻更是视之为人生头等大事。张金芳不喜欢叶如馨。不可否认如馨是个标准的美人坯子,可张金芳不喜欢她这样的瓜子脸,说她没福相,红颜多薄命。其次张金芳不喜欢女律师。儿子当法官她高兴,但不高兴儿媳也是个法律工作者。这类工作风险高,应酬多,作息无规律,一年到头休个假都困难,容易造成家庭的动荡和不稳定。尤其儿子参加工作之初,法院里出过一件事。一位法官通过一名女律师为自己的权力找到了"出租"的途径,而这名女律师则为了打赢官司提高声誉最终获得更多案源,瞌睡碰枕头,一拍即合,与法官狼狈为奸,心甘情愿为腐败法官充当皮条客。后来案发之后,那位女律师臭名远扬,而在张金芳心里,便将所有女律师妖魔化,坚决不允许儿子找女律师谈恋爱。

在柳志文认识叶如馨之前,身边曾有个似是而非的女友:韩晶。柳洪亮与韩晶之父年轻时曾为亲密战友,双双转业后,两家人依然密切走动,来往频繁,可谓世交。因此,柳志文与韩晶自幼相熟,用韩晶的一句话那就是青梅竹马。韩晶从十岁开始喜欢柳志文,大学毕业后愈加出落得水灵标致,对身后众多追求者不屑一顾,对志文哥哥情有独钟,全心全意认定了自己是柳家未来的儿媳。那时候,韩晶的父亲已在某局任局长,两个知根知底的家庭,门当户对,双方家长都十分看好这段姻缘。张金芳尤其喜欢韩晶白里透红的苹果脸蛋,喜欢她扑闪扑闪会说话的大眼睛,喜欢她圆润有致的身材,说光看那体形将来准能生白胖小子。尤其她的大学教师职业,生活规律,受人尊敬,待遇不差,带薪休假,简直是百里挑一的理想儿媳。而当时的柳志文对父母的安排也无异议。

然而世事难料,事与愿违,忽一日柳志文在工作中邂逅了叶如馨,一见钟情,不能自拔。他歉疚地告诉父母:当真正的爱情降临时,他才痛苦地发现,他对韩晶的感情其实根本算不上爱情,他的确曾经喜欢过韩晶,但那仅仅是兄妹之间的情谊而已。与父母摊了牌,柳志文索性不再有顾虑,他立誓非如馨不娶,为此不惜与家庭断绝关系。

儿子放着局长的千金不娶,单单钟情啤酒厂职工的女儿。放着文静温柔的大学讲师不爱,偏爱工作节奏紧张、整日与形形色色的各路人物打交道的女律师。张金芳痛苦万分,发动亲友轮番出动劝说儿子,又使出浑身解数,设置种种障碍,但最终没有任何效果。柳志文和叶如馨在苦恋三年后,手拉着手贷款买了二手房,领了结婚证,办了简单又不失情趣的婚礼,就这样开始了没有目的、没有计划,却充满快乐和温馨的婚姻生活。

而一直做着积极努力、一腔痴情的韩晶,眼看大势已去,柳志文已无回头可能,不得不在父母的劝说下,含着眼泪嫁了人。

为儿子的婚姻,张金芳伤心了三年有余。作为对儿子不听话的惩罚,把原准备好给儿子买婚房的一笔钱，悄悄地收了回去。之后房产连年大涨，而她的钱放在银行大为贬值，本来可以买一套房子，如今连一间房都买不到了，错失生钱机会，这让她愈发痛恨儿媳。这个儿媳十分倔强，再苦再难没有向柳家张过口，再苦再累没用过公婆一分钱。张金芳也愈发认定，从小听话孝顺的儿子如今越来越犟，完全与娶了这样的媳妇有直接关系。

叶如馨不分白天黑夜拼命地工作，经济收入日新月异，连年翻番，夫妻俩全心全意地努力，家里一切从无到有，不仅买房换房，买车换车，还有了存款，投资了股票、基金等金融资产。柳志文收入虽不及妻子，但连年评先进、评优秀，逐级提拔，工作风生水起，论起成绩，比妻子有过之而无不及，丝毫不逊于她。这几年，如馨也越来越觉得生活有了底气，不会为柴米油盐烦恼，不会为了丈夫的工资或奖金比别人少了几百元而难受，也不会因为同学朋友官运亨通而感到羡慕。她可以去做自己喜欢做的事情，不用看任何人的脸色。虽然离富豪的生活还很远，可活得是越来越惬意，越来越爽心，每天与丈夫欢歌笑语，她常常感到无比幸福。

柳洪亮当局长时，儿子似乎并显不出多少重要性，那些甘愿当干儿子的人数也数不过来，根本使用不完，亲儿子要决裂就决裂，愿出走就出走吧。柳洪亮退休了。那些曾经没日没夜众星捧月围在他身边嘴里抹蜜糖恨不得喊他亲爸的人，几乎一夜之间一哄而散，消失得无影无踪。祸不单行，忽一日退休的老局长又中风倒下，行动不便，亲儿子柳志文一下子又被亲情血缘责任义务推到了前台。在医院里楼上楼下、跑前跑后、买药送饭、端茶端尿的正是这个被视之为不肖之子的柳志文，为柳志文分忧解难与他轮流守护病人的正是被局长夫人曾经厌恶至极的儿媳叶如馨。出院后，小两口又毫不犹豫接老两口住到自己的小家。起初张金芳还不肯来，柳志文使出九牛二虎之力，恳求，请求，劝解，说服，甚至哄骗，用尽各种办法，为了婆婆的面子，如馨只好出面相请，求爷爷告奶奶，求着公婆住过来，也终于求来了婆婆的没完没了的唠叨和折磨。

出身于农村的婆婆，如今局长夫人的身份已经褪去，却仍然保持夫人的脾气和习惯，然而，骨子里的封建思想却没有褪去。有这样的婆婆在，幸福日子注定不能长久，仅仅半年多一点，叶如馨就无数次领教了婆婆的挑剔，体验了无尽当儿媳的苦恼，别别扭扭，磕磕绊绊，风雨和动乱也经历不少，总算磨合得差不多了，好不容易安宁了几天，刚刚松了一口气，婆婆这又来了事。近日来又将“孙子问题”连日升级，愈闹愈凶，不肯善罢甘休。

以前不住一块儿，就算婆婆有怨，如馨看不到，听不见，根本不当回事，从未往心里去过。如今抬头不见低头见，上牙磕下牙，简直无处可逃，无路可走。她虽然热爱工作，可骨子里也是个传统的女子，如果孩子自然而然地来了，难道她拒绝吗？她不是正常女人吗？她没有常人的感情吗？为了婆婆为了柳家也为了她自己，她确实一直在准备，在努力，为了孝顺老人、为了老人的感受，就算自己身心备受伤害，她都悄悄地吞咽，没让老人受到半点惊吓。可是老人，为什么就不能体谅一下她呢？她的苦衷、她的哀伤找谁说去？

发展到今天，婆婆完全走火入魔，全然成了疯子。催促一日紧似一日，天天旁征博引大讲特讲女人的最佳生育期，日日长吁短叹大谈特谈孙子长孙子短，一进家门就不得消停，原本温馨的家成了地狱，让她害怕，让她厌恶，甚至憎恨，让她找不到一点留恋感觉。

对这个婆婆她只想采取一个态度：敬而远之。每天尽可能多工作，不工作时也尽可能多待在外面，每天要不停地忙碌，把自己搞得很累，这样晚上一回家只管闭上眼睛睡觉，什么也别管，什么也不想。

不堪回首。罢了罢了，不愉快的不提。

尽量避免跟婆婆正面冲突。如馨暗暗告诫自己。

她站起来，拿起车钥匙，打算抽身离去。

此时此刻，看到儿媳一声不吭，表情麻木，对自己所言视而不见，听而不闻，甚至要弃她而去，张金芳愈发来气。她目光坚硬地盯着她："你别走，今天你一定得给我个明白话，如果你还认我这个婆婆，你就马上把工作停下来，怀孕生子，给我生下宝宝，你愿干吗干吗，我绝不再说半个不字。"

看来这孩子问题已经上升到可怕的高度，已经重于泰山，超越了家里任何一件事。看来这孩子一日生不出来，耳边就不可能有清静，不可能有一天安生日子。如馨叹了口气，真想痛哭一场，然后劈头盖脸说出实情，然后指着老太太的鼻子说一声"离婚"，最后头也不回离开这个家。

可是，真的要如此吗？离婚？柳志文怎么办？他能接受吗？她又真的舍得离开他吗？

此时，如馨连哭也哭不出来，面对这个蛮横的、抽风的婆婆，她的眼睛里没有半滴眼泪。她不想让婆婆看到自己内心的脆弱，也不想让这个老女人看到自己内心的伤痛。如馨抬起眼睛，冷冷地盯着爱人的母亲："我认你这个婆婆，你是志文的妈妈，这个事实永远不会改变。"

"那你就给我个明白话……"

"我给你明白话，生孩子是我和志文的事，我们俩并不着急，所以劝你也不要着急。你急没用，这事得我们说了算。"

“你！你……”张金芳气得眼冒金星。

“我现在不想要孩子，以后也不想要。我的工作现在停不下来，以后也不会停下来。我对我的生活和现状非常满意，我不需要孩子。”

丢下这些冷酷的话，压抑太久的如馨感到了从未有过的快感，仿佛出了一口恶气。

张金芳嘴唇哆嗦，目瞪口呆地盯着儿媳，一句话也说不出来。

如馨火上浇油：“张女士，我知道你一直不喜欢我，今天不妨告诉你，我也不喜欢你。不喜欢你这种性格，你这种喜怒无常、莫名其妙的怪脾气让我天天神经紧张，觉得好可怕。知道吗？我忍你已经很久了！我受够了！真的受够了，知道我为什么泡在健身馆不愿出来吗？我没地方去呀，我不想回家，不是不想跟你在一起，主要是怕你！受不了你，我真的受不了，受不了你总是挑刺儿，受不了你动不动就催促怀孕生子给你们家传宗接代！我就想不通了，你当了那么多年局长夫人，为什么这种农村老太的陈腐观念还没被洗掉？为了志文，为了你那个大孝子，我一直在忍，我无数次告诫自己要忍啊忍，忍下去……今天你也给我个明白话，我要忍到什么时候？有尽头吗？知道吗？人不能总是忍，会忍出毛病的！求你，看在同住一个屋檐下的分上，以后不要让我这么难受，发发善心行吧？要不然这个家我真是待不下去了……”

啪的一声，一记响亮耳光从耳边炸响，如馨一边脸结结实实挨上了这一掌。

愤怒的婆婆扇过来的。婆婆嘴唇颤抖，浑身哆嗦。

如馨愣愣地盯着婆婆，两只眼睛里都冒着火光，噙着泪花。

柳洪亮出现在婆媳俩身后，用拐杖捣着地板，捶胸顿足，痛心疾首：“太过分了！太过分了！”

不明白他在说谁。

如馨捂着火辣辣的半边脸，夺门而去。

一口气到了律师楼，刚好小杨和小刘外出不在，如馨将自己关在里间，呆呆地坐着，大脑一片空白。半小时后，稍稍回过神来，忽然想到那一瞬间婆婆浑身发抖的样子，骤然意识到今天自己的出格，着实把二老气得不轻，两位老人都高血压，会不会出什么大事？如馨忽觉一阵后怕，慌忙拨打柳志文手机，让他赶紧回去看看老人。他吃惊地问发生了什么事？她拒绝回答原因，只让他尽快回家。

如馨在律师所阅卷到很晚。深夜，她驱车从城东到城西，回了娘家。

柳志文那边没有音讯传来，想必没出什么大事。就算有事，把他的父母交给他，没有比这更能让人放心的了。如馨心里忐忑了一会儿，慢慢地调整着心情，还要去面对自己的父母。

第四章

1

叶振山是啤酒厂职工，王宏英是中学政治教师，夫妻俩养育了两女一儿，叶家的条件与柳家自然在两个完全不同的阶层。不过时至如今，孩子们都工作了，捉襟见肘的困窘早已成了往事。老两口拿有退休金，加之三个孩子时不时的孝敬，生活条件已经有了翻天覆地的改观。

女儿深夜敲门，母亲王宏英仿佛意识到了什么。她什么也不问，只是说时间不早了，让女儿快快洗漱休息。如馨也没二话，一头钻进出嫁前狭窄的闺房，从柜子里取了散发着腐味的被子，蒙头睡下。

次日一早，打开手机，看到几条信息。如馨逐一翻看，都是案件当事人的，没有柳志文的音讯。平常，不论谁出差，或者她回娘家，只要夜晚不在一起，夫妻俩睡前必会通一番电话。这一夜，却一条短信都没有……当然，现在是非常时期。

母亲在外面喊她吃饭，如馨洗过脸出来，看到父母、弟弟与弟媳已经在餐桌前等她了。

如馨在自己的位子上坐了，端起豆浆一口气喝下。

母亲将一只煮蛋剥好送到她盘里说："吃了。"

如馨答非所问："志文有来电话吗？"

弟弟在旁边说："志文哥没有电话来。"

如馨不无失望。看来柳志文已经知道了昨天发生的事。他母亲一定不会说她什么好话。他一定相信了他的母亲。

王宏英又道："馨，把鸡蛋吃了，听到没有？"

吃不下啊。小时候过生日的时候，生病的时候，都会享受鸡蛋待遇。二十年过去了，如今妈妈这种习惯还没改变。如馨勉强吃了，昨晚没吃饭，增加一点营养啊。

“吵架了？”王宏英问。

“不是跟志文。”

“跟志文妈？”

如馨张了张口，想说什么，母亲又打断她：“先吃饭，吃完再解释。”

本想与妈妈谈谈心事和苦恼，问问父母双方的家族里有无“AaAb”的遗传基因史，然而当着全家人尤其当着弟媳的面，这是说不出口的。饭后，如馨习惯性地拿了包，准备去上班。然而看到身为教师的弟弟和弟媳穿着家居服，闲散地蹲在地上逗两岁的小儿玩，完全没了平日的紧张，这才猛然意识到今天是周六，不必到律师所去。于是回身坐了下来，本想逗逗小侄子，可一点儿心情都没有。于是瞪着两只眼睛对着电视屏幕，却什么也看不进去。

“别看了，”王宏英走过来，伸手关掉电视开关，“过来我们谈谈吧。”

如馨起身跟母亲进了里屋。

“说吧，怎么回事啊？”坐在床边，母亲像法官一样发问。

“没什么，妈，你别担心。”如馨木木地坐着，毫无心情倾诉，一句话也不想说。

“没什么能半夜跑回家来？”母亲根本不信她的话。

如馨不说话。母亲又道：“到底怎么回事？什么事惹志文妈生那么大的气？”

“你怎么知道她生气了？”

弟弟如胜推开门插话：“昨晚你回来之前，你婆婆来过电话，她在电话里大哭。”

母亲冲弟弟道：“没你的事，出去！”

如胜冲姐姐吐吐舌头，退了出去。

如馨顿时感到头皮发奓，刚刚有所平静的心情一下子又来了火气。真是恶人先告状，丑人多做怪！张金芳啊，你也太不仗义了！我在律师所担心你，你却背后告黑状！偏偏自己这辈子又没遇到一个“护短”的妈妈，自小，凡叶家孩子在外与别的孩子争吵打架闹别扭，不论谁对谁错，回到家万万不能说，因为说了，只有招致父母更为严厉地教训和责骂。

果然，王宏英严厉地注视着女儿，语重心长地说：“你身为律师，不再是小时那个毛丫头了，一言一行你也得有点律师风范，别让人家笑话，不能让人家笑我们没家教，不要让我们出门见人都矮一截。”

“妈，别提什么律师，在所里在法庭上是，在家里我只是一普通女人。”

“知道是个普通的女人,那就更应该懂得人情伦理,懂得如何跟老人相处,可你呢?你是怎么做的?不能孝敬公婆倒也罢了,可你不该口出狂言大逆不道气老人哪！志文爸高血压,都中一次风了,要是再给气出个三长两短,怎么对得起人家？我和你爸这两张老脸往哪搁？”

“妈,你不能只听一面之词,不问青红皂白张嘴就训我,口出狂言、大逆不道从何而来？你听听我的解释再下结论也不迟啊。”

“你还解释什么?事情我都已经明明白白清清楚楚了。”王宏英侧过头去,不愿再看自己的女儿。

“你根本不明白！我没惹她,是她惹我,我真冤枉死了。”

“她一个老太太怎么会惹你？为什么惹你？她不就是跟你谈谈孩子的事吗?她是志文的妈妈,她希望早日抱上孙子这有什么错?可你又是什么态度?你为什么不能理解当老人的心情?你说自己不想生孩子,不需要孩了,说宁愿离婚只是因为志文不同意,这是不是你说的混账话?”

“我没说离婚。”如馨坚持道。晕死,张金芳你也太歹毒了,竟然一字不落往外放炮!

“没说？志文妈一把年纪了能掰瞎话？今天你跟我说实话,你有没有提过离婚的事？有没有？”

“是,提过,跟志文提过,他没同意。”如馨倒也坦白。

“为什么？为什么提离婚？”王宏英睁大双眼,不可思议地望着女儿。

“不为什么。”

“不为什么为什么要离婚？你得说出个理由啊！”王宏英气得语无伦次。

“他妈整天跟我催生孩子这事,让我好烦,居然还让我放下工作,我就是不想生孩子,也绝对不可能放下工作,我特别烦他妈,觉得他妈完全没必要操这份心,我不生孩子碍着谁了？用得着她管吗？累不累啊？”

王宏英脸色铁青:“你是因为不想生孩子,因为烦志文妈,才跟志文提离婚？”

“我就是烦她！自己有房子不住非要跟我们挤一块儿,整天弄那些高龄畸形什么的来折磨我,孩子还没个影儿呢,就神经病似的买一堆婴儿用品回来,她越是这样我越是不生,我就不想让她如愿！我就不信了,不要孩子还不活了？日子就不过了？要孩子干什么？受拖累？我连自己都照顾不了,哪有精力照顾孩子?想要孙子让他儿子找别的女人去！我没有拦着！是她儿子硬抓着我不放！她拿儿子没办法所以就天天变着花样折磨我,真是变态……”

啪的一声,一记响亮耳光在如馨耳边炸响,如馨昨日刚被婆婆打过的半边脸，结结实实再次挨上了这一掌。

王宏英气得浑身发抖，情绪激动："这是人话吗？我怎么会生出你这种女儿？早知如此当初不如掐死算了！养你这么大干什么哪？老人养儿子干什么？跟你们住一块儿那是你们的福气！你怎能说出这种不仁不义大逆不道的话来？别说志文妈没错，就算千错万错，你也不能这么对待老人，没有她，你的丈夫从何而来？！"

叶振山站在门口，冲女儿疾言厉色："太不像话了！就这样还配当什么律师，狗屁不懂！"

王宏英掉下眼泪："志文妈让你生孩子这是为你好！别说她急，我也急，我早都替你着急了！年龄不饶人，你还想耽搁到什么时候？你现在缺吃还是缺穿？少接个案子少赚点钱有什么大不了……"

叶如馨已经什么也听不进去了。

孩子的问题不知不觉间已经织成了一张巨大魔网，牢牢罩在叶如馨头顶，越挣扎套得越紧，不论她逃到哪里，都摆脱不掉。妈妈一直替她担忧，大约一年前曾经悄悄地问过她，是不是有什么问题，有没有去查过。她告诉妈妈，一切正常，工作忙，一直在避孕。

那时说的是实话。那时的确从未觉得有什么不正常，也的确一直在避孕。但这时，实话的内容已有变，可她不再有心思说出来。

叶如馨望着父母，就像望着陌生人，她委屈万分："爸，妈，我是你们生的女儿，为什么你们总是向着外人？"

"正因为你是我们生的，我们才要管教你！"王宏英含着泪道。

叶如馨再次望了母亲一眼，心里是一种从未有过的寒意。她不再说什么，只捂着被母亲打过的半边脸，再次夺门而去。

2

难过的时候，悲伤的时候，苦闷的时候，如馨就会听音乐。戴着耳机，听电影《雏菊》里的插曲。淡淡的忧伤，淡淡的哀愁，优美的、饱含激情的爱的旋律，抚摸着她的心灵，让她暂时忘却烦恼。

她在律师所一泡就是一整天。一边听音乐，一边阅卷宗，写材料。家庭不睦给工作带来的影响，可以说是正面的。手头多个案子进入诉讼程序，一点也偷闲不得。眼下业内尚未细分化，做律师的几乎个个都是万能型，民事的，经济的，离婚的，索赔的，种类不同，目的不一，每个案件都有一套属于它的运转思维。所以她的大脑必须要像电脑一样，不停地运转，每个部件都在紧张有序地工作。今天这个案子需要了，啪地切换到这个界面，明天那个案子需要了，啪地打开另一种模式。

这一天，她埋头案前，大堆的卷宗与诉讼材料使她根本就没时间郁闷或发呆。而且还可以专心致志，再不用惦念着回家吃饭的时间，也不必再像往常周末加班那样，小心翼翼地看婆婆的脸色，仿佛欠了老太太，欠了全家人。

这一整天，如馨没有走出律师所，在办公室里先后泡了两盒泡面，算是中餐和晚餐。夜已经深了，才从律师楼走出来。虽没废寝忘食，但也差不了多少。回顾这一天的工作，她感到充实，感到问心无愧。她确实离不开这份工作。这份工作能够让她朝气蓬勃地活着，让她对未来充满希望和自信。当每每帮助当事人如愿以偿达到诉讼目的，她都会感到由衷的欣慰、开心和自豪。但无论如何，当这个夜晚，在先后挨了两记耳光从两个家里逃出来的这个夜晚，从空空的大楼里走出来，仍然无法回避隐藏在内心深处的一丝落寞。这种感觉是真实的，她不能欺骗自己。

气温有些下降，她裹紧了身上的外套。

去哪儿？回家？两个妈妈都在生着她的气，回哪里？如馨坐在车里，从未有过的茫然。这时候，她心里想念最多的是丈夫，是他的怀抱。可是，这一夜又一天，他连个电话也不主动打来。他的沉默让她心生寒意。

车子启动了，如馨拧亮车灯。

忽然，一个孤单的男人身影出现在前方，出现在她的视线里。

如馨揉揉眼睛，没错，是他。

柳志文一步步走过来。

滚烫的泪水忽然奔涌而出，从如馨的脸颊止不住地往下滑。

他站在车门前，拉开车门，伸手擦她脸上的泪："小傻瓜，这么晚了怎么不知道锁车门？碰上坏人怎么办？"

他把她换下驾座。他握着方向盘，她歪着身子，脑袋靠在他肩上。不需要更多的语言，温情在心间默默地流淌，一切都是那么自然而然。

车子行驶起来。

许久，如馨打破沉默。

"志文，昨天……"

"我可怜的宝贝，不用解释了，前因后果爸都跟我讲了，爸爸的公正我永远相信。”他的声音十分温柔，“你的心情我理解，所以我不会怪你。有的时候，我妈说话做事在方式上的确有问题，希望你念在她是老人的分儿上，别较真儿，别记恨。你不想听，就装作没听见，家和万事兴，天天这么闹，对每个家庭成员来说都是摧残。”

“志文，那个事……你还没跟妈说？”

“缓两天吧，等妈情绪好转了，我找机会跟妈谈。”停了一下他又道，“你千万别贸然行事，太突然了她会受不了。”

柳志文语调平静，眉头却微微锁着。看到一向开朗的他变成这副模样，如馨不由得心疼起来。她表态道：“昨天我有错，我说了些过激的话，是我不好。你放心吧，以后我一定装个聋子哑巴，不会再发生昨天那样的事了。”

柳志文腾出一只手，握住了妻子的小手：“宝贝，谢谢你能这样想。”

感受着从丈夫手上传递来的温暖，如馨心里也暖暖的。

“你知道，小妹根本靠不住，我是柳家唯一的男丁，我必须给父母养老，他们的晚年生活必须由我来陪伴。而能够陪伴我的，也只有你，就算在父母那儿让你受了委屈，你也一定多些忍耐和体谅，不论如何，我心里都记着你的情呢，我会在别的方面补偿你的。”

柳志文这么一说，如馨愈发觉得愧疚，愈发对昨日砸向婆婆的那些胡言乱语感到无地自容。她挽着他的胳膊：“别这么说，我有错在先，以后我肯定会和你一起照顾好老人的。”

这晚睡到半夜，如馨迟了两天的月经突然而至，腹痛把她从睡梦中搅醒。当然，身边的他也被搅醒了。他一骨碌翻身下床，从床柜里取了暖水袋，轻手轻脚去厨房烧热水。为了给她补充热量，烧水期间他又热了一碗牛奶，端回卧室一手扶着她的背一手喂她喝下。待重新躺下，裹着毛巾的热水袋暖暖地贴到肚皮上，腹痛渐渐地消失，她也渐渐地重入梦乡。

次日早饭后，如馨在厨房洗碗。柳志文来到她身后，一把将她从水池边拉开：“怎么能动冷水呢？”他二话不说挽起衣袖，三下五除二，替她把该洗的锅碗给洗了。

以前夫妻俩过小日子时，柳志文在家什么都干，擦地洗碗，炒菜做饭，没有一样不拿手的。这半年多跟父母合住后，柳志文就恢复了婚前的状态，常常衣来伸手，饭来张口，偶尔干点什么家务，妈妈看见就会老大不高兴，弄得如馨像个罪人。他做家务倒并不怕妈妈看见，只是不愿妈妈不开心，不愿媳妇从中为难。

来自丈夫的体贴和柔情让如馨备感甜蜜和温馨。她看看周围没有婆婆的身影，从后面轻轻地抱了抱他，还趁机在他腮边亲了一口。他却伸出湿漉漉的手轻轻推开她："好啦，别让人看见。"

她笑道："你是不是有事求我？"

"就算是吧，"他低声道，"今天星期天你别去律师所了。"

"我没说去啊，怎么？想陪我出去玩儿？好啊，去哪儿？"

"太遗憾了，我要下乡调查一案子，不能陪你了，我是想，你可不可以陪妈妈逛商场？"

如馨有些失望，仍含笑道："我没问题，妈想去吗？"

"早上我听她说打算去逛，你就陪她去吧，趁机缓和一下关系。"

"没问题。"

"耐心一点啊，她喜欢什么就给她买，想去哪儿就送她去。"

"放心吧老公，开车陪她逛遍全城不在话下，只要她愿意，跑北京我也去，今天肯定会让她高高兴兴地满载而归。"

"谢谢老婆！"柳志文洗完碗筷，满心欢喜转身出去。

如馨将厨房收拾干净，洗了水果送到客厅。柳洪亮雷打不动地坐在沙发上看电视，如馨又把公爹的功夫茶给沏好，给小电壶插上电，烧上水。

张金芳在卧室里整理衣服，如馨走过去轻轻敲门。

婆婆似乎没听见，如馨轻轻推门进去。

"妈，"她主动叫她。

婆婆仍然置之不理。

如馨厚着脸皮在床边坐下，帮助婆婆整理那些晾干的衣服。心里琢磨着如何给婆婆道歉，说点请婆婆原谅的话，最好再说个笑话之类，逗婆婆开心一笑。

"妈，昨天……"

张金芳不容她将一句话说完，立即打断："别叫我妈，昨天的事我错在先，我错就错在不该说你，我不是你妈，没资格说你。"

闻听此言，如馨心有不悦。但想到自己对丈夫的承诺，她仍然赔着笑脸："妈，昨天是我错了，我在这儿给您赔不是，请求您的原谅，您能原谅我吗？您就原谅我吧。"

看儿媳态度诚恳，语气顽皮，张金芳态度略有缓和："算了，我不跟你计较。"

"你大人大量，洪福齐天，"如馨喜笑颜开，"今天想逛商场去？是不是想添件新衣服？我给你当参谋。"

"现在商场正在换季打折，去看看吧……"

张金芳此时戴上老花镜，举起一份报纸仔细看栏目广告。对于打折货，她任何时候都会有着极其强烈的购买欲。

如馨瞟了一眼，只见某婴幼儿用品卖场的大红色广告占据了半页报纸。

张金芳平日足不出户，获得信息的来源主要是报纸。由于心里装满了抱孙子的事，看报纸最关注这方面的东西。

如馨刚刚还春风拂过的心上，如同被猛然塞进一把毛草蒺藜，颇不痛快。不过，她装作什么也没看见。她答应柳志文要装聋作哑，索性连瞎子也装了吧。

"其实，昨天我也不是故意为难你，"张金芳将报纸叠好，仔细装进手提包里，摘掉老花镜，又道，"昨天我不高兴是有原因的。"

"噢，我知道。"

"昨天在饭桌上无意中碰到了韩晶，她看上去没什么变化，气色还是那么好，身边还多了个孩子。是个男孩，五岁半了，见了我，一个劲儿让孩子喊我奶奶。"

一提到那个"白里透红"的大学讲师，如馨一下子没了情绪。

"韩晶是个好姑娘，当初，她那么喜欢志文……"张金芳叹着气说。

如馨脸上的笑意完全消失了。她转身欲走。

谁知张金芳不满地叫住她："我话还没说完呢，你走什么？一点儿礼貌不懂！"

如馨好不容易培养起来的好心情完全给败坏掉。她完全失去了耐心："所以，妈，你回来后就特别懊恼，甚至后悔，当初为什么没用家长的威严包办婚姻，如果你儿子娶了韩晶，你的孙子如今也该五岁半了，是吗？"

张金芳摘下花镜，怔怔地望着儿媳："我没这个意思。"

"那你是什么意思？我听着就这意思。"

张金芳火了："你怎么这样跟我说话呢？有你这样的儿媳妇吗？惯的是吧？昨天的事我没跟你计较，你还来劲了是不？干脆告诉你，我的意思就是你不如韩晶！当初如果娶了韩晶，我现在就不会天天堵心！"

"哼，"如馨脸色骤变，"你找她去呀！找呀！要逛商场原来为了买婴儿用品，买给谁穿啊？谁答应给你生孙子了？是不是有病啊？嫌我说话不好听？你说你有神经病，我就不会计较了！"

甩下这句话，如馨站起来往外走。

柳志文像一堵墙堵在了门口。他脸色铁青，半小时前的柔情全无踪影。他凶凶地盯着妻子，看得她心里直发毛。

"你，你还没走？"如馨眼睛望向别处，说话时明显底气不足，心里发虚，刚才砸向婆婆的话确实不像人话。

"你以为我走了？我不在的时候，你就是这样对待我妈的？"他问。

"我……我……"如馨无言以对，简直要晕倒！被抓个现行，跳进黄河也洗不清了。

“你什么？你能重复一遍刚才对我妈说的话吗？你说谁有神经病？”他问。

如馨再也忍不下去了。内心的不满和愤怒火山一样喷发出来：“这是法庭吗？你还把法官当到家里来了？你只听到了一句话就开始质问，这是法官的素质吗？符合审判程序吗？让我陪着逛商场就是为买婴儿用品？为什么天天纠缠这些事不放手？难道这不足以让人怀疑某些人的神经出问题了吗？我怀疑某人有抑郁症倾向，强迫症！建议赶快去看医生！”

柳志文瞪着双眼，高高地举起手来，恨不得给她一拳。

如馨仰着脸：“打我是吗？打呀！你打呀！”

柳志文一拳砸在门框上，恼怒地吼道：“我妈不用你陪逛商场了！不用浪费你的宝贵时间了！我不工作了，我陪她去！你滚！滚！”

如馨傻了。不相信面前的男人是亲爱的丈夫，不相信这个挥拳要揍她的男人竟是老公，竟然大喊着让她滚！

“快滚！别让我再看到你！”柳志文的拳头还停留在门框上，又砸了一拳，他的脸涨得通红，似乎失去了理性，似乎她晚一秒钟离开，拳头就会落到她身上。

“连你也要欺负我？”如馨一颗心都要碎了。

这一瞬间，她在心里悲哀地叫道，完了，完了！

对婚姻、对家庭、对亲人的绝望狠狠地袭击着她，痛苦和无助占满了她的心胸。

婆婆哇地一声哭了出来：“我们还是搬走吧，我们又不是没房子住，何苦受这份窝囊气……”

公爹拄着拐杖站在客厅里老泪纵横：“这究竟是怎么啦？家无宁日啊！”

如馨咬着嘴唇，哭着从家里跑出去。

3

叶如馨暂时栖身于闺密周芸家。

周芸说了，我这里是你的避风港，也是你的垃圾箱。

周芸就职于移动公司。丈夫纪实是一位计算机博士，为了赚高薪，常年工作在上海，只有节假日才会飞回与妻儿团聚。周芸本想去上海结束分居，可调动并不容易，又不舍得丢掉铁饭碗，再加上要照顾婆婆，所以几年来夫妻过着牛郎织女的生活。去年纪实妹妹生了孩子，婆婆搬到女儿家去看孩子，家里便剩下周芸和六岁的儿子鹏鹏。

周芸的房子只有七十多平方米，两室一厅，母子俩生活并不觉得狭小。相反，屋子处处体现着舒适，每一个角落都充满着温馨。周芸让儿子跟她睡，把儿子的房间让给了如馨。

夜里，鹏鹏在妈妈卧室里玩电脑，如馨靠在鹏鹏的小床上，瞪着两只眼望天花板。

撞什么邪了，真晕啊。从来没有这样窝囊过，三天之内挨了两记耳光，来自两个妈，还有柳志文没落下来的拳头。多可怕，就要大打出手了。环境对人的影响何其重要？十佳律师哎，在外人面前一直是很文的，很雅的，讲话很有水平的，很受人尊重的，为什么回到家就变成另外一副样子？为什么在家里被人随便打骂？是因为有泼妇婆婆在身边？怎么竟也不知不觉变成一个泼妇媳妇了？为了那个泼妇妈妈，亲爱的老公竟然龇牙咧嘴撵她走，恩爱夫妻一夜之间成了敌人，老天爷，还要继续在一起吗？继续彼此的折磨？

周芸轻手轻脚推门进来，将一杯红酒放在床头柜上。

“已经大打出手了？”周芸问。

“出了手，但没打着。”如馨翻翻眼皮，“干吗给我喝酒？”

“催眠啊，喝下去晕糊糊的好睡觉，别再胡思乱想。饭不吃，觉不睡，拿别人的错误惩罚自己，有用吗？傻瓜蛋。”

如馨道：“辛辛苦苦努力挣钱，为了什么？七十平方米的房子换成一百四的，原以为空间大了，日子就会更舒畅。却不料空间越来越大，心情越来越糟。早知如此，换什么房子？还是以前的小房子，局长大人和局长夫人还肯来吗？后悔啊，引狼入室。老太太干什么来了？就是为了天天变着法折磨我。”

“要不你也变着法儿天天折磨她，不就扯平了？”

“她已经天天折磨自己了，我就省了吧。再说呢，她闲，我没那个闲工夫。她变态，我想变变不了，只后悔换房子。”

“不换房那更糟，”周芸在床头椅上坐下，“像志文这样的孝子，就算爹妈不来，他也一定会要你们搬回去，与其你住他们屋檐下，不如他们住你屋檐下。婆媳是天生的敌人，所有矛盾都是同一屋檐惹出来的，住在一起纯粹是愚孝，从古到今没法解决，你能怎么办？唉，我一同事就因为跟婆婆合不来导致离婚的。”

“照顾侍候也好，花钱跑腿也罢，我没意见，可就是别让人这么难受。我一直在忍，现在忍不下去了，没法过了，看来只有退出来了，跟你同事似的。”

“要退出也不能是你呀，凭什么？他们退出好了！”

“这老头子好端端的害什么脑血栓啊！就算他们想退出，可柳志文不愿意啊，他铁了心为爸妈养老，一定要守在身边，我还不能有意见，因为我爸妈先不允许，女儿在婆家受了欺负，做父母先打自己的孩子，这是个什么规矩？”

“要不就折中一下，你做个让步吧。志文妈不就想要个孙子吗？这不是过分的要求，你就生孩子好了，这样一来所有矛盾不都迎刃而解了吗？这一关早晚逃不掉，难道你还有别的打算？听我的，怀孕也就十个月工夫，一转眼就过去了，误不了多少工作的。现在你没感觉，等有了孩子你就知道了，孩子会给你带来多少欢乐，到时候，你准会后悔没早两年生孩子呢。”

如馨闭上眼睛，不想再看周芸。

周芸继续道：“这个事我早就想说说你了，你别不高兴，我也是为你好。你不能整天光想着这人的官司那人的案子了，光想着帮别人解决难题，谁来帮你解决难题？你一定要在近期内建立一个长远的家庭计划，势在必行啊！”

如馨抬眼瞥周芸一眼，皱眉道：“你做报告吗？不能通俗用语吗？浑身起鸡皮疙瘩，晕！”

“晕也没用。现在晕，将来痛！上个月我腿扭伤去住院，碰到一个事儿：隔床一个老太太，儿子女儿四五个，今天这个走明天那个来，这个给妈买保健枕，那个给妈炖鸡汤，红红火火的。我可倒好，一个人冷冷清清，上个厕所打着吊针也没人帮你扶一下。从医院回来，鹏鹏放学回家摸着我的腿问还痛不痛，当时我心里那个暖和啊，心想这孩子真没白疼，我这才体会到孩子的重要性。你将来怎么办？守一堆钱有什么意思？住敬老院？”

如馨一语不发，心里悲哀道：这张魔网的触角，已经伸到周芸这儿了。

连周芸都开始逼她了。

周芸又道：“得赶紧提上日程了，三十二，还来得及，再拖两年，那就真晚了，岁数越大，风险越大……”

如馨抬抬眼皮：“你出去，让我静一静行吗？”

“行，我的话你得放心上啊，不能当耳旁风。”

“你怎么比张金芳还啰唆？出去！”如馨拉过被子蒙住了脸。

除了柳志文，没有人知道她的情况，包括周芸。以前从来没感觉，现在才发现，三十二岁的已婚女人，如果还没当妈妈，那就很奇怪，很不正常，就会如此引发别人的疑问和好奇。你的年龄别人比你自己记得还清楚。

在周芸这里一住七天。七天来，柳志文竟然没一个电话给她。这让叶如馨伤心不已。尤其痛苦的是，从第三天她就开始想他，无法克制，夜不能寐。好几次拿起电话想拨过去，本能的自尊还有心底里复杂的感情，使她每次都强迫自己克制，再克制，最终没有拨出那个熟悉的号码。

这几天，精力主要用在吴远虹的案子上，每天要跑好几个地方，四处做调查，主要是了解亿万富豪赵挥的财产情况。果然如吴远虹所说，对方实在太狡猾，查起来很困难，好几个吴远虹指名道姓的公司，工商方面显示的法人代表却是别人的名字。

"儿子执意照顾父母晚年生活，不肯跟父母分开；婆婆一心想抱孙子，想得发疯；儿媳心有余而力不足，没办法满足婆婆的愿望。这一矛盾如何解决？"

夜里，如馨在办公室打开网络，与一个偶然遇到的四十多岁的大姐网聊。

大姐回她："那就只有离婚了。"

"没有别的路可走吗？"

"没有。"

"离婚或许是唯一的办法，要不然矛盾不断，家无宁日。长痛不如短痛，与其人人哀愁，不如彻底解脱。"

关掉电脑，如馨靠在椅背上沉思，难道离婚真的是唯一的办法？

想到离婚，顿时令她心如刀割。她舍不得。他舍得吗？这些度日如年的日子，他有没有像她想他这样在挂念她？他是否已与母亲谈过？以她对婆婆的了解，张金芳是断然不会接受这一事实的。婆婆一定劝儿子离婚，儿子是否已经动摇？他在盛怒之下要打她，撵她出家门，逼她离家出走，他有没有过后悔？七天过去，他的身影没有主动出现，他的声音没有主动传来，他的沉默意味着什么？

夜里，如馨把车子开到海边。在海风和海潮声中，她痛痛快快地流了一场泪，百转柔肠，肝肠寸断。那就离吧，她对自己说，既然他已生变，她何苦还要坚守？既然她不能给他幸福，那就给他自由，给他重新选择的机会吧。爱他，就别以爱的名义捆他一辈子了……

这一夜，如馨做了一个梦。梦中婆婆气咻咻地指着她脸扔下两句话："你不能生孩子？好吧，要么你离开我儿子，要么我去死。"她问婆婆："只有这两条路吗？"婆婆说："就这两条路，你任选一条。"天亮时分，如馨从噩梦中惊醒。

她跟周芸说了这梦。

周芸安慰她："日有所思夜有所梦，你放心吧，梦都是相反的。"

第五章

1

一大早，一个衣着时尚名叫黄农的小伙子找到叶如馨，自称因吴远虹的事，有重要情况与她交流。如馨让他到办公室谈话，他却说律师所环境会让他紧张，要求到附近的茶楼。

在茶楼一个单间里，经过简单交谈，如馨很快就明白了对方来意。

原来黄农并非吴远虹的同盟。他是赵挥的表弟，从小与表哥一块儿长大，自幼敬重表哥的为人。在这场离婚大战中，他觉得表哥实在太冤。在他的陈述中，嫂子吴远虹就是披着羊皮的狼，什么道德、良心，全部沦丧，对丈夫不忠，对老人不孝，如何坐享其成、挥霍钱财，如何懒惰狠毒，丧失人性，使其兄遭受精神痛苦，饱尝心灵摧残。在他看来，如果嫂子长上一对獠牙，那简直与魔鬼毫无二致。在家庭所有成员眼里，这个可恶的女人早该受到惩罚。可是，她自恃一纸证书在手，如今趁着离婚，又要千方百计、处心积虑谋划着大捞一把，发一笔离婚的横财。而今悉数转到如馨手里的那些关于其兄出轨以及证明公司财产的证据资料，都是吴远虹蓄谋已久、污蔑捏造的结果。

"叶律师，你的大名我早就听说了，我特别敬仰你的为人。我希望你进行深入调查，如果你查明了事实真相，我相信你一定会站在正义的一方，至少不会为那个劣迹斑斑的女人做什么代理，这会辱没你的名声。"

如馨冷冷地望着面前义愤填膺的青年说："说了这么多，你的目的是什么？"

"我出于好心，建议你甭再理会那个女人。"

"我做事一向由自己做主，任何人的建议不起作用，很遗憾。"如馨起身要走。纵使黄农有他的道理，但吴远虹眼睛里的泪水无法骗人。如馨早已决定帮她完成心愿,更何况委托协议已签,岂有随意变更之理。

“等等!”黄农喊住了她,“叶律师,请听我把话说完。”

如馨重又坐下,冷冷地望着他。

“你要代理她也行,但最好还是慎重一点,”黄农压低了声音,将一张银行卡从桌面上推过来,“叶律师,这是十万元,你考虑一下。”

“你要什么?直接说。”如馨板着一张脸。

“把那些材料还给我们,不用别的,就那些与财务有关的,尤其那个电子厂的。”

为了帮当事人取得证据,如馨为那些材料已经花费了大量时间和心血。为了去那家厂子调查,差点被一条恶狗给咬了。而如今这些替当事人战胜对手的火药和子弹,眼前这个莫名其妙的青年竟然想索取去,让她输官司,这一想法岂不是很可笑?如馨原本心情不佳,没好气地质问:“你不刚刚说了,特别敬仰我的为人?为什么一转眼就这么干?难道你以为你能如愿?”

“你开个价,我买行不?这儿还有一张卡。”黄农从衣兜里抽出第二张卡,推了过来。

如馨厌恶地看了他一眼,扭头断然走掉。

黄农在身后叫道:“姐姐,我们交个朋友行不?”

如馨冷冷回了一句:“请原谅,官司期间,我们不方便来往。请以后不要再出现了,一切等官司结束再谈。”

回到办公室,正碰到所里来人收慈善款。为了提高该所的“形象”和“品位”,每年主任都带头进行一次慈善捐助。主任总是说,三百五百对我来说无所谓,手指缝小漏一些就有了,积流成河对那些困难中的兄弟姐妹们,不知道能干多少大事呢。

主任年收入百万之上,每次带头捐一千,看上去他的数额总是最高的。每个人都要捐,不是所有的律师都高觉悟、高境界,主要是所里强制规定,还有最低限额,比如小杨最少一百,比如如馨至少三百,当然多多益善,但少一分是不行的,你不出所里就会强行扣你的钱。

每次如馨和小杨们一样,“达标”即可,没有特殊情况不肯多出一分。如馨最烦的就是这类强制捐助。别人求她帮忙,一定尽最大的力量。但她不会轻易主动做好事,她的观点是,主动做好事只能养出一群坐等别人帮忙却还不领情的懒鬼和浑蛋。比如这些钱,通过一些莫名其妙的渠道转来转去,最终有没有落实到真正需要的人的手中,还是个未知数。因为所里所有捐钱的律师包括主任在内,没谁说得清楚捐出的钱最终用在了哪里。比如去年有个曾患过心脏病的大款捐一大笔钱给一家医院，目的是为了给一批心脏病儿童做手术，谁料医院用那笔钱购买了轿车给领导享用。大款就不干了，跑到律师所委托打官司，这事就让如馨特别气愤。

但主任就不会这么容易激动气愤，捐给这机构那机构的钱究竟用在哪里，他不太上心，他在乎的是每年一场捐助活动的形式而已，报纸上一句话而已，只要看到该所的名字与慈善捐助这类字眼儿放在一起，即达目的。就算捐出的钱掉进阴沟里，也无所谓。小杨每次都揶揄如馨，我们这些穷鬼就算了，馨姐你就不能多出点？如馨说，我总是比你多，你没资格说我。小杨说，你不能跟我比，你一年挣一辆奥迪，我也就一辆昌河，从收入比例上讲，谁献的爱心更多？你和主任一样葛朗台，真是越有钱越吝啬。如馨没好气地说，我给别人献爱心，谁来给我献爱心？你心肠好把你的钱全献出去我没意见，我也想献个三五十万当一回慈善家，可实在太遗憾，力不从心。

当晚，如馨离开律师所时，又一名男子堵住了去路。

男子大约三十七八岁，戴一副金丝边眼镜，衣着精致得体，神态从容，气质尊贵。

这副面容是如此的熟悉，如馨一眼就认出来了，正是吴远虹的丈夫赵挥，她早已从照片上见到过。

赵挥彬彬有礼地递来一张名片："我想跟您谈谈。"

他言语简洁，深邃的目光仿佛有一种无形的力量，迫使她无法拒绝。尤其当她看到在他身后不远处，立着一个形体强壮的黑衣小伙子，夜色里她看不清那人的眼神，但能够清晰地感觉到，那人的目光像钉子一样钉在她身上。做律师这么多年，利诱，恐吓，不是第一次碰到，如馨稳稳神，用手捋了捋头发，尽量让自己保持镇定。

帮助平头百姓打离婚，遇到刁民顶多面对一把菜刀。代理富豪老婆打离婚，潜在的风险远远超过了一把菜刀。这一瞬间她甚至还想到了家人的安危。曾有一位律师就遭遇输官司的人报复，孩子被割了耳朵，家里被投了炸药。

眼下这对富豪夫妇，不就因出轨离个婚吗？究竟有多少深仇大恨？非要斩尽杀绝？

"噢，赵先生，那就到我办公室吧。"如馨心想只要进了律师所，我就不用太担心什么。官司还没开庭，输赢未料，所里又密布着针孔摄像头监视器，他们还不至于干出什么吧？

"不是已经下班了吗？"赵挥道，"就到前面喝个茶吧。"

看看那个壮小伙，如馨知道回避不是什么好办法，只好点点头。

附近的茶楼里，在早上与赵挥表弟谈话的静雅的单间里，如馨与赵挥双双坐下，那个壮小伙则留在了大门外。隔着玻璃窗，如馨看到他在楼下来回溜达，像一条机警忠实的狗。

赵挥则安静地坐着，目光和举止，无不流露出温文尔雅，大气沉稳。

如馨沉默不语，静待对方出招。

“叶律师，我就不绕弯子了。”赵挥像他的表弟那样，将一张银行卡推到她面前，直截了当，开门见山，他深邃的目光落在她脸上，声音低沉，“这是一百万，密码是六个零。”

如馨倒吸一口凉气。以她的估计，就算帮助吴远虹如愿赢得了财产，但面前这笔钱已远远超出了代理吴远虹的报酬。

送上门来的巨额金钱，让她的心脏一阵猛跳。

这笔钱可以让她换上宝马。

这笔钱可以在风景秀丽的山脚下买一套复式休闲公寓，周末陪着父母去度假。

这笔钱……它的用处将会很多，很多，它可以满足多少难以实现的心愿。

看来这次遇到了真正的富豪。这人之所以能成为富豪，一定有着过人的精明。他之所以愿意付出一百万，那就是为了挽回至少十倍甚至百倍的利益。一百万很有诱惑力，面对巨款如果说她一点也不心动，那是假的。她的大脑的确挣扎了几秒钟，但很快无比清醒明白了一个事实：这笔钱不可以随随便便去伸手，因为它不属于她。它虽可以办很多事，但若跟她的良心、名声、前程、事业作比较，除了后者，她别无选择。

她冷冷地看着他：“赵先生，我只是一个小律师，这么多年辛辛苦苦干到今天并不容易，难道你要毁了我吗？”

赵挥不愠不火：“您放心，我以人格保证，不会有第三个人知道。我已经观察了，这个房间没有针孔摄像头。”

“呵，这是为难我了。早上跟您表弟已经说得很明白，要拿回那些跟财产有关的材料，我只能坦率地告诉您，根本不可能。干我们这一行，报酬虽然很重要，但原则更重要。我若答应了您，不仅违反了纪律，触犯了法律，更可怕的是，我这辈子都不会安宁，我会诅咒自己的。”

“误会了，叶律师，我不是要拿回什么材料，财产分配的问题我会接受最终判决的。”

“那您……”

赵挥娓娓道："我很少开口求人，但今天找您，确有一事相求。我和吴远虹夫妻一场，唯一让我放不下的就是女儿。十年来，女儿给我带来过数不清的欢乐，她是我工作的所有动力，在她的身上，承载着我的未来和太多梦想，我的生活包括我的精神世界，都不能没有女儿。所以，我只要女儿的监护权，除此别无他求。"

"就这件事？"如馨备感意外，暗暗吃惊。女人的敏锐告诉她，这个男人并没有吴远虹描述的那么冷酷无情，至少，还有一定的人情味儿，仅凭他对女儿的这份深厚感情。

"就这件事。"赵挥望着她的双眼，"我请求您的帮助，希望您不要拒绝。"

如馨长长舒了一口气。刚才那阵势，还以为遇到黑手党，如此看来虚惊一场。就算面前的男人有什么不阳光的背景，但只要他的要求与财产无关，她的人身安全应该还是有所保障的。她淡然一笑："赵先生，您是原告，而我是被告代理人，请我帮您的忙，您觉着行得通吗？"

"只要您愿意，我想是可以的。"

如馨很清楚，如果她销毁那些关于赵挥出轨的原始证据，或者把它们还给原告，而对吴远虹谎称意外被劫，只要在法庭上不能出具这些强有力的材料，而原告以被告的生活作风不检点，对孩子的成长不利为由，从而夺回监护、抚养权还是完全有可能的。不过，这样一来，一旦事情败露，如馨不仅要毁了十年英名，被吊销从业执照，还要面临"伪证罪"等牢狱之灾。是，她的心不允许自己这么做。

如馨脸上已经没有一丝笑容，干净利落、斩钉截铁道："赵先生，也许在您看来，金钱可以买通一切。但具体到这件事，我只有三个字，不可以！"

赵挥一言不发地望着她，她的一身凛然正气，让这个习惯以金钱做武器厮杀于商场的男人有些意外。

如馨毫不犹豫地站起来："至于孩子最终归谁，法庭一定会给予最适合孩子健康成长的公正裁决。我还有事，不奉陪了。"

丢下这句话，如馨翩然离去。

2

叶如馨寄人篱下已是第九天了。依然不见柳志文任何消息。这个已让她没有了激情和新鲜感的男人竟然是如此重要，几天不见，竟让她心里空荡荡地发慌。比如这两天发生的事，她最想跟他说说，听听他的见解。一天之内竟两次遇到金钱诱惑，同一场官司里，两个送钱上门的男人，竟怀着两个不同的目的。而她，严词拒绝了诱惑。想必柳志文一定会报以赞许地微笑。一定会说，老婆，我喜欢你的就是这个。

可是，他却不主动来找她。是他先动手要打她，是他把她撵了出来。

应该自责的是他，她绝不能主动告饶。

工作之余，在刻骨的思念中，她感觉受伤愈来愈重，心底里愈来愈寒。

下班回到住处，看到周芸母子玩游戏，乐成一团，这温馨活泼的场面使如馨愈发感到凄凉、孤单。另一个密友李菲赶过来看她。周芸安顿好儿子，三个女人关在卧室里，替如馨出主意，想办法。

如馨问周芸："志文有联系过你吗？"

"没有。"

再问李菲："联系过你吗？"

李菲摇摇头。

两个最要好的女友。以往发生不愉快，柳志文联系不到妻子，就会找她们俩。

如馨最后一线希望毫无疑问破灭了。她黯然无语，重新思索分手的问题。

夫妻感情难道就要散了吗？她觉得不可思议。她相信他像她一样，还在一如既往地爱着对方，可现在的问题不是两个人的爱出了问题，而是这个家庭出了问题。他的父母希望家族血脉得以延续，他作为儿子，必须为父母有所考虑。

想到这里，如馨一阵阵心痛似绞。

当初两人因打官司相识。那时，如馨刚刚毕业到律师所实习，给一位老律师当免费助手，代理一起因工伤致残的民工向建筑商追讨赔偿的案子，刚好审理此案的是柳志文。由于建筑商利用关系背景，找到市内一位领导，频频向柳志文施压。民工妻子几次提出请柳法官吃饭，均被柳志文拒绝。案子久拖无果，失去双腿的民工近乎崩溃，几欲自杀。民工妻子撑不住了，估计官司凶多吉少，差不多就要放弃。初踏岗位的如馨虽然心里没底，但她始终鼓励民工一家，坚持住，不到最后一刻绝不放手，一旦松了这口气，一家人或许真就完了。在与柳志文的频频接触、交谈和沟通过程中，从柳志文坚定的目光里，如馨看到了正义，看到了希望和光明。柳志文告诉她，一个公平正义的社会，每个人的权利和尊严都应受到同等的尊重，不管这个人是亿万富翁还是民工。有了柳志文的话，如馨与老律师越来越自信，底气越来越足。经过艰难的调查取证，一年后，判决下来了，民工获得了四十余万元的赔偿，在业界造成轰动。那是如馨第一次打赢官司，虽然只是个助手，但激动之情难以言表。当那位民工妻子接到法院执行来的巨额款项时，扑通一声跪在如馨和老律师面前，感恩戴德，称其为他们全家的再生父母时，如馨什么也没说，只是告诉她，你不用谢我们，要谢，就谢谢柳法官吧。

如馨清楚，在那个案子里，作为一名年轻的普通法官，柳志文冲破了重重阻力，承受了很大压力。在心底里，愈发对他敬重爱慕。也就从那时起，两个人不知不觉地相爱了。柳家父母坚决反对儿子婚事，柳志文依然对如馨道：挺住！坚持到底！我们俩谁也不准后退！这让如馨信心倍增，不再有什么顾虑。当然，当初的那次合作是第一次也是最后一次，随后从恋爱到结婚，为了避嫌，在工作上，他干他的，她干她的，都会自觉主动地回避对方的案子。

柳志文相貌英俊，性格温和，人长得高高大大，却心细如发，尤其对她更是体贴入微。除了缺乏理财观，在钱财问题上不够精明，他几乎没什么明显的缺点。参加工作十二年整，柳志文历任助理审判员、审判员、审判长、庭长，他工作一丝不苟、任劳任怨、又锐意进取，富于开拓创新精神，在同事眼中，他为人正派，平易近人，不仅是领导的好帮手，还是当事人心中的好天平，铁法官。

在她眼里，在家里所有人的眼里，他是个完美的男人。稳重，大气，从不拈花惹草，他平日里工作繁忙，加班加点，一年四季基本上难有闲着的时候。即使这样，凡能推掉的应酬，他都会毫不犹豫推掉，尽可能回家与妻子吃饭，陪伴家人。有时如馨碰到烦恼之事，情绪低落，甚至乱发脾气，他总会耐心地变着法子哄她开心，对她偶尔表现出来的无理取闹总是持有包容之心。

如馨在外工作不论多累多烦，只要回家一看到老公，听到他温存的声音，心里总是充满阳光。因为有他，她常常感到无限快乐。因为享受着他的照顾，关爱，她总是幸福无比，甜蜜无比。她常常想，女人最大的幸福，就是有深爱她的男人，而这个男人，也正是她所钟情的。她觉得早已将自己的生命和他联系在一起，一辈子不弃不离，怎会料到，曾经被多少局外人称赞有加的婚姻，堪称完美的一对，如今也会面临困惑，面临事故，濒临破裂的局面。

柳志文这位公认的优秀法官，多年来审理、调解案子无数，大至经济重案，小至家庭纠纷，凡经他的手，都会有圆满结局。如今轮到自家如此棘手的矛盾，他有何良策？能解决吗？这个大孝子，除了放弃妻子，又如何满足母亲抱孙子的心愿？

这些天来，虽然如馨对分手已有思想准备，可只要一想起与亲密生活了七年的爱人分开，就如同掏心挖肝，放血割肉，撕心裂肺的痛楚丝毫不减。

“或许，他很忙，”李菲安慰她，“你别太多心了。”

“忙不是理由。”周芸心直口快，“以前两个人好的时候，如馨就是出去逛个夜市，柳志文都会打电话叮嘱她行路安全。每次她查案子回家晚了，他都坐卧不宁提心吊胆。偶尔跟她联系不上，他就不停地打我电话，到处找她。可是现在，她在哪儿，这日子怎么过的，他都不闻不问，不再关心了。”

李菲一个劲儿向周芸使眼色，示意她不要火上浇油。

周芸道：“说破无毒，对她好就得说实话。这完全不是柳志文以往的作风，变了，真的变了，有变故了。”

李菲制止周芸：“瞎掰什么，情况你了解多少？别在这儿胡乱猜疑制造是非。”

周芸道：“我瞎掰？你们家贾平连对亲生父母都那么放得下的人，也没有这么久不理你呀？贾平要这样对你，你会没想法吗？”

贾平父母在农村，贾平做生意忙事业，一年到头回不了一次家。父母想他了，就会背着花生、花生油、大米、白面与土鸡蛋，乘坐几小时长途汽车前来看他。贾平这两年生意顺手，一年少说有几十万净收益，而一年到头，孝敬父母的钱大约两千余元。因为李菲说，老人在农村粮食蔬菜自己种，两千元根本花不完，攒下来都让那个不争气的女婿给骗走，替公婆养女儿女婿倒不要紧，要紧的培养年轻人的惰性和依赖，早晚会毁了他们。贾平曾有过接父母进城生活的想法。李菲说，乡下空气好，吃的食物纯绿色，又有街坊邻居可以串门聊天，绝对有益于身心健康，来城里未必有好处。贾平默认了李菲的理论，在父母的问题上，一向听李菲安排，从来没二话。周芸曾对如馨说，李菲原来多么单纯的女孩，才干了几年行政工作，就变得如此阴险狡诈心狠手辣。李菲是一名公务员，供职于政府大楼的人事部门，主要从事思想政治工作。在周芸看来，人的变化与环境有直接关系。

针对如馨的事情，李菲并不同意周芸的看法：“夫妻俩闹矛盾，吵吵架冷战几天很正常，有的夫妻冷战起来几个月不说话呢，八九天算什么？”

“几个月不说话的夫妻肯定有问题！柳志文太过分了，不行，我打电话找他问问！”周芸拿出手机，欲拨号。

“算了，给我留一点自尊吧，我不想乞求，还有，我的心已经冷了。”如馨制止了周芸。

周芸道："以前我还羡慕你呢，找了个十全十美的精品男人，哼，不过如此，变心也真够快的。"

李菲道："事情还没弄清楚，志文什么态度还不知道，你怎么这么武断下结论，只能越搅越糟。"

周芸道："你别总像老夫子一样教训人啦，幼稚！"

李菲道："你心理阴暗！为什么总把事情往坏里想。"

"做最坏的打算是为如馨好！免得事到临头手足无措！"

"你就不能想办法让他们两口子和好吗？"

"别吵了！"如馨大叫一声。

周芸和李菲的争吵戛然而止。

"我已经做好了离婚的准备，就等他提出来了。"如馨目光呆滞，如释重负，"走吧，小姐们，出去消夜，我饿了，李菲你请客，我嗓子疼，请我吃根海参好了。"

"干吗要我请？"李菲问，"我吃海参都要别人请，连自己都还没请过呢。"

"那就请我吧，你老公挣钱多，要你请我不会心疼。"如馨说。

如馨已经换好鞋，拎着包往外走。周芸和李菲忙跟了出来。到楼下一家小饭馆，点了菜，如馨狼吞虎咽，两口就将一根海参吞掉。周芸和李菲面面相觑，看着如馨。

"干吗这样看我？"如馨笑了笑。

"你真打算离婚？"周芸问。

"对呀，定了。"如馨大口咀嚼。

李菲道："不行，如馨，你傻了？不就是跟婆婆闹点别扭吗？离婚，值吗？让人听了都笑话。"

"不是我不要他，是他不要我，没关系，重新选择，或许更好。"如馨再次故作轻松。

周芸道："柳志文凭什么不要你？咱还不要他了呢，等着，你这边跟他办了手续，我马上给你另找，找个二十多岁的帅小伙不在话下，我倒要看看，柳志文以后能找个什么样的。"

如馨道："别这么说他。他很无辜，他拗不过他妈，我还是理解他的。"

周芸愤愤不平道："他都这样对你了，你还替他辩解？傻瓜蛋！"

如馨说："我确实理解他。在我和他妈之间，我不指望他站我这边，人之常情嘛，假设他和我父母闹矛盾，我也不会向着他，一定站父母那一边，如果只能选择其一，我也必须选择父母。父母是唯一的，不可替代，夫妻嘛，可以重新选择，没什么呀。"

李菲问："如馨，这事可开不得玩笑，你别胡思乱想。"

"不是玩笑，心里话，既然他不愿他妈离开，那只有我离开，成全他妈吧，我已经累了，不想再挽回什么。"

"也好，活人不能吊死在一棵树上。"李菲神情严肃起来，"如果真这样，那你别傻吃了，得赶紧准备准备了。"

"准备什么？"

"整天打离婚官司，准备什么还要我教？房产呀，存款呀，到时候怎么弄心里要有个数吧！"

周芸白了李菲一眼："还是你够阴，我都没想到呢，服了。"

李菲道："说明你幼稚！"

如馨说："房子、存款、股票、基金，家里财务都是透明的，不复杂，一人一半。"

周芸道："这可不行，对你太不公平了。这些年你打了多少官司？你收入明显高于他，凭什么一人一半？自己的血汗果实让你那个恶婆婆享受？"

如馨道："第一凭法律；第二凭良心。我心甘情愿，不想再争什么，周芸你也说过的，一个人守一堆钱有什么意思？好啦，回家睡觉吧，李菲你埋单去。"

李菲去结了账，看看时间已经不早，又安慰了两句，回家去了。

如馨和周芸又回到了周芸的家。

刚进门，电话铃声骤然响起。

周芸以为是鹏鹏爸，忙跑过去。但她看一眼来电显示，立即回头向如馨示意："你家的。"

"我妈？"

"不是娘家，你自己的家，肯定是志文了。"周芸拿起话筒，对着话筒听了一句，又应了句，立即又回头喊如馨，"快来，找你，是伯母。"

张金芳？她来电话干什么？如馨失望至极。走向电话时，仿佛奔赴刑场，做了最坏的思想准备，心情沉重至极：柳家要跟她摊牌了？柳志文无颜面对她，无法亲口对她说出最残忍的话，所以他妈妈替他出马了？

如馨面如死灰，心冷似铁，周芸紧张地盯着她。

如馨接起了电话。

"馨儿？"话筒里传来婆婆的声音，"是如馨吗？是妈，听出来了吗？"

"嗯，我是。"如馨无法相信自己的耳朵，恶婆婆何故突然如此亲昵起来，这口气简直就跟亲妈一样。

"馨儿，你在哪儿？赶紧回来吧，妈想你了！告诉妈，在哪儿？妈这就去接你！"

如馨瞪着两只大眼睛,仿佛坠入五里云雾,无法理解究竟怎么回事。愣了好一会儿,她回过神来,对着话筒问:“妈,家里出什么事了?”

如馨立即想到,会不会又出现了类似于上次的吧柜事件,需要她出马摆平?

“没,家里很好,闺女,妈就是想你了,你快回来吧,都是妈不好,妈错了,妈对不起,妈让你受了委屈!你回来,妈给你赔不是,呜呜……”婆婆竟然在电话那边哭了。

如馨受到哭声的感染,眼泪止不住掉了下来,一时间百思不解,婆婆为什么一百八十度大转弯?难道,婆婆知道了真相,良心发现,同情儿媳?这样看来,婆婆的心肠还不算太坏,不,简直太善了。如果真是这样,如馨还真不想接受这份同情。不要同情,尤其不要来自婆婆的同情,她不想在同情中过以后的日子,想到这里,如馨的心又冷了下来。

“怎么回事?哭什么呀?”如馨木木地问。

“馨儿,你回来好吗?回来咱娘儿俩好好说说话儿,妈有一肚子话跟你说呀!”

放下电话,如馨还是愣着。

周芸望着如馨脸上的泪痕,小心地问:“怎么啦?她说什么了?提出来了?别难过,别伤心,犯不上,还有我哪!”

如馨闷闷地说:“我得回去。”

“不行,这么晚了不能回去。回去干吗?老太太再欺负你怎么办?”

如馨说:“恶婆婆让我回去,我已经答应了,不管发生了什么事,我都得回去,她要欺负我,我还会像上次那样,给她一顿痛骂。”

如馨正要收拾东西,门铃又突然响起。

“谁呀?这么晚了?”周芸疑惑地向大门走去。

如馨瞅瞅周芸,疑惑地问:“不是你偷偷找了情人吧?夜半幽会?”

周芸没好气地回她:“明人不做暗事,你以为我是李菲呀?”

“李菲怎么啦?”

“嗨,不是什么好事,不说了。”周芸前去开门。

门开了。

柳志文站在门口。他望着周芸:“如馨呢?”

“你还知道来找她?”周芸没有好脸色。

“知道她在你这儿,所以才很放心。”他说。

如馨从里面走出来。

看到他的这一刻,她感觉自己的承受已经到了极限。她落泪了。他是来跟她摊牌的吗？亲口对她说，请求她体谅？

当着周芸的面，柳志文走到妻子跟前，嘴角挂着一丝笑，习惯性地伸出手指，轻轻拭去她眼角的泪，声音依旧温存："今天是你离家出走的第九天，住别人家里，方便吗？住够了吗？够了的话就跟我回家。"

第六章

1

婆媳再次相见，婆婆忽然像变了一个人。

一连几日，如馨每晚回到家里，饭菜总会“恰巧”摆上餐桌。排骨汤，鸡汤，鱼汤，蔬菜汤……如馨喜欢喝汤，餐桌上每天都会出现不同花样的汤。以前，张金芳总是夸苹果味美果甜，既便宜又营养丰富，提倡大家多吃苹果，对儿媳偏爱昂贵的南方水果颇有微词。如今，每天如馨都能在她漂亮的水晶果盘里看到山竹、枇杷之类。

晚上，如馨从包里掏出卷宗再到书房阅卷，便听外面婆婆由衷地对老伴说：“如今像馨儿这样勤奋的孩子可真是不多了，别的女人整天泡酒吧、夜总会、卡拉OK，几天不出去玩儿就会疯，像如馨这样规规矩矩的难找啊，真是好人家的闺女，她妈一辈子教书育人，教出这么好的姑娘，顾家，上进，有事业心……”晕死！直听得如馨浑身起鸡皮疙瘩。

早晨起床，看到如馨眼睛里出现红血丝，婆婆立即心疼地问：“没休息好吗？这傻孩子，别总这么熬自己呀，想吃点什么？今天妈得好好给你补补！”

老天爷，究竟怎么回事？难道中了六合彩？还是太阳从西边出来了？我的运气有这么好吗？我这根婆婆眼里多年的眼中钉、肉中刺，曾经是浑身的毛病，怎么会骤然之间变成了十全十美的公主？张金芳这又是抽什么风啊？如馨愈发纳闷，莫名其妙，百思不解，想破了脑袋也想不明白。丢下公婆和丈夫离家出走，这段时间家里究竟发生了什么事？自己不仅没有受到半点谴责，反而一步登天，在家里的地位从婆婆眼中的最末一跃而升为最高。

看着婆婆脸上的笑意，如馨总是不由自主地想到一个词：笑里藏刀。

还有一个词：口蜜腹剑。

但不管怎么说，家里重新有了欢笑。抛开自己的心理作用，再仔细体味一下，婆婆的脸庞笑起来还真是慈爱，她的眼神变得亲切，她的话语变成了春风。如馨受宠若惊，无所适从。

问柳志文。他只是笑而不语。问急了，他只一句话："事情已经解决了。往后，妈妈再也不会提那些让你烦恼的问题了。"

"你把我的事情跟妈说了？"

他摇摇头说："那哪能跟她说。"

她疑惑说："那你是如何解决的？"

"这你就不用管了，往后你只要安心地工作，高高兴兴过日子，享受这来之不易的大好局面，一切都OK了。"

"你到底跟她怎么说的？"

"对付我妈，我自然有绝招。"他诡秘地笑笑，"你只要记着一点，你的事情不能让她知道，你的病历我已经给烧了。"

又是周末。如馨躺在床上看书，张金芳小心翼翼地推门进来。

"妈，你坐！"如馨慌忙丢下书，起身让座。

"妈一直想跟你说说心里话，看你天天早出晚归的，一直憋到了今天。"张金芳坐了。

"好，妈，我也正想跟你聊聊呢。"

"妈以前糊涂啊，想想妈竟然那样对你，不是人啊。"张金芳开口就深刻检讨，说着一滴老泪竟流了下来。

如馨慌了："妈，你这话就重了。你是长辈，怎么说我都是有道理的，是我太不懂事，总惹你生气，想想说过的那些话，真是无地自容，都没脸回来见你啊。"

张金芳抹掉眼泪，笑一笑，又伸手拉住如馨的手："妈想开了，不就是不要小孩嘛，没什么大不了的。要孩子干什么？多麻烦啊，两个人清清静静恩恩爱爱过一辈子也挺好，人家著名演员放下亿万家产还出家当尼姑呢，没孩子算什么？人生在世，图个什么？只要你们俩健健康康、平平安安、开开心心过日子，妈这辈子就满足了！"

如馨简直要晕倒。因为惊讶，不，是惊喜！老太太的思想怎么开窍了？那么顽固的人怎么变得如此善解人意？难道，真是奇迹出现了吗？

"妈，你真的想开了？不要孩子真的没什么？"

"当然是真的，妈什么时候说过假话？"

“真的？”

“真的！全是心里话！”张金芳斩钉截铁。

此时，如馨觉得婆婆从未有过的慈祥和可爱，这张爬上了不少皱纹的脸，其实蛮漂亮的，不，应该说，婆婆也是个老美人哪。不过，这个老美人葫芦里究竟卖的什么药，还是让她疑惑。

晚上电视里播出一个心理访谈节目。讲的是一对亲生母女发生矛盾，争执不下时女儿凶巴巴地冲母亲喊了一声：我真想杀了你！主持人问这位母亲：当你听到女儿叫着要杀了你，你心里是什么感受？母亲眼圈发红，伤心不已。她说：我当时就觉得完了，白养了这个女儿，我心里是绝望，痛苦，说不出的痛……

张金芳紧紧盯着电视画面。她对如馨道：“你看，养这孩子干什么？不如不养，你们不要孩子是好事，万一生了这样的，将来真是后悔都来不及。”

如馨笑道：“我和志文怎么会生出这样的孩子？百分之一万不会是这样吧？我们家就没有这种‘恶’的基因啊。”

婆婆愣了一会儿，又笑眯眯地说：“馨儿，你现在还不想要宝宝，就先别要。等将来哪天想了，抱养一个不是也挺好？”

“抱养就没必要了吧，长得什么样，智商如何，品性优劣，一无所知，花那么多心血养起来风险太大了。”

婆婆愣了一会儿，又笑道：“他爸同事老孙你知道吗？他家就领养了一个小女孩，可漂亮了，小脑瓜可好使了，那么小就知道疼人，那个可爱劲，嗨，我见了都忍不住喜欢呢，哪天我请老孙带孙女来做客，你也顺便看一看。”

如馨笑笑：“那倒不用，以后有时间再说吧。”

“好好好，以后咱不提这事了，瞧我这嘴巴。”

婆婆的思想是如何在短短时间内就得以扭转？

柳法官确实了不得，如此棘手的课题，居然药到病除，顺利攻克了。

如馨原以为已经站到了悬崖边上，只要一闭眼睛就会掉下去，却不料又回到了幸福之岸。她根本无力阻挡和抗拒幸福的招手，大脑里那些为了他的幸福为了柳家血脉而放手，牺牲自己的高尚想法顿时就土崩瓦解了。

不过，心里总有些疑惑。这个疑团无法解开，如馨感到有些遗憾。不过，这已不重要了。既然连婆婆都不在乎了，那就是说，她和柳志文的幸福生活可以毫无后顾之忧地往前继续了。婆婆不光对儿媳好，对儿子也比以前更为关心。遇到柳志文加班或因应酬而晚归，张金芳都会一直等待。老伴早已睡去，她仍然坐在电视机前心不在焉地看节目。如馨说,你就别等了,他这么大人了又不是小孩子,你不用这样。张金芳笑笑否认道,我不是等他,我就想看电视。然而当儿子进门了,她又忙着去弄夜宵。即使他根本不饿,也要勉强吃几口,否则老妈就不能放心去睡。如馨也觉得奇怪,婆婆这是怎么了?以前大大咧咧的她对儿子并没这么上心过啊。

不论如何,生活空前地和谐起来。为了加强这份和谐,如馨主动陪着婆婆去逛商场,路过婴儿卖场,婆婆看也不看一眼,就拉着她的手快步走开。陪婆婆去逛超市,如馨的习惯是需要什么便啪啪啪地一股脑儿往篮子里扔,而婆婆就算买瓶酱油也要戴上花镜低着脑袋研究半天。如馨耐着性子站在人流里等待着,虽然够折磨,但她没有一点儿意见,和谐生活需要人人努力,光享受不付出也是行不通的。

2

一位打赢官司的当事人给如馨送来一箱鲍鱼。按惯例,收到食品之类的礼物当场就在办公室分掉。如馨看看二十多只活鲍鱼每只足有十厘米大,这类珍品就不必大伙共餐了。她立即开车离开律师所,先回娘家放下一半,剩下一半送回自家。

"妈!"拎着箱子一进门,如馨就喊婆婆。

柳洪亮依然坐在沙发上看球赛喝茶:"在里屋呢,一整天待在里面,不上厕所就不出来,一句话不说,谁知道葫芦里卖的啥药。"

如馨把东西送进厨房,回身轻敲公婆的卧室门。里面没回应,就轻轻地推开了。原以为婆婆在午睡,不料突然映入眼帘的情景使她大吃一惊。

婆婆背对着她坐在桌边,手里拿着一页纸,双目直勾勾地盯着看。一边看,一边流泪。婆婆十分专注,以至于儿媳进门都没觉察到。

如馨吓了一跳:"妈,你怎么啦?"

不料婆婆一惊,回头一看是她,立即慌慌张张拉开抽屉,将手里的东西放进去,随即上了锁。婆婆抹抹眼泪:"馨儿,今儿怎么这么早回来?"

"我还得走,人家送的鲍鱼,活的,放厨房了,趁新鲜晚上就吃,剩下的给速冻上。"

"今晚就吃,好,好。"婆婆竭力掩饰着失态,有些语无伦次。

次日一早,婆婆陪老伴下楼锻炼,如馨洗完碗筷从厨房出来,无意中发现婆婆平时使用的一串钥匙丢在茶几上。联想到婆婆昨日的怪异,如馨愈发觉得奇怪。她几乎有一种预感,婆婆的态度转变与婆婆流泪凝视的那页纸有直接关系。如馨又觉得那页纸十分眼熟,不由猜测,莫非婆婆无意中发现了自己以前的检验单子?最近对自己如此照顾呵护,就像对待残疾人,婆婆是不是在可怜儿媳?

为了解开疑问,如馨走进公婆卧室,犹豫了一下,用婆婆落下的钥匙将那个锁着秘密的抽屉打开。

果然是来自医院的化验单子,还有一本崭新的病历。检验结果是“无精子症”,诊断结论是“不育”,患者的名字是柳志文。显然,这是本造假的病历。如馨很清楚,柳志文先于她做过检查,他的一切生命体征都正常得不能再正常,健康得不能再健康。

叶如馨大脑嗡嗡地响着。这一偶然发现实在太出乎意料。她惊呆了。原来,这就是柳法官解决问题的妙招。无法调和的家庭矛盾就是这样被轻松化解?从医院弄一份假病历,这就是她离家出走的几天里,柳志文想出来的办法?

轻松吗?不,此时,如馨心里就像被猛然压上了一座山。

丈夫为此作出了牺牲。牺牲自己的健康形象,还要以欺骗母亲为代价。

她真是太笨了。其实早应该想到,以婆婆的个性观念,怎会接受一个不孕的女人做儿媳?

所有的谜团都迎刃而解。

这一和谐、欢乐、稳定、团结的大好局面,原来是建立在婆婆忍辱负重的基础上。

儿媳的幸福生活、安宁日子原来以婆婆的痛苦、忍耐为代价。

婆婆之所以忍受这一切,原来是为了儿子的“短处。”

以前,一直是如馨在忍。现在,轮到婆婆来忍。

忍的滋味很不好受,如馨不愿意在这个家里,哪个人愿意在忍中度日。

婆婆的眼泪,如馨感同身受。

当晚,夫妻俩回到卧室。关上门,如馨突然从背后抱住他。

她的眼泪忍不住扑簌簌地掉了下来。

“为什么?你为什么要这么做?”她哭着说,“这个黑锅不该由你来背,我无法接受。”

他沉默了一下,轻松地笑笑:“对咱俩来说,这事发生在你身上还是在我身上,有区别吗?如果是我的问题,你会因此而离开这个家离开我吗?”

“明天我就跟妈说明真相，解释清楚。”她说，“这样对你、对妈都不公平，我受不了！”

他扳过她的身子，对着她的脸：“你想破坏这好不容易培养起来的和睦气氛吗？你想拆散这个家吗？”

“可我不能就这样欺骗老太太！她很无辜，我为什么要害她！为什么要她受这份不明不白的冤屈？”她失声哭起来。

“算不上什么冤屈，就算有，也就是点委屈罢了。既然总得有人受委屈，为什么一定要在吵闹中受？”

“那就由我来受吧，该我受的，我情愿。”

“那就得家无宁日，日子没法继续下去！我们大家聚在一起不容易，别意气用事了，把这个家给毁了！”

“可我，我没法心安理得，我简直没法面对老太太。”

“习惯就好了。你给我听着，以后不许再提这事。只要我们对爸妈好，让他们安度晚年，开心度日，要让妈觉得这日子过得非常好，有没有小孩子都无所谓了，不在乎了，自然就大事化小，小事化了，就什么事都没了。”

她感觉他的眼泪也在落下。她的心猛然抽搐起来。她沉默了。看来婆婆并非是像自己想的那样，思想转变了，变得通情达理了。这事出在儿子身上，不要孩子就没什么。若出在儿媳身上，那就不是没什么，而是共同的生活无法继续。

即便婆婆这样想，如馨也无话可说。

内疚和惭愧虫子一样咬噬着如馨的良心，婆婆补偿一样的行为使她负重如山，让她觉得自己成了一个罪人。她几乎不敢去看婆婆的眼睛，好几次忍不住把心一横，索性说出来吧，任杀任剐，她都认了，日日背着良心重债是一件多难受的事。可是，婆婆眼睛里流露出的以前从未见过的疼爱、关怀和母性的柔情，让她留恋，让她不舍得失去，不情愿撒手。这份比起亲妈有过之而无不及的突然而来的母爱，就像一条涓涓细流，流进如馨的身体，淌过她的心田，滋润着她，打动着她，感化着她，让她每每看到婆婆的时候，一颗心变得从未有过的柔软。曾经的怨，曾经的恨，曾经的不愉快，也都随风而去了。

婆媳俩各怀心事，双双小心地、努力地维护着这份来之不易的幸福。

如馨每每看到婆婆背着人的时候出神发呆，甚至偷偷抹泪，她又深刻地体会到来自内心的阵阵刺痛。这个时候，挥之不去的罪恶感桎梏着她，使她无法痛快地呼吸。从业十年，工作中她有一个原则：帮有冤屈者申冤，替遭遇不公平者讨还公道。而今，她为了自私的感情，为了自己的幸福，蒙蔽真相，颠倒黑白，把一份冤屈和不公道强加给不明就里、爱子心切的老人。如馨感觉自己不仅是一个罪人，还是个刽子手，为一己之私而残忍扼杀了一个老人延续血脉的美好愿望。

3

如馨得空回了一趟娘家。

她想跟妈妈谈谈心事。或许，妈妈能够帮她打开心结，卸下这千斤重担。

可是母亲不在家。爸也不在。只有四十多岁的小时工在看护两岁的小侄儿。

"峰峰，叫姑姑！"如馨蹲下来，跟小侄子打招呼。

"嘟嘟！嘟嘟！"小侄子一颠一颠地跑过来，一脸纯真无邪的笑，还亲热地用小手拍姑姑的脸。

"我妈呢？"如馨回头问小时工。

"去医院了，你爸也去了。"

"谁病了？"

"昨晚老太太从床上摔下来，直到今早胸口还疼得厉害，去拍片了。"

"怎么会摔下来？"

"跟小峰峰逗着玩儿，不小心给摔的。"

如馨起身拎了包就往外跑。小侄子还在身后"嘟嘟嘟嘟"叫个不停。

如馨赶到医院，刚好看到母亲从透视室出来。

"妈，没事吧？"

"没事儿！"王宏英笑呵呵地说，"你怎么来了？"

"听说你摔了，吓我一跳。"

"多大的事儿？就拍个片，你爸跟着来我都嫌人多呢，快回去吧。"

"片子出来了吗？"

"在你爸手里呢，你爸跟医生说话呢。"

正说着，叶振山走过来。

"医生建议做个胸部CT，说肺部有阴影。"叶振山说。

王宏英道："刚才拍片时医生问我是不是有胸兜，兜里是不是装了硬币，我还纳闷呢，穿毛线衫哪来什么兜兜？原来是阴影。"

如馨盯着父亲："怎么回事？"

“我也不知道，医生让做 CT。”

王宏英疑惑地问：“做 CT 多少钱？是不是很贵？”

旁边有一个男人凑上来说：“肯定是故意让你们多花钱，这里的医生开单子有提成，我给介绍一家医院吧，绝对经济实惠。”

王宏英扭过头拉着老伴往旁边躲，那人快走两步追上去。

如馨上前挡住那男人，亮了一下律师证。那人顿时失色，调头悻悻溜走。

如馨安顿父母坐到一张长椅上等待，然后直接去找医生。

“有什么问题吗？阴影是怎么回事？”她拿起片子对着灯光看，却看不出什么名堂。

“不用紧张，”医生慢条斯理道，“你母亲有慢性咽炎，饮食不对口会出现涌痰现象，这也是阴影形成的原因之一。加之你母亲三天前患上小感冒，现在还没好利索，初步判断是肺炎，不过保险起见，还是做个 CT 再下最后结论吧。”

如馨拉着母亲往 CT 室走，母亲迟迟疑疑不肯去：“既然是肺炎，那就治吧，打针也好吃药也好，做什么 CT 呢，没必要的浪费。”

“还是做吧，加一道保险才放心。”如馨把母亲送进 CT 室。

第二天，如馨陪当事人去取证，脱不开身，打电话让大姐抽空去医院取 CT 片。两小时后，叶如莲便从医院打来电话，声音里带着哭腔：“馨儿，大事不好，你快来吧。”

大姐是个急性子，火暴脾气，沉不住气，遇事先惊慌，瞎咋呼。

“怎么啦？姐，别慌，慢慢说。”

“医生说是肿瘤，初步判断是恶性的。”

“什么？”如馨仿佛没听明白。

“医生说必须马上住院开刀。”

一时间，叶如馨感觉大脑轰地一下炸开了。

病理切片很快就出来了。叶家姐妹寄托于“良性”这一希望也破灭了。恶性肿瘤，不容乐观。柳志文听说岳母做手术，第一反应就是“赶紧送钱过去。”如馨卡里原有几万元，可是刚刚买了基金，于是从柳志文卡里取了仅有的三万，这是他养家糊口之余的全部积蓄。在储蓄所坐柜台的叶如莲也紧急贡献出一万。主刀医师是一位肿瘤学泰斗，如馨托了熟人才给请到。术前想给主刀送个红包，可朋友说人家不缺钱，三五千拿不出手，就算万儿八千，人家也不会瞧上眼。以前如馨对红包现象深恶痛绝，发誓绝不以身试法，可轮到亲妈躺上手术台，心里还是七上八下忐忑不安。

手术这天，张金芳也来了。老太太和叶家人一起，一直守在手术室门外。大家劝她回去，她说什么也不愿走。直到四个小时后病人从里面推出来，医生宣布手术成功，张金芳才放下一颗心，匆匆回去照看老伴。一场手术做下来，当天就用掉三万九。如莲夫妇、如馨、柳志文，四人轮流在医院值夜，众口一词对病人隐瞒真实病情。只说长了个良性小肉疙瘩，割掉就好了。王宏英信以为真，一周后就开始照常吃喝，说说笑笑，十分乐观，除了有一点虚弱，根本看不出是整个胸腔被掀开刚刚进行了大手术的癌症患者。

在医院卫生间里，如馨不止一次看到大姐暗自垂泪。每次她都说大姐："哭什么？眼泪能治好妈的病？看见妈就高兴点，别没事找事，自寻烦恼。"背过人去，如馨却也忍不住失声痛哭，悲伤不已。无法接受这种病长在妈妈身上，不停地为妈妈鸣不平。妈妈一辈子没做过伤天害理之事，为什么让她这么大岁数了还要遭这番罪？受这份苦？

术后的日子，张金芳三天两头往医院跑。如馨劝阻她，说医院到处是细菌，不是什么好地方，连坐的地方都没有，尽可能少去。张金芳哪里肯听？待王宏英能进食了，张金芳每天炖一锅营养丰富的汤送到医院，每次去，只要王宏英精神好，总要东家长西家短地聊一会儿。

苦熬了整整十八天，王宏英出院回家。回家第二天，如馨再去看母亲，父亲把她叫进里屋，指着桌上两沓钱对她说："这两万块钱是志文妈硬要留下的，志文爸妈现在靠退休金生活，攒钱不容易，咱家里钱够用，这钱你得给人家捎回去。"

"嗯，这钱不能用。"如馨说。

"这钱不能接，这情得记下。不遇大事，还识不了真人，这些天志文妈一趟趟跑医院，真是个有情有义的人，我和你妈心里实在过意不去，以后有机会咱得还人家这份情儿。"

"这你就不用管了，我来处理了。"

"这些年我和你妈也攒了几万块，你妈还有大病保险，到时候报出来了，你的钱还给你，你姐的退给她，这一害病把你们折腾得不轻，不能再给你们增添经济负担。"

"我们是谁？外人吗？我姐条件不好，就别用她的钱好了。我就不用说了，妈的手术费包括以后化疗，所有费用我全包。"

回到家，如馨把婆婆的钱还给她，并替父母表达了由衷的谢意。考虑到婆婆在医院有过与妈妈聊天，如馨犹豫一下，还是把担心说了出来。

"妈，有件事……"

“噢，你说吧。”

“我妈她现在这个情况……我和志文的事情，你没对她说吧？”

“妈又不是傻子，哪能雪上加霜给你妈添堵？放心吧，孩子，妈活了这一把年纪了，明白什么话当讲什么话当瞒。”

为了表示对主刀医师的感谢，如馨又托朋友从北京快递一套具有收藏价值的限量版书籍，作为礼物送给肿瘤泰斗正在读大学的儿子。果然，这套并不昂贵的书在术后送出，比术前红包更有意义。这位肿瘤权威详细地跟如馨进行了王宏英的病理分析，并酌情制定一套更适合于病人的用药方案。几次接触，泰斗已把她视为朋友。他对如馨说：“抵抗肿瘤的药物，最贵的不一定是最好的。有些药价格不高，效果却一点不差。”

如此一来，比起同样病情的肿瘤病人，王宏英在治疗费上省了不少。但为了后续化疗，如馨还是把手里的基金赎回一部分。就这样，如馨原打算把自己的苦闷向妈妈和盘托出，以求妈妈帮助打开心结，事到如今这一计划却彻底泡汤。妈妈的病重于一切，不能让她受到丁点刺激和打击。

第七章

1

清晨。五月的朝霞映在海面上，轻风拂面，碧波荡漾，自然风光仍然是那么美好动人，而如馨的心情，却有些黯然，远没有身边景色这么明媚。

她来到律师所，路过洗手间进去方便，意外地听到厕所最里面有两个女人在闲聊。

“最近主任怎么搞的？逢人就让吃股票，股票能吃吗？神经病！上次听了他黑嘴怂恿，头脑一热买了一只股，可把我害惨了，现在还套四千多，有这钱还不如买两套时装呢，这两天我一听见他的公鸭嗓就来气，真想痛骂他一顿！”

“主任这是神经不能承受股票之疯吧，要不找人把他痛扁一顿算了，他害你赔钱，你揍他出血，OK，扯平！”

“去你的吧，知法犯法，我可不干。哎，最近那个赵姐是不是谈恋爱了？整天打扮得花枝招展的，有个男的开车接送她，那人岁数挺大的，有四十来岁吧，至少大十岁。”

“我晕！就她？还花枝招展？她是花儿吗？能招展得起来吗？”

“可以说打扮得比较夸张吧，她那个类型真不适合打扮，越打扮越显形，四个字，惨不忍睹！”

“离过婚的，长得又挺对不住人的，再找还不打打折？大十岁算是便宜她了，来了就得当后爹，换个年轻小伙，就算她倒贴人家肯来吗？”

“有道理，对了，最近馨姐是怎么啦？以前那么爱说爱笑一个人，这些天总紧绷着一张脸，见人爱答不理的，盛气凌人牛气烘烘的，她牛什么？”

如馨正要离开,突然里面谈到她的名字,于是又停住脚步。

“靠!她有什么好牛的?长得像明星?可惜了,她怎么没进军娱乐圈?或许跟那黎冰有一拼哪。她肯定有事儿,而且不会是什么好事。以前一进办公室就讲笑话,现在呢,简直成了个闷葫芦,掉着个小哭丧脸,好像人人都欠了她的,见她那张脸就烦!那天她训我资料没整好,骂我写材料不专业,我直想给她一撇子,我要有经验,我还用在她手底下讨饭吃?早踹她了。”

“听说她妈得了病,癌症,是真的吗?”

“她接电话时我听到的,没什么好怀疑的。癌症现在太普遍了,报上说送去住院的老人,百分之二十是癌症,都是吃激素食品给吃出来的。”

“她为什么到现在还不要小孩?心理有问题?生理有毛病?还是太自私?挣钱只给自己花,生命不能承受孩子之消费?”

“我看,确实有点不正常。不会变态吧?”

如馨木木地站在洗手间的中间。直到两个年轻的女孩子从最里面相继出来。根本不用看,光听声音,其中一个就是刘萍。她们俩看到她,大吃一惊。尤其刘萍,惊慌失措,无地自容。

“不怕隔墙有耳吗?”如馨直瞅着她,冷冷地发问。

两个女孩大眼瞪小眼,瞠目结舌,无言以对。

“撑的?”如馨问。

两个女孩尴尬至极,恨不能有地洞钻人。

如馨又道:“生命不能承受之无聊之无耻!滚!”

整整一天,刘萍面色土灰,见了如馨就把脑袋深深地埋下,一天没再说一句话。

如馨看到她就不由来气:我一直将你当死党,保你,荐你,带你,提你,培养你,却不料你竟当我是变态?烂毛丫头,来所里才几天?站都没站稳,就敢背后骂人了?就想踹我了?当面左一个姐右一个姐叫得那个甜,转过身竟这样侮辱人?这种德行能成为一名让人放心的律师吗?未来律师队伍里的败类,没准就有你一个名额了。

如馨对刘萍实行冷处理,不出一周,刘萍就顶不住了,主动打报告申请调离。由于合同期限未满,主动交了一笔违约金。如馨暗自惆怅,刘萍聪明伶俐,果敢机敏,自从做了她的下手,她就一直视之为重点培养对象,也花了不少心血,没想到就这样夭折了。这是个原则问题,纵然你再有才华,如果有品质上的不洁,一样扫地出门。至少,我不用这样的人。

2

吴远虹离婚案开庭前不久，吴向如馨透露一个重要信息，赵挥最近投资了一个医疗项目，好像是一家大型药厂，据说投资数额巨大。

“哪一类型的？药厂叫什么名字？在哪儿？”如馨问。

“除了确定他有这么一项投资并且正在进行，其他的我一点都不知道，他瞒得很紧，投资方面的事情整天防贼似的防着我。”

为了帮助当事人争取最大利益，如馨打算先去摸摸药厂情况。可关于药厂的具体情况一无所知，根本无从查起。她试着来到赵挥旗下一家四星级酒店，以赵挥昔日同学的名义找到这里的总经理。

“我们好多年没联系了，现在想联系他，您能不能提供一下电话什么的，怎么样才能联系到他？”

“很抱歉帮不了你，”总经理道，“老板平时不开机，没法联系。”

“那你把他电话号码告诉我吧。”

“不行，我……”总经理笑着摇摇头，“我也不知道老板电话。”

从对方躲闪的眼神里，如馨凭感觉断定他一定知道，只是不肯说而已。也罢，她的目的并不是讨要电话。如馨奔往主题：“听说赵挥最近办了一家药厂，药厂在哪儿？兴许在那儿可以找到他。药厂叫什么名字？”

“那我就更不清楚了，我只是个打工的，老板其他的事情我一点儿都不了解。”

“我是他同学，出差到这儿，想顺便跟老同学见个面，没别的意思，您怕什么呢？”

“那这样吧，你写个材料留我这儿，万一哪天老板过来了，我把材料交给他，老板是个重情义的人，他肯定会主动跟你联系的。”

为了办案，律师们常常要行“骗”，扮演各种各样的角色，像演员一样。有时候能如愿以偿达到目的，有时候就不那么幸运。比如这一次，如馨不得不失望地离开了。一个职业经理，惧怕老板到这个程度，连个电话号码都不敢透露，老同学联系居然还要写材料，是不是有病？她告诉吴远虹，既然你一点情况都不知道，那就只当那个药厂不存在，那份钱不属于你，就别去争了。吴远虹很不甘心，自言自语将赵挥好一顿痛骂，当然，只是自己发泄而已，对方根本就听不到。

吴远虹案如期开庭，法院进行了不公开审理。鉴于夫妻感情完全破裂没有修复可能，法庭准予赵挥的离婚请求。财产分割问题上，在如馨的努力下，经法庭调解，吴远虹获得了电子厂、房产、国债等总值超过两千万元的资产。赵挥对此没有提出异议。最后矛盾的焦点集中在孩子的抚养权上。原被告双方唇枪舌剑，各不相让，谁也不肯做出让步和妥协。原告方以女儿与父亲情深似海、不可分割为由，力争女儿。而如馨的铁嘴派上用场。她从女孩跟母亲生活相对方便，从人之常情的角度出发，以理服人，以情感人。在她的力辩下，法官已开始向女方倾斜，吴远虹占据了有利局面。

不料这时，原告方突然抛出“重磅炸弹”：吴远虹在婚姻续存期间曾有三次自杀行为，疑似重度抑郁症，根本不适合带孩子。试想，跟这样的母亲一起生活，对孩子的身心健康和学习成长只能有害无益，甚至贻误终身。法官宣布证人出庭。先后出场六名证人，除赵挥和吴远虹昔日的邻居、参与抢救的医生、护士，还有吴远虹的闺中密友。六名证人分别对吴远虹三次自杀的时间、地点、方式、结果等详细陈述，吴远虹当庭泪流满面，不予否认。

这一突发变故，如馨始料不及，她眼睁睁地看着敌人的子弹一排排射向自己，却无力还手。因为吴远虹从未对她提及自杀之事，这让她毫无准备，腹背受敌。大好形势急转直下，吴远虹从有利一方骤然被置入下风。多亏如馨反应机敏，以被告实有苦衷，自杀行为属被逼无奈等“狡辩”，取得法庭同情，宣布休庭，择日宣判。

从法庭出来，吴远虹追上那位指证自己的密友，劈头盖脸一顿冰雹乱雨般地指责和臭骂。女友竟也不躲不逃，骂不还口，低着头说了一声对不起。

如馨提醒当事人不要在法庭门口丢人现眼。吴远虹仍然愤怒不已：“太可恶了！太可怕了！太不可思议了！竟然连我最信任、最心腹的好友也被他策反了！这个世界上，还有什么人能靠得住？”

如馨没好气地说：“你最信任最心腹的朋友为什么要背叛你？你是不是要反省一下？”

次日，吴远虹来找如馨，商议夺女儿大计。如馨已经冷静下来。质问她为何自杀？又为何对代理律师隐瞒自杀事实？

“我，我，我觉得那不是什么好事情，所以不想让你笑话。我们下一步该怎么办？”

“认输吧，还能怎么办？”

“不行！我的女儿绝对不能判给他！我死也不同意！”吴远虹号啕大哭。

“哭哭就知道哭，要哭回家去，律师所不是哭丧的地方。”如馨顿时失去了以往的耐心。最近，她常常缺乏耐心。搁在以前，她绝不可能如此粗暴地对待当事人。

吴远虹止住哭声，依然是泪水涟涟："叶律师，赶紧想办法啊，我不能没有女儿！"

"马上去做精神鉴定，用科学手段证明你是具有行为能力的正常人。对自杀行为作出合理解释，要让法官相信你确实迫不得已才采取极端行为，努力从人伦情感方面打动法官，扭转被动局面。不过，现在我已无法再保证你不会失去女儿。"

如馨实话实说。

一次自杀情有可原，三次就不好解释。确实属于不正常行为。此时如馨不由得也焦虑，对这个案子失去信心。小杨安慰她："你已经尽力了，听天由命吧。"

如馨大发牢骚："这个蠢女人太气人了！早就叮嘱她不要隐瞒重大事件，却连自杀这样的事居然守口如瓶。如果不是法庭上被抖搂出来，我这个代理恐怕还要蒙在鼓里。既然早就清楚原告对孩子志在必得，准备充分，吴远虹怎么就想不到人家会拿这事灭她上气？弱智吗？让人家打了个措手不及，痛快了？"

"这姓吴的是不是真的脑子有问题？"

如馨白他一眼："真要脑子有问题，孩子还是跟她爸的好。"

有过三次自杀行为的母亲，真的适合带孩子吗？孩子跟着她能过上正常生活吗？如馨听到一个来自内心的声音：顺势而为吧，就算强行将孩子交到这样一位母亲手里，万一将来孩子跟着她吃苦头，你这当律师的，于心何安？

转而又纳闷，既然赵挥胜券在握，为何还企图行贿自己？

3

吴远虹对法庭进行的财产分割并不满意。

"比起全部资产，连十分之一都不到，我真是不甘心，那些被转移的财产和隐藏起来的异地投资，不知道还有多少呢。"

如馨直言不讳："拿不出证据，就不要妄加猜测。你要想想，你为什么对这些投资情况知之甚少甚至一无所知？这足以说明，在这些财产的创造过程中，你并没有参与其中，或者并没有起到多少积极作用。现在他能留出这一份给你，说明还没有无情到底。而你，一个原本一无所有的女人，一个已经好多年不再工作的女人，如今通过离婚而身价千万，这是多少普通人梦寐以求或许一辈子也不可能得到的财产，你还有什么不满足？知足常乐吧，吴女士，钱这东西，除了吃的用的玩儿的，它就是一个数字，争来争去搞得自己身心俱疲遍体鳞伤，有什么意思？”

“哎，叶律师，怎么能这样说话呢？能多帮我争取财产，你得到的提成不是会更高吗？”

“我只赚属于我的钱。”如馨冷冷地说。

“那好，财产方面我就不多说什么了。我最担心的是女儿，真的没别的办法吗？”

“我已经尽力了，剩下的事只有看天意了。”

“孩子绝对不能给他，疯了一样抢我的女儿，他一定有着不可告人的目的。”

“你的女儿？难道不是他的女儿？一个父亲，要抚养女儿，能有什么目的？不要总把人想得太阴暗了。”

“哎，叶律师，怎么回事？你是我的代理，怎么替对方说话呢？”

“别这么看我，就事论事，我为什么要替对方说话？那你说，他的目的是什么？”

“看来这件事情不能瞒你了，为了女儿不被人夺走，我也豁出去了。”吴远虹又抹起眼泪。

“你还隐瞒了什么？”

“考虑到赵挥也算有身份的人，我原本不想把事情公布出来弄得沸沸扬扬满城风雨，可是他欺人太甚，非逼我走出这一步，我也顾不得那么多了。”

接下来，吴远虹说出的一个事实令如馨震惊不已：吴远虹十岁的女儿赵幸儿，并非赵挥的亲生骨肉。

晕死！原来这样！这样的话，赵挥为争抚养女儿欲重金收买如馨的事，也算找到出处了。不过，如馨很快又记起，当时赵挥提到女儿时，那种溢于言表的父爱之情，并不像装出来的。当时如馨还颇有感触。此时，听当事人说出这样的惊天秘密，她大受震动，深感不可思议。

真是大开眼界！如馨从业十年，离婚官司经历无数，什么样的怪人奇案都见识过，但像这样的当事人还是第一次碰到：有过三次自杀行为，与丈夫是元配夫妻，女儿是婚姻续存期内所生，却非丈夫骨血。的确不是正常的女人，难怪丈夫要抛弃她。真 TMD 欠扁！

“赵挥知道吗？”如馨问。

“他知道。”

“他知道幸儿不是他的亲生骨肉，为什么还要不惜代价争取幸儿？”

“所以我完全有理由认为，他有着不可告人的目的。”

“他是什么时候发现的？因为这事他才提出离婚的？”

“两年前，当时他得知这个事实，便要我在离婚协议上签字，带着女儿马上离开，永远不要再让他看到。当时我对他还有感情，心存幻想，不肯签字，谁知这一犹豫，他就改变了主意，要我留下女儿，让我一个人离开，并且说不可能给我一分钱。我当然不会同意，这一拖就是两年。后来，他起诉离婚在我意料之中，但他一门心思不顾一切抢夺女儿，让我感到后怕。我怀疑他的变态心理就在这儿，就是想把女儿变成报复我的工具。要是女儿真的落在他手里，往后还不知会遭到什么样的变态折磨。叶律师，你说我把他想得阴暗，事实上他的行为要比我想象的阴暗得多，我死也不会让他得逞！”

如馨问：“两年前他提出要你带孩子走，你还幻想什么？既然知道了孩子的身世，而他又不肯原谅，你以为一家三口的生活还能回到原地？要是当时痛痛快快签了协议利索走人，何苦今日对簿公堂，为孩子争得你死我活？”

“当时他就是要把我们扫地出门，一分钱不给我，我把一个女人最美好的年华都给了他，可最终什么也得不到，我的痛苦和损失谁来补偿？”

“你最美好的年华全都给了丈夫吗？”如馨一针见血地问，“孩子的生父呢？你都为他生了女儿，还把他的女儿养到了十岁，他至少应该承担一部分责任，而不应该把这一切推到你身上，让你一个人吞咽苦果。”

“他现在有他的家庭，很幸福，不可能给我结果。除了女儿，以后的日子我几乎是什么都没有了。”

接着，吴远虹又详细陈述了孩子的来历以及三次自杀的背景。如馨知道，即便她不再说什么，只要拿到女儿与生父的DNA鉴定报告，就定了胜局。这一次，不管吴远虹哭哭啼啼得多么悲凄，不管她有千般理由，万般苦衷，如馨感觉自己再也无法像之前那样给予同情。面对这个女人，如馨的心境已经变了，变得麻木，甚至觉得晦气，怎么为这样的女人做代理？她盼着官司快快结束。

不管怎么说，欺骗丈夫婚外生子是你的不对，而赵挥为你和情夫养了十年女儿，没有功劳也有苦劳，你不能因为人家起诉离婚，就把人家的付出一笔抹得一干二净！就算赵挥有不可告人的想法，可造成这样的后果，还不是你自找的？事情败露了为什么不肯立即走人？你作为女人，就没有自尊心吗？没有一点儿羞耻感吗？还要为了家产纠缠不休，作茧自缚，你就不能自强自立自己把孩子带好吗？这样闹来闹去对孩子有什么好处？你也知道这丢人的事说不出口？到现在被逼无奈才不得已讲出来。

从人伦道德上讲，如馨恨不得劈头盖脸把面前的女人一顿痛骂，然后退出此案，挥手别过。然而职业道德令她不得不耐住性子，冷静下来，不得不硬着头皮将案子进行到底，直至达到诉讼目的。

为了拿到赵幸儿和生父的亲子鉴定报告,颇费了一番周折。那个男人担心影响家庭稳定,起初死活不肯配合。直到吴远虹付出一大笔钱,才给摆平。如馨不愿再说什么,愈加鄙视自己的当事人:当初偷情的就这种男人?呸!值吗?悲哀……换了我,单为自己的有眼无珠,干脆一头撞死算了!

吴远虹一案终于结束了。既然已经确认女儿与赵挥不具备亲子关系,那么由他抚养女儿于法无据,于情不通,从人伦常理上讲,确实说不过去,故法院驳回这一诉讼请求。被告吴远虹如愿获得了十岁女儿赵幸儿的监护、抚养权。但法院认为被告在婚姻期内,与第三者生育子女,违反了夫妻忠实义务,致使原告受到欺诈,为其带来巨大精神打击和创伤,根据被告过错程度以及经济支付能力,判令其赔偿原告一定数额的精神抚慰金。法庭上赵挥表情痛苦,仍不甘心,他向法官提出作为父亲的最后请求:希望法庭给他探视权,以便能够常去看望女儿。法官被他的诚挚打动,但当征求吴远虹的意见时,她不假思索、斩钉截铁地给予回绝。

法槌落下,如馨长长吐了口气,感到了从未有过的解脱和轻松。因为,她与吴远虹的合作终于可以结束了。若在以往,一个案子结束后,她和当事人通常已经成为朋友。每一年中,手里总会有一部分案子,是由曾经的当事人口口相传介绍而来。但这一次,不知何故如馨心情很糟。赢过官司无数,却从来没有哪场像现在这次一样,赢得如此别扭,如此不快,以往的那种成就感、喜悦感、快乐感,竟然一点也找不到。如果有可能,最好不要让她再看见吴远虹。真的,从个人感情上讲,那个女人她不喜欢。

拿到判决书后,如馨走出法庭来到了停车场。当她像往常那样走向自己的汽车时,忽然看到了不可思议的一幕:她的汽车前风挡完全被砸碎,玻璃碎片溅得四处都是,晃得她两眼生疼。

“臭娘儿们,我扇你!让你给她出那些馊主意!”一个声音从附近响起。

如馨不及反应,还在愣神中,一名青年不知从哪儿冒出来,走到她跟前狠狠地扇了她一记耳光。如馨忍着愤怒回过神来,那青年已钻进一辆轿车,扬长而去。

她看清楚了,正是上次那名被她痛斥的青年,赵挥的表弟。

4

保险公司来拍了照,车子送了 4S 店,一直折腾到天黑,如馨带着一肚子窝囊气打车回了家。本不想跟家里说不愉快的事,可细心的张金芳晚饭后陪老伴下楼散步,发现儿媳的汽车没回来,于是上楼后询问车子的去向。

如馨心情郁闷,简单说了一下,但隐瞒了自己被打耳光一事。张金芳自然气愤不已,嚷着报警把那人给抓起来。夜里,躺在床上,柳志文又一次给妻子上风险教育课,这一行是毫无疑问的高危职业,学会保护自己才是最重要也是最基本的,物以类聚人以群分,林子大了什么鸟都有,别光想着赚钱接案子不分对象,不地道的人趁早轰走。

早晨如馨一进厨房, 婆婆就对她提起几起发生在本市律师界的恐怖往事。一件是,有一位律师为保存一份原始证据,让人给抠了眼睛;另一件是另一位律师为调查一个事实,让人从十八楼给推了下去;还有一位律师,被逼上吊自尽。这都是活生生的事实,每一想起,如馨都会不寒而栗,心有余悸。因为儿媳的汽车突然被砸,张金芳对儿媳从事这一高风险工作空前地忧心忡忡起来。

饭桌上,张金芳试探性地对如馨说道:“馨儿,要不,咱换份工作?”

“除了这个,我还能干什么?”如馨喝着稀饭,敷衍地笑笑。

“就你这样聪明能干的,什么干不了?只要你愿意。”

“我不愿意。”

“那就什么也别干了,现在做主妇很流行的,养养花草看看电视,做做美容买买衣服,逛逛商场学学烹饪,多好啊。”张金芳笑呵呵地说。

“好是好,可这是富婆的生活,不合适我。”

柳志文已吃完了,放下筷子站起来,笑道:“我不同意,我老婆必须自力更生,自己养自己。”

张金芳横了儿子一眼:“瞧你没出息样,馨儿,甭听他的。他不养你,我养!妈有存款,改天我把存折都交给你,你愿怎么花就怎么花,不愿工作就待家里,有妈天天陪着,怕什么?”

如馨笑笑,未置可否,为婆婆有这样的想法深感惊诧。婆婆莫不是老糊涂了?看来,如今的自己,在婆婆眼里俨然是块宝了。婆婆在为她担心,究竟担心的是什么?

到了律师所,刚从出租车里钻出来,就看见一个男人的身影从旁边一辆轿车里钻出来,是赵挥。依旧精致的衣着,神情里却有些若有若无的忧郁。不远处,停着另一辆黑色汽车,依稀看到里面坐着两个黑衣青年,正向这边张望着。

如馨皱皱眉头。现在,看到凡与吴远虹有关系的人,她会觉得反感。

“您好!叶律师!”赵挥彬彬有礼地挡住了去路。

“你有事儿？每次出门都要带着尾巴？”

“我想跟您谈谈。”

“案子结了，我和吴远虹的合作也结束了，我想我和你之间好像没有什么可谈的吧？”

“一位律师，不应该这样对待找上门来的客人吧？”

“你可以投诉，请让开。”如馨一想到他那个流氓表弟，想到被砸的车子，尤其那屈辱的一记耳光，满心的愤懑就抑制不住。

他似乎看透了她的心思。他一动不动地注视着她：“叶律师，您误会了，我今天来，就是向您道歉的。”

“有什么歉好道的？别这么站着了，我还有事，别耽误时间。”

“黄农很诚实，他都告诉我了，我为他的冲动和鲁莽感到难过，也很不安，他不该冲撞、伤害你，很惭愧！”

“这么说，你的野蛮表弟已经承认了光天化日之下攻击律师？你真的惭愧吗？那就让他去自首吧，然后你出庭作一下证，行吗？”

“叶律师，别激动，如果您肯拿出一点时间，我想详细地谈谈事情的前因后果和来龙去脉，我还希望能够对您的汽车给予赔偿。”

“有保险公司呢，不用你费心了。请让开！”如馨绕开他的身体，快步离去。

赵挥如一尊雕塑，纹丝不动地站在原地。

三天后的中午，如馨从外面办事回来，又一次在律师所前看到了赵挥。

真晕！刚刚碰过壁，怎么一转眼又来找灰吃，这人是不是记性坏了？撞鬼了吗？真够邪门的，还真缠上我了？如馨暗自纳闷。

不过此时的她已经冷静下来。

“叶律师，我想跟您谈谈孩子的事情。”赵挥开门见山。

“噢，真是对不起，正在忙一个事，改天吧。”如馨礼节性地一笑。心里却想，孩子的事跟我谈得着吗？

她的婉拒并没有让他却步。他苦笑一下，从容不迫道：“叶律师，你用不着这么敌视我，今天在这里郑重做一个声明，黄农的行为只能代表他个人，他不能代表我。他对你的无礼我已经狠狠教训并惩罚了他，而你，却把对他的成见强加到无辜者头上，这不该是律师的作风。我一向很少亲自出来找人，今天却是第三次找叶律师，起码，你要遵守基本的职业道德，听我把话说完，再做决定。”

如馨注意到，原先的“您”已换成“你”。她不悦地盯着他：“你这是教训我？”

“不，我只想跟你谈谈。”

“你跟我谈孩子的事并不妥。”

“我曾犹豫,考虑再三,可除了你,我别无选择。”

他的话的确提醒了她。黄农和他虽为表兄弟,却分明是两个人。她武断地把一肚子火气撒到他身上,确有不妥。究竟要谈什么?她下意识地向他身后张望了一番,这次竟没看到那个如影随形的“尾巴”。看来还是有诚意的,如馨原打算找个借口把他打发掉,此时,她忽然改变了主意。于是约了时间,看看他究竟想谈什么。

办公室里,主任正坐在刘萍空出来的座位上,向小杨高谈阔论。

“不要以为年薪过了十万就是中产阶级了,这个数字只能表示你可以排到中等收入的群体。至于中产阶级,最主要还得看你住的房子,在什么位置,房价水平,是否是体面的楼盘,还要看你的消费方式,是否有定期的度假、度假的范围和方式……”看到如馨进来,主任笑呵呵地看看她,“就拿叶子来说吧,她的收入确实不低,住的房子也不差,可她充其量只能算个钱奴,工作,家务,有点业余爱好也就是炒炒股,除了这些,她的生活还有别的有意思的东西吗?没质量啊……”

如馨停住脚步,扭头盯了主任一眼,一下子被逗笑了:“主任,全所就你一个中产阶级,就你一个有质量、不钱奴,行了吧?你不就等着这句话吗?”

小杨从窗口转过身来,问如馨:“哎,刚才那人不就是那个地产大亨吗?”

如馨不屑地一笑:“什么大亨?我估计呀,虚名而已,要是真的有钱,怎么着也该大气一点,用不着把财产东藏西躲,防老婆像防贼一样。”

小杨说:“听说在欧洲和北美拥有私人别墅,在拉斯维加斯拥有长期的酒店包房,这都是谣言吗?”

这时一个年轻女律师从外面进来,笑着接话:“没想到那个地产大亨这么年轻哦,长得还蛮帅的,风度不错哦。××培训学校已经开设了钻石女子学堂,专教女孩子如何接近有钱人,如何嫁入豪门,我看这类课程还是很有必要参加哦,这个男人刚刚离婚,我们单身女人又多了一个千载难逢的机会,馨姐你帮我介绍介绍哦。”

如馨笑学着她的语气:“你就要上钻石课堂了,还用我介绍吗?太俗套了吧?”

小杨问:“钻石课堂有没有男班?学费贵吗?”

女律师笑道:“男班还没听说,管它贵不贵呢,只要能学到嫁入豪门的基本窍门,只要能掌握如何麻雀变凤凰,多贵都值啊。”

主任哈哈大笑站起来:“他奶奶的,要是有男班,别忘了替我报个名,我领头去学。”

主任笑呵呵地出去了。小杨回头问如馨:“他为什么总找你?是不是不服想上诉?不会是把他那一群饭桶律师给炒了调头请你吧?这可能吗?一手托两家是行内大忌,这一常识他不懂吗?不会这么无知吧?你得跟他讲清楚啊。”

如馨道:“这事跟你无关,就别瞎操心了。”

第八章

1

上次谈话的茶楼里，叶如馨与赵挥临窗而坐。

如馨近距离地仔仔细细地观察他。

这个男人依然和第一次见面一样，彬彬有礼，沉稳斯文，不论从谈吐、举止，还是气质、神情，都与那个缺乏教养的表弟是完全不同的两种类型。

不知是不是错觉，如馨总觉得面前这个男人英俊的面容背后，眼神深处，若隐若现着一缕淡淡的忧郁之色。一个富有的男人，终于摆脱了不忠的妻子，还有什么不顺心的事？

“我原打算上诉。”赵挥语气平静，声音低沉，双目注视着桌上的烟缸，“但我的律师告诉我，意义不大，劝我放弃。”

“没错，我也这么认为。从法律上讲，只要孩子生母健在，你这种情况，胜诉的可能基本上为零。”如馨不想揭这个男人的伤疤，却还是没能避开。

“可是我不想放弃。”

“你想怎样？”

“我决定通过私下调解，劝吴远虹放手。为了女儿能跟我生活，我愿意给她一笔钱。”

“赵先生，我有些无法理解，你为什么一定要这个……女儿？”如馨本想说，为什么一定不惜代价地抓着别人的女儿不撒手？难怪吴远虹怀疑你变态，确实有点不正常，戴了这么多年这么大的绿帽子还没戴够？这么大的伤疤还不够痛吗？为何非要抓在手里，一次次揭开，天天折磨自己？你现在需要的是忘记，忘记过去，忘记这个给你带来耻辱、身上流淌着别人血液的女儿……这些如馨只是想了想,没说出口。

“她是我唯一的女儿,我不想失去她。”他低沉的声音饱含感情。

如馨坦率地说:“说句你不爱听的话,就算用钱买回孩子,可这,有意义吗?”

“女儿对我很重要,她喊我爸爸整十年,突然有一天看不见她了,生活中没有了她,我受不了。这辈子,我只认她一个是我女儿,我可能不会再有其他任何孩子。”

“这我就更不理解了,”如馨纳闷道,“你还年轻,又事业有成,为什么就不能再婚?再生一个孩子不行吗?为什么……干吗这样苛刻自己?”

“我不打算再娶,我只要幸儿。”赵挥语气郑重,神情坚定,眼睛深处的一缕忧郁有增无减。

“谢谢你的信任和坦率,”如馨皱皱眉头,“可我能帮你什么忙呢?”

“吴远虹自幼在继母的白眼中长大,心里一直有化不开的阴影。结婚以后,尤其生孩子后,基本就没有再进过职场。多年的主妇生活,让她的生活圈子很窄,几乎没什么朋友。唯一的好友佟欣,因被我请去指证她自杀,如今也反目成仇。而她的父亲,也早在两年前她的自杀风波中一病不起,不幸去世。今天,我来找叶律师,也是别无选择,没有办法的法子,因为现在除了你,几乎找不到能够让吴远虹信任的人,除了你,恐怕谁的话她都听不进去。我现在最大的愿望就是希望你能帮忙从中调解,说服吴远虹,让女儿尽早回到我身边。”

如馨皱皱眉:“你觉得我能帮得了你这个忙吗?”

“我在商场搏杀多年,阅人无数,直觉告诉我,你应该值得信赖和托付。”

“可这并不表示我有这个能力。”如馨不假思索地摇摇头,“恐怕行不通。”

她心里想,假如你是幸儿的亲爸,一定好办得多。

不过,如果是亲爸,人家还用得着来求你吗?

赵挥沉默着。

如馨又道:“恕我直言,吴远虹是孩子亲妈,你非要把孩子从她身边夺走,这对她也挺残忍的。”

赵挥叹了口气:“近年来,吴远虹为了打发时间,经常泡在夜总会,在社会上结交一些杂七杂八的人,我担心长此以往,对孩子没什么好处。”

如馨不以为然。这对离异夫妇各有道理。尽管她对吴远虹已失去好感,但也不能仅凭赵挥一己之言,就将吴远虹打入十八层地狱。

如馨不由也叹口气:“赵先生,或许让你失望了,我必须如实地告诉你,我感到抱歉,这个忙恐怕帮不了。一方面最近案子缠身,确实忙得不可开交,另一方面我已决定不再接手与吴女士有关的任何事情。就算我愿意出面调解,也未必会有什么好结果，通过前阵子的接触，我发现吴女士是个很固执的人，她不会轻易放弃孩子。要不，你再想想别的办法？”

“如果我有别的办法，就不会来麻烦叶律师。”

“但我真的无法承诺你什么，请原谅。”

“当然，不能勉强你。”赵挥的脸上，有一缕毫不掩饰的沮丧。

如馨怀着复杂的心情离开了。

这次谈话让她感慨万千，看来有钱人不一定像别人想象的那么幸福快乐。拥有一流的收入，却未必有一流的生活质量，他们也有苦恼，他的家庭也有不为人知的伤疤、痛苦和忧虑，甚至鲜血喷溅的战争。这个事业辉煌的男人，一个在生意场上挥斥方遒的男人，在铺满钻石和鲜花的生活表层之下，内心里竟然有着如此难以愈合的伤痕，竟被这样一个无法解决的问题弄到如此焦头烂额的田地。

2

十二年前，身为银行普通职员的赵挥在一次朋友聚会中，邂逅了小他三岁的护士吴远虹。他被她娴静温柔的气质所吸引，而她也钟情于他英俊的外表和开朗的笑容，双双坠入爱河。随后，他了解到，她自幼母亲病故，父亲又娶了继母，生了弟妹。在与继母的共同生活中，吴远虹处处受到继母责难，一次次矛盾冲突后，父亲对她也产生了厌烦。吴远虹虽然自小刻苦读书，成绩优秀，但为了早日摆脱没有温暖的家庭，她初中毕业就考取了护士学校，参加工作后自己租房居住，从此与父亲断了来往。

拥有金融硕士学位的赵挥，不仅没有嫌弃吴远虹学历低微，相反深深同情于她的身世，并被她的坚强个性和独立精神所打动。他发誓给她温暖的生活，用自己的爱抚平她心灵的创伤，给予她一生呵护。赵挥的父母都在体面的单位工作，并且都是中层干部，他们坚决反对儿子找只有初中学历的护士为妻，认为就算儿子一定要找医务工作者，至少也得是一名医生。然而陷入热恋中的赵挥哪里听得进父母劝告？他主意已定，固执地与吴远虹举行了婚礼。父母见木已成舟，加之吴远虹温柔顺从，对赵挥知冷知热，百依百顺，父母也便认下这个儿媳。

婚后头一年，吴远虹怀孕了。赵家父母十分高兴，赵挥也喜不自禁，每天数着指头盼着宝宝出生日期。然而，在怀孕两个月的时候，不幸却突然降临。在毫无征兆的情况下，正在医院上班的吴远虹突然腹痛难忍，被紧急送往妇产科，医生检查后，遗憾地告诉匆忙赶去的赵家人：胎儿已经死亡，必须流产！就这样，赵家失去了尚未出生的小宝宝。

这次事故的阴影在赵家笼罩了很久，也许上帝为了对此补偿，第二年的夏天，吴远虹再次怀孕。这次，赵挥与父母又惊又喜，不敢掉以轻心。在父母的劝告下，也为了让妻子好好休息，赵挥说服妻子，辞去护士职务，在家安心养胎。父母还制定了营养计划，实行严格的保胎措施。怀胎十月，一朝分娩，吴远虹剖腹产下一个健康女婴。看到女婴可爱的五官，粉嫩的小脸，赵家父母心花怒放，合不拢嘴，赵挥也欣喜若狂。他给女儿取名“幸儿”，意在女儿是个幸运儿，希望女儿一生幸福、平安。

这时候，赵挥觉得自己是那么幸福，小家庭是那么美满。然而，有一天他无意中听到妻子背着他叹气，有时睡梦中突然惊醒，有时面露忧郁，似有心事。他关切地问起，她便说出心里话。她说，自从有了孩子，他的父母时常给些经济上的补贴，但她觉得这总不是长久之计，父母早晚走在前面，不能贴你一辈子，更何况作为晚辈，不能孝敬老人已是不敬，怎么还能心安理得地刮老啃老？而现在宝宝幼小，她又不能出去找工作上班，一家人的生活光靠他有限的工资，她总是常常感到莫名的忧愁，真不知道一家三口将来的生活会怎样。

闻听此言，赵挥大受震动。妻子所言不假，别的女人在怀孕生子后就会越来越胖，而妻子自哺乳孩子后越来越瘦，面色憔悴。尤其当他看到妻子穿着当初谈恋爱时的旧衣，素面朝天抱着孩子在寒冷的菜市场中，与小贩讨价还价的情景，赵挥心疼不已，也自责不已。一个大男人，竟然想不到妻子心里的苦恼，让妻女跟着自己受这份拮据之苦，而妻子，除了偷偷地忧愁，从来也没埋怨过什么。经过一番深思熟虑，为了妻女的幸福，赵挥决定赌一把。他不顾父母反对，毅然决然地辞去银行的稳定工作，在几个哥们儿的全力支持下，踏上了下海创业的艰难之路。

在朋友建议下，赵挥看到汽车配件行业有着巨大的潜在市场和利润空间，便抵押了父母给买的住房从银行获得一笔贷款，又从亲友处四方借贷，与两家厂商合作，做起汽车配件的批发生意。赵挥诚信义气，辛苦经营，没想到下海不足两年，在对“生意”和“商场”这两个词尚未完全吃透之际，竟然到赚得了人生第一个一百万，这也是他人生第一桶金。之后，这个行业竞争逐渐激烈，利润越来越薄，学金融出身的赵挥又看到国内经济形势越来越好，证券市场十分活跃，在朋友们的鼓励下，转战资本市场，致力股票投资。他埋头苦研，日夜学习，半年内啃完了关于期货与股票投资的多本专业书籍，并且顺利考取了期货分析师的从业执照。

股票和期货本有相通之处，他将所学理论知识运用到股票实战之中，正遇到当时中国股市经历长达一年的深幅调整，那时交易所门庭冷落，广大散户人人愁眉苦脸，怨声载道，见时机成熟，赵挥选准股票，果断出击。果然，之后不久，股市便在政策频吹暖风之下，逐渐走强，各路资金相继涌入，深沪两市随即走出一波强劲的上升行情。仅仅半年时间，赵挥当初投进去的百万资金，居然神话般地增值到九百万元。

周围朋友称他为天才的投资家，这一奇迹连他自己都无法相信，父母不再埋怨他不务正业，吴远虹也喜极而泣，对他更是细心照顾，体贴入微，夫妻恩爱有增无减。随后，当交易所人声鼎沸，人满为患，开户量日日创下新高，两市大盘天天放量暴涨，所有的股票都天量天价，高高在上，人人疯狂买股，买下股票就当宝贝死抱不放，各路股评专家在报纸电视上不断地高喊大喊"还能涨！还要涨！"时，赵挥意识到泡沫已被吹大，风险正在逐渐逼近，这时，他果断清仓，落袋为安，成功保住了胜利果实。果然，不出一月，股市忽一日天量暴跌，从此一蹶不振，进入下降通道，几个月过去，指数跌掉过半，无数散户被套，断骨伤筋，流血割肉，损伤惨重。

而这时，国内银行由于高息吸储，百姓更倾向把手中的闲钱存入银行，这时的吴远虹，对已跻身于富人阶层的生活，十分满足。她建议丈夫把巨款存入银行，一点风险没有，一家人光靠利息就可无忧无虑生活一辈子。而此时的赵挥，已陷入投资和创造财富的狂热之中，不断而来的巨大成就使他欲罢不能。他再也无法适应朝九晚五的上班日子，更无法忍受闲坐家中享受利息的生活，他需要投身商海，在风浪中搏击，在不断的挑战和胜利中，品尝创造价值的乐趣。当时，国内房地产业正在历史低谷艰难挣扎，市场十分低迷。赵挥敏锐地意识到，随着福利分房的取消，人口的迅速增长，新一代结婚潮的不断涌出，房子和土地将会成为未来几年最具潜力的投资市场。通过身边有识之士的精心研究和策划，他毫不犹豫圈下大量廉价土地，建楼盖房，又通过银行贷款和朋友筹资，开发了本市颇负盛名的第一批花园小区。但这些房产建筑并没有像当初的汽车配件和股票那样，给他带来立竿见影的效益。建成之初，市场冷落，售楼成了最难的事。当时大批楼房滞压了大量资金，加上银行贷款陆续到期，赵挥的事业陷入空前低谷。父母埋怨，亲友质疑，讨债的日日找上门来，有一阵，他陷入空前的颓废之中，甚至开始怀疑自己的判断。

这一低迷状况持续了大约两年之久，之后，房产市场陆续交投活跃，一年一个新台阶，渐渐地竟然迎来了有史以来的灿烂春天。而在困难中坚守、困惑中苦苦挣扎了整整三年的赵挥，也迎来了巨大的丰收。一连几年，他自己都没料到，那些曾被怀疑的土地、楼房，让他的收益呈现井喷式增长。他重拾自信，斗志再次被激发，不断地投资，开发各类房地产项目，而且进军多个领域，投资迅速良性循环，财富呈几何倍数膨胀，而他也步入事业的巅峰。

3

然而令赵挥想不到的是，当他在成功和财富的道路上越走越远时，他的家庭，他的婚姻，也在不知不觉地发生着出人意料的质变。

创业之初，公司处于起步，由于搞汽车配件业务繁忙，赵挥常常早出晚归，有时候时间太晚，为了不惊醒妻女睡眠，他索性住在公司。无暇照顾妻女，担心在家照顾宝宝的妻子生活枯燥，他特意请了一位口齿伶俐手脚勤快的小保姆，一来帮妻子做家务；二来陪妻子说话聊天，让她不至于太郁闷。那时候，他在外拼命赚钱，有时出差在外，累得双腿要断掉，有时怕连顿热饭也吃不上，但只要一想到女儿，浑身就立即有了使不完的劲。忙完一天事务，每每走进家门，只要抱起女儿，亲亲女儿的小脸蛋，每当女儿纯净的双眼望着他，不管在外碰了多少壁，受了多少客户的冷眼，他都觉得值！尤其看着女儿一天天学会走路，学会清晰地喊“爸爸”，他的心里都充满了说不出的柔情，浑身都洋溢着快乐和幸福。

而妻子，与他仍然恩爱有加。她关心他的衣食住行，挂念他的健康安危，有时哪怕小小的伤风感冒，她都会紧张半天。她经常运用当护士时学到的一套按摩手法，耐心地给他做全身按摩，每次都要做至少四五十分钟，帮他缓解疲劳。有一次在外应酬喝酒，他半醉而归，她用茶给他醒酒，他吐了她一身，她一句埋怨的话也没有，而是默默地帮他换了干净衣服，又煮了牛奶给他喝下，然后连抱带拖，把他弄到床上，按摩穴位，助他解酒。那时候，吴远虹的温柔和善解人意，让他感动不已。有这样深爱他的妻子，又有这样可爱的女儿，他觉得此生足矣。他愿意为她们打拼一生，能亲手为她们创造最舒适的生活环境，他觉得自己是世界上最幸福最自豪的男人。当周围熟人由衷地羡慕他家庭美满，他心底里也是由衷地自豪，甜蜜。

女儿上幼儿园后，为了让妻子从枯燥的家务中解脱出来，赵挥希望吴远虹走出家庭，重新回到人群中，以免和社会脱节。他给她办了各大银行的信用卡，并将一部分暂时不需要在生意中运转的现金交给她管理，让她参加投资理财方面的培训班，进行家庭理财。同时还建议她参加美体美容等培训班，去健身馆健身，与往日要好的同学、朋友恢复交往，丰富生活内容，不要整天两点一线只在超市和家之间忙碌。而这时，赵挥的生意也逐渐步入正轨。他每天尽量回家陪妻子和女儿吃晚饭，在家的时间也逐渐多了起来。幸儿随着年龄的增长，逐渐懂事，越来越喜欢跟爸爸待在一起。只要爸爸在家，她就缠着爸爸讲故事，每天都要把从幼儿园看到的、听到的、学到的东西，跟爸爸详细诉说，与爸爸分享快乐，分担“烦恼”。而赵挥，尤其在房产投资跌入低谷时，他若无要紧事，就很少外出。他日夜陪伴女儿，与女儿的亲近日渐加深，只要听到女儿的召唤，哪怕正在谈生意的紧要关头，他也会身不由己地放下一切，回到女儿身边。有一阵子，听女儿笑，听女儿哭，陪女儿玩儿，逗女儿开心，成了他生活里重于生意重于赚钱高于一切的大事。

然而有一天，母亲突然找到他，说了一件不愉快的事。母亲说，她带幸儿外出访友，老友说了句玩笑话：“你这小孙女怎么长得一点都不像赵家人？”另一老友说：“就是啊，你们赵家是祖传的高鼻梁，小幸儿这鼻子怎么还是塌塌着？会不会是医院搞错了？”另一老友又说：“听说医院里经常把孩子弄错，你应该去弄弄清楚，最好把这个可能排除在外，别养了半天，替别人养了孩子，而自己的骨肉，不知流落在哪儿呢，遇到好人家倒也罢了，遇到良心不好的人家呢？”

赵母尽管知道这是玩笑话，但心里还是敲开了鼓。回到家，拉着小孙女左看右看，越看越觉得这孙女与自己的儿子不像父女，甚至毫无相像之处。于是找到儿子，把重重疑虑说了出来。赵挥一听就笑了：“妈，幸儿出生时，我就在产房门口站着，里面只有远虹一人，怎么可能弄错呢？你呀，不该把别人的玩笑话当真，自寻烦恼。”

母亲虽然仍有疑惑，但听儿子这么说，便不再追究。

就这样又过了两年，有一天，赵挥与朋友吃饭，朋友突然对他说：“你最近是不是冷落夫人了？”赵挥莫名其妙：“这话从何说起？”朋友善意提醒说：“有则改之，无则加勉，别商场得意后院失火。”另一个朋友又说：“大哥，不管是不是我们多心，你一定不要大意，我们在健身馆无意中碰到嫂子，发现有个教练跟她过于亲密。”赵挥哈哈大笑：“兄弟们真是多虑了，我们家远虹可不是那种人，难道教练指导她做些健身动作都要惹来非议吗？多心了！”见他这样，朋友们也不便多说什么。

赵挥对妻子十分信任。而妻子，每每从美容院健身馆这类地方回来，总要像女儿一样，不厌其烦地把所见所闻以及自己的活动内容向丈夫“汇报”，每次赵挥都似听非听，笑着说“这些事你跟女伴们交流吧，我也听不明白，对我说就是对牛弹琴”。内心里，他并不讨厌妻子这种“幼稚”行为，而妻子愈是这样，他愈是觉得她单纯,忠诚。

所以,当从朋友口中听到闲话时,他根本没往心里去,觉得根本不可能。然而大约三个月后的一天,吴远虹的继母突然找到赵挥。她对他说,她不止一次看到吴远虹和一个三十多岁的男子在一起,有一回在商场,她看见两人手挽着手,在好奇心驱使下,她跟踪二人,竟然看到吴远虹为那男子选购昂贵服装,刷卡埋单。赵挥问,你为什么要告诉我这些?继母回答,为了你好!我这个继女很复杂,你要提防着点。

对这些流言飞语,赵挥不愿相信,但心里却失去了平静。

赵挥与妻子谈话,针对这些传言,让她给一个合理解释。吴远虹大喊冤枉!信誓旦旦,发誓赌咒,说丈夫就是她的一切,她爱他胜于生命,绝对不可能做对不起他的事。她发誓说自己与继母从小不和,继母一向视自己为眼中钉,肉中刺,不是仇人,胜似仇人,尤其这些年来,继母看到她生活越过越好,十分忌恨,总想从她这儿捞点好处,而她的性格就是有恩报恩,有仇报仇,除了偶尔给父亲有限的零用钱外,从来没让继母得到过实惠。所以继母对她恨之入骨,故意编造谎言,捏造事非,制造夫妻二人不睦,以达到泄愤之目的。

吴远虹说:"她就看不得我们恩爱,她天天都巴不得我快点夫离子散,重新回到过去那种被她控制受她欺压的时代。"

吴远虹伤心地哭了一夜。她失望地对他说:"你不要听风就是雨,听信居心叵测之人嚼舌头的话!我对你怎么样,你自己没有判断吗?为了这个家,为了孩子,我牺牲了工作变成一个彻头彻尾的家庭妇女,你不但不领情,居然还听信仇人的谎言,对我疑神疑鬼。既然这样,以后我哪儿都不去了。天天待在家,像以前那样专门侍候你和孩子好了。"

听妻子说得如此干脆利落、理直气壮,赵挥的疑虑顿时打消大半。

多年婚姻,与吴的继母虽然来往不多,但也偶有接触。尽管赵挥认为继母并没妻子所说的那样恶毒可怕,但继母与妻子之间由来已久的矛盾确实从未得到过缓解。继母确实多次找上门来,以种种原因借钱,每次赵挥都会慷慨地出手相赠,但每次吴远虹知道后,都大为不悦,坚决制止他给继母哪怕一块钱。她说,继母拿了钱绝对不会花在父亲身上,继母有一个无所事事游手好闲的娘家弟弟,继母不仅要养这个无赖弟弟,还要养他的几个不争气的孩子。所以,吴远虹说,他们都不是好人,我们没有义务去帮他们,这样做不是善良,而是糊涂,是纵容!也因此,继母与吴远虹的矛盾更为深重。

在这件事上,赵挥情愿相信妻子。在妻子委屈的哭泣和责备下,他觉得自己误解了她,冤枉了她,他十分内疚,向她道歉,请求她的原谅。这场风波过后,任凭赵挥如何劝说，吴远虹却再也不愿出门。除了买菜和上幼儿园接送女儿，她哪儿也不肯去，朋友打电话来找她，也会被无情拒绝。她又回到了以往专职相夫教女的枯燥主妇生活。赵挥看得出，妻子内心里并不快乐，有时面露忧郁，甚至莫名其妙地大发牢骚，这让他愈加惭愧。难道我是个刽子手吗？扼杀了妻子的温柔天性？

为了让妻子重新快乐起来，他将自己收购的一家电子厂交给妻子打理。心想她有了事做，内心充实，人也应该变得快乐。却不料，不过半年工夫，在电子厂干了三年的老会计便找到他，说吴远虹突然要辞退她，请老板为自己做主。赵挥向吴远虹询问怎么回事。妻子说，这个会计不老实，有贪污嫌疑，但证据不足不宜报案，不如辞掉了省心。赵挥心中疑惑，向几位高管了解到，这位会计人品正直，做事踏实，怎会突然变得不老实？究竟贪污了什么？赵挥下令查账，对该厂进行了一次较为彻底的财务清理，并亲自督促，结果竟然发现几百万货款不知去向。而另外一个小会计，竟然正在制造假账，企图蒙混过关。

赵挥立即向警方报案，追查责任。不料追查的结果竟让他无法相信自己的眼睛：这些货品的去向，竟都是经妻子之手，赊给邻市一个叫张雷的代理商。而那个张雷，此时已经关闭了店门，不知所终。小会计偷偷做假账，则完全是受吴远虹指使所为。而那名正直的老会计觉察到了这些，欲制止他们，竟遭到“辞退”的报复。

吴远虹哭着解释说，当她发现那个代理商失踪后，不好给丈夫交代，也不想让丈夫受到打击，影响心情，这才自认倒霉，指使小会计造假。她哭哭啼啼，后悔自责，又说自己初涉商海，经验不足，不知商海如此险恶，竟然上当受骗，让丈夫蒙受巨大损失。她深觉对不起丈夫，于是，有天晚上趁丈夫睡熟之后，割腕自杀。赵挥在睡梦中被妻子绝望的哭声惊醒，见鲜血染红了雪白的床单，吓了一跳，慌忙拨打120前来抢救，挽回了妻子一命。

赵挥深知商海风雨无常，风险无处不在，见妻子如此痛苦自责，他把这起经济事故交给警方后，在家里再没提过此事，更没说过一句埋怨妻子的话。但他必须接受妻子头脑简单、不宜经商这一事实，将电子厂另交给表弟黄农打理，吴远虹再次回到家中。这一次，吴远虹自知理亏，不敢有一句怨言，对女儿和丈夫知冷知热，呵护有加，这个家似乎又回到以前的幸福时光。

4

赵挥希望日子就这样平静地流淌下去，等自己再干个十年八年，就宣布退休。到那时,女儿也已长大成人。如果女儿将来有兴趣也有能力接他的班,他就把一手打下来的江山转交给她。如果女儿不喜欢经商,他完全可以让她做任何喜欢的事情。总之,他的心愿就是要让女儿拥有一流的生活品质,让她人生的每一天都开开心心。他已经想好了,等他不干了,累了,就把公司交给职业经理去打理,而他与妻女生活在风景优美的居住区,享受天伦之乐,安度余生。

不料上帝并没有顺从他的意愿。记得电子厂风波过去大约半年之后,赵挥出差外地,办完事后,提前一天返回。不巧那日碰上飞机晚点,在候机室滞留三个多小时,为了不使妻子担心,他并没有打电话告知。一直到夜里十二点,他才下了飞机在司机的陪同下匆匆往家赶。到了家门口,他打发司机离去,拿钥匙开了院门。家里住的是三层别墅,他和妻子的卧室就在二楼。为了不吵醒妻子睡眠,他轻手轻脚开了房子大门,又轻手轻脚去开卧室的门。然而钥匙转了半天却没能打开,想必妻子为了安全问题进行了反锁,于是只好叫门。大约十多分钟后,妻子才有了回应,穿着睡衣开了门。

进屋后,他发现她的眼神有些不对,还以为自己吵了她的美梦。他关切地说:"你赶紧上床吧,我去洗把脸。"

他刚转过身去,突然听到卧室阳台那边传来咚的一声闷响。他不由得纳闷,三步并作两步冲向阳台,惊诧地看到楼下树影中,一个男人的身影正翻越小院围墙,一瘸一拐地消失在夜色中。

他回过头来,只看到妻子站在窗边,神色极不自然。

他打开雪亮的大灯,仔细察看阳台的门窗,却惊讶地发现,阳台上散落地丢着两只一次性拖鞋。一左一右,是一双。

"什么人进来了?"他问她。

"没,没人,"妻子语无伦次,神情十分慌乱,"老公,是不是小偷闯进我们家了?"

"难道是你有意给小偷换了拖鞋?"赵挥神色冷峻,内心被骤然而来的打击击伤。

这个晚上,他不得不冷静下来,重新审视自己的妻子。当妻子的眼睛再次望向自己的时候,他再也无法觉得这双眼神有多么单纯,而是看到单纯的背后,似乎隐藏着他无法了解的复杂。他第一次觉得她陌生,深爱了多年的妻子,并没有他想象中的那么忠诚。

一连几天,他住到另外一套寓所里,不再回家。他想冷静地梳理一下与妻子的感情,看看问题究竟出在了哪里。吴远虹扛不住了,她前来找他,求他回家。他看着她含泪的眼睛问:"那你告诉我,那晚来家里的男人是谁?"

“你别多心，从来没有什么男人来过我们家，你不能把脏水往老婆身上泼。”吴远虹死不认账。

“就算你不说，我也能查到，你信吗？”赵挥的愤怒终于爆发了，“找到了他，我会亲手把他剁了，然后一块一块扔到海里喂鱼，你信吗？”

看他真的动了怒，而且自知秘密再也无法隐藏下去，吴远虹扑通一声跪到丈夫面前，抱住他的双腿痛哭流涕，请求他念她一时糊涂，念在女儿的份儿上，原谅她。她坦白道，那个男人就是张雷。张雷与她是初中同学，十多年没有联系。后来在健身馆，两人不期而遇。这时张雷在这里当教练，当他发现吴远虹身价不菲，就对她表现出特别的热情。

张雷说当年上初中时，情窦初开，他就爱慕她的美貌，时隔十多年了，依然痴心不改，因此至今仍为单身。吴远虹想起当年的确收过他的情书，因此对他的话深信不疑。在他的甜言蜜语中，她乱了方寸，酒后失身于他。随后，她一度坠入偷情的刺激和温柔乡中不能自拔。当外面起了流言，她不想伤害丈夫，又迅速回归家庭，一度与张雷断绝联系。

然而当她重新取得了丈夫的信任，并得到电子厂的管理大权后，张雷立即又悄悄找到她，吴远虹禁不住诱惑，两人又重续孽缘。这时，张雷经济拮据，日子过得并不如意，为了改变现状，张雷在吴远虹的默许之下，辞掉健身馆的工作，到邻市注册了一家公司，专门代理电子厂的产品。就这样，他先后花言巧语，巧设圈套，从她手中骗去几百万元货品。

当她发现有异向他催讨时，他已经金蝉脱壳，去向不明。她对他痛恨不已，后悔自己瞎了眼睛。当她从电子厂又一次回归家庭，她不止一次忏悔自己的罪孽，暗暗发誓从此之后，全心全意跟丈夫过日子，好好爱丈夫，以弥补内心的愧疚。

不料就在前不久，她突然接到张雷的电话。张雷倾诉对她的思念，提出约会。她愤怒地指责了他，并要他马上还款。张雷却说那是误会，他是迫不得已，保证一定尽快还款。为了解释清楚这场误会，就在赵挥出差的那天晚上，他突然造访。他一直在谈货款的事，说自己也是被人骗了，越谈事情就越复杂，她见夜深了几次催他走，他就是不肯离去，非要解释清楚不可。就这样，赵挥突然回家，他自然不敢与他照面，于是跳窗而逃。

这一切从妻子口里说出来，赵挥如雷轰顶，怒不可遏。尤其令他心如刀绞的是，到了这个时候，吴远虹还在挖空心思向他编造谎言！这个女人之前一直被他视之为单纯！他声嘶力竭地骂道：“既然你知道那个畜生是骗子，诈骗犯，为什么发现他时不在第一时间报警？为什么不打电话告诉我？你不知道警察一直在抓他吗？”

吴远虹脸色灰白，哭着解释道：“我，我，我忘了。”

“就算忘了，你怎么能在深更半夜请一个诈骗犯、流氓到自己家中，在卧室里穿着睡衣谈事情？”赵挥狠狠地给了吴远虹两记耳光，要她立即消失，永远不要再出现在自己面前。

想到自己在外面辛苦赚钱，为妻子提供如此舒适的生活，从没有在哪里亏待过她，而她，居然用一顶绿帽子回报自己，自己竟还浑然无知！真是忍无可忍，奇耻大辱！

5

当发现父母分居，幸儿哭着来找爸爸。受到强烈刺激的赵挥突然想起母亲的提醒，他扳起女儿的小脸看了又看，果然觉得这孩子的五官竟与自己没有相像之处。为了弄清疑问，他立即带着女儿去一家生殖遗传研究中心进行亲子鉴定。焦灼不安地等待之后，他迫不及待地拿到了鉴定结果，只见上面赫然写着：“赵挥不是赵幸儿生物学父亲的几率为99.999%。”

这一结果使赵挥又一次晴天霹雳，如雷轰顶。他狂怒不休，把吴远虹关在别墅里，逼问孩子的生父究竟是谁。她竟然像往常那样信誓旦旦：“幸儿绝对是你的女儿！你可以恨我，但不能怀疑幸儿是你的女儿！”

“还在狡辩？这个你怎么解释？！”赵挥将鉴定报告摔在她脸上。

她却看也不看一眼，痛哭着发誓赌咒，言之凿凿，大骂医院，一定是医院弄错了！赵挥不肯相信她的话，愤愤而去。当晚，吴远虹再次割腕自杀。正在写作业的幸儿发现母亲手臂流血不止，慌忙找来邻居，吴远虹又一次自杀未遂。

见妻子以死求证女儿清白，赵挥心里也疑惑了。莫非这事错怪了她？于是，待吴远虹伤愈出院，为了证明女儿的清白，吴远虹主动要求再次进行亲子鉴定，赵挥不假思索地答应了。这次，吴远虹建议到某权威机构，赵挥认为只要把事情弄清楚，任何一家权威机构都可以。不料就在鉴定的前一天，赵挥的表弟黄农跑来告诉他，通过对吴远虹跟踪，发现她企图行贿鉴定机构的某位医生，被黄农当场抓获。黄农遂向表哥出示用手机拍到吴远虹在某酒店咖啡厅向一名男子送银行卡的照片。

这时吴远虹又百般狡辩，说那根本不是银行卡，只不过受朋友委托转交一张普通的健身卡而已。由于照片较小，卡片更是模糊不清，赵挥不再听任何解释，立即带着吴远虹与赵幸儿飞往上海司法部鉴定中心。这是中国权威的司法鉴定机构，在这里，事情一定会水落石出。

几天后，报告出来，竟然与上次结果一模一样。赵挥心里波涛翻滚，痛不欲生！联想到吴远虹与张雷为初中同学，他怀疑幸儿是不是张雷的种子？可是吴远虹死不承认，一口咬定自己与张雷十多年来毫无联系，发生关系只是最近两年的事。

问她如何解释鉴定结果，她自始至终只一句话："我也不知道！肯定是医院弄错了！"

"一家医院弄错有可能，难道两家都弄错了？"赵挥怒火万丈，暴跳如雷。

这时，吴远虹在"立功赎罪"的心态下，不得已说出了张雷的藏身之处，黄农立即带人找到张雷。几乎没费什么力气，张雷就招认了与吴远虹的偷情事实。从他的讲述中得知，并非他诱骗吴远虹失身，而是当他表示出好感之后，她半推半就，与他明修栈道，暗度陈仓，找到机会就与他享受鱼水之欢。而赊货之事，也是见他资金紧张，她主动提出给他实行优惠政策。后来，他起了异心，卷款而逃。不久之后，他见风声缓了，便悄悄潜回本市，企图与她重温旧梦。而关于幸儿的身世，张雷大叫冤枉，坚决否认，为了摆脱责任，他主动要求与幸儿做亲子鉴定。鉴定结果排除了他与幸儿的父女关系。至此，年仅八岁的幸儿已在懵懵懂懂中被第三次抽血。

黄农提出狠狠教训张雷，让他付出血的代价，被冷静下来的赵挥制止了。虽然他对这个入侵者恨之入骨，却深知因此将其致伤或致残，触犯法律实在不值。他将张雷交给警方，很快就追回了部分货款，而等待张雷的，也将是牢狱之灾。警方欲追究吴远虹的包庇之罪，赵挥考虑到她仍是自己的妻子，家丑不可外扬，于是出面担保，替吴远虹开脱了包庇责任。

为了弄清幸儿的身世，那些日子，赵挥夜夜身不由己地从外面回到家里，与吴远虹整夜整夜进行谈话。吴远虹一夜一夜接受盘问，无法睡觉，终于忍受不了折磨，彻底崩溃。她终于交代，女儿的生父是一位医生。十多年前，她在××医院当护士时，时常值夜班。后半夜没有病人，又不能睡觉，难熬寂寞，便与一位已婚医生偷偷相好。结婚以后，见丈夫对自己如此珍爱，她下决心斩断孽情。但由于那位医生反复纠缠，而她，也企图从这种关系中获得一些工作上的便利和好处，也就半推半就，与医生暗中来往，直到婚后第二年女儿出生，她辞职以后，而那医生又有了新的护士相好，两人自然而然断了交往。一开始，她拿不准女儿究竟是谁的孩子，后来随着孩子奶膘退去，她越来越发现女儿长得像那个医生。有了这个发现,她忐忑不安,生怕有朝一日真相败露。然而当她看到丈夫待女儿如掌上明珠,父女俩在一起是那么和谐自然,比亲生父女还要亲时,她就产生了侥幸心理,也许这就是上帝的安排吧,顺其自然吧。

多行不义必自毙。赵挥悲愤地想,如果不是张雷的事情败露,恐怕幸儿的身世永远都是个谜,而自己,将被蒙蔽一生。黄农提出找人把那个医生给废了,抽他的筋、剥他的皮、或砍了他的手、腿什么的,仍然被赵挥严厉地制止了。

这时,赵挥已经连愤怒的力气都没有了。接二连三受到沉重打击,他彻底被击垮了。他闭门三天,大病一场,茶饭不思。他觉得自己成了个笑话。原以为娶了个贤惠老婆,不料竟是一个如此不知廉耻、水性杨花的女人。原以为自己是最幸福的男人,不料戴了一顶天下最大的绿帽子。他是一个正常男人,并无功能缺陷,有时出差在外半月一月回不了家,哥们儿找小姐找乐子,他嫌那些女人不洁,始终不为所动。经商多年,遇到诱惑无数,身边从来不乏美女主动投怀送抱,他深知这些美女多半为他的财富而来,所以一直保持头脑清醒,绝不让自己掉入桃色陷阱。那时大脑里总有一个固执的观念,总觉得这世上除了元配夫人,任何女人都是靠不住的。当然偶尔也会遇到特别优秀的女孩子,他也时有心动。但一旦想到妻子和女儿,他立即压住不鬼之念。总觉得自己的事业越做越红火,而妻子为了家庭沦为主妇,两个人差距原本就已越来越大,妻子的自卑感愈来愈强,他不想让她雪上加霜,不想让她对自己失望,也不想让女儿将来长大,鄙视了自己。他一个男人,尚能耐得住寂寞和诱惑,她为何就不能?她为什么要这样对待他?赵挥无法理解,痛哭欲绝,痛不欲生。

6

赵挥断然提出离婚,让吴远虹带着幸儿立即离开,并表示一分钱也不会给她。当晚,吴远虹第三次割腕自杀。这一次,被前来看望她的朋友佟欣而救。吴远虹坚决不肯离婚,任凭她如何哭求,赵挥都去意已决,心冷似冰。

吴远虹哭着说:“难道你忍心丢弃女儿?你忘了我们往日的恩爱?你怎能忍心拆散我们这个幸福的家庭?我后悔,我有罪,我保证以后好好爱你,爱我们的家,赎自己的罪……”

赵挥曾经陶醉于别人对自己家庭的赞美,也曾经觉得自己幸福无比。但从现在开始,他再也不会有幸福感觉了。再也不会相信妻子的任何一句话了。当听到幸福一词从妻子口里说出来,他感到的只有屈辱和恶心!

见真的无可挽回,吴远虹也渐渐死了复合的心。她提出要一笔抚养费,数额巨大,赵挥一口回绝了她。于是,离婚协议上她拒不签字,就这样,离婚一事拖了下来。

尽管愤恨妻子的欺骗和不忠,可赵挥无论如何无法忘却倾注了多年心血的女儿,更无法弃之而不管。每每夜深人静回到空荡荡的大房子里,独自一人躺在床上,和女儿相处的点点滴滴,女儿那张可爱的小脸,总会过电影一样在眼前晃动,让他挥之不去,甚至彻夜难眠。有几次,他忍不住回到原来的家去看望女儿。

这时他痛心地发现,夫妻关系的恶变,已严重影响到女儿。女儿的小脸上已不见了往日的甜美笑容,学习成绩也一落千丈。同时,他又惊异地从女儿口中得知,吴远虹最近以来经常夜不归宿,把女儿锁在家里,让她独自一人看电视写作业,饿了就自己去冰箱里找吃的。每次看到他,女儿都会搂住他的脖子伤心不止:“爸爸,你去哪儿了?你为什么不回家?难道你不要幸儿了吗?幸儿不能没有爸爸!”

看着幸儿稚嫩的小脸上的泪痕,赵挥心如刀割。面对女儿无辜的双眼,他意识到,自己还是一个父亲,还是幸儿的父亲!这个叫了自己九年爸爸的女儿,从未离开过自己的内心!尤其这时,当他愈加清醒地认识到吴远虹性格扭曲,心灵堕落,也便愈加不能否认另一个残酷事实:幸儿跟着这个女人,不仅不会得到很好的照顾,而且不可能受到正面影响和教育。于是,他产生了抚养幸儿直至长大成人的念头。

与吴远虹分居期间,不知是出于对妻子不忠的报复,还是再也耐不住身心的寂寞,他接受了一个一直暗恋他的女孩子的爱情。女孩叫顾言言,大学毕业后在他的公司实习。顾言言有着鹤立鸡群的美貌,又做事踏实,责任心强,他尝试着与她相处。她搬到了他的住处。当她发现他对幸儿极其不舍,她肯定地告诉他,只要他高兴,她一定会将幸儿当亲生女儿来爱。

不可否认,顾言言是个心地善良的好姑娘。但一年的共同生活后,由于种种无奈因素,也由于赵挥发现顾言言虽然优秀,但可能由于年龄原因,不论从思想观念还是个性习惯,并不是自己理想的终身伴侣,因此,他竭力说服她离开自己,为了补偿,他给了她一大笔钱。顾言言伤心不已,黯然离去。后来当他获悉她想移居澳洲,便又主动为她在澳大利亚买了房子,帮她办理手续移居海外。至此,他与顾言言的生活片断,顺理成章被吴远虹拍摄成资料,成了“丈夫包养二奶”的真凭实据。

赵挥再次提出离婚，并与吴远虹协商留下女儿时，吴远虹说，只要你肯公平分割财产，离婚不成问题，但留下女儿绝对不可能。看在女儿的份儿上，也不愿成为业界笑柄，赵挥还不想把离婚之事闹上法庭。那时他希望她能主动反省，良心发现，两个人悄悄分手，别让孩子受到伤害。谁知吴远虹不理会他的苦心，她可能在为以后的离婚做打算，开始打着他的旗号，找出种种说辞，向他一些不知内情的朋友借钱，数额不菲。他交往的朋友多是富人，有的人会慷慨解囊，有的人就会打电话给他："老弟，是不是出现财务危机啦？"弄得他莫名其妙，如坠五里云雾，又尴尬至极。

吴远虹的举动，让赵挥愈加厌恶，无路可走。吴远虹的行为提醒了他，为了保住自己多年来的劳动成果，赵挥先后雇请多名腕级律师，帮他进行了财产转移。当一切准备就绪，他果断起诉离婚，这也是无奈之际的下下策了。尽管当初发誓一个子儿也不会让她得到，但事情发展到这个田地，看到吴远虹整天酗酒，打牌，脾气越来越差，与原来幸福度日的温柔主妇完全判若两人，想到夫妻曾经的恩爱，他也不忍把她逼到绝路。他谢绝了律师们的建议，还是同意把吴远虹管理过的那家电子厂和原先一家人居住的别墅，以及以前交给吴远虹保存的存款国债全都给了她。而他，最大的心愿就是取得女儿的抚养权，除了他与女儿多年来建立的不可分割的父女感情，还有更重要一个因素：把幸儿交给她，他不放心！

第九章

1

当然，对于赵挥千疮百孔、伤痕累累的家庭隐私，叶如馨并不知情。她无意评价这个裂变家庭中夫妻双方的谁是谁非，仅仅通过为吴远虹的一次代理，她发现这个女人某些行为确实不敢让人恭维。而通过与赵挥的几次短暂接触，尤其是茶楼谈话以来，她又发现这个男人并不像吴远虹所说的那样寡义薄情。凭着律师的敏锐和女人的直觉，如馨可以确定，这个男人眼睛里流露出的对女儿的那一片深情和牵挂，绝不是演戏，而是完全来自于一个父亲的真实内心。

尽管心里有些不是滋味，但由于事务繁忙，如馨很快就不再想起赵挥与吴远虹的事了。

不久后的一天下午，因一起经济纠纷，如馨受当事人委托，和小杨一起到一家名为“桃花源”的养生会馆调查情况。

这是一个专门为富婆提供服务的地方。富丽堂皇的装修，极尽奢华之能事，服务生清一色的年轻帅哥，走在铺着地毯的走廊上，隔着包厢门留下的缝隙，如馨听到里面嗲声昵语，且无意中看到一对端着酒杯的男女相拥亲吻……

一个多小时后，如馨与小杨从养生馆出来，发现大门旁边一辆汽车后面，有个女人正在厉声训斥小孩。上了车子正要离开，小杨忽然叫道：“馨姐，你瞧，那不是吴远虹吗？”

如馨透过车窗回头去看，看见那个女人刚好转过身来，一点没错，正是吴远虹。

如馨呆了一下。

小杨道：“你就这么无动于衷吗？她在虐待儿童呢。”

如馨二话不说下车走了过去。

“怎么回事？你怎么在这儿？”如馨走到吴远虹身后。

吴远虹猛一回头看到如馨，吓了一跳：“叶律师，你怎么到这儿了？”

“我来查点事。这是幸儿吧？你为什么在这儿打孩子？”如馨看到一个十岁左右的小女孩。这是她第一次见到幸儿，细高身条，白皙的小脸十分俊俏，只是鼻子稍有些扁平。

吴远虹十分尴尬：“叶律师，你不知道这孩子多气人啦，她下午竟敢不上课从学校偷偷溜出来，还一个人跑到这个地方来，我正要教训她呢。”

如馨感到十分奇怪地说：“就是啊，幸儿，你一个小孩子，怎么跑到这种地方来？”

幸儿脸上挂着泪痕，委屈万分地说：“我来找我妈，妈妈昨晚一整夜都没回家。”

“这孩子，气死我了，你胡说八道什么呀？走走走！赶紧给我回去！”

“我没胡说八道。”幸儿伤心地哭了起来。

“别哭丧了，我还没死呢，一天到晚小鬼似的缠着我，早晚得让你给作死！”吴远虹不由分说将幸儿推进了旁边的轿车。

回去的路上，小杨道：“桃花源入会费门槛很高，来这里玩儿一次很昂贵的，据说因涉嫌色情服务曾经被警方调查过。馨姐，你费尽心机帮吴远虹争取到千万财产，是不是助纣为虐啊？”

如馨一言不发。她忽然想到了赵挥。想到了赵挥因为女儿的抚养问题，在她面前情不自禁流露出的无助神情和焦虑心态。

小杨又道：“在国外，像这种打骂孩子，带孩子到色情场所，是要被判刑的。吴远虹这个女人，是不是脑子缺一块？”

第二天晚上，如馨和小杨再次到桃花源养生馆，意外的一幕又出现了。

灯光迷离中，一个瘦瘦高高的小女孩在门口跟保安交涉：“叔叔，你就让我进去吧，我妈妈肯定在里面。”

“去，去，一边玩儿去，公司有规定，小孩子一律不能入内。”

小杨道：“馨姐，那不是幸儿吗？”

如馨一眼认出，千真万确是赵幸儿。

如馨立即上前将赵幸儿拉到一边，让小杨到里面找吴远虹。小杨向前台经理出示证件，经理不愿招惹麻烦，立即下令寻找这位女客人，然而找了半天，却没有结果。经理告诉小杨，这儿实行的是实名会员制，到这儿消费的客人，来之前都有提前预约，来之后都签字登记。你们要找的客人今天下午和昨天来过，但今晚确实不在这里。

如馨拨打吴远虹手机，关机。如馨叹了口气，对幸儿说："你妈妈不在这里，你就别找了，还是自己回家吧。"

"我不想回家，我一定要找到她。"幸儿倔强地说。

"你是怎么来的？走吧，阿姨送你回去。"

"不用你送，要回我自己打出租车回去。"

"那就快回家去吧，阿姨还要工作。"

"我又没影响你工作，你干吗逼我回家？我不想回！我一个人在家里好害怕！"

"你认为妈妈一定在这里面？"

"应该是吧，这是她最爱来的地方，我想不出她还会去什么地方。"

"那这样吧，你一个小孩子这么晚待在这种地方太危险了，来，你先坐到阿姨车里来，"如馨将包里另一部手机拿出来塞到女孩手里，"会用手机吧？你盯着大门，死等，一旦发现你妈妈从里面出来，你立即打电话通知阿姨，阿姨出来给你开车门，你再跟妈妈一起回家，行吗？"

"行，但我不用你的手机，我有！"幸儿果然从兜里掏出一部精致的三星手机。

"再好不过。"如馨将幸儿锁到车里，不过是一时找不到更好的办法，而自己又无法脱身，只好采用缓兵之计。

一个小时后如馨和小杨从里面出来，小女孩依然在等待。她一双眼睛瞪得老大，不错眼珠盯着夜总会金碧辉煌的大门，直到如馨打开车门，幸儿才突然回过头来："阿姨，看到我妈妈没有？"

望着孩子期待的眼神，如馨不知如何回答。她再次拨打吴远虹的手机，依然关机。忽然想起赵挥留下的名片，忙从包里翻找出来。照上面的手机打过去，谁知根本接不通，被告知是空号。

幸儿很机灵，她问如馨："你是不是要帮我联系爸爸？我知道爸爸的电话。"

幸儿提供的是一个座机号码。如馨忙拨过去，却始终无人接听。

这时已过了夜里十点，万般无奈，如馨问幸儿："跟你妈妈联系不上，阿姨送你回家吧？"

"我不愿回家，我害怕一个人。"幸儿低着头说。

"那就跟阿姨回家吧，先到我家行吗？"

“好吧。”幸儿竟然点头应允。

孩子是不是太孤单了？孤单得失去了最基本的安全防备？与如馨仅仅一面之交，就敢在夜里跟她回家？要是碰上了坏人呢？如馨不敢往下去想。

2

如馨忽然在深夜领一个小女孩回家，全家人都十分惊讶。如馨把幸儿送进卧室，简单向公婆和柳志文说明情况，立即获得家人的支持和同情。张金芳还去厨房给幸儿煮了碗西红柿面，幸儿狼吞虎咽地吃掉了。

这一夜，柳志文在书房打开了简易沙发床。幸儿睡到了如馨身旁。

如馨在外跑了一天，一挨着枕头，浓浓的困意就上来了。可是幸儿在黑暗里睁着一双大眼睛，翻来覆去睡不着。一个小身体在身边不停翻动，如馨浓浓的困意竟然也给驱走了。

“幸儿，你都这么大了，为什么不能一个人在家？把门窗锁好，有什么好怕的？一个人跑到大街上，跑到夜总会门口，就不害怕？不怕遇到坏人？社会上可是乱得很哪！”

“今天妈妈不该骗我。晚上五点多钟她就让我吃饭，刚一吃完就催我上床睡觉。我想看会儿动画片，她却说看电视损坏视力，让我早睡。我问她今晚会不会出去，她说要是出去就变成小狗，我听了她的话，就去睡了。可是一觉醒来，我叫她却没有人回应，跑到她房间一看，被窝里面空空的，她根本就不在家。我恨她又骗了我，所以才出来找她。”

“你打车出来的？”

“嗯。”

“以后不能这样了，很不安全的，知道吗？社会上有很多坏人，还有专门拐骗儿童的，拐到深山里卖给老流氓，一辈子都回不来了，很可怕的。”

“卖了就卖了，不回来就不回来，反正爸爸妈妈都不要我了。”

“爸爸妈妈怎么可能不要你？不许这么说。”

“这是真的，阿姨，我爸爸爱上了别的女人，为了娶新妈妈，他把我和妈妈丢在家里，一个人走了。他还跟妈妈离了婚，他是真的不要我们了。而妈妈也总是一天到晚待在外面不回家，总让我一个人在家，我猜测，她嫌我麻烦，也可能不要我了。”

“你怎么知道爸爸要娶新妈妈？”

“妈妈告诉我的，她说爸爸变了心。”

“你相信妈妈的话吗？”

“我有时候不信，可爸爸真的跟妈妈离婚了。爸爸有时候来看我，当我看到他的时候，我觉得他不会变心。可是当他离开以后我看不到他时，又会觉得他可能真的变心了。”

“你想爸爸吗？”

“想！”

“你爱爸爸吗？”

“爱！他是我最爱最爱的人。”

“爸爸对你好吗？”

“当然好啦！我最高兴的事情就是爸爸在家里不去上班。我想吃什么，他都会给我做，他做的菜可好吃啦！我想穿什么，他都会给我买，有一回我从电视上看到一名小主持人穿了一条白色连衣裙，特别好看，就缠着爸爸要。爸爸立即开车带我出去，我们俩跑了好几家大商场，终于买到了一模一样的，爸爸还说，如果真的买不到，他就打电话给电视台，找到那名小主持人，亲自问她在哪儿买的，不管在哪儿，他都能给我买回来。”

“爸爸好宠你哟。”

“当然啦，以前我可是爸爸的小公主。”幸儿忽然以大人的口吻叹口气，“可是现在，爸爸不要我了。”

如馨爱怜地拍拍幸儿的背，安慰道：“天下的爸爸，没有不要自己的小公主的。”

幸儿忧心忡忡：“不过我真的好担心爸爸，他有气管炎，有时候吃了凉东西或受了凉风，就会咳嗽的。不知道他现在怎么样啦？妈妈不让我打电话给爸爸，可我有时候还是忍不住会打过去，听得出爸爸过得并不快乐，我担心他是不是犯病啦。”

从幸儿的话中，如馨真的不敢相信，这对父女居然没有血缘关系。这种感情是如何培养出来的？唉，天下事，十有八九不如意。据说上帝在无聊的时候，会随便找个人开个玩笑或捉弄一下，难道赵挥就是那个被捉弄的人？上帝也太不负责任了，他老人家这一无聊，一个人的生活、家庭、未来甚至命运，就这样被改变了。

她问幸儿：“你爱妈妈吗？”

“当妈妈对我好的时候，我好爱她。可当她对我撒谎或者打我骂我的时候，我好讨厌她，好恨她！”

“她经常打你骂你吗？”如馨吃惊。

“小时候她从来没有打骂过我。就是这两年，当我越长越大了，她就越看我不顺眼。她的脾气好吓人，动不动就教训我，说我这也做不好，那也做得不对。唉，如果她能像爸爸那么好脾气就好了，爸爸只要在家，就会陪我看动画片，还帮我补课，有时候我睡不着，他还给我讲民间故事，他绝对不会打我骂我，就算我做错了，他最多不过声音大一些，我一点都不怕他，但我现在好怕妈妈。”

听了这些话，如馨大脑里突然闪过一个奇怪的念头。她问她：“幸儿，如果有一天，有人带你上法庭，法官问你这些问题，你敢如实说出来吗？”

“敢啊，可是，我又没做坏事，为什么带我上法庭？什么人带我上法庭？法官为什么要问这些问题？”

“放心，只是阿姨的猜测，不会有这一天的，困了吧？睡吧。”如馨无奈地叹了口气。

由于入睡太迟，次日一早如馨睁开双眼就发现睡过了头，连忙推醒还在睡梦中的幸儿。柳志文已经上班走了。张金芳说怕她没休息好，不忍心叫醒她。匆匆吃过早饭，因与当事人约好谈事，时间紧迫，如馨先送幸儿去学校的计划被迫泡汤。她再次拨打吴远虹手机，仍旧关机，这女人莫不是出什么事啦？算了，也管不了那么多了。试着拨打赵挥的座机，竟然通了。赵挥闻言大惊，立即表示十分钟后到律师所接女儿。

如馨车子驶到时，赵挥已在等待。赵幸儿一看到赵挥，立即惊喜交集扑到爸爸怀里。

“爸爸！爸爸你不要我了吗？”幸儿说着就掉下眼泪。

“傻丫头，爸爸怎么可能不要你？”赵挥抚摸着女儿的头发。

父女俩的亲昵劲儿，让如馨心里发酸，不忍再看。

“我来不及了，你赶紧送她去学校吧。”如馨与赵挥打过招呼，匆匆上楼去了。

次日早上，如馨正在办公室与刚刚找到她的周女士谈话，吴远虹突然一阵风似的推门而入。

“叶律师，你真是太让我失望了。”吴远虹径直坐到如馨桌前另一木椅上，开门见山抛出这句话。声音不高，却是语气严厉，掷地有声。

正在陈述案情的周女士立即止住谈话，望望吴远虹，又望望叶如馨。

如馨一言不发地望着吴远虹。

吴远虹皱着眉头，质问道：“你是我的代理人，你怎么能去帮我的敌对方做事呢？我真的不能理解。”

周女士的眼睛里充斥着疑惑和不解。

如馨平静地说：“我是代理过你，但那是过去时。我现在做什么，用不着旁人指手画脚。”

“可不管怎么说你曾经代理过我，你手上掌握着我的全部秘密，你现在调头帮我的敌对方做事，这合适吗？不违反职业道德和工作纪律吗？他究竟给了你多少好处？”

如馨克制着自己说道：“吴女士，这儿不是课堂，你也不是老师，请自重一点，不要在这儿教训人。”

“我没想教训谁，我就事实说话，法庭已经把女儿判给了我，可你，居然偷偷地把我女儿送到他手里，我早就对你说过，他居心叵测对我的女儿怀有不可告人的目的，你怎么可以害我呢？女儿要是出点什么事，你担待得起吗？”吴远虹伤心地哭泣起来。

如馨感到大脑就要炸了，但此时此刻，她并不想解释什么，因为只会越描越黑。

周女士站了起来说：“叶律师，真是不好意思，您这么忙，我看，我……”

如馨当即道：“我看您还是另请高明吧，实不相瞒，我对离婚案子已经厌倦，很抱歉！”

周女士如释重负，立即转身走了。

“好吧，”如馨对吴远虹道，“既然你口口声声说我在帮赵先生，那我今天就真的帮他做点事吧，你不是每天都很忙吗？经常外出，夜不归宿，既然你没有时间管这个孩子，而赵先生又很有诚意，要我说倒不如成全了他，给孩子一个良好的环境，对孩子的成长只有好处。”

“我绝对不允许把女儿送进变态的狼窝！”吴远虹冷笑道，“叶律师，你在调查我吗？凭什么说我夜不归宿？”

“我没有时间做这种无聊的事。我只以曾经代理人的身份，希望你能够接受调解，为了孩子，赵先生愿意给你补偿。”

“果然不出所料，你确实在为他办事。金钱的魔力真了不起，你们这些律师总喜欢把简单的事情搞复杂，不就是为了多赚些钱吗？我认了。不过我可以告诉你，就算他给我一个亿，或者他的全部财产，也不可以！为了孩子，钱可以收下，孩子不能归他。我警告你，叶大律师，我们的合作已经结束，请不要再插手我们的家事！”

“同为女人,我也提醒你一句,不要在孩子幼小的心灵里播种仇恨和阴暗的种子,这样不论对孩子还是对你,都没有好处。”

“我怎么样教育孩子用不着你操心！真是太可怕了,太黑暗了,这个世界上最不可相信的一种人,就是你们这类人——律师！可怕的律师！”吴远虹愤怒地铿锵有力地砸出这句话,一阵风似的摔门离去。

如馨仰靠在椅背上,感觉大脑快要炸掉。

晕死！老天,世上怎会有吴远虹这路货色！

第十章

1

自从家庭和睦、琴瑟相谐以来，在繁忙的工作之余，如馨的心事也多了起来。

以前那位颐指气使蛮不讲理的婆婆千真万确不见了。原先的局长夫人主动沦落为这个家里真正意义上的保姆，早起晚睡照料着一家人的饮食起居，尤其精心照料着儿媳，心甘情愿，任劳任怨，再也听不到挑剔儿媳的只言片语。空闲下来，张金芳还会坐下来剥些松子仁、核桃仁、瓜子仁、开心果等坚果果仁，装满一只只小杯子，放到儿子媳妇的案头，说他们长期脑力劳动，需要补脑。她还总是趁儿媳不注意的时候，洗儿媳换下来不及洗涤的内衣，甚至袜子。儿媳一直保持着手洗内衣的习惯，张金芳便坐在卫生间，耐心地一件件揉搓，反复过水，就像照顾皮肤娇嫩的小孩一样。有一天，当如馨无意中看到这一幕时，她震撼了。这时，她心里流淌的不再是被呵护的柔情，而是痛苦。她再也不敢随意丢放内衣袜子，每天换下后千方百计地藏起来，找时间及时洗掉。

以前，婆婆的指责和埋怨是如馨的负担。

如今，婆婆的关怀和爱，成了她的重负。

张金芳不再让儿媳染指任何家务劳动。每每被婆婆从厨房里赶出来，如馨总会手足无措，罪恶感让自己无法心安。柳志文当然想不到，他的善意举措，竟成了妻子心头打不开的枷锁。

有一回如馨走到家门口，无意中听到里面公婆的对话。

只听柳洪亮说，如馨这孩子，除了嘴巴不饶人，其他没啥毛病，心眼儿好，手脚勤快，她能跟志文，是志文的福气，可你以前总是那样对人家，亏心不亏心？张金芳说,我现在不是想方设法在补偿吗?恨不能把心掏出来呀。柳洪亮说,现在又这么对人家,这变化也太快了吧?我都觉得别扭,人家会怎么想?张金芳说,我不管她怎么想,反正以前是我糊涂,错怪了孩子,她受委屈从来不肯说出来,我这不是后悔吗?现在我没别的,就是想对她好,就想补偿她,这辈子我养了一个女儿,又不在身边,如今也不在乎多如馨这个女儿,以后就当她是女儿了,你没意见吧?柳洪亮笑道,我巴不得你能这样想!

周六,风和日丽,气候宜人,如馨领着公婆到森林公园去踏青。公爹拄着拐杖,一行三人融入自然中,头顶是蓝天白云,身边是野花飘香,呼吸着清新空气,沐浴在暖洋洋的阳光里,徜徉在林间道上,仿佛换了一种心情。从公园出来,如馨又领他们去近郊度假山庄品尝农家菜,喝山泉水。看到一对老人那么开心,如馨也由衷地高兴。

以前,陪婆婆逛超市也好,买礼物也好,差不多都是表面文章,礼节上的客套而已。现在,她想真心地对公婆好,从内心里希望他们能够天天笑着过日子。有闲时,她会到商场耐心地逛一逛,精挑细选,买回一些适合老年人的食物和用品,每天叮嘱他们喝茶、适量饮用红葡萄酒、酸奶、骨头汤,希望科学的食谱帮助老人预防疾病,延年益寿。

不知是为了减轻心理负担,还是发自内心的感情,或许二者兼而有之,总之,做这一切,如馨照着母亲以前教她的那样,试着拿婆婆当亲妈。看来母亲的经验之谈还真不是空谈,真知灼见啊:人心都是肉长的,你对她好,她自然会对你好。你把她当亲妈,就算她不当你是女儿,至少相处起来不会太难受。那时候总是觉得,她没生我养我,凭什么让我当她是亲妈?永远不可能。现在忽然发现,生活里似乎没有什么不可能的事,如馨似乎找到了家庭幸福的秘笈。几个没有血缘的人能够共同生活在一个房顶下,这本身就是一种缘分,在这里共同面对困难,分担忧愁,承受痛苦和压力,为什么不能彼此视之为亲人?

当然,对婆媳如今的互敬互爱,亲昵相处,柳志文由衷地欣慰。这时,他觉得自己一切的付出都有了回报,都有了价值。而看到丈夫开心的笑容,如馨也获得了一点点安慰。

逛完公园这天晚上,张金芳忽然从报纸上看到一则新闻:一名刚刚毕业的女大学生,因为未婚先孕被母亲赶出家门。该女一时由于种种原因迟迟找不到工作,男友又不知所终,由于没钱做手术,腹中胎儿已有七个多月。该女生绝望之际,跳海自杀未遂。目前,被人救起的女大学生接受记者采访说,她最大的心愿就是尽快借到一千块钱，然后到医院引产胎儿。

这篇无意中看到的报道使张金芳十分激动。吃过晚饭，她与如馨商量这件事。

如馨对这个女孩子没有一点好感觉：如果在眼前，恨不得踢她两脚！受孕能力怎么那么强？没能力要孩子就敢怀孕？这不是傻×是什么？

张金芳说："马上找到这个女孩子，这个月份引产胎儿是很危险的，如果她能够生下来，由我们领养了孩子，我们可以给她一笔钱……"

如馨立即泼冷水："妈，领养孩子是件大事，志文他未必会答应，还是从长计议吧。"

"志文肯定会同意的，由我来说服他好了。"

"就算他同意，也不能随随便便就收个小孩来养啊。那孩子父亲怎么样，品行怎么样，风险很大啊，这女孩男朋友如此没有责任心，孩子质量能好到哪儿去？还是慎重点好。"

"哦，对，馨儿，你说得有道理，我听你的。"张金芳低下头，叹了口气。

第二天周日，如馨原打算陪婆婆去逛逛超市，采购食品。不料张金芳却以有事为由，让她自己去采购。于是如馨决定下午再去。在家待了一上午，却不见婆婆出门办事，只见婆婆在屋里走来走去，坐立不安。吃过午饭，张金芳见如馨还不出去，便不管三七二十一，换上衣服闷着头出门了。出门前如馨问她去哪儿，她说出去转转。如馨要送她，被她拒绝。

晚上，天已经黑了，如馨做好晚饭，仍不见婆婆回家。拨打婆婆随身携带的手机，只听铃声响，不见接听。

"妈怎么啦？去哪儿了？从来没有这样过啊！"如馨坐也不是，站也不是，十分担心。

"你甭管她，可能在外面瞎转悠呢，又不是老年痴呆，放心，丢不了。"柳洪亮说。

如馨心里着急，忙打电话给柳志文通报情况，不待他进门，她已风风火火从家里跑出去。可是上哪儿去找呢？如馨一路小跑，到附近的公交车站牌处仔细寻找。不见人影，她又跑回去开了车子，一路慢驶，沿着海边方向行去。当车子驶过一条小路时，如馨看到路旁草坪里，一棵矮树下，一个人影坐着，嘤嘤地哭泣。如馨怀着复杂的心理，下车走过去，果然，真的是婆婆！

她简直不敢相信自己的眼睛，一个六十多岁的老人，坐在树影下，低声抽泣。

"妈，这是怎么啦？出什么事了？"如馨诧异，紧张。

"我找到报社,通过报社又找到那个女孩,心里想着尽可能去说服她,可是晚了一步,她已经在医院手术了……"张金芳委屈地哭诉。

又是孩子。如馨心里的伤疤再一次被血淋淋地揭开。

"是妈对不起你!我们柳家对不起你!"张金芳拉住儿媳的手,越发伤心难过。

"妈,对不起!"如馨心痛如割,心如锥刺,看到婆婆如此难过、自责,她差一点就忍不住脱口说出实情。可是,她最终没敢说出,她不敢想象得知实情后,婆婆又会拿怎样的态度待她,这个家庭又会变成什么样子。她只感到双膝一软,扑到婆婆身上,抱住婆婆忍不住流下眼泪。

过了一会儿,如馨擦擦眼泪,安慰婆婆:"妈,别伤心,以后再找机会。"

"我不是伤心今天的事,今天我出去本就没抱什么希望。我伤心儿子太不听话,让他去治病,他就是不去,好说歹说怎么求他都不当回事,我真是拿他没办法……"

如馨目瞪口呆。

就在这时,不远处传来柳志文的呼唤声:"如馨!妈!"

张金芳立即擦干眼泪,又用手替儿媳擦泪:"志文来了,快,别让他看到,别在他面前掉泪!"

不一会儿柳志文走过来,张金芳已经恢复常态。路灯下,柳志文并没发现母亲和妻子脸上的泪痕。他问:"干吗呢?你俩在这儿干吗?吓人一跳,还以为遇到抢劫的了。"

"哪有那么多抢劫的,职业病。"张金芳反问儿子。

"抢劫的脸上不会贴标签,专抢你们这种走夜路的老太太。妈,你今天去哪儿了?出去一下午也不打个招呼,真让人担心。"

"我去宠物市场看小狗去,看了一下午没发现中意的。又去自由市场买了件背心,夏天快来了,穿得着,喏,帮我拿着。"张金芳将手里一只小塑料袋交到儿子手里。

"那怎么逛到现在呢?天都黑了还不回家。"

"从自由市场出来,我想着锻炼锻炼,就步行回家,没想到这几站路竟然走了这么久,累得不行,就坐这儿缓口气,老了,不中用了,一路上歇了几歇。"

听着娘儿俩的对话,如馨一言不发,她什么也说不出来。

以前婆婆翻来覆去折磨儿媳。

现在婆婆翻来覆去折磨自己。

以前,如馨总觉得婆婆有些老年性神经质。

现在,她发现婆婆其实比任何正常人都正常。

2

不出一周,张金芳果然抱回来一只小狮子狗来。雪白的长毛,圆圆的眼睛,短短的鼻子,见了你就往脚边亲昵地蹭着,可爱无比。

先前,对小狗的喜欢,是婆媳俩唯一的共同爱好。当初张金芳养了两只小狗,同吃同住,亲狗如子。自老伴生病,住到儿子家以后,为了让媳妇怀孕生子,从健康角度考虑,张金芳忍痛割爱,将小狗送了人。刚送走的两个月内,张金芳想得受不了,天天对着录像想念爱犬。没想到,张金芳把当孩子养了几年的小狗都牺牲了,仍然没能如愿抱上孙子。既然抱不上孙子,那就重新养狗吧。

张金芳照顾狗特别精心,洗澡、吹风、晒太阳、打疫苗,除了每顿单独做好的狗餐,牛奶、狗罐头、狗饼干各种狗零食,样样不少,小狗的待遇不比一个婴儿差多少。张金芳让如馨给它取名。如馨想了想,为小狗取名为"阳阳",希望它像阳光一样给这个家带来温暖和光明。柳洪亮和柳志文都认为这名字很一般,太大众化,缺乏创意,张金芳却一个劲儿夸名字取得好。如馨很喜欢这只小狗,看到婆婆每天照顾小狗忙得不亦乐乎,心想婆婆感情有了寄托,也就没心思再去想别的事了。

弟媳打来电话,说妈不愿去医院,让如馨赶紧回去劝劝妈。

"怎么啦?前天不是还高高兴兴的?"如馨一进门,就焦急地询问。

白俪说:"今天又该化疗了,妈死活就是不去。你劝劝她吧。"

王宏英在进行过两次化疗以后,说什么也不肯再进医院。

"妈,有病得治,用药中途不能说断就断,你这样子什么时候能把病治好?"如馨劝妈。

"那你们就给我说实话,我到底得的啥病?"

"不就是有个小囊肿吗?说多少遍了,妈,你烦不烦?怎么像个小孩子。"

"我打听过了,小囊肿切除了,输几天液消消炎就没事了,为什么我要一次又一次去医院输液?都输两回了,我不去了,我觉着已经好了。"

"不能光凭感觉,得听医生的,我保证,最后一次,走吧,我送你去,床位都订好了,不去,医院不给退钱,浪费了呀!"

“不去住，凭什么不退钱？没道理！”

“听话啊，妈，最后一次病就好了，要不然前功尽弃了，你别让我们着急啊。”

“那就告诉我，我到底是怎么了？里面长的究竟是什么东西？”

这一天，如馨无奈找到大姐，还把父亲和弟弟叫到外面，几个人经过认真考虑，商量再三，决定对母亲公开病情。妈妈原是个非常乐观的人，又特别的通情达理，怎么料到一场病竟给弄成了这样。

当王宏英得知自己患的是癌症，她情绪平静，似乎早在意料之中。她说：“我其实已经猜到，只是想证实一下而已。”

“妈，早期，好治，手术很成功，按医嘱做几次化疗，基本就没事了。”如莲说。

王宏英道：“行了，我心里知道自己怎么回事，吃饭也好，锻炼也好，该怎么做我心里就有底了，你们谁也别担心！没事儿！看我现在跟健康人有什么区别吗？”

见妈妈如此乐观，如馨心里一块石头落了地，全家人都松了口气。听到刚睡醒的小峰峰在卧室里喊奶奶，王宏英三步并作两步跑进去，把小孙子抱了出来。她把脸紧紧贴在孙子小脸上，亲啊亲啊怎么也亲不够，边亲边说：“我的宝贝儿，你可是奶奶的大救星，救命恩人哪！要不是跟你玩儿，奶奶也不会摔跤，要不是摔那一下，奶奶恐怕到现在还不知道得了这赖病呢，早一天晚一天治疗效果可不一样呢，峰峰啊，你救了奶奶一命啊，奶奶一定配合医生好好治病，为了我的宝贝儿，奶奶也要多活几年啊……”

看着祖孙俩的亲热劲儿，如馨简直不敢想象如果没有这个小家伙，爸爸妈妈的生活将会多么单调、枯燥。妈妈在得知身患癌症的情况下，还能像这样充满希望地笑出来吗？想到这里，如馨不由又想到了公婆。看来老人确实需要孩子，孩子对老人的晚年生活如此重要，是生命的延续，未来的希望，这不是没道理。如果公婆身边也能有这样一个宝宝，婆婆也不至于整天暗自垂泪，自己的家岂不更加完美？如馨不由得叹了口气。

把妈妈送到医院安顿妥善，如馨临走时在走廊上叮嘱姐姐用药习惯。姐姐不耐烦地说：“别啰嗦了，我知道。操这个心操那个心，你也得操操自己的心。咱家现在就剩你了，如果你也有了宝宝，对妈来说比用什么药都强。别看老太太整天脸上笑呵呵的，其实她心事可重了。好几次在我耳边唠叨你的事，为你担心，真要给耽误了，怕是将来买不来后悔药。”

“妈也是，我的事情在你耳边唠叨什么？”

“大律师能听得进去妈的话吗？翅膀硬了，谁的话你能听？大家都是为你好，到了你那儿都成了耳旁风。算了，既然你不高兴听，我还懒得管呢，你走吧！明晚也不用来，别总在妈面前晃来晃去，看见你妈难受，别看你挣钱最多，其实妈最操心的就是你！”

3

小狗阳阳的到来并没有解决实际问题。如馨很快发现，若无其事的笑容背后，婆婆的心病越来越重。厨房里突然冒出一包包中草药。张金芳特意从市场买来石锅，精心熬制，苦口婆心劝儿子服用，企图说服儿子接受治疗。柳志文哭笑不得，头一碗就偷偷地倒进下水道。

“早跟你说了，都是徒劳，别多此一举，没用的，你怎么听不进去，上哪弄的这些药，药能乱吃吗？哪买退哪儿去，瞎浪费！”柳志文忍不住冲妈妈发了脾气。

“药买了怎么可以退掉？我特意打听到的老中医，排了三天才排到一个号，人家治好过上千例了，行不行咱也试试呀，不能连试也不试就判死刑啊！”张金芳虽然心焦如焚，仍是低声下气。

“什么老中医？胆子够大的，病人没到场敢给开药？特异功能？隔空治病？赶紧把药给扔了。我可不想变成药罐子，是药三分毒，弄不好别再给落下什么后遗症！”

既然儿子犟得像头牛，没办法，张金芳回过头来找儿媳商量，希望儿媳从中起到积极作用。

“馨儿，他怕吃药吃坏了，那就先不吃，我琢磨着，你能不能找时间陪他去瞧瞧？那老中医很有名的，我认识的好几家，结婚好几年没动静，上老头那儿治一阵，媳妇就怀上了。”

“妈，你就别逼他了。你都说不动他，我更没辙了。”如馨硬着头皮说出这句话，简直不敢看婆婆那双隐藏着哀怨的眼睛，更不敢面对婆婆小心翼翼的表情。

“不是妈逼他，妈这不是怕耽误了你吗？不管怎么样咱也不能放弃啊，碰碰运气也好，怎么着还是个大活人，我就不信，什么病治不好呢？可你们，连努力一下都不肯，以后老了想治都治不成了，多遗憾啊！我们老柳家没有造过什么孽，不能把这不公平的事摊给我们啊，我不甘心，只要有我这把老骨头在，我就要竭尽全力帮助你们，馨儿，为了让你早日有自己的宝宝，妈愿意付出一切代价。”

“妈，医生都说了，治疗的意义不大，我看还是别费心了。时间很宝贵，心情快乐最重要，为看不见的希望盲目用药，很折磨人的。”

留下这句话，如馨低下头匆匆逃出家门。

连日来，如馨心烦意乱，无心工作。婆婆那双流露着失望和无助的眼神，那慈爱笑容背后的哀怨，不时地在眼前晃动，驱赶不散。原以为眼不见心不乱，却不料看不到时，这种纠缠愈加折磨。如馨忽然有了一种奇怪的感觉：之前的幸福感很不真实。或许那只是生活表面的一层蜜糖，只为调解、掩饰痛苦，才人为地制造出来，很脆弱，发虚，不能脚踏实地。她和丈夫之间的秘密，就像一颗潜在的炸弹，不定哪一天就会突然炸响，到那时，眼前的一切都会碎掉，灰飞烟灭。

无助、寂寞、苦闷和孤独的感觉，层层包围着如馨，很想找人说话，却不知该与谁讲。下班时间到了，她习惯性地打电话给柳志文，他却告诉她，又有应酬不能回家吃饭，要她陪父母，不用等他。如馨一时觉得心里空落落的，根本不想回家，只好打电话向婆婆请了假，开车直接去了周芸家。

下班后的周芸刚从学校接回儿子，在家门口看到如馨很意外："家里又开战了？"

"别一见面就说这种晦气话。"

周芸道："幸福的时候你是不会想到我的。"

"知我者，芸也，不枉费这一趟油钱。"如馨无奈地笑笑。

饭后周芸安顿儿子写作业，拉着如馨去了卧室，随手关上了门。

"不是说矛盾已经解决了，志文妈对你很好吗？"周芸问。

"好到让人难以喘息，我都不敢去看她的脸。"

"强攻不行就来软的，志文妈这是改变了策略，明显是要感化你。既然人家都这样了，你也不能铁石一块，你就做点妥协不成吗？"

"孩子真的那么重要吗？"如馨喃喃问。

"就我个人的经验，孩子对家庭来说非常重要，相当重要！我根本不在乎什么传宗接代延续血脉，单就现实情况自私一点说，如果不是鹏鹏，我和他爸早就完了。有这个孩子在，我和纪实长期分居，不仅没有出现感情危机，而且感情越来越深，家庭越来越稳固。你说孩子不重要吗？有时候我感觉孩子的力量简直是神奇的，是你根本预测不到的。"

"维系夫妻感情和家庭稳定，孩子是唯一的法宝吗？"

"这也不是绝对的。反正不管你怎么看，我的幸福感觉就是鹏鹏带来的。自从有了他，生活里最重要的事就是他，如果他有点什么事儿，我肯定没法活下去。"

"你现在活着就是为了儿子？"如馨直直地望着周芸。

“我活着就是为了儿子！”周芸斩钉截铁，“一个女人不生孩子肯定会失去很多乐趣，所以我劝你，赶紧生吧，不是为了你婆婆，不是为了你丈夫，主要是为了你自己。”

“从小爸妈说得最多的话是，人敬我一尺，我敬人一丈，现在婆婆对我这么好，我不想只为自己，有没有小孩子我真的不在乎，我现在想得最多的是志文，我更想为他，为婆婆，为柳家做这件事。”

“那还有什么好说的？就做计划吧。”

“问题不是我不想，是不能。”如馨咬着嘴唇，艰难地说出这句话。

周芸并没有特别吃惊，似乎这一情况早在她的猜想和意料之中。她沉默了一会儿问：“是志文的问题吗？女人只要例假正常就不会有什么问题，你一直都很正常，又没生过什么大病，是他吗？肯定是他，我早就这样怀疑了，难怪这些年他对你这么好，我还说呢，天下哪有这么好的男人，要知道男人都很自私的。”

如馨看着周芸的嘴唇一张一翕，一言不发地呆坐着。

周芸又道：“那你就得自己想办法了。为了他，你一辈子不要孩子？亏不亏啊？做这牺牲值吗？女人没有孩子意味着什么？不完整！知道吗？孩子是保证女人生命完整的重要元素。”

“那就为了要个孩子去离婚？”如馨木木地问。

“夫妻感情这么好，离婚是下下策。”周芸语重心长道，“要你为生孩子做出背叛丈夫的事情也是不可能的，医院不是有精子库吗？做试管啊，这是一个好办法。”

“哼，你倒挺有办法的。”如馨嘴角滑过一丝无奈的笑意。

“我说错什么了？我又没教唆你做对不起志文的事，我不是帮你出主意嘛。”

“不是他，问题在我身上。”如馨再也忍不住了，终于把这个隐藏于内心的秘密向好友和盘托出。公开吧，公开了就死猪不怕开水烫，省得人家那么好奇，好友的好奇给她带来了多少压力！

周芸瞪大了眼睛，不相信似的望着她：“不会吧，怎么可能？看来我还冤枉了志文，志文真是天下第一好男人啊！”

“是真的。”如馨靠在好友的床头，痛苦地闭上双眼。

“那就更要想办法了。这秘密可以瞒一时，能瞒一辈子吗？退一万步讲，就算瞒过了志文父母，志文心肠好，现在说不在乎，那可能是他工作忙没时间琢磨这些事，等将来岁数大了，退休了，没事儿干了，还能没想法吗？”

“这就是我的命，能有什么好办法。”

“其实这不是什么难事，借腹生子，做试管，只要肯出钱，什么事办不了？只要有了孩子，婚姻稳定自不必说，你也不用良心不安啦。”

“法律禁止借腹生子。”精通法律的如馨第一个想到的是相关条文。

“傻瓜啊，你情我愿，悄悄找人达成协议，民不告官不究啊。”

“借别人的肚子生下孩子，这孩子究竟算谁的？”如馨大脑乱乱的。

“你和你老公的啊，你们俩的基因，不是你俩的是谁的？什么时候你去医院先去咨询一下，我请假陪你去，我生过孩子，有经验，有些你不好说的话我跟医生去说。”

4

天空飘着细雨，整个城市烟雨蒙蒙。

叶如馨的汽车停在法院大门口，她静静地坐在车内，耐心地等待。这扇大门并不陌生，记不得曾经多少次进进出出，但都因为工作缘故。这一次却非同以往，她在等柳志文。在一起这么多年，他去接她、等她的时候不计其数，她来接他，还是第一次。

已经过了下班的时间，柳志文撑着雨伞，从里面大步走出来。

“让我猜猜今天是什么特殊日子？为什么要单独在外面吃饭？”关上车门，柳志文饶有兴致地说，递给如馨的是一脸孩子气的笑容。

“平常日子就不能单独吃顿饭吗？”她笑笑。

“去哪儿？又发现什么好吃的了？”

“想吃什么呀？”

“让我想想，还真是难事，想吃什么呢？”

如馨开着车子，瞟了一眼身边的丈夫，不由得笑了。平常两个人在一起，他总是拿她当长不大的小孩子。可有时候，比如此时此刻，她倒觉得他更像个孩子。他已经三十六了，眼角也长出了岁月痕迹，可只要在工作状态以外，竟难从他脸上找到成熟气息。有人说，男人不当爸爸，就永远也不会长大，不会真正地成熟，看来这话有道理。这个年龄，如馨父亲的第三个孩子都会打酱油了。今天把他“劫”出去单独吃饭，正是要避开公婆，与他谈谈造人计划。

一开始叶如馨并不能接受周芸的下下策。以她的性格，宁可不要，也不愿借助别的女人的身体生自己的孩子。但理智思考之后，在确认了除此之外别无选择之后，在经历了常人难以想象的内心矛盾与挣扎之后，如馨终于说服了自己：

为了帮助婆婆实现延续血脉的美好愿望，为了丈夫在这个世上留下自己的骨肉，为了家庭的和谐稳定，也为了自己，她决定一试。如果连试都不肯，此生是否太遗憾了。

在餐馆包间里坐定，如馨点了几样柳志文爱吃的菜，拉上房门。因为太了解丈夫的品性，她并不指望他会赞成她的决定，只希望他能够被感染，他不反对，便是对她最大的支持了。

然而，当她刚一提出自己的想法，立即遭到迎头痛击。柳志文反应之强烈，出乎她的意料。他瞪大双眼，不可思议地望着她："老婆！我真奇怪你怎么会有这样的想法？匪夷所思啊！亏你还是做法律工作的，《人类辅助生殖技术管理办法》中明文规定：禁止以任何形式买卖配子、合子、代孕……你糊涂了？"

"法律条文我一点也不比你糊涂，法律禁止代孕，但并没有量刑定罪，只要你情我愿……"

"不但违法而且违背伦理，这事你想都甭想，我不同意！"柳志文毫不客气地打断她，言辞坚定，没有商量余地。

"我现在不想谈什么法律，在这件事上，我只是一个女人，一个普普通通想做妈妈的女人，志文，难道你真的不想有一个自己的孩子吗？"

"叶如馨，你这是怎么啦？现在老妈都不提了，你怎么又纠缠上啦？没有孩子这是我们的命，那就顺从天意好啦，活着也就短短几十年工夫，一眨眼就过去了，只要你自己觉得上对得起父母下无愧于良心，每一天都过得充实有意义，有没有孩子又能怎样？好好活着，这才是最重要的，孩子比我们活着这件事更重要吗？我就不明白，为什么总拿这事给自己添堵？"

"我有没有孩子真无所谓，可我不能只为自己，我也得为别人想想吧？我现在都不敢看妈的眼睛，你让我感觉自己像个刽子手！"

"那就别看妈的眼睛，假设到了某一天，我们觉得生活里必须要添个孩子，那就找机会领养一个，只要你当成是亲生的，那就是亲的，明白了吗？从现在开始，别再跟我谈什么试管了，我不想听，你也别再胡思乱想没事找事，影响情绪！"

"上帝对我太不公平了，为什么把这事强加给我。"如馨不觉悲从中来，双手在桌子上支着脑袋，眼泪又要流下来。

"怎么又埋怨上帝啦？上帝哪有对不起你呀？美貌，荣誉，忠心不贰的老公，更重要的，你还经济独立，碰上一场大官司相当于我干一年，看看周围的同龄女人有几个比你活得更有滋味？还缺什么？有什么想不开的？知足吧你！"

听老公这么一说，如馨心情也舒畅了不少。原本还处于犹豫状态拿不定主意,这一下子如释重负,仿佛替自己找到了开脱的理由。晚饭后两个人没有立即回家,而是突发兴致一拍即合去一家新落成的影院看大片。一直以来夫妻俩对电影保持着高度热情,谈起好莱坞影星如数家珍头头是道,谈恋爱时和结婚之初,每周末都要手挽手走进影院,后来随着工作越来越忙,就改成了每周末沙发上的家庭影院。掐指算来差不多有三年没进影院了,等他买票的熟悉的感觉让她仿佛又回到了多年以前。

买完票离开演还有两个小时,于是柳志文拉着如馨去逛超市。柳志文对超市有着近乎天然的兴趣,每每进了超市,在嘈嘈杂杂的人流中,他出奇的耐心和细致总会令如馨忍无可忍。吃的,喝的,用的,什么形状的橙子更甜,什么形态的烤鸡是活杀的,家庭成员谁喝什么口味的酸奶,谁常用什么牌子的香皂和牙膏,谁喜欢什么颜色的毛巾,他无不了如指掌、如数家珍。为了减轻母亲的负担,平常只要有空他就会到超市转转,大袋小袋往家里拎。酱油、醋、花生油、手纸等等,这类东西往往旧的还没用完,新的就会提前备好,从来不会出现短缺。

将沉甸甸的一堆袋子塞进后备箱,看看还有一段时间,两个人又到影院附近一家书店逛了一会儿。两个法律工作者每到书店并不看专业书籍,他喜欢研究烹饪美食方面的东西,她则喜欢奇幻类小说,走出书店时两个人手里都多了几本书。在影院坐了下来,她习惯性地要吃爆米花,他就去买,还顺手买了酸奶。喝完酸奶又要喝水,他不厌其烦再去买了。然后她要上厕所,他二话不说陪着她,抓着她的手在幽暗的过道里穿行。影片看到最后,她靠在他的肩上进入蒙眬睡眠状态,而他依然精神抖擞地盯着银幕,直到最后一刻。回家路上,他把车子开得很稳,要她再睡一会儿,而她却睡不着了。

“还记得吗?十年前我俩是怎么样看电影的?那时十块钱一张票,为了省一张票钱,干脆一张也不买,走到入口处,趁别人不注意塞给看门的大嫂十块钱,两个人都放进去啦,呵呵,就这样看了半年电影,咱俩逃了多少票?”想起往事,如馨不由得开心大笑。

“那位大嫂也挣了不少外快呀,”柳志文笑道,“可惜后来她突然不见了,你猜她是不是被影院经理发现给开除了?”

“她开除了不要紧,咱俩的好日子也被迫结束了,后来这种好事再也碰不上了。小光明电影院旁边那家游戏厅还记得吗?等电影开演的时候就去打游戏,买十块钱的币就能玩儿三个小时,呵……”

柳志文哈哈大笑:“买十块钱那是你这个笨蛋,我只要一块钱就玩儿三个小时啦,要是我不帮助你,十块钱你也就五分钟就玩儿完啦,还三个小时呢,吹牛吧你。”

到楼下停好车子，如馨一只手紧紧抓着柳志文的后衣襟，摇摇晃晃地上楼梯：“好累呀，走不动了。”

柳志文在她面前蹲下来：“来吧，背你上去。”

当初谈恋爱时，他能一口气背着她爬几层楼。那时候她除了幸福感觉，没别的想法。现在，她不会随便让他背自己的，他已不是十年前的他，她也不是十年前的她，岁月不饶人，把他累着了，她会心疼的。

她笑道：“算了吧，要是让你妈看见，又是我的罪过了。“

他又在她面前蹲下：“来吧，妈早就睡了，看不见的。”

“那也不行，”她拉起他，“还是有点自知之明吧，万一把你压坏了，还得我侍候，我不干。”

“哈，什么时候学会心疼老公啦？”

久违的浪漫感觉，重新溢满心胸。如馨发现二人世界依然如此美好，心想没孩子自然有不少好处。要不然的话，别说出来看电影，就是单独吃顿饭恐怕也是奢侈。

第十一章

1

一觉醒来，如馨发现睡过了点，柳志文已上班走了。匆忙起床，一边向婆婆嗔怨："怎么不叫我呢？今天开会，又要晚了。"

"看你睡那么香，怎么忍心吵醒你？晚就晚了，扣钱就扣吧，女人一定要睡好觉，身体是大事。"

如馨从卫生间洗漱完毕，餐桌上已摆好早餐。如馨刚一落座，婆婆已将筷子递到她手上。

早餐精致又丰盛，还有一个海参汤。如馨皱着眉问："妈，大早上就做这些，多麻烦啊？"

"不麻烦，这海参是刚才早市顺手买的，活的，估计是渔民半夜里刚打上来的，我买了几根，用高压锅给压了，先做个汤给你们补补，志文走得早，没落着喝，晚上回来给他另补。怎么样？咸淡如何？"

"鲜美无比。"

"那就多喝两口，来，吃一根，早上吃海参对嗓子有好处，你每天说话多，需要这个，"婆婆将一根海参搛到她碗里，"中午在单位就知道瞎糊弄，在家可不能马虎啦。"

"妈，你不用这样，我又不是小孩子，自己来吧。"

"在我眼里，你和志文就是活到一百岁，也是孩子。"婆婆又道，"昨晚看电影看到那么晚，以后要看就白天去看，晚上多熬人哪。

"白天哪有时间。"

"周末呀，家里又没什么事，想看就看去，下周妈给你安排。"

晕死！您老人家也别这么一心一意侍候我呀，让我压力很大，真是承受不了了。

“爸呢？”如馨问。

“在楼下练剑呢，练这一阵效果还不错，走路可以不用拐杖了。”

“真的吗？真是奇迹啊。”

“真的，昨天下楼就没用拐杖，自己下去又自己上来，没事了。”

“哎呀，太好了！他一个人在外面能行吗？你不用下去看看？”

“没事，我心里有数儿，医生说得让他多锻炼，我要陪着，他还嫌我烦哪。”

婆婆的厨艺是一绝，享受着美食，享受着来自婆婆的关怀和入微体贴，如馨一点儿也高兴不起来，相反是无所适从，沉重无比，这饭吃得不是滋味啊，简直像上刑。

“别忘了，今天二姨从上海回来，晚上尽可能早点回来。”

“晚上一块出去吃吧，我来安排。”如馨道。

“别出去了，还是在家里吃顿团圆饭。”

二姨是柳志文的二姨，张金芳的妹妹，三十年前远嫁上海，三两年才会回来一趟，团圆一次不容易。

下午，惦着远道而来的二姨，如馨提前收了工，跑一趟海鲜市场，特意挑了几只活鲍鱼和一些新鲜海货，大袋小袋地拎回家。

打开门，却见客厅空无一人，只听到从婆婆的卧室里传来女人的说话声。老姐妹久别重逢，还要关上门说悄悄话？如馨将东西送进厨房，换上笑脸正要过去给客人打招呼，谁知刚到那门口，又意外地听到里面的说话声中夹杂着断断续续的哭泣。

婆婆的哭声。如馨的心不由得缩紧了。现在，只要一听老人的哭声她就浑身紧张，神经抽筋，不由自主地恐惧。她犹豫了一下，还是举手敲门，喊了一声妈。门从里面被打开，二姨红着眼圈出现在如馨面前，而婆婆坐在床沿上老泪纵横。

床边堆着一摞报纸，大版面的男性不育广告强烈地刺痛了如馨的眼睛。

如馨望望她们，望望报纸：“妈，别这样，二姨来了，这是高兴事，别哭了。”

她不劝还好，一劝，婆婆索性像孩子似的放开嗓子，号啕大哭！

如馨瞠目结舌，不知所措。印象中婆婆一向是个坚强的女人，若在以前，婆婆有泪不轻弹，儿媳想要看到她的眼泪，其难度不亚于上青天。可是最近，如馨这是第几次目睹婆婆泪水长流？婆婆的哭声如锋利的刀片，刷刷地削着她的心，这哭声又如泰山压顶一般，铺天盖地向她压来，躲不开，逃不掉，就算被压死，她也必须硬着头皮顶住，扛着。

如馨昨日在丈夫安抚下刚刚有所好转的心情，顿时又拧作一团，抽搐起来。

“妈，不哭，不哭好吗？”如馨走到婆婆身边，尽力安抚。

“馨儿，妈求你了！”张金芳一把攥住儿媳的手，“你就跟志文好好说说，要他去治病，他就听你一个人的话，只有你才能帮助他。妈不相信天下还有治不好的病，就算治不好，咱也得试试，要不然，妈死也不甘心哪……”

二姨在旁边助阵：“是啊，如馨，不是二姨说你，你也老大不小了，这事你得上点心啊，不能就这么放任自流啊……”

柳洪亮从书房里走出来，用拐杖捣着地，冲老伴痛心地说：“孩子们有自己的生活，你就别逼他们了，不是我说丧气话，这么下去非出事不可！”

如馨感激地看一眼公爹，再看一眼伤心不已的婆婆，一时不知该说什么，只好敷衍一下慌忙逃进了厨房。婆婆不知是哭得累了，还是故意要在妹妹面前炫耀一下儿媳的贤惠，居然没有主动走进厨房来，这可是最近以来从未有过的事。如馨巴不得躲开婆婆那张伤心抑郁的脸，她一个人关在厨房，闷着头一口气弄了大大小小十几个菜，一点也不觉得累。

柳志文兴高采烈地下班回家了。

他一进门，张金芳脸上的泪奇迹般地消失了，二姨的红眼圈也不见了。饭桌上，柳家人与远道而来的客人家长里短相谈甚欢，只有如馨一声不吭，出于礼貌偶尔给一个随声附和的勉强的笑。不仅不想说话，而且没有食欲，感觉胸口满满的，勉强吃了几口，便再也吃不下去。

回到卧室，如馨情绪低落仰躺在床上，浑身像被抽空了一样，铺床的力气都没有了，只是呆呆地盯着天花板，一言不发。

关上门，柳志文俯身注视着她：“不舒服吗？”

“头痛。”

“是不是感冒了？”他用手摸摸她的额头，“有点烧啊，怎么不早说！”

如馨无心解释，柳志文不由分说开门出去，不一会儿冲了一杯苦甘冲剂给她端来。

“趁热喝了蒙头睡一觉就好了。”他欲扶她起身喝药。

她推开了他的手，推开了药杯。

“别乱喂药，”她说，“没病。”

“不是头痛吗？”

“不痛了。”

“可你发热呀。”他又摸她额头。

“是你手冷。”她不耐烦地皱皱眉。

他看了看她，又俯下脑袋用自己的额头贴贴她的额头:“真没事？别撑着啊。”

“我是傻子？有病不治硬撑？”她心烦意乱,推开了他。

闭了灯,叶如馨仍是翻来覆去睡不着。

“又瞎琢磨什么哪？碰上大案啦？说说看,什么难题？”他问。

“跟案子没关。”她叹了一口气。

“什么事？痛痛快快说出来,急死人啦。”

“有件事,志文,我必须说。”

“说。”

“还是给妈明说了吧。”

“什么？”

“我的事。”

“你疯了？”

“这么下去好人也会发疯的。”

“又怎么啦？最近不是挺好的吗？”

“是挺好的,正因为妈对我太好了。”

“对你好还有错？”

“所以我不忍心。”

“什么忍不忍心,该糊涂时就糊涂,稀里糊涂哄一家人乐呵呵就成了,什么事都弄个子丑寅卯一清二楚,那不是过日子,那是演电视。”

“我想糊涂可糊涂不了,妈让我劝你去治病,我该怎么办？”

“就这事啊？”他忽然笑起来,拍拍她的后背,“老婆,你随便应付一下不就得了？还铁嘴呢,一个老太太哄不了？”

“我怎么哄她？昧着良心？妈又没什么错,这么大岁数了,还要挨儿媳妇的骗？我这干的是什么事,作孽呀。”如馨的眼泪不由得又掉下来。

“又来了又来了,别哭行吗？”柳志文伸手抹掉她的泪,“听我的,妈是个好人,可她有短处。她的短处就是太护短,不管什么事总是不肯让自己人吃亏。你要真想说那就说去,今天把事说明白了,明儿这日子就没法过了。说句心里话,我不想看到你和妈不睦,不想让妈离开,也不想你离开,你就成全我吧,算我求你,好吗？”

柳志文从后面抱住了如馨,不知不觉竟也落了泪。

是啊,张金芳绝对容不下有缺陷的儿媳妇,如果让她知道“祸根”在儿媳妇身上,不等于要了她老人家的命？老太太为了安抚儿子,每天只把笑脸给儿子,从不让儿子看到她的眼泪。转过来却要时不时把哭脸给儿媳,哪管儿媳能不能承受得了。而如馨又不能把老太太的苦悲惨状告诉柳志文,难受也要一个人咬牙受着。柳志文始终蒙在鼓里,整天乐呵呵地,还以为在他的调解下家庭多么幸福和睦。

如馨不再争辩,一言不发任丈夫抱着,眼泪刷刷而下。她不禁问自己,这个男人不能抛开他的妈妈,而要她离开这个男人,让他去做别的女人的丈夫,跟别的女人一起过日子生孩子,她舍得吗？

2

下班后,如馨习惯性地打电话给柳志文。

最近,她对他产生了一种奇怪的依赖。跟他一块儿走进家门,她心里会感到踏实。如果身边没有他,或者回到家里看不到他,让她单独跟公婆在一起,她会觉得不自在。她害怕看到婆婆那双充满期待和幽怨的眼睛,她害怕婆婆找她谈话,甚至害怕那些无处不在的来自婆婆的种种关爱。

然而,柳志文在电话里告诉她,有应酬。

如馨失望地挂了电话。

天已经黑了。晚饭后,周芸正在辅导儿子写作业,门铃响了起来。

如馨站在门口,脸上是无奈的笑意,眼睛里却含着一缕抹不掉的伤感。

在以前,如馨是朋友圈中有名的快乐使者,如今竟变成这副模样,真是叫人不可思议。周芸赶紧把她拉进来:“家里又闹了？瞧你这张脸。”

鹏鹏很礼貌地站起来向如馨问好,又利索地将自己的东西搬到卧室。如馨觉得打扰了孩子做功课,真是过意不去。而周芸看到儿子如此懂事,眼神里掩饰不住的幸福。

周芸弄来茶水,“从单位来的吗？还没吃吧？要不要我煮点东西给你吃？”

“别瞎忙,在外吃过了。”如馨道,“不想回家,一点都不想。”

“志文妈又折磨人了？是不是老年抑郁症？”周芸问。

“别这么说。她是为了我们好。”如馨低着头沉思着,“我没当过妈,不知道孩子到底有多重要,可我就是想不明白,孩子真有那么重要？没有孩子,好好的人就不能好好活着？”

“你都成祥林嫂了，一来就问这个问题。”周芸道，“有孩子的觉得孩子最重要，没孩子就像你们两口子，从来不用担心孩子生病啦，饿着冻着啦，出什么意外啦，上学问题啦，将来的就业问题啦，什么都不用考虑，多省心哪。”

自从知道了如馨的事，周芸对于孩子的态度与以前大不相同了，话里话外总带着安慰。

“我们是省心，老人不愿意。”如馨说。

“上次给你说那事，没考虑啊？”周芸问。

“志文不同意。”

“哼，还真是个模范丈夫啊。”周芸道，“要我说，志文说的不是心里话。”

“志文在我面前从不说假话。”

“善意的谎言，他要爽快地答应了，你还能高兴得起来吗？难道他不是正常的人吗？哪个正常的男人不想有个自己的孩子？所以，你也要理解他，这事得自己想办法。到时候真的让他有了自己的孩子，只怕高兴还来不及呢。”

“他不同意，我自己能有什么好办法？这是两个人的事。”

“瞧你这律师当的，整天帮这个查案帮那个取证，遇到自己的事就弱智啦？先联系好医院，做好准备工作，你是他老婆，神不知鬼不觉地弄到那个……很困难吗？男人那东西生命力是很顽强的，离开人体还能存活好几天呢。”

“让我想想，让我再想想。”如馨无力地垂下头，心乱如麻。

这时候，大脑里那个被柳志文灭掉的念头又一点一点复苏了。一个声音从她身体里钻出来：我的丈夫不能没有孩子，我的公婆不能没有孙子，柳家不能绝后，柳家的血脉一定要延续下去。最重要的，你，叶如馨，一个聪明美貌的女人，你的生命也要延续下去。

夏日的清晨，叶如馨瞒着家人，瞒着丈夫，独自一人又一次走进“竞天”研究所的大门。对于叶如馨的想法，黄玉梅教授给予了充分理解，并且诚恳表示，愿意在能力范围以内，给她以帮助。但是，像这样的事，把她和丈夫的受精卵胚胎移植到别的女人的子宫里，这在研究所还没有过先例。

黄教授诚恳地告诉她：“或许，别的私人诊所或者香港、国外医疗机构可以实施，但我们不行。前来就诊的妇女经常会问到这个问题，这也是眼下国内医学界一个热门话题，可目前在我国的法律上，依然是个瓶颈，这些年我们一直在等待相关法规的出台，这个瓶颈一旦解决，很多问题才能迎刃而解。但不管怎么说，毕竟是关系到生命诞生的大事，更多出于伦理方面的顾虑，我也希望你们能够慎重考虑，不要钻死胡同，退一步海阔天空，退避未必不是明智的选择。”

“如果能够退避，我是不会再次走进你们这个大门的。”如馨说。

“要么，如果经济允许的话，就到香港，或国外试试？”

“我的丈夫不肯配合，再说那样的话成本也太高了，到境外，很不现实。”

“私人诊所？”

“信不过他们的技术。”

“那就只有耐心等待，或许终于会有那么一天，法律开闸了，我们就可以帮助你了。”

“等到什么时候？或许等到老？那时候我们年龄大了，还行吗？”

“我们现在可以帮助进行卵子和精子的冷冻保存……”

“算了，谢谢……”

如馨心乱如麻，茫然无措地又一次走出研究所的大门。

难道这个梦想，就这样被残酷地粉碎了吗？

明媚的阳光照耀着大地，如馨的心里，又一次下起冰雹乱雨。无法驱散的阴影吞噬掉所有的好情绪，痛苦和绝望的感觉魔鬼一般紧紧抓着她的心。她一个人开车去了海边，在远离人群的海岸边，光着脚坐在沙滩上，面对一望无际的蔚蓝的大海，一团乱麻的思绪漫无边际地飘着，难道这就是我的命吗？这一次，她连泪也流不出来了。

不知在这里坐了多久，如馨被太阳晒得有些昏昏沉沉，突然一个声音在身后响起：“晒太阳啊叶律师？不热吗？”

叶如馨回过头，一张英俊的男人面孔映入眼帘。

很意外，是赵挥。吴远虹的前夫，赵幸儿没有血亲的爸爸。

3

叶如馨习惯性地将笑容换到脸上，笑意却从没有这样僵硬过。

“怎么是你？”她下意识地问。

“我住在附近，今天没什么事儿，就出来走走，不想碰到你，真巧啊。”

她向一个方向看去，远处，马路对面，有一片漂亮的别墅。她礼节性地敷衍：“是挺巧的，我平常很少到这儿来。”

“其实呢，这两天我正琢磨着要找你呢，这下好了，不用跑律师所了。”他在旁边的礁石上坐下。

“有事儿？”

“三件事。第一呢，上次你对幸儿的帮助，我很感谢，却不知道用什么样的方式。请吃饭，送礼物，你也许会觉得太俗。”

如馨淡淡一笑：“区区小事，举手之劳，我都忘了，你又何必放在心上？”

“于你是小事，于我是大事。从你那儿接回幸儿的那个早晨，我可能这辈子都忘不了。不过你既然这样说了，我就不说谢这个字了，这个情儿我记着。”

“第二件呢？”

“直到今天，我终于想好了谢你的办法。”

“又回到这事上了？”

“刚才是感谢的心情，现在是感谢的方式。”

“真要较真儿啊？”

“不是较真儿，是认真，任何事情我都会认真对待。”

“说说看，你打算怎么谢我？”

“我很想帮助你，帮你完成一件大事。”

“帮我？你？”如馨表示诧异。

赵挥面带微笑，郑重地点点头。

“我有求过你吗？我有什么要你帮的？你很有钱没错，可我也不缺钱，目前并没有借钱打算。”

“不要一谈到帮助，就想到钱的问题。我是有钱，但我从来不认为钱可以解决任何问题，我也不想给你这种错觉，难道除了钱我就不能给人别的帮助？”

“那你说说看，你要帮我做什么？你又能帮我做什么？”

“叶律师，你表面上很要强，其实内心很脆弱。”

“你像一个算命先生，这话对谁都适用。”

“不，你跟别人不一样。你的眼睛深处，透露出你也有不顺心的事，而且是一件大事，你正在为此苦恼。”

“更像算命先生了，任何人都会有苦恼的时候，你千万别认为自己是诸葛。”

赵挥没有接她的话茬儿，单刀直入：“如果你真的想要一个孩子，我可以帮助你。我的人生准则只有两句话，只有想不到的，没有做不到的。”

“什么？”如馨瞪大双眼，心脏激烈地狂跳起来，她万万没想到这个男人一语说穿自己的心事。自家的隐秘之事，他是怎么知道的？她脸色突变，不由得又羞又恼，“赵挥，你在说什么？你什么意思？”

“别误会，叶律师，我没有别的意思，我只想帮助你。如果你真想做试管，做代孕移植，我能够帮助你……”

“够了！你……”如馨又惊又气，“你是怎么知道的？你跟踪我？你……”

“爱激动可不是律师的作风，请听我解释，我真的很想帮助你！”

“赵挥，你怎么可以跟踪我？我警告你，你刚才所说简直一派胡言，别再胡言乱语了！别让我再看到你！”如馨气愤不已，狠狠地瞪他一眼，起身大步离去。

叶如馨骤然翻脸全然不听解释的样子，让赵挥猝不及防。他没想到，一位大名鼎鼎的律师，克制力竟也会如此之差。不管怎么说，她是个女人，她的私事并不想他人知晓，她或许已经受到了伤害。赵挥意识到自己的不妥，对自己的鲁莽感到后悔，也许应该换一种方式。

赵挥一夜未眠。这一晚，他三次拨打她的手机，希望她能听他解释。然而，叶如馨一看他的号码便立即摁掉，根本拒绝接听，到最后竟然关掉手机。

叶如馨这一夜也未能睡好。那个男人是怎么知道这件事的？昨天研究中心的事，除了黄教授，到目前为止还没有第三个人知道，赵挥是怎么知道的？次日一早，如馨打开手机，一条来自赵挥的信息跳出来：“叶律师，请原谅我的冒昧！昨天没能把话讲清楚，致使误会产生，我感到非常抱歉。见信息后，务必给我时间，听我把话讲完，多谢！”

冷静下来，如馨决定见面，听听他的解释。

考虑到茶馆之类的场所人多眼杂，如馨把见面地点定在昨日见面的沙滩。

4

赵挥已经提前到了。他神情略显憔悴，眼睛里隐约有一缕血丝。两人站在阳光下的沙滩上，她双目如剑，冷冷地刺向他：“说吧，你是怎么知道的？”

听到她法官一样审讯的口气，他犹豫了一下，转过身去，在礁石上坐下来，点燃一支烟。

“不是要解释吗？”看到他一声不吭的样子，如馨愈加来气，但她竭力克制着，尽可能不让自己动怒。

赵挥吐出一口烟雾，眯着眼睛仰头望望蓝天，轻轻叹了一口气。

“叶律师，因为，你我……同病相怜，有着同样的苦衷。”从他口里说出这句话，显得十分艰难。

“你？什么苦衷？”

“你曾经问过我，为什么不能再婚？再生一个孩子，当时我回答你，我没有再婚打算。”

“我是这么问过。”

“知道为什么我不想再婚吗？”赵挥眉头拧成一团，目光望向海面，眼睛深处的忧郁再一次扩散开来。

“不想知道。”

“但我想告诉你，因为，我是一名不育症患者。”吐出这句话，他又狠狠抽了一口烟。

如馨闻言大惊，内心震动不已。面前的男人英俊潇洒，体格十分健壮，雄性特征极其显著，怎的竟也……她牢牢地盯着他，觉得不可思议。半天，她咬着嘴唇问：“这，是真的？”

“我有什么必要杜撰故事吗？”他的嘴角流露出一丝无奈的笑意，“又不是什么好事，我干吗要诅咒自己？”

“当初吴远虹是因为这个，才与别人生下……”一时间，如馨竟忘了自己的痛。

“不！吴远虹并不知情！”赵挥十分坚决。

“她不知道？”如馨惊诧不已。

在幸儿之前，吴远虹曾有过流产。有了幸儿之后，夫妻俩一直采取避孕。多年以后，夫妻缘分最终走到尽头，赵挥得知幸儿并非血亲，深受伤害之余，与顾言言同居期间，曾萌发过生一个自己的孩子的想法。此后，顾言言先后有过两次怀孕，竟都无缘无故地流产。顾言言去做了检查，自己身体并无异常。赵挥联想到与吴远虹结婚之初也发生过类似事件，于是前往检查，结果得知问题在他身上。

“染色体平衡异位，这就是造成习惯性流产的原因。”他说，“第一次从医生那儿知道了这个名词，并得知这事发生在自己身上，很震惊，觉得不可思议，无法接受。”

“染色体……平衡异位？”如馨皱皱眉，“这是个什么概念？”

久病成医，赵挥像一名专业医生那样解释：“人类的细胞中有 23 对(46 条)染色体。染色体的数量、结构是相对恒定的，不能随便多一点或少一点，否则就会出毛病，例如先天愚型儿就是 21 号染色体上比正常人多了一条。而当某一条染色体由于某种原因突然发生断裂，断裂片断又不在原位重建而是连接到另一条染色体上，这种内部搬家的情况称之为异位。就一个细胞而言，染色体总数未变，所含基因并未增加或缺少，因此，患者临床无症状，外貌、智力都是正常的，发育上也没有任何缺陷，这种情况医学上通常称之为染色体平衡异位携带者。”

如馨在不远处坐了下来，耐心地倾听。

他说："这种情况，生育正常孩子的可能性只有十八分之一。如果一次怀孕即出现这个十八分之一的几率，那自然最好不过，但这种奇迹通常是不会出现的。我不想在某个女人身上做这种试验，也不想在一个又一个女人身上寻找这种奇迹，所以，我接受了上帝安排给我的这份孤独。"

"不能治吗？"她问。

"就全世界而言，染色体异常目前还是一个无法攻克的医学堡垒，任何方式的治疗都是徒劳。"赵挥在礁石上掐灭烟头，淡淡一笑，"不能去抱怨命运，任何抱怨都无济于事，只有直面现实，尽量过好每一天吧。"

当时赵挥对顾言言如实相告，顾言言紧紧抱着他，说自己并不在乎，只要两个人在一起开心，有没有孩子根本不重要，她完全可以不要自己的孩子。但赵挥考虑再三，又加之一年多的朝夕相处，发现这个女孩并不是理想的终身伴侣，为了不耽误其前程幸福，他坚决果断地安排她离开了自己。

这个男人将自己的伤痛，血淋淋地暴露在如馨面前。她这才明白，面前的男人竟和自己一样，有着正常的夫妻生活，却不能正常地孕育后代。

赵挥又道："这个世界上除了我和主治医师，除了顾言言，你是第四个知道这件事的人。"

如馨仿佛遇到了同类，这件意外的事，神奇地拉近了两个人的距离。她尖锐的目光已经不知不觉地柔和下来："你的主治医师是黄教授吗？"

"黄教授不知道我的事情，给我看病的是田所长，他平常是不坐诊的。"

"你一心想要夺回幸儿，是因为这个原因吗？"

"这是两码事。要幸儿跟着我，只有一个原因，幸儿跟着那个女人不可能有良好的成长环境和幸福未来。从一出生，我就当她是自己的女儿，这辈子，不管我将来会不会有其他的孩子，她都是我的女儿，这是永远不会改变的事实。"

她说："谢谢你的坦率。可你为什么要让我知道你的隐私？其实我并不想知道。"

"因为我知道你的隐私，我想这样，对你来说可能公平一点。"

"我的事你是怎么知道的？"

赵挥答非所问："你代理吴远虹的时候，曾经试图调查过什么药厂，对吗？"

"有这事。"

"吴远虹只是道听途说，实际上我在做什么，她根本就不知道。"他叹了口气。

赵挥是个冒险家。与吴远虹在一起时，他不让她插手生意上的事，主要是为了让她少些烦恼，少些担心。后来的岁月里，尤其她有了外遇之后，他发现她已经不再关心他每天在做什么，生意上有些不愉快的事，他自然不会给她说，而她也从来不会主动问。他在外面忙，她在家里忙，都很忙，好像彼此都没有时间来关心对方。再后来分居了，彼此做什么，就更不清楚了。

他道："我从来没有投资过什么药厂，但最近两年，确实在医学领域进行了一项投资，就是那个研究所。"

她问："哪个？"

"竞天。"他道，"竞天是我给改的名字，意思就是要跟老天爷拼一把。"

"竞天"的前身是××医科大学的研究所，由于常年经费不足，导致许多科研课题无法正常进行，其中就包括对人类染色体平衡易位的深入钻研。两年前赵挥以患者的身份认识了田所长，之后从他这里得知这一情况，几乎没有任何犹豫，赵挥决定投资。他斥资千万买下了百分之七十的股份，而后又不惜巨额花费从国内外聘请了十几名业内尖端精英，重新建立基因研究室，投入了大量财力物力，专门进行生殖医学尖端疑难课题的攻克以及染色体异常引发的不育的研究。

这是赵挥涉足商海以来，唯一的一次没有进行市场调研分析的投资计划，唯一的一次在投资之初根本没去想过回报，看不到利润前景的活动。这一年多他基本上没干别的事，大部分精力投在研究所的关注上。经过奋战，研究所取得了惊人成就。眼下通常的医院试管婴儿技术还停留在第三代，而"竞天"已开始第四代甚至第五代的研究和实验。通常医院的成功率只有百分之二十到三十，而"竞天"已高达百分之五十以上。目前在全世界范围内，单就试管这一技术，"竞天"当之无愧已走在同领域前列。对于人类染色体平衡易位的攻克，更是取得骄人成绩。仅仅去年，通过基因筛选法，已经帮助来自全国各地的三十几位高风险患者完成了优质生育的心愿。

"已经取得成就了？就是说能治了？"如馨问。

"近一年来，所里为十几例平衡易位的夫妇成功地进行了PGD，对受精后的胚胎进行遗传学分析和诊断，通过基因筛选，去除有遗传缺陷的胚胎，选择正常胚胎植入子宫，从而成功地帮助患者生育了健康宝宝。但是，这些仅限于比较常见的染色体易位，而我这种情况，是一种比较罕见的易位核型，即使用基因筛选，也是个技术难题，目前所里集中力量苦研这一人类难题，尚处于钻研攻克阶段，还没能找到有效的解决办法。"

"你投资研究所，就是为了给自己希望？"

"不单纯是。当时我了解到，造成这种情况的，除了先天因素，环境污染和辐射损害有很大关系，还有工作紧张精神压力过大等原因，近年来检查出来的染色体异常的患者越来越多，平衡易位携带者可是男的，也可是女的，这种携带者在人群中约占百分之零点二，即250对正常夫妇中就有一个。投资这个完全陌生的领域，当时只有一个心愿，帮助所有的患者最终实现生育宝宝的愿望。”

“境界啊，”如馨说，“有钱真好，可以把一个人的境界提升到这样一高度。”

“别这么说，我只是做自己想做的事而已。”

“这么说，你是竞天的大老板了，你是在研究所看到了我的病历资料？”

“是的。”他直言不讳。

春天的一个下午，赵挥到研究所去，无意中在那里看到了叶如馨的身影。商场上讲知己知彼百战不殆，当时作为吴远虹的代理律师，她的身影在那个地方出现无疑引发了赵挥强烈的好奇。他很快就了解了她的所有情况。当时，除了吃惊和同病相怜的感觉外，他并没有别的想法。在后来的接触中，她的坚强性格和乐观精神，让他十分欣赏。就在昨日，他再一次在那里看到她的身影，并且从黄教授那里了解到她的想法之后，一个强烈的念头在他大脑里产生：帮助她实现愿望。

“你为什么要帮助我？”如馨问。

“第一，我愿意帮助任何一个走进我研究所里的患者。第二，你帮过我的幸儿，我内心一直非常感激，就算作为回报吧，我一定要帮助你。”

“我帮幸儿，只不过一件微不足道的小事。你这么做，未免小题大做了吧？”

“我做事只求两个字：心安。”

“教授已经明确告诉我，你们那儿不会实施代孕手术。”

“规定都是人定的，不过我一句话而已。”

“卫生部发布的《人类辅助生殖技术管理办法》规定，任何医疗机构的代孕手术都将受到惩罚。”

“我向来不喜欢受条条框框束缚，我想，你不会因为我帮了你而举报我吧？”

“我当然不会，但不能保证别人不会。”

“只要能帮助患者，就算受罚，我认。”

第十二章

1

周末，柳志文陪如馨回叶家。后备厢里装了三只鸭，这是张金芳特意准备的。张金芳上次在医院无意中听主治医生说鸭肉性凉，去火，对肺癌病人的恢复有好处，于是回来后四处找鸭。先跑超市，都是冻的，不新鲜，又特意乘车跑郊外，到处打听活鸭。现在养鸡的不少，养鸭的却难找，张金芳几乎跑断了腿，最终从一户农家高价收购到三只健康活鸭，回途中又不小心把脚给崴了。回到家，顾不上脚上的伤痛，只简单贴了片膏药就一头扎进厨房，烧开水，宰鸭煺毛，埋头干了整整一下午，直到把鸭弄干净。

如馨得知鸭的来历，既感动，又难过，更多的是无奈。妈妈的癌症不是几只鸭就能够治好的，她并不希望婆婆为此付出崴脚的代价，可婆婆诸如此类的行为，她根本无法阻止。若在以前，还在张金芳瞧不起平头百姓的叶家的时代，若让这位前局长夫人为叶家做这样的事，那是断然不可能的。现在，张金芳诚心诚意地做了，并且还在继续做着，似乎没有停止的迹象。这一切，竟都得益于儿媳的"骗局"。

我没想骗她，是她儿子让我这么做的。如馨在心里替自己辩解。真的不是存心的吗？她又禁不住问自己，你是个不敢承担责任的懦夫，害怕失去眼前一切的胆小鬼，你让我鄙视。车子在柳志文手里平稳地行驶，如馨靠在椅背上，闭着眼睛，内心是翻江倒海的苦恼。老太太既然能为你做这么多，你又怎能霸着人家的儿子，剥夺人家延续后代的权利？不仅如此，还要老太太为儿子莫须有的"疾病"承担无尽的痛苦？

"想什么呢？"柳志文瞥她一眼，笑笑。

如馨不吱声。

“妈下次化疗是什么时候？”柳志文又问。

如馨仍是不吱声。

“大早上的就犯困了？不会吧，别睡啦，马上到家啦。”

如馨蓦然睁开眼睛：“什么？在跟我说话？到了吗？这么快？”

“真有你的，上车就十多分钟工夫，居然还能来一小觉。”柳志文笑了。

进了家门，柳志文与岳母聊了一会儿，便陪着岳父下厨了。在自己家里，厨房的活柳志文很少沾手，可一到叶家，他总是争着抢着去厨房一展身手。如馨一边逗着小侄子峰峰，一边陪着妈妈在里屋说话。聊着聊着话题就聊到了柳家，聊到了志文妈。

王宏英坐在陈旧的单人沙发上，饱含深情地说：“患难时刻见真情哪，头几年我们对志文妈有误解，总觉得人家眼皮肿，架子大，嫌弃咱门不当户不对，瞧不起咱，今年通过我害这场病，发现一个事实，志文妈是个好人，真是个大善人。”

“是个好人。”如馨随声附和。

“我这场病，折腾志文妈先后跑医院十七趟，跑咱家十二趟，三天两头来看我，咱家这么多亲戚，我也有不少老姐妹，同事朋友，谁也比不上，还有些人听说我得了这病，都不来往了，难道还怕传染？唉，人心哪，太复杂了。”

“你的两个亲生女儿和一个儿子，也自叹不如。”如馨说。

“我寻思着，人家对咱实心实意的，咱也不能对不起人家。这些日子通过跟志文妈的接触，我发现她现在最大的心病就是没孙子。”

“嗯，这我知道。”

“如馨哪，以前呢，妈总觉得你们都大了，应该给你们自由、空间，自己的事让你们自己做主，我们当老人的不便过多干涉。可有的事呢，不干涉还真不行，眼看着你一年长一岁，时间不等人，我看在眼里急在心里啊。”

“别说啦，我知道了，妈。”一听这话，如馨就条件反射般犯晕。

“今天你不愿听，我也得说，人活在世上，不能只为自己，不能什么事都由着自己的意愿去干，作为家庭一分子，起码要为这个家为周围的亲人想想，你没看到志文妈都急成什么样啦？那天我看人家嘴角起火泡，我都觉得对不起人家！也不过一年工夫，生下来又有人替你带着……”

“妈，别说啦，我知道啦，烦不烦哪。”峰峰在地板上玩儿，如馨坐在地板上，眉头皱成一个包。

“如馨，今天这儿没外人，你就跟妈说句实话，到底怎么回事？是不是你和志文谁有问题,去检查过吗?”王宏英无不担忧。

“早说过啦,你的女儿女婿什么问题都没有,就是没时间,你就放心吧,你只要把病养好,就是我们最大的福气了。”

“现在没时间,将来后悔都没地儿后悔去!少赚一年的钱又能怎么样?我现在病情基本上已经控制住了,退休金和医保已经够用了,你们房子车子都有了,就不能为家庭拿出一点时间吗?”

“行了行了,别瞎操心了,我保证一年之内把孩子给你弄出来,行了吧?”

如馨皱着眉头转身出去了。

午饭,柳志文哄峰峰吃饭。平时给峰峰喂饭是一件困难事,此时柳志文跟在峰峰身后,左一勺,右一勺,连哄带骗,硬是把一小碗饭装进峰峰肚子里。他对待孩子那种耐心和细致,让叶如馨不忍多看。她完全可以认定,他会是一个称职的爸爸。

下午从叶家出来,回去的路上,如馨依然靠在椅背上一言不发,一副心事重重的样子。如今她成了过街老鼠,朋友见了朋友说,亲戚见了亲戚问,两个妈一头围追,一头堵截,她已无处可逃。只有身边这个男人是个避风港,为了她,他不惜将黑锅背在自己身上。

如馨不由得想到了赵挥的建议,想到代孕。事实上自那天与赵挥别过,这个问题就已扎进心里。这个想法给了她一种全新的感觉,她感觉远去的希望渐渐从心底升腾而起。

如馨想与柳志文谈谈试管的事。甚至准备拿出十八般武艺拿出卓绝超人的庭辩功夫来说服他。可转而一想到这位铁面法官常常为执行某条法律,为主持某一正义,黑着一张脸连副市长的亲自批条也不肯妥协时的尊容,她就一下子泄了气。

代孕这种事提都不能跟他提,还必须严严实实地瞒着他。否则其结果只能是遭到强烈批判和痛击。如馨不觉悲从中来,亲爱的法官先生,我当初就是被你一身凛然正气打动,被你一丝不苟的执法精神所征服,如今我已被逼上绝路,迫不得已这么做,我需要你的支持和帮助,需要你给我一点力量和勇气,可是,我却不敢对你讲。我只有一个人咬牙挺着,默默地往前走,就算前方是悬崖,我也得闭着眼睛往下跳。我这么做究竟是对还是错?如果有一天,我从外面抱回一个孩子来,在孩子成长的过程中,法官先生忽然发现竟是自己的亲骨肉,会不会惊喜万分,原谅妻子的隐瞒和擅自做主?到那时,就算今天受再多委屈,有多么艰难,也算值了。

妻子一向是个心事不挂脸的人,如今这副样子,让柳志文好生奇怪:“到底怎么回事？有心事就痛快说出来，不知道我最烦这种闷葫芦吗？”

如馨说：“我在想妈的病，真不知道到底能不能好。医生说四六开，不知道妈能不能挺过这一劫。”

柳志文宽慰她：“往好里想吧，你看妈的状态不好吗？脸色红润，精神气十足，大鸭腿啃了一只，排骨吃了四五块，还喝了半碗汤，能看出这是个病人吗？放心吧，吉人自有天相，妈身体底子好，我觉得一点事没有。”

“但愿如此吧。”如馨冲他笑了笑，以笑容掩饰心事。

2

七月，徐徐海风向炎热的夏季输送着丝丝凉爽，海滩上、街头、景区，到处都是前来避暑的外地游人。柳家的小女儿柳媛媛结束了四年大学学业，从北京回来了。

像往常一样，如馨与柳志文前去接站。

柳媛媛身材高挑，长发披肩，耳边用彩绳编着几条小辫，标准的鹅蛋脸白皙妩媚，神采飞扬。她穿着一套非裙非裤的黑色丐衫，颈部腕部挂着叮叮当当的饰品，拖着大箱拎着小箱从人流里徐步而来，一眼望去，仿佛从什么部落边塞走出来的少数民族姑娘。

柳志文接过所有的行李，柳媛媛亲热地挽住嫂子。

“怎么打扮成这样？”如馨笑着问她。

“不好看吗？我觉得很漂亮。”柳媛媛说。

“王婆卖瓜，臭美吧你。”如馨笑说。

“先别说我啦，嫂子，照顾一下自己好吗？上次见你就这个头型，现在还没变，不腻味啊？”

“上次也就半年前吧？那你说女人应该多长时间换一次发型？”

“平庸的女人也就算了，像你这样的美人，起码半个月进一次美发店，两个月尝试一次新头型，常换常新，就算你自己不在意，也要给身边人一点新鲜感呀，这也是家庭责任感，对吧？哥哥！”柳媛媛另一手挽住了柳志文。

“别贫了，赶紧上车。”柳志文替二位女士打开车门。

“换发型是为了美，小丫头，你换这么频繁也不见得美到哪儿去吧？”上了车，如馨看看小姑子挑染的几绺黄发，笑道，“已经不流行染色了，没看最新的时尚资讯吗？现在的时尚是原色，黑发。”

“我管它流不流行，我喜欢，这才是最重要的。流行算什么？和大学生活一样空虚无聊。”

“你觉得自己很有个性？我觉得是恰恰相反，幼稚！”如馨笑了。

姑嫂俩整整相差十岁。十年前如馨认识柳志文时，柳媛媛还是个只有十二岁的傻乎乎的小丫头。那时候柳媛媛对美貌如花的如馨崇拜备至，视之为偶像，不论如馨梳什么发型穿什么衣服，她都要刻意模仿。在张金芳坚决反对儿子娶女律师的残酷岁月里，柳媛媛始终站在哥哥这一边，像一名坚贞的地下党小战士，为未来的嫂嫂通风报信，传递情报。渐渐地长大了，柳媛媛与嫂子的关系愈加融洽，姑嫂俩在一起嬉笑怒骂，无所不谈，不是同龄，胜似同龄。有些女人间的话，张金芳从女儿嘴里掏不出来，只要如馨一出面，柳媛媛准会倾吐相诉，毫无保留。

“如果成熟就是像嫂子这样，为这事那事忽略了美容美发店，忘记了自己是个女人，我宁可一辈子幼稚。”

“我还不够美吗？”如馨笑道，“还要怎么打扮？非要跟你哥拉大差距？先问你哥愿不愿意，万一不幸被别的男人勾引跑了，看你哥不揍你！”

“我哥才不会呢，你越漂亮，他越有自信，两个人走一块，不知情的人准以为他是个大款。”

“漂亮女人一定要跟大款在一起？”

“当然啦！实力不够雄厚的，怎能配得上美女？”

“你哥钱还没我多呢，我岂不是太亏啦？”

“我哥挣财力不够，魅力足够，这也是资本。你除了收入比他多，还有什么地方胜过我哥？论长相他不比你差，论知识他不比你少，论素质论心肠……哪点都算旗鼓相当吧，跟你完全天造地设，你要是不甘心，就朝我哥屁股后面多看两眼，有一群女法官天天在追着呢，看看她们，你就知道拥有哥哥这位大帅哥是多么有福气啦。”

“柳媛媛！”柳志文边开车边笑道，“死丫头，当面搬弄是非吗？今天给我交代一下，这四年都学到了什么？专业知识？处世为人？除了穿衣打扮谈恋爱贫嘴，哪方面还有进步？”

“进步的地方多啦，以后的生活里，你就会慢慢体会到了！”

柳媛媛的到来，给家里平添了特别的轻松和欢乐。柳洪亮嘴上不说什么，但神情里掩饰不住见到小女儿的喜悦之情。张金芳则满头大汗在厨房里忙了整整一下午，弄出一大桌丰盛的菜，以快乐的劳动来享受女儿带回来的幸福和欢乐。

晚饭后柳媛媛像往常那样，照旧回到父母的老宅去住。自老两口搬到儿子家以来，柳家旧居四室两厅的大房子一直闲着。张金芳偶尔回去看看，柳媛媛每次放假回来，那房子就成了她的自由乐园。

次日一早，刚刚睡醒的如馨睁开眼睛往卫生间走时，听到张金芳在打电话喊柳媛媛起床，叫她过来吃早饭。柳媛媛似乎还在睡梦中，只听张金芳对着话筒说："想吃点什么？喝粥行吗？想吃什么菜？有咸鸭蛋，拌黄瓜，清炒油菜，再炸两个大虾行吗？妈这就给你送过去。"

我晕！张金芳啊，下辈子我也想做你女儿，可不愿再当儿媳了。有这么一号妈，典型一个不知疲倦任劳任怨的老保姆，忠心不贰的仆人啊。

待叶如馨、柳志文与柳洪亮洗漱完毕坐上餐桌时，张金芳的身影已经不见了。待三个人吃毕，正要将碗筷送进厨房时，张金芳喘着粗气又从外面回来了。

"馨，等会儿再收拾，我还没吃哪。"张金芳去卫生间洗手说。

"妈，你自己还没吃就送饭去啦？跟我说声不成了，开车跑一趟很方便的，你何必自己跑呢。"

"又不远，我打车来回也就二十块钱，你开车油钱也少不了。"张金芳坐下，开始"清扫"剩菜剩饭。

"不是钱的事，你这么大岁数了来回跑，累啊。"如馨说。

"不就吃个饭嘛，自己不能跑过来？惯吧，看能把闺女惯成啥德行！"柳洪亮说，"就是个贱，一早上给我答应好好的，不送饭，转眼就没影了。怎么？这丫头还在睡？"

张金芳道："我让她吃了再接着睡，昨天坐一天火车挺累的。"

柳志文笑笑："妈，今天我是不是得跑趟超市，多买几个饭盒回来？"

张金芳问："干吗？买什么饭盒？"

柳志文说："中午晚上你老人家也好接着送饭哪，一套饭盒怕不够用，是不是？"

如馨在丈夫脑勺儿上拍一下："妈疼女儿，你嫉妒啦？"

柳志文换了衣服："废话少说，赶紧上班去吧，我也得走了。"

张金芳在饭桌旁神色一下子黯然下来，她道："志文，如果是你坐了火车，妈一样会送饭给你的。只要你愿意，就是一天送三顿，妈也乐意。"

张金芳的眼角，忽然莫名其妙地涌出泪滴。

柳志文扭头看了妈妈一眼，立即道："妈，这又是怎么啦？我说错话啦？你就别跟我一般见识了。"

张金芳推开儿子:“快走吧,别迟到了。”

回到身边的女儿,并没能帮妈妈驱散心头的阴影。张金芳对儿子的担忧有增无减。背着人的时候,她仍旧反反复复琢磨着儿子的事。有一天如馨与志文回家,进门就听到张金芳通过电话线正在与人通话。可一看到儿子媳妇进门,张金芳立即神色慌张地挂断电话。当晚,如馨悄悄从电话记录里调出号码,拨过去,原来是外地一家专治男性不育的诊所。张金芳的行为,她的神情,尤其她一个人发呆的背影,无一不在强烈刺激着叶如馨那根敏感的神经。

几个不眠之夜后,如馨愈加深刻地意识到,自己必须有所作为。如果再这么麻木地继续下去,老太太不定会弄出什么乱子。如馨倒不担心别的,最怕老太太万一积郁成疾,不幸倒下,或者出点精神方面的问题,自己的罪过就不可饶恕了。

深思熟虑后,如馨终于拨通了赵挥的电话。

瞒着丈夫做这件事的确不妥,可这个念头就像魔鬼一样缠住了她的心,让她无力摆脱。

3

还是那片人迹零星的沙滩上,叶如馨与赵挥又见面了。

赵挥依旧衣着精致,头发梳得一丝不苟,远远地看去,就像韩剧中的男主角。

叶如馨穿着很随意的T恤衫和牛仔裤,不修边幅的样子。

“我一直在等你电话。”赵挥温文尔雅地笑笑。

“这么有信心我会找你?”

“因为你是一个女人。”

“如果我不找你呢?”

“不论你做出何种选择,我都会理解。”

“给你添麻烦了。”

“不,我乐意帮研究所促成一桩生意。”

“很想知道成功的几率有多少?我这个人缺乏耐心,不可能一而再、再而三地重复一件事。”

“通常情况下,竞天在移植方面的技术已高达百分之五十。不过特事特办,我会安排最精英的团队进行操作。但这并不等于排除了手术风险和意外,你应有足够的耐心,不仅有接受成功的心理,更要有接受失败的准备。”

“赵先生,我还想知道,利用特权给人提供条框外的服务,你需要什么报酬?”

“我曾说过,你对幸儿有过帮助,我不过是回报,仅此而已。为什么不肯相信我的诚意?”

“我觉得不对等。”

“你们当律师的,都这么疑神疑鬼吗?”

“就算是吧,我不喜欢做糊涂事。”

“我还说过,这也是研究所的一桩生意,我很乐意生意上门。”

一群赤脚的青年男女扛着野餐工具从远处呼啸而来。正对着海面的叶如馨,忽然听到一个熟悉的声音在身后响起:“是你呀?嫂子,怎么在这儿?”

如馨回过头来,赫然看到柳媛媛出现在面前。

如馨神情从容,顺口诌来:“跟当事人谈点事,你干吗哪?”

“我跟朋友出来玩儿啊,那就不打扰啦。”柳媛媛笑嘻嘻地裹在人堆里远去了。

如馨笑了笑,准备起身离开,忽然又想到一事,于是又道:“赵先生,记得上次你说要找我谈三件事,可直到现在你只谈了两件,第三件呢?”

赵挥注视着她的脸:“有个哥们儿,要离婚,知道叶律师的大名,让我给您捎话,希望能找时间见个面。”

“生意上门,我见。你把我的号码给他,让他来电话。”

赵挥坐在礁石上,手指间夹着燃着的烟。

他久久地凝望着叶如馨飘逸的身影一点点地变小,远去,直到在视线的尽头消失不见。

在外玩儿了一天的柳媛媛兴高采烈地回来了。

哥嫂这儿是饭馆,父母老宅是旅馆,除了吃饭和睡觉,她很少有大块的时间安静地待在一个地方。一天到晚在外面疯跑,谁也不清楚她究竟在忙些什么。这就是柳媛媛毕业回家以来的生活内容。

饭桌上,柳媛媛兴奋地谈起野餐的乐趣。谈着谈着,眼睛突然对准叶如馨:“哎,嫂子,你在帮黄农大哥打官司啊?”

“你认识黄农?”如馨意外,反问。

“今天跟我们一起玩儿的一个小伙子呀，大哥就是那个大款呀，开名车，住海边别墅，算是个老帅哥吧，听说他离婚了，现在还单身吗？”柳媛媛饶有兴致，刨根问底。

如馨问：“打听这个干什么？”

“没想干什么。”柳媛媛笑着说，“黄农见了他哥就像老鼠见了猫，因为头发染成金黄色怕他哥骂他，老远就用报纸把脸盖起来，浑水摸鱼总算没让他哥看见他。”

如馨想起今天在沙滩上，那群奇装异服的青年男女里，确实有那么一个人一直用报纸挡在脑袋上。不过当时她没在意，赵挥也没注意而已。

如馨问：“你跟黄农怎么认识的？”

“朋友聚会啊，认识一个星期了。”

如馨不客气地说：“听我一句忠告，一个不良青年，离他远点。”

“你为什么这样说？”柳媛媛瞪大眼睛，不高兴了。

“你嫂子说得没错，”柳志文在旁插话道，“因为他哥输了官司，那小子砸过你嫂子的车，媛媛，说你是为你好，以后少跟这种人在一起混。”

柳媛媛争辩道：“肯定是你们搞错了！嫂子，你问清楚了？砸车那小子是黄农？他是个很有礼貌的人，怎么会呢？别冤枉好人。”

张金芳替女儿打圆场：“是啊，志文，如馨，没弄错吗？是一个人吗？”

如馨对小姑子道：“我是为你好，听不听在你。”

柳媛媛却不依不饶：“嫂子，既然他都砸你车了，你为什么还要帮他哥打官司？”

柳志文笑道：“这怎么可能？你嫂子刚代理完他前妻，案子已经结束了。”

“那就奇怪了，嫂子，那你为什么说他是当事人？”

如馨神色平静，不露声色：“我有说过吗？你听错了吧？”

“没错，你说‘跟当事人谈点事’，我记得很清楚，错不了。”

如馨巧言辩道：“我说的是‘谈点当事人的事’，你听反了，还嘴硬！”

柳媛媛摸摸脑袋：“难道真是我听错啦？”

柳志文不解地望着妻子：“怎么回事？你跟他哥在一块儿啊？什么事啊？”

如馨道：“今天赵挥找到我，想问些他前妻的事儿。”

“你跟他说什么啦？”柳志文问，“你得注意自己的身份。”

“当然，我什么也不可能跟他说，这点职业道德还是有的。”

柳志文哼了一声，“这小子，手伸得也够长的了。”

“可以理解，”如馨说，“一个执著的男人，为了女儿什么事都肯做。换了你，你也会的。”

“往我身上扯什么呀，媛媛，吃好没？走，老哥送你回去。”柳志文推开碗，离开饭桌。

这时如馨感觉一双眼睛盯着自己，抬头一看，正是张金芳那双含着幽怨的眼睛。婆婆的眼神发出微妙的警告：不要在儿子面前提什么“女儿”这类字眼儿。如馨内心里叹一口气，躲开婆婆的注视，起身离开。

饭桌另一边，柳洪亮向女儿道：“媛媛，这些日子你天天往外跑，工作找得怎么样啦？有眉目吗？”

柳媛媛笑着说：“老爸，您现在不在位子上了，工作的事我就别跟您谈了，说了您也帮不上忙哦。”

“死丫头！”柳洪亮将筷子一搁，佯怒道，“老爸没用处了，就连话也不愿多讲一句是吧？”

柳媛媛挽住爸爸的胳膊，把脑袋靠在爸爸肩上，亲昵地撒娇：“爸爸，我这是孝顺您哦，不想让您担心嘛，您只管在家安心养病，您的女儿肯定会找到让您满意的工作的，虎父无犬女嘛，OK？”

柳洪亮转怒为喜。

饭后，柳志文送柳媛媛去了。如馨将自己关在书房，打开电脑。她仔细搜索关于试管婴儿的信息，查找相关代孕的信息。张金芳端着茶壶进来给她的杯子续水，还未走近，如馨就迅速关掉正在查看的界面。

“还在工作？”张金芳关切地问她。

“上网看点东西。”如馨头也不回。

“别累着，电脑有辐射，看一会儿就歇着吧。”张金芳说。

“知道了。噢，对了，妈，”如馨忽然回过头看着婆婆，“有句话我想跟您说，其实，您不用在志文面前那么小心翼翼的，志文他……”

“他怎么？”

“他心理素质好着呢，不会那么容易就受什么伤害的。”

张金芳长叹一声，黯然道：“馨，志文是我生的，我养的，我的儿子我了解。他表面很乐观，大大咧咧什么也不在乎，其实内心还不知道有多难受，多痛苦。谁摊上了这事都好过不了，他只是不说出来罢了。前天他陪我去买菜，在菜市场看到一个三岁大的小孩子，志文不停地扭头瞅着人家看，当时你知道我心里什么滋味吗？恨不能把所有的病都害到我身上，只要让我儿子能够好好的……”

“妈，别难过了，我知道了。”

“馨，妈知道让你受委屈了……”

类似的话如馨已听得很麻木了。婆婆心里有苦,可以随时在她面前掉眼泪,随时哭。可她呢?不仅要忍自己的痛苦,还必须忍婆婆的眼泪。她也很孤独,很郁闷,很想哭,可她的眼泪流给谁?她要承受双份的痛苦。她欠了柳家,欠他们一个孩子,而婆婆却要反过来处处给她赔着小心。她对不起婆婆,对不起柳家,她必须力所能及地补偿。从这天开始,如馨每晚都要钻在书房上网查信息,支撑着她的只有一个信念:必须把这个孩子制造出来,还柳家一条血脉,找回属于自己的安宁。

第十三章

1

清晨的阳光划过精致的餐桌，早饭时刻，一家人围桌而坐。

这时候，如馨的手机忽然响了。她看了一眼来电，立即拿起来走向书房。

从书房出来，如馨告诉大家，有点儿事，一会儿得出去。今天周六，柳志文刚好又不用加班，原打算陪老婆出去逛逛街什么的，看样子就省了吧。没办法，不是冤家不聚头，她有时间的时候他没有，他有时间的时候她没有，只能下次了。

换了衣服从家里出来，如馨开着车子直奔“竞天”研究中心。

“竞天”是一幢独立的七层楼。赵挥的办公室就在顶层，宽敞的办公环境几乎占据了整整一层楼的面积。如馨已数次走进过这幢建筑，但乘电梯一直升向最顶层，今天还是第一次。

赵挥的办公室分为两个区域。一个属于封闭的空间，也是正常办公的地方。通过一扇宽大的雕花木门，则可以进入一个被无框玻璃制成的巨大的玻璃房间。在这间巨大的玻璃房里，俯视可见碧蓝的大海，仰头可望日月星辰，中央有一座假山，潺潺流水之声不绝于耳。而假山周围，则布满奇花异草，置身于百花丛中，芳香缭绕，恍若梦境。

听到客人进门，正在浇花的赵挥从花丛中走出来。

在他的招呼下，如馨顺着声音穿过雕花木门，来到“植物园”。

一棵巨大的绿树下，一张照得见人影的雕花小圆桌，一对雕花椅，如馨坐下了。

赵挥一身休闲打扮，手里还拎着水壶，走过来浇灌她身旁的一些花草。

圆桌上，摆着一只厚厚的档案袋。

赵挥指指它:“简历、照片、体检报告,资料相当全面,这是一家代孕机构提供的志愿者,我已进行了初步选拔,装在里面的都是精品,至于精品里的精品,最终决定权在你手里。”

“我得拿回去认真仔细地研究比较,才能决定。”

“当然,”赵挥淡淡一笑,“时间由你自己定。如果改变主意了,现在还不晚。”

如馨无奈地一笑:“既然上了船,还是往前走吧。一定要到对岸去,不能不等船开就回头,回到原地一切还是老样子,对人对己都没法交代。”

“好吧,叶律师,你的事你自己做主,”赵挥道,“我的专家组随时为你提供服务。”

如馨将全部资料装了起来,起身离去。

周末的律师楼静悄悄的。如馨埋头伏案,钻研卷宗一样研究从赵挥那儿带回来的二十几套个人材料。这些志愿者,从二十岁到三十五岁,学历从低到高,相貌各有千秋,从出身到所受教育,从血型性格到个人喜好,甚至连头发是否鬈曲,肤色是否白皙,都介绍得一丝不苟,清清楚楚。

整整一天的奋战、苦苦思索与层层筛选,如馨终于从中找出了二十四周岁、大学学历、五官端正、面相善良、憨厚质朴的女子周艳。从简历上看,周艳来自农村,自幼成绩优异,应该是个聪明的姑娘。从照片上看,她单纯的眼睛和淳朴的神态,让阅人无数的如馨一眼就可以确定,这是一个理想的代孕妈妈。这个年龄犹如初升的朝阳,完全有足够的精力和体力完成孕育宝宝的使命。

第二天周日,如馨借口与当事人见面,再次从家里出来。在研究中心赵挥那间恍若仙境的花房里,两人背对假山,面向大海,站在窗边就代孕一事的各个环节与细节问题进行了敲定。

“为了避免将来不必要的麻烦,你最好不要跟她见面,一切由我来安排,到时候,你只管来抱孩子就行了。”赵挥说。

“我想过了,赵先生,我不要做什么神秘人物。我必须跟她见面,如果直观感觉不好,还是要换掉。”

“不让见面,你不会放心,那就照你的意思办吧。”

“我不仅要见她,还要跟她交往,相处,我要亲自照料她,全程跟踪,我要让她知道,她帮我孕育孩子,她就是我的亲人。”

赵挥从海面上收回视线,转过身子,目光落向面前的女人。

这个女人,这个不能孕育孩子的女人,有着明星一样的优雅气质,有着如此完美精致的五官,更难得的是,还有一副如此温柔慈善的心肠,和如此难能可贵的责任心。当然,这种事放谁身上,不让全程跟踪都不会放心。

“叶律师,”他望着她,“一切都按你的意思来办。”

“费用呢？怎么谈的？”

“代孕中心原本有可供参考的价格标准,但现在很少有志愿者按标准行事,都是根据各人情况自己开价,周艳要十二万,一口价,孕期消费另算。至于手术费用,我给你打七折,算是个成本费和医务人员的劳务费吧。”

“成！”

“有难度吗？”

如馨笑笑:“忘了站在你面前的是一个还算有点名气的律师吗？在这个行当苦拼了十年哟,而且从来没有做过无偿服务,就连慈善捐赠也是被迫的,从没多出过一分钱。”

赵挥笑了:“对了,优秀法官的背后可能是清贫的生活,律师正相反。优秀的叶律师,上次我那哥们儿找你了吧？”

“噢,见过老陈了。”

“祝贺,又会有一笔钱进账了。”

“祝贺？只是你的一相情愿。”

“有什么变故？陈老大仰慕叶律师的大名已经很久了。”

“你那个哥们儿,我就先不评价他了。只说事实,老陈二十九套房子,七家公司,他让我帮着把几个亿的资产转移并隐藏,目的是让那个即将被他抛弃的妻子一分钱也得不到。我大致了解了一些他的财务状况,很清楚帮了这个忙,就能得到一笔令人心跳的回报。但我也很清楚,帮了他这个忙,我必须违背自己的良心,虽然我很愿意赚钱,但这件事太残忍了,我没法强迫自己,所以委托协议我没签,我的理由是太忙,没时间。”

“看来你是一个任性的女人,这样的律师不多见啊,据我所知,想代理他这个事的律师早已排起了长队。”

“律师不是天使,也不是魔鬼。这一行说到底还是个服务行业,具备一切商业行业的商业特征,同行们怎么选择,自有他们的道理。我不做的,不反对同行这么做,不过还是挺高兴的,你这哥们儿给我的同行们提供了一次暴利机会。”

“不管怎么说,我得谢谢你。”赵挥笑道。

“为什么谢我？”

“就我个人来讲,曾经很依赖律师,也一度对律师反感。但从你身上,我看到了律师行业里还有净土,有美好的东西存在,所以要谢啊。”

“看来你奉承女人还是蛮有技巧的。”她笑了。这个男人的话还是蛮中听的,她喜欢听。

“不奉承，心里话。”

“是吗？这说明我可能越来越不适合干这一行了。你对律师有这么大的成见，我能理解，如今律师的信誉度越来越低，整个社会差不多要将律师妖魔化了，有时候我也为此困惑、迷惘。”

“你也会有如此悲观的想法？对你们这一行业？”

“任何一个有良知的律师，都会有这样的想法。”

“有没有想过改行？”

“中毒太深，除了帮人打官司，我不知道自己还能做什么。”

这一刻，可能是同病相怜的缘故，也可能彼此获悉了对方不为人知的隐私和秘密，如馨有一种感觉，两个原本陌生甚至敌对的人，一下子被拉近了距离，颇有些惺惺相惜。人与人之间的关系真是奇异，难道，这就是缘分？

夕阳斜照，赵挥一动不动地站在窗边，目视叶如馨的汽车驶离研究中心的大院，直到消失在车水马龙之中。

2

在一间狭窄的阳光无法照进的出租屋里，叶如馨见到了周艳。

周艳本人比照片更显端正，只是陈旧朴素的衣着，着实令如馨吃惊。当然，如果有钱，没有哪个女人愿意做这种事情。如馨简单地介绍了一下自己，自然用的是假名，职业身份进行了巧妙的隐瞒。周艳十分善解人意，静静地听她介绍完毕，轻声说：“大姐，其实我并不想知道您的情况，您也没有必要让我知道。”

如馨道：“但我想知道你为什么要这么做？你介意吗？”

“没关系，我可以让您知道。”

周艳出生于偏远农村，自幼亡父，与母亲相依为命。在艰苦的环境里，周艳刻苦学习，最终以优异的成绩考取×市一所大学。这时周艳的梦想很单纯，就是毕业后在城市找一份好工作，把母亲接到身边，让母亲过几年轻松日子。然而不幸的是，毕业前夕，积劳成疾的母亲突患肾病，巨额医疗费像山一样压向这个家庭。走出校门两年后，周艳尽管不分白天黑夜拼命工作，四处兼职，但仍然是债台高筑，无以偿还。到了今年，医生说母亲的肾病必须进行开刀手术，只有手术才有希望保肾。而巨额手术费则使她们望而却步，因为再也借不到一块钱了。

"妈妈含辛茹苦把我拉扯大,如今我是这个家的顶梁柱,如果我不能够有所作为,妈妈就会倒下,这个家也就完了。"周艳平静地说。

"没想过别的办法?"

"想过。我们这样刚走出校门不久的,马上找到高薪工作那是不现实的。就算找到高薪工作,也不可能很快就有一笔救命的钱。曾经有个男人愿给我妈治病,但他提出的条件让我无法接受。我也是在想过很多办法之后,最终发现代孕是最合适我的。一方面帮助母亲挺过劫难,另一方面帮助不能生育的夫妇圆梦,两全其美。"

"你有男朋友吗?"

"谈过,大学同学,分手了,他家里让他出国。"

"现在谁在家照顾妈妈?"

"我小姨。"

"这件事家里不知道吧?"

"不敢让任何人知道,因为很少有人会理解的。"

周艳的眼底深处有一缕隐隐忧郁,但脸上却是一种超乎寻常的平静。看得出,这是一个个性坚强的女孩,她没被困难击倒,没有向现实屈服,而是在千方百计用自己可以接受的方式与命运进行着顽强抗争。

如馨望着她,心里充满了同情和爱怜:"你真的已经考虑好啦?"

"这是深思熟虑的结果,我会坚持到底,为我自己,也为您。"

为了万无一失,如馨拿出专业的调查功夫进行了相关调查,周艳所说完全属实。

很快,叶如馨与周艳签署了一份"爱心协议":

借用子宫,通过人工辅助生育技术生子。酬金十二万。孩子与子宫主人没有血缘关系。合同签字后预付定金三万,怀孕六个月再付六万,孩子落地付清余款。怀孕期间一切费用由如馨承担。等到孩子生下来,完成亲子鉴定后,代孕妈妈永远不能去看望她产下的婴儿……

从字面上看,这是一份相当规范的合同。

从律师的角度看,又是一份相当荒唐的协议。

就这个问题,如馨特意跟周艳谈过。

"其实,这只是一份君子协定,需要的是我们两个人以人格来遵守。在法律上,它不具备任何意义。如果发生纠纷,法院是不会立案的。"

周艳很明白,也很坦白:"这我知道,之前我也咨询过律师。这种协议不受法律保护,而法律保护的通常是权益受损一方,在这件事上,弱势的一方是我,法院不立案，就是说我不会受到法律保护。不论是您违约还是我违约，您至多不过损失一点定金，而最终受损、受伤害的是我。我的愿望是给妈妈挣到救命钱，所以只要您不违约，我发誓会坚持到最后一刻。再说，协议本身就是防小人不防君子，我相信您！”

一个年纪轻轻的女孩儿，能说出这番话，能看得如此通透，如馨也就不再有顾虑。

“就她了，我看人一向很准的。”如馨发信息给赵挥。

之后的一段时间，如馨一个人悄悄地频繁往返于“竞天”。在教授的安排下，该她做的，都做了。可以说万事俱备，只欠东风了。

晚饭后，柳志文陪着父母看电视。叶如馨泡在卧室卫生间的浴缸里。轻柔的音乐在耳边响着，在轻柔温暖的水里，如馨昏昏欲睡，浑身泡得软绵绵，香喷喷。从浴缸里爬出来，只穿了睡衣，一个人上床睡去。不知过了多久，柳志文从外面进来，冲过澡在她身边躺下。台灯的柔和光线下，他看到她的肌肤闪着时令水果一般细腻干净的光泽，不由得一阵冲动。他轻轻拍拍她的脸：“睡着啦？”

“嗯。”她翻过身去。

“我睡不着啊，怎么办？老婆，打扑克好不好？”

以往每当如馨睡不着时，他就会主动陪她打扑克。谁输就脱一件衣服，一件件脱光了，最终的结局是相拥缠绵，直到筋疲力尽时睡去。玩儿扑克，也成了这对夫妻守在心里具有特殊含义的游戏，调情的小道具，只有他们自己才能懂得的幸福和甜蜜。

“不啦，太困了。”如馨婉拒了。

“真不够意思了，下次我会报复你的。”他按下体内的冲动，贴着她的后背睡去。

次日一早，柳志文还在睡梦中，叶如馨已早早地醒了。

她把胳膊支在他胸上，用一绺长发在他脸上轻轻地扫着。

“干什么呀？还困着呢。”他推开她，翻过身去。

“还真要报复我啊？”她笑了，“报复不要如此急切哦，不要这么小心眼儿哦，睁眼睛哦，看看我的新内衣好不好看。”她一只手臂搭在他胸上，有一点儿撒娇，有一点儿挑逗。

“有什么好看的，去去去，睡完了再看。”

“不行，一定要看嘛。”她丰满的双乳紧紧贴着他的脸，一边拉着他的手，在她身体上滑动。

呼吸着这个女人特有的芳香，柳志文哪里还能有丁点儿睡意，全身的血液都在这一刻沸腾起来。而叶如馨，不失时机地从枕下摸出安全套，体贴地帮他戴好。柳志文纳闷，干吗要用这个？不是多此一举？如馨撒着娇解释，这两天正好是危险期，医生交代过了，万一有漏网之鱼，会造成畸胎流产，会让我白受罪的。昏头涨脑的柳志文没细追究，激情和疯狂过后，她又小心地帮他摘下，而他则通常要小憩两三分钟后才会去冲澡。借这工夫，如馨悄悄地将"猎获物"送往卫生间，迅速放入从研究中心带回来的无菌器皿中。大约二十多分钟后，如馨梳洗完毕，匆匆吃过早餐，借口与当事人约好谈事，提前从家里出来。做好这一切，神不知鬼不觉，天衣无缝，自然而然，不露痕迹。

从如馨体内获取的卵子经过营养液浸泡后，黄教授将柳志文的精子加入营养器。不久，有八个卵子受精成功。在周艳进手术室前，赵挥问如馨，如果后悔还来得及。如馨坚定地摇摇头，她早已决定豁出去了。她又以同样的话问过周艳，周艳也坚定地摇摇头。一个为给妈妈筹钱治病，一个为自己和丈夫留下血脉，为促成两个美好的心愿，这一刻两个女人的心灵似乎已经相通，紧紧地连在一起。

在等待周艳实施手术的时间里，如馨坐在赵挥办公室的沙发上，双目紧闭，大脑里一片空白。赵挥安慰她道："你不用这么紧张，创造生命是一个神奇的过程，更何况你是为了一个美好的心愿。"

"我就是觉得心里不是滋味。"如馨如实道。

"你的心情可以理解，虽有遗憾，但没有错。"赵挥说。

"这么大的事，瞒着柳志文，真不知道以后怎么交代。"

赵挥站在窗前，望着远处大海："柳法官的心，就像眼前这大海，他爱你，因此包容你的一切，当然也会理解宽容你所做的一切。你为何不尝试着让心胸也和大海一样，来容纳一切？学会容纳，才会快乐。"

"因为爱，所以容纳。你也一直在容纳，是吗？"她问他。

"有的事情可以容，但不能忍。"他说，"因为无法忍受，我选择离婚。又因为宽容，我依然深爱着幸儿。"

"最近见过孩子吗？"

"如果有可能，我想每天都去看我的幸儿，可现在连探视权都没有。她妈妈不允许她跟我见面，每次去看她，都偷偷摸摸的，我并不怕什么，可怜幸儿每次被她妈妈知道与我见过，等待她的就是一顿训骂和折磨。"

"幸儿过得不好吗？"

"就在前不久，她们突然失踪了。吴远虹带着幸儿搬了家，幸儿还被转了学校。"

如馨十分惊讶："找不到了？"

"我费了好大周折，还是把幸儿找到了。我不可能让孩子离开我的视野。"

"幸儿怎么样？"

"她很不开心。吴远虹视我如敌，不允许孩子跟我见面。"

"共同生活了十多年，吴远虹应该很了解你的为人啊。"

"正因为太了解，她知道我放不下，所以才折磨我。"

"这个女人真不可思议。"

"所以，我愿意不惜一切代价想要女儿回到身边。"

3

周艳接受移植的两周后，如馨陪她去检查，黄教授发现她体内有一个正常的胎囊。这意味着受精卵已经成功着床。周艳依然十分平静，如馨难抑兴奋的心情。她忍不住向黄教授道谢。黄教授依然淡淡地说，通常做这样的手术，要到香港或是国外，在这里，叶女士是第一例，也是最后一例。如果不是董事长的特权和特批，没有人敢实施这一违规手术的。

"所以，要谢的话你该谢我们的董事长。"黄教授说。

如馨没多说什么。心里想，你无非是想让我知道你们是遵纪守法的正规机构，或许你们会对任何一位患者都会说"你是唯一一例"，我当然理解。不管怎么说，向做妈妈的愿望迈出了至关重要的一步，她心里还是对赵挥充满了感激。

叶如馨和柳志文结婚之初，作为过渡，曾购买了一套两居室的二手房。后来买了大房子搬家之后，旧房就闲置下来。如馨原打算安排周艳住在那里，自家的房子，也就省了一份租金，因为周艳自己的小租屋确实不利于孕妇生活。然而那套旧房由于位置较偏，从律师所到那儿开车至少要五十多分钟，考虑到自己要利用上班时间见缝插针地过去照料，如馨有所犹豫，心想是不是在律师所附近租套住房。赵挥得知这一情况，二话不说要将一套空房子借给她。这套公寓离律师所不远，毗邻樱花公园，周围环境优雅，正是理想的住所。如馨却觉得这件事本身已为赵挥添了太多麻烦，于是坚持出一份租金，赵挥也就没有拒绝。

寓所十分宽敞，装修豪华精致，周艳第一次走进去，有点不敢相信自己的眼睛：有钱人就是在这么精致的空间里过日子的吗？安排周艳住下之后，如馨每天都要过来看望，每周陪她到研究中心进行观察和检查。三个月后，黄教授告诉她，胎儿一切正常，下个阶段检查可以直接去妇产科了。也就是说，胚胎移植十分成功，如果不出意外，再有七个月，一个流淌着自己和丈夫血脉的婴儿将要诞生了。

如馨十分激动，她很想把这一喜讯告诉婆婆。但她最终以理智克制了自己。就算张金芳能够理解儿媳曾经的欺瞒，最终接受了这一现状，但柳志文未必能够理解。到时候，柳家人会怎么看她？走漏了消息，街坊邻居会怎么看她？万一流言传来传去，自己和柳志文若被人误解和猜疑，一世清白是否会毁于一旦？还有，将来孩子长大了，万一问起自己的出生，自己又该如何面对？如何回答？

这是个秘密，最好不要戳穿。如果能够，她愿意在几十年后把它带进坟墓。

生活里有了这码事，原本就忙碌的如馨律师愈发忙碌。在这个天蓝如洗的秋天里，如馨格外地忙碌，空前地忙碌，比以往任何时候都要更加忙碌。

每天早晨，如馨尽可能提前从家里出来，先开车去一趟超市或市场，买了新鲜的肉、蛋、蔬菜、水果等各类食品，送往周艳住处。然后把一天的饮食根据合理的营养搭配，详细记在一张白纸上，交给周艳，要求她照谱进食。从周艳那儿出来，又匆匆忙忙赶往律师所。阅卷，写材料，见当事人，调查，取证，出庭，与法官吃饭，应酬等等。不管多忙，每晚回家前，她都要抽空打个电话给周艳，问她有没有不舒服，有没有异常感觉。只有听到周艳报来的平安消息，她才能放心地走进自己的家门。

有一次，如馨刚刚进了家门，周艳忽然来个电话，说有点头晕，如馨一惊，立即返身下楼，开车奔去。柳家人见此情景，面面相觑，不知道她的哪位"当事人"又突发了什么急事。慌忙赶去后，发现周艳因为妊娠反应，呕吐过度，腹内无食导致瞬间眩晕，如馨立即下厨，按照孕妇的口味，做了两个清淡可口的菜，看着周艳一口一口吃下。随后，又把水果洗净切开，放在雪白的盘子里端给周艳，叮嘱她饭后半小时吃了。

照顾孕妇，如馨并无经验。她忙里偷闲抱着孕妇必读类书籍猛啃，现学现卖，就像侍候公主一样侍候着周艳。在她的精心调理和照顾下，在这个陌生但舒适优雅的环境里，周艳过着简单而有规律的生活，听音乐，散步，尽量保持舒畅快乐的心情，居然也能有滋有味。

周艳的生活稳定了，如馨的生活秩序完全被打乱了。为了周艳腹内的那个小生命，仅仅三个月，如馨瘦了一圈。以前总是想着如何锻炼，如何控制食量，以达到减肥效果。如今，什么锻炼、排毒全都省了。

4

柳家人明显感到了如馨的忙碌。但谁也不知道她究竟在忙什么。张金芳偶尔问起，如馨胡乱找个借口，搪塞一下。就这样，为了家里的平衡不被破坏，如馨需要不断地撒谎，甚至编故事，以掩盖自己的反常。

“知不知道你嫂子最近在忙什么？整天早出晚归的，是不是有什么事？”提起儿媳，张金芳忧心忡忡。

柳媛媛笑嘻嘻地说：“我估摸着，嫂子会不会被什么神秘组织给控制了？”

“笑话！”柳洪亮反驳，“谁去参加这些组织，如馨也不会，如馨是什么样的人，还要我多说吗？不要瞎胡猜疑了，没事找事。”

张金芳说：“我这不是关心她嘛，唉，这孩子有什么事总是自己一个人扛，从来不跟家里说，跟她亲妈都不说。”

柳洪亮说：“她妈不说了吗？如馨从小就这样，太独立了，谁都拿她没辙，现在你还想改变她？”

柳媛媛笑道：“嫂子这独立精神，我都佩服，你们就别闲吃萝卜淡操心啦。”

正在这时门锁忽然转动，柳志文进门了。室内讨论戛然而止，三人立即各就各位，换了话题。类似的讨论，不仅要背着儿媳，还要背着儿子。柳志文最不喜欢家人对如馨指指点点，妄加评论。好听的话自然没问题，若是负面议论，让他听到，轻则制止，重则生气。一直以来，在他眼里，如馨都是一个完美的女人，听不得任何人说她不好。当初从谈恋爱开始，张金芳对如馨就看不顺眼，千方百计制造种种障碍，阻挠儿子娶她进门，多年来双方积怨颇深。后来柳洪亮中风，行动不便，为了照顾老人，如馨抛开恩怨，不计前嫌，接了公婆进门，孝顺有加。实话实说，由于习惯的差异，两代人住一起确有诸多不便之处，但共同生活一年多来，只要婆婆不主动找碴儿，如馨从来不曾对公婆说过半个不字，也不曾在柳志文面前流露半句怨言。因此在柳志文看来，如馨不论作为妻子，还是儿媳，她都无可挑剔。因此他甘愿在父母面前替妻子承揽“不孕”的“罪责”，也不愿从亲人口里听到任何对妻子的猜测和指责。

不过，对如馨近段时间的“异动”，柳志文并非没有感觉。

“最近又代理新案了吗？”晚上两个人在一起时，他自然而然地问起。

“新的没有，旧的也没少。一个字，忙，脚打后脑勺儿，一塌糊涂。”

柳志文靠着床头翻书:“有大案?”

如馨对着梳妆镜往脸上拍爽肤水:“有一个大的找上门来让我给推了,不过你也知道,越小的越费劲,等手里这几个了结了,我得休整一段,不能再这么拼命了,太累,受不了。”

“你能这样想再好不过,我是求之不得,每天都盼着老婆能轻松下来。嗨,这是怎么啦,美女不躺身边,这觉还睡不着,来吧,睡觉吧。”

“肉不肉麻呀,浑身起鸡皮疙瘩啦……”如馨从卫生间出来,换了睡衣,在他身边乖乖躺下。

如馨一觉醒来,天已亮了。柳志文还在酣睡中。她侧着身子,眼睛一眨不眨盯着他的脸,看着他孩子一样毫不设防的睡相,凝视着他端正俊朗的五官,情不自禁又想到周艳腹内那个还在孕育中的小生命。

那个小生命,还没有出生,但她不知不觉已经深深地爱上了它。不久的将来,它就要来了。长得像谁?像爸爸?还是自己?爸爸英俊,妈妈漂亮,如果女孩就一定是个美人坯子,男孩就不用说了,帅哥一个啊。爸爸智商不低,自己也不差啊,孩子一定会很聪明。爸爸心地善良,为人正派,自己也不是恶人,品性方面也一定差不了。尤其重要的是,研究所给精心地进行了基因筛选,毋庸置疑这个孩子继承了父母的全部优秀基因,这就是试管的最大益处啊。

以前,一想到自己不能孕育孩子,如馨就会深切感受到来自内心的痛苦,来自生命深处地疼,尖锐地揪心扯肺地疼痛。现在,这种痛苦和疼痛的感觉已经完全地淡化了,消失了。取而代之的是不安,是好奇,是激动,甚至兴奋,期盼!她不能生育,但可以制造生命。她亲手制造了一个流淌着自己和丈夫骨血的崭新的生命。这是一件多么神奇的事,这一成就和喜悦感空前绝后,无可替代,任何工作上的成就与之比起,都已经微不足道。

想到这里,原本爱笑的如馨,此时此刻更是情不自禁地笑得合不拢嘴,每时每刻都想哼小调,唱着歌过日子。

柳志文在老婆的笑声里醒了。

“做什么美梦了?”他问。

“梦见我们有了一个孩子。”她的声音里充满了柔情。

“捡的吧?”他笑了。

“对。”她趴在他耳边,“老公,假设我们真的有了小孩,你是不是很开心?很喜欢?”

“哎呀,别谈这个话题了,我不爱听。”

“假设呢?说不定哪天机缘降临,有个婴儿会从天而降,被我们收养了呢。如果有孩子,你想给取什么名字?”

“我从来没想过这个问题。”柳志文翻身下床。

“叫奇奇可以吗?”如馨睁着一双大眼睛,对未来充满了憧憬。

这个孩子的诞生将是一个奇迹。因为他(她)有两个母亲:卵子母亲和子宫母亲。如果男孩,就叫奇奇。如果女孩,就叫琦琦。他(她),就是一个奇迹。

“别发呆了,快起床帮妈做饭去。”柳志文从卫生间出来,换了衣服离开卧室。

如馨听到从厨房里传出的锅铲声,一骨碌从床上爬起来,三下五去二穿好衣服。

第十四章

1

接见完当事人,如馨利用吃午饭的工夫去了一趟商场。在妇幼用品专柜为周艳选了两件孕妇装,看到花花绿绿的婴儿装,甚是可爱,忍不住买了几套。这是她第一次逛妇幼店,选婴儿服时,尽管毫无经验,心里依然充满了母亲的柔情。看到一位妈妈正在为一岁的宝宝挑选衣服,如馨不由得盯着这个幼儿看了半天。对方友好地问她:"宝宝多大了?"

如馨笑笑:"还没出生呢。"

对方的目光在如馨平坦的腹部扫了扫:"还早吧?"

如馨尴尬地笑笑:"到明年了。"

对方热情地拿起如馨挑选的小衣服,建议道:"这套大了,刚出生的婴儿根本穿不了,你应该买这种……"

"噢,我等宝宝长大了再穿。"如馨红着脸离开了。

这天回到家,一进门张金芳就看到儿媳手里拎着的商场购物袋子,便关切地问了句逛商场的事。想到婆婆一度最爱逛婴幼商店,如馨着实想让婆婆高兴一下,于是兴冲冲地打开袋子:"妈,来,看我买什么啦?"

如馨拉着婆婆走进卧室,将战利品一一摆在床上。当然,周艳的孕妇装已经送走了。

出乎意料的是,一看到这些婴儿用品,张金芳的脸一下子拉长了,眼神里的关切转瞬没了踪影。她一屁股在床沿上坐下,沉着脸半天不说一句话。

如馨措手不及,忙问:"妈,您怎么啦?不舒服吗?"

"买这些东西干什么?"沉默了好一会儿,张金芳突然问道。

“妈,您不是挺喜欢这些东西吗?您以前不是总买吗?我想让您高兴一下。”如馨小声地解释。

“如馨,我还能高兴得起来吗?看到这些东西我心中只有堵!”张金芳一手捂住了脸,眼泪已从指缝中渗下。

“妈,别这样……”如馨的心一下冷了半截,也一下子意识到了自己的鲁莽。这些婆婆曾经钟爱的东西,此时此刻已成了尖尖的针刺,刺得婆婆那颗伤痛不堪的心再次流血。她忙随机应变,“妈,我是说,我们以后肯定会抱养一个宝宝的,您不是一直这样想吗?”

张金芳擦一把眼泪,长叹一声,反过来安慰儿媳:“馨,妈一时冲动,没克制住,对了,以后一定抱一个,一定是个聪明漂亮的。”

“妈,我现在正在委托一些朋友,打听领养的事儿呢,您耐心等着就是了。”如馨给婆婆打预防针。

张金芳感动不已:“好媳妇,好闺女,只要你能这么想,妈还有啥不同意的?妈对不住你了……”

“妈,就别再说这样的话了,您越这样我越难受。其实我自己并不是很在乎有没有孩子,就算抱一个来,也是为了您,我知道您喜欢小孩子,真的,您一定得相信我呀,您要总这么难过,我和志文心里永远都不会安宁的。”

“妈是个女人,了解女人的心思,不管怎么说,我们柳家对不住你。”

听着婆婆的话,如馨已经惭愧到麻木。

2

张金芳自然信不过儿媳不在乎有无孩子的说法,她认为那不过是一个女人安慰另一个女人的善意谎言。联想到儿媳近来的早出晚归、行动诡异,张金芳不由留了一个心眼儿,多了一分警觉。趁儿媳上班的时候,张金芳走进儿媳的书房,打开电脑。儿媳经常在夜里盯着电脑一盯就是几个小时,难道电脑里藏有什么秘密?但找来找去,由于电脑里文件过多,张金芳也没能找出什么有价值的东西。

关上电脑,她又拉开书桌下面的抽屉。顺手翻看一摞摞资料文书,除了一些法律方面的东西,她无意中发现了十几页有关试管婴儿的资料。她立即戴上花镜,仔细阅读研究。有些东西看不大明白,为了解开疑问,张金芳带着这些资料来到一家大型专科医院。挂号，排队，终于从一名老专家那里获悉：试管婴儿，作为一种人工辅助生育技术，主要用于男性不育者的妻子借助他人精子通过体外受精的方式达到生育目的……

医生的话像打雷一样，在张金芳头顶击过。

从医院出来，张金芳突然间有了一种大祸临头的感觉。

这一发现毫无疑问使儿媳"不在乎孩子"的谎言不攻自破。这一发现将张金芳推入了痛苦的深渊。她从来就没有放弃过帮助儿子实现拥有孩子的愿望。就算是体外受精，她也无法接受将来的孙子是儿媳和别的男人的骨血。一种羞辱的感觉袭击了她，家门不幸，家庭的耻辱啊。她情愿领养，也不愿这样，这与领养完全有着本质的区别啊。儿媳，你怎么能这样糊弄我们柳家人呢？一番痛苦之后，张金芳再也无法承受。晚上儿媳在家，不便单独与儿子谈话，也为了不让老伴听到后与她一样痛苦，于是，在一个上班的时间，张金芳特意从家里出来，来到儿子所在的法院大门口，打电话把儿子叫了出来。

在一个小饭馆，张金芳母子俩坐在一个安静的隔断间里，母亲郑重地向儿子谈到了自己的重大发现。没料到柳志文听后不以为然，他笑了笑说："妈，吓我一跳，还以为家里出什么大事了呢，就为这事？这也值得大惊小怪？"

"这事还不够大？"张金芳一脸严肃。

"不就在如馨抽屉里发现几页资料吗？这就小题大做，草木皆兵？实话跟你说吧，这事如馨曾跟我提过，被我制止了，我坚决不同意。"柳志文想到如馨曾经提起的找人代孕之事。

"那她什么态度？有没有坚持？"

"她还坚持什么？她很听话，以后再没提过。"

"没提过不等于心里没想。"

"妈，你就别疑神疑鬼了，如馨是那种心口不一的人吗？这是家里的大事，我不同意她敢吗？你放一百二十个心，这事影儿都不会有。"

看儿子说得如此肯定，张金芳一颗心稍稍落了地："那么，是我错怪如馨啦？"

"妈，你就是爱胡思乱想，我再跟你说一遍，如馨真的不在乎，我也不在乎，你以后照顾好我爸，养好你们的身体，一家人好好过日子，这就是我最大的心愿了，别再自寻烦恼了，行吗？"

回到家后左思右想，张金芳还是无法踏实。她把自己关在卧室，打开保险柜，一件件整理自己一生积攒的金银珠宝首饰，还把所有的存折都拿了出来，戴着花镜仔细地翻看。夜里躺在床上，张金芳翻来覆去睡不着。她跟老伴商量："他爸，我想给如馨一些钱，你觉得怎么样？”

“你想用钱拴住她的心？你有多少钱？”

“如馨收入不低，她可能根本瞧不上我那点钱。不过我还是想表示一下我的诚意。”张金芳由衷地说。

“你的诚意为什么到现在才表示？当初俩孩子那么困难，贷款买旧房，我苦苦劝你拿出钱来给他们买房，你死活不肯雪中送炭。现在这是怎么啦？他们什么都不缺了，你却要锦上添花？”

“老头子，你怎能这样说我哪？当时我难道是为了自己吗？我不也是为了儿子吗？那时候鬼迷心窍，总觉得韩晶好，就不想让儿子找律师，我那时候的想法有错吗？这两年跟如馨相处，越来越有了感情，越来越觉得如馨是个好媳妇，当初都是我不好，我对不住孩子，不光我，咱一家都对不住人家，如果志文的病治不好，咱不就等于剥夺了人家生育的权利嘛。这两天我寻思着，咱得补偿人家，拿什么来补偿？除了一辈子积攒的血汗钱，还有更好的表达方式吗？”

“哼，你以为钱就是万能的？依我看，在如馨心里，钱并不是最重要的。如果她的心在这个家里，你就是打，她也不会走。如果心不在了，你就是把你的心掏出来，也留不住。钱算什么东西？她又不缺钱。”

“那你说现在她心里什么最重要？”张金芳可怜巴巴地问。

“孩子们的事，还是由他们自己决定吧，我们呢，顺其自然，别把手伸太长了，自己累，他们也跟着累。睡吧，别瞎琢磨了。”

老头子呼呼地打起了鼾声，张金芳就像中了邪，已经到了后半夜，仍然一点睡意都没有。天快亮时好不容易浅睡一会儿，竟然还做了一个梦，梦见儿媳抱着一个白胖婴儿，这婴儿竟然开口管别的男人叫爸爸。

张金芳思虑再三，决定跟儿媳好好谈谈。这天如馨下班回来，张金芳丢下厨房的活儿，将儿媳叫进卧室。张金芳从保险柜里取出几本存折，还有一堆金戒指、金耳环、金项链，要儿媳收下。如馨十分惊讶。记得柳志文曾说过，以前爸爸挣了钱，回家全部交给妈妈，妈妈把钱存起来，设好密码，将存折藏在一个只有她自己知道的地方，连柳洪亮看一眼也是难上加难。今天这是怎么啦？婆婆竟然把她保存了几十年的存折交到她手里？还有这些黄灿灿的老式首饰，现在谁还戴这个呀？

“妈，您这是干什么？我手上大大小小存折一堆，我管不过来，万一给您弄丢了呢？您还是自己保存吧。”如馨说。

“妈不是让你保管，妈是给你，这上面的钱，是我和你爸一辈子的积蓄，你看看，加起来，这也是个不小的数目了，从今天开始，这些钱都是你的了，妈都送给你，法律上叫赠送吧？无偿赠送，你一定要收下。”

“既然是您们一辈子的钱，我就更不能收了，这算怎么回事？我不要。”如馨态度坚决。心里想，这老太太怎么又犯神经病了？以前如馨用自己的钱买十块钱一斤的水果，婆婆都有意见，现在突然把身家性命拿出来无偿赠送，如此慷慨让人害怕啊。

“你不收，妈心里不踏实。”

如馨心想，我收了，我心里就不踏实了。她笑笑道：“您为什么要把这么多钱都给我？要是媛媛知道了，看您这么偏心她会怎么想？我可落不起这个骂名。”

“我的钱，愿给谁给谁，我有这个权利吧？你们律师都讲究真凭实据，妈今天就给你立个字据，不光这些钱，还有那套老宅，四室两厅，都留给你和志文。媛媛她敢说个不字，她就不是我的女儿！立马把她赶出家门！”

张金芳说着就找了笔和纸，要立下凭证。

由此看来，张金芳重男轻女的思想可是够严重的，儿子和女儿在她心里孰轻孰重，一目了然哪。

如馨还是坚决地制止了她。

如馨简直哭笑不得：“妈，以后的日子还长着呢，您就是要写遗嘱，也不能这么草率，就是分财产，也得当着几个孩子的面，起码要公正，人人信服。就这样子我们俩把门一关事就办了，别人会怎么看我？媛媛会怎么想我？您既然为我好，就得替我想想啊，您把所有的东西都给我，一碗水端不平，不知道内情的还以为我采取了什么胁迫手段呢，这不是让我落骂名吗？”

“妈给你钱，还有一个原因，你拿这些钱想办法说服志文去治病吧，那个什么试管婴儿，不到万不得已，别用那个办法……”婆婆可怜巴巴地求她。

“妈，您想哪儿去了？”如馨坚决否认试管一事，安慰婆婆，“当然啦，我会慢慢劝说志文的，不过这事急不来，慢慢来，好吗？钱的事您不用担心，我和志文有。”

“可是……我觉得还是由我来出这笔钱。”

“钱都是咱一家人的，谁出都一样。妈，行了，以后别提这事了，您的心意我都知道了。您放心吧，我既然嫁到了柳家，这辈子生是柳家的人，死是柳家的鬼，不管发生什么事，我都是柳家的儿媳妇，只要您们不赶我走，我向您保证，我不会离开这个家。”如馨看透了婆婆的心思，自己也心酸。

张金芳拉住儿媳的手，再一次老泪纵横，哽咽着说不出话来。

转过身去，如馨恨不得抽自己耳光。

自己这是造的什么孽，把一个好端端的老太太折磨成这样。

3

深秋一个早晨,如馨走进办公楼,一眼望见吴远虹坐在大厅里。

“有事吗?”如馨拿钥匙开了自己的单间,吴远虹在后面跟进来。

“赵挥上诉了!他铁了心要抢走幸儿,叶律师,我们该怎么办?”

“我们?谁是我们?”如馨拿抹布擦桌子,不冷不热。

“我该怎么办?”

“应诉,用不着跟我说。”

“你怎么这副态度?你赶紧给我出主意啊,我都急死了。”

如馨不理她,拿抹布去了洗手间。洗过回来,吴远虹又道:“叶律师,你说话呀!”

“合作早已结束,上次你也亲口说了,你的家事不用我插手,自己说的话这么快就忘了?”

“我有说过这样的话?这怎么可能?我一直很信任你的呀!”

“你记性不好,我记性不差。对不起,我要工作了。”如馨从柜子里取出卷宗,埋头研究。

“你不能这样撒手不管,我的事你从头到尾最清楚不过,要我重新找律师,把我的隐私重新公布给另外一个人,这对我不公平!”吴远虹愤愤不平。

“这个世界上不公平的事情很多,重要的是心态,你得学会面对。很遗憾,我帮不了你。”

“我要重新委托你,我们重新签协议,酬金提高一倍。”

“这只是你单方面的想法。上次我说过,对离婚案子家庭纠纷已经厌倦,对不起了。”

“你,你,你怎么能这样?”

“你不要过于依赖律师了,其实事情并不复杂,你完全可以不用律师,既节省了开支又保护了隐私,何乐而不为?”

“我要能这样就不会踏进你这个门了。”吴远虹脸色铁青,悻悻而去。

中午吃饭时和同事们聊起来,如馨把吴远虹的案子推荐给另一位律师:“你不是一心想做富翁富婆的生意吗?你上吧?”

不料该律师哈哈一笑:“你厌倦的事,我就更不感兴趣了。吴远虹这个臭名昭著的神经病，一脸恶俗，这种女人我看一眼就烦，我还是躲着点好啊。”

真是怪了，平常到处找案源，这上门的生意却没人做了。如馨从没给所里任何人说过吴远虹的事，想必吴远虹在这个所的“臭名”都是小杨给传的。嘴上没毛的年轻人，有什么办法。

吴远虹的事完全被抛至脑后了。下午一个案子庭审完毕，如馨走出法院大门，边走边往娘家打电话，跟妈妈聊了聊，得知妈妈情况稳定，于是放下这条心，开车去超市买了些水果，又匆匆赶去看望周艳。在周艳所住的银都花园地下停车场，如馨意外地看到柳媛媛。如馨觉得奇怪，问她来这里干什么。柳媛媛反问她：“你来这里干什么？”

如馨心里一哆嗦：“你不是在跟踪我吧？”

柳媛媛十分坦白：“说对了，我确实在跟踪你。”

“为什么？”

“为了你！”柳媛媛注视着嫂子的双眼，“这段时间你早出晚归，神出鬼没，我和爸妈都很担心，担心你让坏人下了迷药，担心你被境外非法组织吸收为成员。”

“妈让你来的？”

“个人行为，跟妈无关。”

“跟踪嫂子到这儿来，有收获吗？”

“有！”柳媛媛干脆利落。

如馨心里一惊，表面仍不动声色：“说说吧，收获了什么？”

“银都花园七号楼三单元 301 房，你知道户主是谁吗？”

“是谁？我怎么会清楚。”如馨心里发虚，嘴上强硬。

“你多次到这里来，不知道户主是谁？那么我告诉你，赵挥，就那个大款。”

“我不明白你在说什么！”如馨继续装糊涂。

“我想知道你和赵挥的关系！”柳媛媛一针见血，毫不手软。

“自己查啊！你都已经跟踪到这儿来了，都查到户主了，怎么没继续查，查查清楚啊？我告诉你，我和赵挥没什么关系！你只看到我进到那个门里，我去那儿干什么，那里面住的什么人，你弄清楚了吗？”如馨强词夺理，故作生气地训斥。

看嫂子如此理直气壮，柳媛媛缓和了态度：“住的什么人？那你去干什么？”

见她这么问，如馨心里便有了底：“周芸一个亲戚，患了肾病，她女儿带着她从外地来看病，通过中介暂时租下这套房子，谁知道这房子就是赵挥的。周芸家离这儿远,工作忙,时间紧张,就拜托我常过来看看,如果不是离律师所近便,我也不会这么好心,我这是磨不开面子呀。”

“真的?”柳媛媛似信非信。

“周芸号码在这儿,你马上打电话给她,亲自问问,”如馨从手机里调出周芸的电话,将手机递向柳媛媛,“来,你打,我帮你打?”

柳媛媛按住了嫂子的手:“算了吧,别打了。”

“你瞧瞧你自己,毕业这么久了,不想着找份工作,整天在外面晃悠,还跟踪上我了,这要传出去,小姑子跟踪嫂子,我身正不怕影子斜,你就不同了,周芸会怎么看你?不怕人家笑话?走吧,既然来了,跟我上楼去,跟周芸的亲戚打个照面。”

如馨锁了汽车,要柳媛媛一块上楼。

“我有什么好怕的?”没想到柳媛媛撅着嘴,居然真的跟着她上了楼。

老天,纯粹的心理战斗啊。

两人一前一后进了电梯。从电梯里出来,距周艳住房每近一步,如馨心里都会多一分不安。她迅速地转动着大脑,如何随机应变,应付即将到来的场面。

到了门口,如馨也刚刚想好了应急措施时,不料就在她举手欲敲门时,柳媛媛突然没了底气,打了退堂鼓:“算了嫂子,我不进去了,我走了。”

“为什么?都到门口了,进去坐会儿吧。”好悬,刚刚到了悬崖边,这一下子竟又安全了。

“算了,对不起啊嫂子,我也不是故意的。其实我没有亲自跟踪你,是我拜托黄农……是他看到你来这里,还查到这是他表哥的房子,我们都觉得很奇怪,所以……”

“别解释了,”如馨皱皱眉,“不跟你说过别跟黄农来往吗?那不是什么好人,跟着他会学坏的!”

这时周艳从里面听到动静,打开房门:“呀,大姐,你来了,赶快进来呀!”

好在这时周艳的腹部还没有明显隆起,柳媛媛看了一眼周艳,这下子更加证实了嫂子的说法,顿时觉得错怪了嫂子,不好意思地向周艳打了一下招呼,找个借口转身逃开了。

关上房门,如馨长长松了口气。虚惊一场,好险呢,万一让柳志文发现,该怎么开口解释?经过这一场惊吓,如馨当机立断:赶紧转移阵地,无论如何这里不能住下去了。

跟周艳说了,周艳并不问原因,十分通情达理:“大姐,住哪儿都成,我听你的安排。”

4

赵挥打来电话,说有事要谈。如馨二话不说约了时间,正好说一下周艳换住处的事。在那间茶楼的老位置,两人面对面坐定,赵挥沉默了一小会儿,开口道:“叶律师,我已经上诉了。”

“嗯,这事我已知道了。”如馨不意外。

“如果孩子跟她妈过得好,我没什么说的。就现在这样子,我放心不下,所以不能轻易放弃。就算胜算微乎其微,我必须尽最大的努力去争取,否则,这辈子我会遗憾的。”

如馨设身处地替他考虑:“我理解你的心情。不过,说句大实话,我还是觉得意义不大。”

赵挥似乎想说什么,却犹豫了一下,点了一支烟。

看着他欲言又止的样子,如馨问:“你有什么想法吗?”

他却说:“电话里你说有事要谈,先谈你的事吧。”

“我想让周艳换个地方,或许更方便一些。”如馨从包里掏出银都的钥匙,推到他面前。

“为什么?”他显然很意外。

“别问原因,好吗?总之,这件事我很感激你。”

赵挥看着她的脸,沉默着,抽完了一支烟。

“你上诉的事,有什么想法?”

赵挥似有难言之隐,犹豫着,还是没有说出来。

如馨推心置腹道:“我曾经代理过吴远虹,所以这次你上诉,从职业道德的角度,我不能给你提供什么帮助,对此我感到很遗憾。不过,既然你走出这一步,尽管希望微乎其微,我还是希望……能够成功。除了你和孩子十年的感情,除了孩子对你的依恋,你至少要证明吴远虹不是一个称职的母亲,要证明她不能给予孩子幸福生活,还有……对了,我和小杨两次在桃花源大门外看到孩子找妈妈,还看到孩子被妈妈呵斥,还有,我被迫无奈在深夜把孩子带回了我的家,这一些,对你都有利,虽然我不能出庭作证,不过你可以找小杨律师,吴远虹的案子是我一手办的,小杨从头到尾没参与,我想,对你来说他是一个很好的证人……”

“谢谢你，叶律师，不管结果如何，我都要试试。好吧，今天先谈到这儿，有事再找你。”赵挥将两张钞票压在桌子一角，起身走了。

前几次两人见面，都是如馨提前离身。今天这样他在她之前离开还是第一次。如馨望着他的背影，一种难以名状的滋味涌上心头。感觉到今天赵挥的状态特别不好，确实与往日有所不同，往日他也在为幸儿的事情苦恼，但从未像今天这样焦虑。他的内心似乎很矛盾，似乎有什么两难的抉择，让他在挣扎中难以取舍。

最近以来，柳媛媛再也不提找工作的事。刚回来时还翻翻招聘广告，还十分关注人才交流会，现在，她已经不屑一顾。看到股市日益火暴，周围无人不谈股炒股，她再也按捺不住，使出三寸不烂之舌，从张金芳手里借出八万元作为本金。以她的话说，哪怕一月挣到百分之十五，也比上班挣工资要多得多。如馨很冷静地给她泼凉水，问她是否做好了赔钱的准备？股票市场变幻莫测，万一投进去血本无归怎么办？柳媛媛说，怕什么，不入虎穴焉得虎子，现在还有谁不买股票啊？你手上的股票不是已经收益惊人了吗？你到底赚了多少钱啊？说出来跟大家分享一下嘛。如馨哼了一声说，几年前熊市中，我手里有一只股票跌掉百分之八十，那时候的折磨煎熬你是没看到，要不是我足够坚强，早跳楼了。柳媛媛不以为然，笑嘻嘻地说，最终还是修成正果啦，熊市中你都过来了，这大牛市让它错过实在太可惜啦。张金芳本对股票毫无兴趣，由于看到身边不断有人从股市上大笔赚钱，又有儿媳长期投资股票的成功范例，为了支持女儿创业，也便顺从了女儿。如馨投资股票，对家里从来报喜不报忧，赔了她一声不吭自己承受，赚了说出跟家人分享，所以在张金芳眼里，儿媳在股票方面的投资一直是成功的。

每日上午九点半至十一点半，下午一点至三点，柳媛媛准时待在父母老屋里，埋头电脑，屁股不离座椅地死盯大盘。每日行情开始之前和结束之后，她还会两眼发直地登陆各类财经网站，分析各类证券信息和金融新闻，一坐就是几个小时。不久柳媛媛给嫂子推荐两只股票，一次次打电话让她尽快全仓买入。如馨根本不当回事，心想小毛丫头胆子未免太大了点吧？刚进股市几天？就敢自充专家给人荐股？任凭柳媛媛磨破嘴皮，如馨就是无动于衷。

不料这丫头确实有点财运，不到一个月工夫，这两只股票竟疯了似的直往上蹿，柳媛媛一下赚了四万块钱，这相当于投入本金的百分之五十，也相当于张金芳一年的退休金。叶如馨吃惊不小，不过仍是不以为然，觉得她误打误撞纯粹靠的狗屎运。而张金芳却对她刮目相看，本来对女儿的行为还持怀疑态度，一看利润如此丰厚,也就没什么说的了。柳媛媛大受鼓励,股票更成了生活中心,以前还逛逛商场泡泡吧什么的,现在这些开销都省了。牛市行情百年不遇,时机好得没法形容,要想赚得更多,就要投得多,她把所有能用上的钱都投入股市,声称年底请父母出境旅游,更大放狂言,不赚回一套高档住宅绝不收手。

5

周末,柳媛媛突然宣布要带男朋友来与家人见面。

如馨大吃一惊,因为此前只以为柳媛媛全心全意地炒股,从未听到过有关恋爱的消息。面对嫂子的疑问,柳媛媛笑着说,我是恋爱炒股两不误,我操作的股票只只都是金股,你是不是觉得不可思议?实话说吧,我们都是跟庄家做的,内部消息全来自男友,两者之间相互促进,共同成长。

听说女儿交的男朋友事业有成,年轻有为,张金芳欢天喜地,早早地起床打扫房间,换衣梳洗,提前准备好了各种海鲜食品,准备款待头一次上门的未来女婿。

在柳媛媛和男朋友进门之前,张金芳就扒在阳台上不时向下张望,当她看到一辆墨绿色的奔驰跑车停在自家楼前,女儿和一个高个儿青年从里面钻出来时,掩饰不住心中喜悦之情,转身对儿媳说:“柳媛媛说得没错,这小伙子肯定很能干,这么年轻就开这么好的车了。”

如馨笑笑道:“是啊,比我和志文都能干,祝贺啦。”

柳洪亮则十分平静,对老伴的表现甚为不屑。

门铃响了,如馨上前开了门。

开门的一瞬间,如馨不由愣住了,这不就是黄农吗?赵挥的表弟,那个砸过自己的车玻璃,打过自己一耳光的不良青年。

柳媛媛正式把男友介绍给家人,同时把家人介绍给男友。然而当介绍到嫂子时,嫂子已经不见了。

“嫂子,嫂子,你躲屋里干什么,来客人了没看见吗?”

如馨拎着包从卧室走出来,冷冷地瞅了黄农一眼,对柳媛媛道:“对不起,我今天还有事,先出去了。”

不顾柳媛媛的诧异、失望和不满,如馨头也不回地离开家门。

当晚，家庭大战不可避免地发生了。如馨一进门，柳媛媛就追到卧室里来，气愤地质问她：“嫂子，你究竟什么意思？既然你有事，就应该早早出去，说好的跟我男朋友一块吃饭，为什么见了人家你又给脸子又变卦？”

“太突然了，我不知道你的男朋友竟然就是这个人。”

“这个人怎么啦？不就是曾经跟你发生过误会吗？你了解他吗？你当时代理他嫂子跟他哥打官司，只听他嫂子一面之词，他嫂子的话你能信吗？可以这么说，那个女人是这个世上最无耻的女人了。”

“吴远虹从来没有跟我说过黄农。我对黄农有看法，完全是他自己造成的，跟别人没关系。再说吴远虹究竟怎么样，你也不能只听黄农一面之词，不要随随便便给人下结论。”

“就算你对他有看法，可也不能这么当面给人难堪呀？人家毕竟上咱的门，起码的礼貌应该有吧？”

“一个流氓兼无赖，值得我跟他礼貌吗？”

“简直是污蔑！”柳媛媛无法接受嫂子的看法，激动地反驳。

“媛媛，我正式警告你，马上跟他分手，你们两个不合适，跟着这个人，你不会有幸福的。”

“气死我了，你怎么能这样说！”

“我不跟你说了，我跟爸妈说去。”如馨出了卧室。

柳媛媛跟了出来：“嫂子，你别胡言乱语，我跟谁谈恋爱，是我自己的事，用不着你管！”

柳洪亮闻言呵斥道：“媛媛，怎么跟嫂子说话呢？”

张金芳从厨房里出来，训斥女儿：“你太过分了啊，你嫂子提出忠告是为你好，如果不是你嫂子，我今天还真让这个无赖蒙混过关了。”

这时柳志文从外面回来，见家里乱成一团，忙问怎么回事。柳媛媛没好气地说：“问你老婆吧，管得也太宽了，我还没有谈恋爱的自由了！”

扔下这句话，柳媛媛摔门而去。

如馨要去追她，被婆婆拉住了：“让她跑，看她能跑哪儿去！”

原来，今天的家宴并没摆成。如馨突然离开后，张金芳立即跑回卧室悄悄打电话给儿媳，询问怎么回事。当得知这个被视为贵宾的家伙果然就是几个月前砸儿媳汽车的流氓，张金芳十分生气，悄悄地告诉了老伴。柳洪亮通过一番对话（盘问），又发现这名青年满口大话，让人心里很不踏实，当即冷下脸来。而张金芳也没有好脸色。黄农尴尬地坐了一会儿，知趣地告辞了。柳媛媛追了出去，到了下午又一个人回来，关在房间里哭了半晌。

第二天一早，如馨怕柳媛媛想不开，开车去了柳家老宅。柳媛媛冷言冷语，根本不听她的解释。柳媛媛和黄农在朋友聚会上认识。黄农对美丽清纯、活泼开朗的柳媛媛一见钟情，当即从朋友手里要到柳媛媛联系方式，第二天就展开热烈追求。而在柳媛媛眼里，黄农高大帅气，衣着时尚，谈吐风趣，尤其他在她面前挥金如土的派头，还有他的名车，虽然他的车是借表哥的，但都为她在小姐妹面前挣足了面子。在朋友们艳羡的目光下，这对金童玉女不由得陷入情网。逛商场，泡酒吧，炒股票，日日泡在一起，全家人都蒙在鼓里。

如馨劝说无效，只好以爸妈要跟她谈话为由，强行把柳媛媛拉上了车，带回家来。关上门，一家人你一言我一语地劝解柳媛媛。

如馨苦口婆心："我看人一向错不了，你要相信嫂子，嫂子真是为你好，你不能再跟他来往了。"

柳洪亮说："你嫂子说得对，关系到终身大事，谈恋爱一定得睁大眼睛，人品不好的，我们绝不能坐视不管！"

"砸玻璃那是一场误会，黄农早跟我解释了，根本就不是他干的，嫂子凭什么咬着人家不放？你们冤枉好人！"

"实话跟你讲吧，就算砸车我没亲手抓住他，那天在庭外，他还打了我一耳光，这事我没跟爸妈说，当时跟你哥说了，他那张脸我永生难忘！"

柳志文严肃警告妹妹："窥斑略豹，素质太差了，跟这种人在一起，没有好果子吃的。"

柳媛媛道："哥，你就别说我了，当初你跟嫂子在一起，爸妈都反对，你们现在不是过得很好吗？当初只有我坚定地站在你们这一边，现在轮到我了，你怎么反戈一击呢？"

当着如馨提到往事，张金芳自然觉得尴尬，表情也变得不自然。柳洪亮当初在儿子的婚事上虽然没有竭力反对，但中立态度也让他抱愧在心。

柳志文呵斥妹妹："这两码事，别往我和你嫂子身上扯。"

柳媛媛苦恼地说："真不明白你们为什么对人家有这么大的偏见！"

柳洪亮道："不管怎么样，这个人不靠谱，我们不同意，趁早断了！"

见压根儿我说不通，柳媛媛甩着眼泪，愤愤地出去了。

看女儿哭哭啼啼的，一张小脸一夜之间竟又小了一圈，张金芳着实心疼。她劝老伴道："媛媛这股热乎劲一时退不下来，我们得慢慢来，不能伤了媛媛的心。"

第十五章

1

一连三天,不见柳媛媛人影。打电话,她根本就不接。张金芳急得像热锅上的蚂蚁,跑回老宅去,发现柳媛媛关着门在房间里睡觉,看到妈妈,委屈的眼泪一下子流出来。望着女儿憔悴的脸,看到女儿如此痛苦,张金芳心里不是滋味。回到家,她开始劝老伴:“我们也不能一棒子打死人哪,那小子跟如馨发生冲突,那是有原因的,年轻人,热血冲动,难免做出出格的事,我们也不能因为这一件事把人给判了刑吧?”

而这时,黄农多次打电话给张金芳,一遍遍解释误会,表示决心,甚至要登门向如馨道歉,恳求原谅。这让张金芳不禁有些感动,人家家里那么有钱,为了爱情能做到这一步也真是不容易。她对老伴说,如今我们家已经败落,女儿找一个条件这么好的,也算是幸事了,只要他真心待女儿,一辈子能对女儿好,我们也就认了吧。

然而,柳洪亮不为所动。他说:“一眼就看出这个青年不是踏踏实实的人,女儿嫁给这样的人不会有幸福可言,这和条件好不好没有关系。”

张金芳继续劝解:“青年人头脑冲动,犯了错误不足为怪。只要能真心悔改,还是好人,媛媛认定了他,与其让他们这么痛苦,不如成全了他们。”

看到婆婆已经妥协,如馨不禁怀疑自己的判断是否有误。吴远虹的为人做派的确不敢恭维,自己帮这样一个女人争得了财产和孩子,黄农自然心中一时气愤难平,为了替表哥出气,失去理智做出过激行为,也算可以原谅。自己不能为了一己之仇,对其持着巨大偏见,如此横加阻止小姑子恋爱,是不是有点过分?

有了这一想法，如馨与柳志文商量，最好找黄农谈谈，一定要把事情弄清楚，顺便从直观上对黄农本人进行了解。柳志文十分赞同，他也觉得有责任去见见黄农，关系到妹妹一生的幸福，盲目地顺从和武断粗暴地反对都是不可取的。

于是打电话给黄农，约了时间，柳志文和如馨决定一起出面，与黄农谈谈。事不凑巧，就在见面之前，柳志文接到法院来电，一个案子的当事人出了点事故，要他赶去处理。柳志文二话不说，将事情托付给如馨，叮嘱她不要冲动，好好谈话，尽可能多地了解这个青年的思想状况。

在一间咖啡店里坐了，见到如馨一个人在座，黄农不由问道："大哥呢？"

"你大哥在你家里，柳志文不是你大哥。"如馨说。

"那柳志文呢？说好他跟我见面，为什么失约？"

"我来是一样的，我们谈谈吧。"

"不一样！叶律师，我跟你没什么好谈的，我只想跟柳家的人谈。"

"我就是柳家的人。"

"我不觉得你就能代表柳家。"

听着黄农骄横的口气，如馨气不打一处来："就你这样子，还指望柳家人同意把女儿嫁给你？"

"我娶老婆，用不着别人同意。"

"那你今天为什么到这儿来？"

"是你们约我的！我可没主动找你们！"

"你会不会说人话？"如馨克制着自己。

"我就这样子说话，怎么着？你这个骚娘儿们，你替那个作恶多端的吴远虹作孽还不够啊？你看我大哥现在被折磨成什么样子啦？孩子跟着那个女人早晚会被毁掉的！你就是凶手之一！"

"别扯那么远，今天来，主要是谈你和柳媛媛的事。"

"我和柳媛媛谈恋爱碍着谁了？叶如馨你这个臭娘儿们凭什么从中作梗横插这一杠子？今天我正式告诉你，我和柳媛媛的事，完全是我们自己的私事，谁要反对我扇谁！"

"你混账！"

黄农指着她的鼻子道："混账的是你！你要再从中使坏，我照样扇你！你信不信？要不要再试试？"

如馨气得浑身发抖，半天说不出话来。

黄农扬长而去。

黄农的无礼蛮横将如馨气坏了。回家当晚，直截了当告诉柳志文："死心吧，媛媛绝对不能嫁给这个人，一个地地道道的流氓加无赖！或许很有钱，但他的素质完全低到了地板上！"

如馨当即把见面的情景如实描述一番。看到妻子受到这番委屈，柳志文十分恼火。第二天一早他专程找到黄农，想问个究竟。黄农一看到他，立刻端茶让水，表现得彬彬有礼，热情周到，说话也十分得体。他不仅深刻忏悔了与如馨曾经的误会，对昨日咖啡店口出狂言要扇如馨的话矢口否认。

"你好像对叶律师意见不小？"柳志文冷着脸，开门见山地问他。

"没有啊？怎么可能？在法院门口的那场误会，昨天在咖啡店我已经跟叶律师解释过了，她已经表示原谅我了，不知大哥怎会有此想法？噢，对了，如果叶律师昨天说的只是客气话，心底里并没有真正原谅我，改天我一定登门致歉，我相信，精诚所至金石为开，我会用实际行动来扭转叶律师对我的偏见。"

柳志文原是要兴师问罪，眼见黄农表现得如此诚恳，心里不由得嘀咕，黄农以前与如馨产生摩擦，是因官司失败而有怨在心。如今一心要与媛媛恋爱，怎么会傻到去当面得罪媛媛的嫂子？但是，自己的妻子又怎么可能杜撰故事给自己听呢？一时间，柳志文对黄农的话将信将疑，一时也判断不出问题究竟出在哪里。

了解到咖啡店的一幕，张金芳自然十分痛心，柳洪亮更加坚定了态度，立即打电话召回女儿，勒令她马上和黄农断绝来往！这事坚决不能成！早断早利索，免得夜长梦多，后患无穷。

柳媛媛不服，强辩道："你们不能只听嫂子一面之词，黄农刚才特意找过我，事实上根本不是嫂子说的那样，黄农是个很有礼貌的人，他怎么可能这样对待嫂子？我不相信！你们要不信就把黄农叫来当面对质！"

如馨气愤地说："真是恶人先告状，这种无赖小人我避之不及，跟他有什么质好对的？我做这一切是为了谁？为了我吗？我不是担心你小姑娘涉世不深，上当受骗吗？你要不听好人言，你就去吧，到时候别哭着回家！"

"不敢对质？这么说是你在说假话吧？我就不明白了你为什么对黄农有这么大的仇恨？我都二十多岁了，就算上当受骗我会为自己负责，不用你瞎操心！"柳媛媛情迷心窍，走火入魔，压根儿什么也听不进。

柳洪亮气得指着女儿大骂："你这个不识好歹的东西，你给我滚！"

张金芳抹着眼泪抚着老伴的胸口："罢了罢了，你消消气，就由她去吧，要是再把你气出个三长两短，这如何是好？"

柳媛媛哭着冲出门去，柳志文忙追了出去。叫住了妹妹。他看着她的眼睛问："媛媛，跟哥说句心里话，你真的喜欢那小子？"

"我爱他！"柳媛媛哭着点点头。

妹妹的泪水让柳志文不由得想起当年，母亲拼命反对自己和如馨的情景。当时，如馨流过多少泪啊。他伸手替妹妹抹抹眼泪，抚抚她的头发："他爱你吗？"

"爱！"

"仅仅凭感觉吗？"

"他很疼我，对我非常好，不管我要什么，他都想办法给我弄到。"

"是不是花钱特大方，什么都舍得给你买？"

"嗯。"

"媛媛，愿意为女人花钱的男人，只能说明他有钱，但并不能说明他会真的爱这个女人。"

"但是如果不肯为女人花钱，那才是真的不爱。他对我这么慷慨，至少说明他喜欢我，愿意为我付出。你爱嫂子，你是怎么爱的？你把工资把挣来的钱都交给她，她要什么你都愿意买给她，你能说你为她花钱不是真的爱她吗？"

"好吧，媛媛，你自己的事自己做主吧，哥和嫂子内心里都是希望你好。既然这样，哥只有祝福你了！"

2

如馨一遍遍告诫自己不要再理会柳媛媛的事，可根本就管不住脑神经。一想到黄农那个流氓，想到那家伙飞扬跋扈的神情，她就会觉得胸闷，呼吸不畅。向周芸说起烦恼家事，周芸笑她："吃闲饭操淡心，你管她那么多干什么？她要好要坏要死要活都是她自己的事，将来就是掉火海栽深渊那是她自找，关你什么事？再说小姑子的事你能管得了？又不是亲妹妹。"

见妻子情绪不好，柳志文下班后前来接她，夫妻俩单独外出吃饭。席间他劝她别把柳媛媛的事太往心里去，连父母都拿她没办法，做哥嫂的又能怎样？如馨道："你们一家人可真够心宽，眼看着好端端的姑娘往火坑里跳，居然不拉着。"

柳志文笑道："她自己不争气，你能把她捆起来？不过你也别太偏激了，还不至于用火坑来形容吧？大不了谈一阵分手，最差结婚离婚，由她去吧。这是个社会问题，八十年代人离婚率最高，创历史纪录了，单凭你我两个人力量就能改变？来，吃饭，别让这混丫头影响了情绪。”

“哼，你倒是挺能想得开！”

“天要下雨，娘要嫁人，由她去吧。”柳志文一笑。

离开饭馆回家的路上，柳志文又谈到一件事：“如馨，你说邪门不邪门。上次你代理的吴远虹那个案子，现在又转到我手里了，咱两口子跟这事还有缘了？”

“什么？赵挥上诉案转你手里了，这么巧？”一种奇怪的感觉猛地揪住了如馨的心。

“真是奇了怪了，院长大人亲自把案卷交到我手里，还叮嘱我不要拖，尽快审理。”

“真的？这是真的？”如馨感到大脑轰一声响，仿佛一颗定时炸弹突然爆炸了，“院长交给你的任务？”

“你怎么啦？”对妻子的失态，柳志文觉得奇怪，“不舒服吗？”

“没有，我就是觉得奇怪，怎么会这么巧。”如馨强迫自己恢复平静，做出一副无所谓的姿态。

直觉告诉她，这件事绝不是什么巧合。她恨不能立即打电话向赵挥质问，但一整晚柳志文都在身边，为了不让他起疑心，她不得不忍耐着。这一夜她辗转反侧，心痛如绞，她忽然意识到自己犯了一个天大的错误，不可饶恕。

次日一早，叶如馨胡乱吃了两口饭，匆匆离开家门，一路猛踩油门奔向竞天研究中心。然而在这里，却没发现赵挥的身影。拨打手机，是关机。黄教授看到她，关切地询问孕妇的情况，她答非所问，向黄教授询问赵挥的去向。黄教授说，可能这会儿老板还在家里吧。

“他今天到这儿来吗？”

“不一定，没有特殊的事，老板一般不来这儿。”

“他住哪儿？”

“不知道。”

“田所长知道吗？”

“研究所还没有人知道老板的住处。”

如馨心急火燎地开着车，一直奔向两人数次谈事的沙滩，记得他曾说过住在附近。如馨很快找到沿海那一片景色别致的别墅区，向门卫出示了律师证，把车子开了进去。小区大得惊人，一片片绿地，一座座假山，一个个人工湖，大小不一的院落，一幢幢形态各异的建筑，人行道和车行道纵横交错，如馨东南西北的没一会儿就转得晕了头。上哪儿去找他？难道那浑蛋说的是假话？根本就不在这儿住？就在如馨已经失望决定离开的时候，突然，左前方一个小院里，一个黑衣青年在太阳下晃了一下。如馨的视线立即停留在那人身上，没错，正是一直守在赵挥身后的那条"尾巴"。

如馨立即驱车上前，在院门外熄了火，前去敲门。壮汉走过来，隔着铁栅栏问她何事。

"马上给我叫赵挥，我要见他！"

"老板不在。"

确实是赵挥居所。如馨狠狠地盯着他："马上通知他，见我！不然一切后果你承担！"

壮汉看了她一眼，转身去了。不一会儿又出来，为如馨打开了大铁门。

院内是一栋三层楼，楼下车库从地面上开着一条缝，如馨往里瞅了一眼，正是赵挥的坐骑。如馨二话没有，一头冲进了赵挥的房子。

阔大的客厅，五米多高的天花板，整个装修古朴典雅，客厅一端，有一架巨大的黑色三角钢琴。房内异常安静，静得令人窒息，仿佛一根针落在地上都能发出脆响。

"赵挥！赵挥！"如馨的声音骤然撕破了这份宁静。她站在客厅中央，她的身影在这一背景下显得十分弱小。

那条"黑尾巴"很快又闪了过来，拦住了正要上楼梯的如馨："老板还在休息，你这样子闯进来很无礼！"

"让他出来见我！"

"老板已经答应见你，请你先坐下来稍等一会儿，可以吗？"黑尾巴一手拦着她，一手指指旁边的沙发。

"赵挥！你躲什么？你……"

赵挥突然在楼梯口现身。他穿着睡衣，气定神闲，俯视叶如馨："请她上来！小顾你到外面浇浇花，顺便把门给我带上。"

如馨迎着赵挥的目光一阶一阶走了上去。

她怒视着他，凌厉的目光仿佛要喷出火来。

"坐！"楼上还有一个小客厅，赵挥指着圆桌旁的沙发座椅，"少安毋躁，坐下谈。"

如馨恨恨地瞪了他一眼，坐下了。

他在另一把椅子上坐下，点上一支烟，悠然吐了一口气："什么事？"

如馨克制着自己，尽量使声音不要过于激动："赵挥夺子案，如今转到了柳志文手里，这是怎么回事？”

赵挥抽一口烟，弹弹烟灰，不说一句话。

“你一手操纵的吧？”如馨开门见山。

赵挥仰靠在椅背上，望着袅袅升起的烟雾，一言不发，一脸温文尔雅的表情。

“你说呀？”如馨尽力克制，“给我解释，究竟怎么回事？”

赵挥不紧不慢道：“你认为，法院这种国家机构要怎么安排工作，是某个人能够操纵得了的吗？”

“你是个男人，自己干了什么事不敢承认吗？”

“既然你已经猜到了，还问什么？”

“是真的吗？你怎么能这么做？”

“只能这么说，如今的司法界，有很多悲哀的事实存在。你是个聪明的女人，只可惜在这件事上，聪明得有些迟了。后悔是吗？懊恼？以后做事可一定要谨慎一点，多深刻的教训。”

“是你？真的是你？”如馨瞪着双眼，无法相信自己的耳朵。

“既然你已经这么说了，明人不做暗事，我就不兜圈子了，你知道，我也很无奈啊。”

“司法界就是被你们这些人给搞脏的！败类，蛀虫，垃圾！”如馨控制不住气愤地指责。

“真是不可思议，大律师也会这么不冷静？”

“律师也是人，都是给你们这些人逼的！”

“我很不喜欢叶律师自以为是，站在我面前指点江山。说到这个脏字，我想，律师界也干净不到哪儿去，你敢承认这个事实吗？”

“侮辱我们的行业，就显出你做的事多么高尚？”

“是你先侮辱我。”

“你不觉得你的行为有多么可耻吗？你不是说你不上诉了吗？你为什么出尔反尔？”

“我对谁出尔反尔了？我曾经放弃上诉的想法，那是因为残酷的现实让我望而却步。后来看到幸儿过着生不如死的日子，我还不能改变主意努力一把？”

“你精心设下一个圈套，让我不小心掉进去。又用你肮脏的金钱，去买通某些败类，把案子强加到柳志文身上。一个法官，一个正义执法了十余年的国家干部，居然借腹生子，传出去岂不是天下奇闻？你想以此要挟他，达到你的上诉目的，你这不是要毁了他吗？”

“我从未想要去毁谁。”

“你明明知道任何一个法官都不可能把这个跟你没有血缘关系的孩子判给你,所以就想出如此龌龊损招,胁迫柳志文?这不是毁他是什么?”

“我只想让幸儿回到身边,别的没想那么多。”

“为了达到你的目的满足你的私欲,你就可以不择手段?”

“私欲?你还没有孩子,你根本无法理解一个父亲的苦心。”

“骗子!卑鄙!为了骗取我的信任和同情,说什么与我同病相怜,这都是阴谋的环节之一吧?你真让我鄙视!”

“别这么说,取得人信任的方式有多种,我何必这么恶毒地诅咒自己?这一切都是事实,我和你一样,有着共同的人生不幸。”他吸了一口烟,眼神深处的忧郁随着白色的烟雾向四周扩散,“还有,是你自己走进了研究所,我没有逼你,也没有捆你来,如果你觉得错了,就该好好地反省,而不是指责别人。”

“你说过我帮过幸儿,很感谢我,说你会记着我的情,难道这就是你的感谢方式?你说你的做事原则是让心灵安宁,可你这样以怨报德能心安吗?”

赵挥突然摁灭烟头,抬高声音:“可你一直不肯相信我的真诚,不相信我会真的帮你,不相信这世上会有人去做不求回报的事情,现在是不是觉得终于找到答案啦?”

“肠子都悔青了!为了骗得我的信任,你竟然不惜出卖自己的隐私!如果你不出卖隐私,我又怎会莫名其妙地相信了你,掉进你的圈套?!”

“既然信任我,那就乖乖地走下去,何必节外生枝?”

“你要毁了我的丈夫,我绝不允许!”

赵挥扭头盯住她:“何以见得我要毁你丈夫?我有对他做过什么吗?是你自己把事情搞糟了,知道吗?是你!”

如馨气得浑身发抖:“你,你,究竟要怎么样?”

赵挥不紧不慢哼了一声:“事情已经运作到这个地步, 你以为还能退回去吗?”

想到周艳肚子里的胎儿,如馨就感到脊背阵阵地发冷。

这天黄农开车带着柳媛媛在海边兜风,来到别墅区这一带,柳媛媛无意中夸赞这里的漂亮建筑,黄农就说他大哥住这里,要带她来看看大哥养的几条名犬。柳媛媛兴致高昂,一拍即合,于是来到赵挥的住处。毫无疑问,柳媛媛无意中发现嫂子的车子竟停在赵挥大门外。黄农前去叫门,被答复说老板还在睡觉,任何人不得打扰。

黄农感到很没面子:“小顾,你怎么连我都不认呢?我就进去看看狗。”

小顾面无表情:“老板吩咐过,任何人不能入内。”

大白天的睡什么觉?吃了闭门羹,黄农只好拉着柳媛媛离开。柳媛媛不虚此行,意外的收获甚大,她用手机拍下了赵挥门前嫂子的汽车。

黄家讥讽道:“什么大律师?表面上一本正经,原来是个下贱坯子,最恶心就是这种女人,上次扇她扇对了!”

柳媛媛气咻咻地说:“你大哥也好不到哪儿去!肯定是他先勾引我嫂子的!”

“这你就错啦,多少美女投怀送抱,我大哥都看不上眼,他怎么可能去勾引有夫之妇?又不是什么国色天香!”

“别替你大哥贴金了,一个巴掌拍不响,干出这种事,没一个好货。”

室内,赵挥和叶如馨全然不知自己已被人扣上了“男盗女娼”的帽子。如馨沉浸在突如其来的灾难里,咬牙切齿地质问赵挥:“你到底要干什么?”

赵挥站起来,仍然很绅士地踱到她身旁,俯视着座椅里的她:“叶律师,你不是已经很明白了吗?上次我找到你就想谈这件事,可看到你无辜的眼神,我矛盾,犹豫了,即使到了今天早上,我在床上躺着时还想,要不要进行下去?我在挣扎,尽可能地说服自己。可没想到,你竟然一大早就跑来大吵大闹,我一直以为你是一个修养良好善解人意的女人,难道都是我的错觉吗?我还没有做什么呢,你就指着我的鼻子喊什么卑鄙、骗子,既然这样,我就索性卑鄙到底吧,你不是想要一个孩子吗?我给你一个孩子,你还我一个孩子,就算是交易,这样公平了吗?对等了吧?你心里是不是感到平衡了?相信我是真诚地帮助你做试管了吧?因为我也需要你真诚地帮助啊,我是个商人,投资和回报是考虑最多的问题,能理解吗?”

他注视着她的双眼,他的脸几乎要贴到她的脸上。

她怒火中烧,伸出手就要给他一个耳光。

他一抬手,抓住了她的手:“别这样,我的大律师,在我心里,你不仅是一名英姿飒爽的女律师,更是一个委婉温柔的女人,不要用这种粗暴的动作毁了这个美好形象,好吗?”

“原以为你是个君子,其实是个龌龊小人,算我瞎了眼!”

他放开了她的手,缓和了声调:“别这么贬自己,这让我很不忍心。我也想做个君子,可是没办法,现实太残酷。既然你我有着共同的不幸和苦衷,为什么不做朋友而是敌人?我们应该相互帮助,互补短长,不对吗?”

“你休想!”

“我就是这么想的。如果你不愿意，我可以永远不对柳法官撕破这层纸。你知道，我最大的愿望就是让幸儿回到我身边，亲自抚养她长大成人。而你的愿望是做妈妈，让你自己也让柳家留下一条血脉，这是两桩美好的愿望，关系到两个家庭的幸福和未来，这个秘密，就让我们两个人藏在心底，我不觉得这有什么不好，你为什么不肯配合？”

“因为我没法帮助你！我做不到！我的丈夫也做不到！”

“我们都不要逼对方，把谁逼急了都没好处。离开庭还早呢，我给你时间，你好好的动动脑筋，一定会有办法的，你会说服柳法官的。今天先这样吧，我昨晚没睡好，一早你又来破坏我的睡眠，你难道一点歉意都没有？对不起，我还得接着休息，请便吧！”赵挥转身回到卧室，砰地关上了门。

第十六章

1

从赵挥别墅离开后,如馨立即驱车去周艳那儿。

自从上次被柳媛媛跟踪后,如馨就把周艳转移到自己的旧居了。虽然偏远些,不过更安全,柳家人轻易不会到这儿来。

看到周艳情绪平稳,气色红润,如馨长舒一口气。不过此时,她已顾不得像以往那样见面先询问她身体状况,坐下没几分钟,她就把自己的担心说出来:"艳,最近有没有人来找过你?"

"没有。"周艳平静地摇摇头。

"你认识赵挥吗?"

"赵挥是谁?"周艳一脸茫然,依然摇头。

"当初你的资料是怎么跑到研究中心的?"

"我是从网上发现一个爱心代孕中介机构,就把材料递了过去。没想到没多久,就有人联系我,就这样,我和你就见面了,后来的事你都知道。"

"你真的不认识赵挥?"

"不认识。"

周艳朴实的眼神,一张从不撒谎的脸,让如馨暗自松了一口气。她一把抓住周艳的手:"艳,你觉得大姐对你怎么样?"

"大姐是个好人,如果有亲姐姐,也无非如此吧。"

"这样,艳,"如馨猛地站起来,在周艳面前来回踱着步,"如果有人来找你,给你钱,给你更多的钱,让你出卖自己的良心,你干吗?"

"不会的,肯定不会的。"周艳莫名其妙地看着她,不知道发生了什么事。

“你是个好姑娘，我一定会重谢你，只要你不背叛我，不做对不起我的事。”

“大姐，你所说的出卖良心具体指的是什么事？”

“对，我得告诉你，”如馨双手握成一个拳头，闭着眼睛想了一下，“这样的，如果有人前来找你，要给你一大笔钱，条件是让你去抽血，做胎儿的DNA鉴定，你去吗？”

“公安机关吗？”

“不不！我保证！是存心不良的不法分子要拿这件事要挟我的家人，要我们帮他做根本做不到的事，否则要拿这事毁我的家人……”如馨忽然流下了无助的眼泪。

“大姐，你放心，我不可能跟他们去。”

“谢谢！好妹妹！”如馨抱着周艳哭了起来。

以前总是如馨像照顾公主一样照顾周艳，今天她却心神不定，根本想不起照顾孕妇。周艳十分善解人意，她到厨房做了两个菜，要如馨一块吃。如馨拿起筷子，却一口也吃不下。她叮嘱周艳照顾好自己，不要随便给陌生人开门，又坐了几分钟就离开了。

如馨没有回家，也没去进行任何工作。开车路过一家高尔夫练习场，方向盘一转就进去了。练习场一百元可以打一筐球，她抡起臂膀一口气打了两筐。有个美籍教练不断地跑过来纠正她的握杆姿势，很负责任地向她示范抡杆动作，如馨像个机器人，根本就听不进一句。教练说得多了，她毫不掩饰一脸烦躁，毫无礼貌地让对方不要打扰她。

就这样，绿草如茵的练习场，出现了这样一道“风景”：一个风姿秀逸的漂亮女人，用有失正确的姿势疯子一样抡着杆，每打出一个球，嘴里就骂一句：

“幼稚！”

“愚昧！”

“糊涂！”

“傻×！”

“痛不欲生！”

“死了算了！”

“你有什么资格做律师！”

“连最起码的警惕性都没有！”

“掉进了别人的陷阱！”

“成了人家的猎物！”

"你丈夫会毁在你手里！"

"混账！"

"该死！"

"一开始就感觉这事有点儿不对劲，一个莫名其妙的人突然跑出来要帮助你，他怎么那么好心肠哪？这世上哪有免费的晚餐？你既然感觉到了不对劲，为什么还要鬼使神差地接受他的安排呢？你中了魔吗？你没长脑子吗？他明明知道任何一个法官都不可能把这个没有血缘的女儿判给他，所以设这么一个套，让你掉进去，然后就牵着你的鼻子走，通过暗箱操作把案子转到你丈夫手里，要挟你们以达到目的……幼稚啊，几个月前还在为人家的'帮助'而心生感激！"

"老天，柳志文怎么办？国家明确规定禁止任何形式的代孕行为，一个堂堂国家干部，公务员，法官，居然搞借腹生子的游戏，要是传出去将会造成什么恶果？……可怜柳志文还蒙在鼓里。"

如馨心乱如麻，苦闷不堪，离开练习场后，天色已晚，她还是不想回家。顺便走进一家酒吧，从不嗜酒的她要了一瓶洋酒，一杯一杯"品"起来。

2

记不得是如何把车子开回家的。进了家门，家庭成员全在，一家人神情严肃，正襟危坐，看上去有重要的事，正在等她一个人。这场面很反常，但如馨谁也不理会，扔下包，踢掉皮鞋进了卧室，将门啪地一关，一句话也不说倒在床上。

若在以往，看到儿媳妇累得不成样子，张金芳一定追进来嘘寒问暖，还会把饭菜端进来给她吃。今天不知何故，不仅张金芳没理她，竟没一个人跟她打招呼。如馨只感到了胳膊酸软，疲累交集，不一会儿竟迷迷糊糊地睡了过去。

柳志文追了进来，屋子里飘散着酒味，床上的如馨成了味源。他站在床边低头望着她，痛心疾首："自己开车回来的吗？喝成这样还能开车吗？不怕死呀你！要是撞死了人或者被人撞死，都他妈是灭顶之灾呀！"

柳缓缓冲了进来，她不管三七二十一，冲着嫂子叫道："起来，叶如馨，起来跟大家说清楚，一进门就装睡，装什么装？在外面还没睡够？"

如馨喷着酒气，抹抹眼睛，如坠五里云雾："谁在外面睡了？我好累，好困，别打扰，让我睡一会儿，求你啦。"

"还装！快起来，大家都等着你呢！"

如馨迷迷糊糊地问:“等我干什么？有什么事等我睡醒再说吧。”

柳媛媛不由分说,上前拉住嫂子的胳膊,一把将她拖起来。妹妹对妻子如此粗暴无礼,若在以往,柳志文一定会斥责,可是此时,他竟然默默无语,像个木头人。

“干什么呀？真烦人！”如馨身不由已地被拖出卧室,拖到客厅,倒在沙发上。

柳媛媛忽然抓起茶几上一杯凉水,泼到嫂子的脸上:“装什么呀？恶心！”

柳志文走过来一把推开妹妹,厉声道:“过分了你！”

柳媛媛瞪一眼哥哥:“心疼啦？你还护着她！”

柳志文道:“事情未弄清楚之前不要随便下结论！”

“还有什么不清楚的？还要我再重复一遍吗？”柳媛媛委屈地哭起来,“难道我在冤枉她吗？好吧我再说一遍,听清楚啦……”

如馨被酒精麻醉的神经,此时被冷水浇醒了。她睁开眼睛,终于听明白了,是柳媛媛在讨伐自己。

“嗨,没办法啊！”柳洪亮不愿再听下去,他从沙发上站起来,用拐杖在地板上使劲捣两下,转身去了里屋。

柳法官端坐在沙发正中央,张金芳坐在旁边,如馨像个待审的囚徒歪在另一旁,柳媛媛充当的则是义愤填膺的检察官角色:“第一次,我和朋友去海边玩儿,无意中看到嫂子和赵挥坐在海边礁石上,低声谈话。当时我很随意地问她,完全是无心的,她却说,跟当事人谈点事。可是当晚回到家,无意从你们的谈话中得知赵挥不是她的当事人,她一下子又改了口,狡辩说的是‘谈点当事人的事’,咬文嚼字,跟我玩儿起文字游戏,这是律师惯用的伎俩,我认输,当时却弄得我还以为是自已耳朵出了问题,听错了。”

张金芳闭着眼睛在沙发上打坐,一脸痛苦。

柳志文瞅了如馨一眼,如馨愣愣地看着小姑子。

柳媛媛又道:“第二件,那一阵她早出晚归很神秘,全家人都替她担心。我请黄农帮忙悄悄地关注她,竟然意外地发现她频繁地到银都花园一个房子里去。黄农通过物业的朋友一查,原来这竟是他表哥赵挥的一所闲置的秘密私宅。一个女人,时不时悄悄溜进一个男人的私宅里,干什么呢？我觉得不可思议,那天早上我在门口堵住了她,她竟谎称什么周芸租的房子,给什么亲戚看病暂住,还让我进去看,我在门口看到里面出来一个土里土气的女人,当时就相信了她。可奇怪的是,从那天起,那个土气女人就不见了,而叶律师也再不去了。难道周芸的亲戚租了房子来看病,这病一下子就好了？现在想来,那个女人一定是保姆,打掩护的。”

柳志文又瞅了妻子一眼,满眼不解和难过。

如馨的表情从发愣到吃惊,双眼一眨不眨地盯着小姑子的嘴。

柳媛媛又道:“第三件,今上午黄农带我去他表哥的住处看名犬,让我万万没想到的是,嫂子的汽车竟停在赵挥的别墅大门外!黄农要进去,保镖却拦着,说老板在睡觉,任何人不能入内打扰。当律师的,证据第一,口说无凭,你自己看看吧,铁证如山,我看你今天还怎么狡辩?!”

柳媛媛拿出自己的手机,摁了几个键,手一扬甩进如馨怀中。

如馨拿起手机,只见大屏幕上果然有一组最新照片:别墅大门口,停着自己的汽车,汽车牌号还来了个特写,十分刺眼。

看完了,如馨不以为然地嘿嘿一笑,把手机扔到一旁,靠在沙发上又闭上眼睛。

“没话说了?”柳媛媛不依不饶。

如馨无奈睁开双眼:“这叫什么铁证?法官就在这儿,这是本市顶级优秀法官之一,妹妹请你问问法官,这一幅照片能不能作为偷情通奸的证据?就算加上以上所说三件事,能不能给一个人定偷情罪?算了,不跟你废话了,法盲,我困了,我得回去睡觉了。”

如馨摇摇晃晃地站起来,又要往卧室走。

柳媛媛拦住她:“我刚才说的三件事,你没听清楚吗?我愿意不厌其烦再说一遍!”

如馨忽然哈哈大笑:“我听了,很好!很精彩的推理和分析,你擅长推理啊?还挺能猜测的,工作还没找到吧?祝贺,你有出路了,完全可以当一名推理小说家,写一部小说名字就叫三宗罪,弄得好,还会畅销,会火的。”

如馨甩开柳媛媛的手,坚持往卧室里走。

柳媛媛再次拦住她。

“你干吗非要跟我过不去?”如馨歪着脑袋眯着眼睛问。

“瞧你这玩世不恭的样子,是你跟我过不去!听明白了吗?我以前还把你当偶像,我真是瞎了眼!呸,呕吐的对象!”柳媛媛抬高了声音,愤怒地斥责,“我说呢,这是怎么回事,父母都不管我,亲哥都不拦着我,你这当嫂子的却疯了似的阻挠我和黄农谈恋爱,好家伙,闹了半天才明白,原来是你跟他哥有问题!”

“说清楚了,我跟他哥有什么问题?”如馨站直了身体,双眼直瞪着小姑子。

“你自己不清楚吗?还要我说出来?我都替你脸红!现在想起来,我真是太傻了,孤男寡女的,在沙滩上干什么?不就是谈情说爱吗?你跟赵挥究竟什么关系?如果不是有一腿,你干吗死活不同意我跟黄农谈恋爱?你就是怕事情败露!

口口声声说黄农是流氓,背过身去就和流氓的大哥厮混……”

“啪”的一声,如馨一巴掌掴到柳媛媛脸上。早上在赵挥那儿想扇没扇成,这下子把抡球杆没使完的力气全部抡了出来。

柳媛媛白净的脸上,立即印出了五个通红的指印。

柳媛媛捂着火辣辣生疼生疼的脸,冲哥哥大叫:“看到了吧?你老婆打我了,揭了她的底,恼羞成怒打人啦!”

看到妹妹泪水横流挨了打,柳志文的火也一下子狂蹿上来,他腾地跳起来抓住如馨的双肩使劲摇晃:“你怎么能打人呢?什么时候学会打人了?有理就讲,有话就说,打什么人呢?”

柳媛媛哭着跑进书房。

张金芳在一旁哭。

柳志文拖着如馨往卧室里走,不料如馨却死活不肯往前再走了。她死死抓着门框,大声叫道:“柳媛媛你出来,今天谁要不把事情弄清楚,谁就别想活到明天!我跟你拼了!”

如馨发疯地推开柳志文,冲进书房把柳媛媛拖出来。当着婆婆和丈夫的面,她指着柳媛媛的鼻子道:“听着,第一件,那天我一个人在沙滩上想问题,赵挥突然出现了,他说散步散到那儿的,我们不过随便聊了几句,没想到就碰上你,我随口说跟当事人谈点事,没想到你竟然揪着这句话大做文章!第二件,现在打周芸电话,让她把事实说出来!”

说到这里如馨冲到电话机前,拨通周芸的电话,把话筒塞到柳志文手里:“法官大人,你来吧,要不然我解释不清楚!”

周芸在电话里喂喂喂了好几声。

柳志文接起电话,迟疑了一下:“对不起,周芸,这么晚了,打搅你了,没事,拨错电话了。”

说罢将电话挂了。

电话铃声却一声紧一声地响起来。

如馨接了,将电话塞到张金芳手里:“妈,你来吧。”

张金芳握着话筒,犹豫了一下,对着话筒问:“周芸,阿姨问你件事,别笑话啊,这事不弄清楚,今晚恐怕都过不去了。”

“阿姨,你问吧,我知道的都告诉你。”

如馨按下了免提键。

张金芳问:“前一阵,你有个什么远房亲戚来市里啦?住在哪儿?”

“是我表姨,肾病,女儿陪她来看病,我通过中介替她们租了银都花园的房子。”

“一个病人……那儿房租挺高的吧？”

“我表姨从山西过来的，家里开了几口煤矿，表姨夫特意叮嘱租好点的房子。阿姨，家里发生什么事了？”

“噢，没事儿，没什么，挂了啊。”

柳媛媛白了如馨一眼，冷笑着说：“何必多此一举呢？此地无银三百两。法官大人，找闺密作证，法庭予以采信吗？做事周密，行动迅速，这是律师的职业习惯，我认输！行吗？”

见柳志文一言不发，脸上表情已有所缓解，如馨舒了一口气，转身回卧室。

“别走呀，狡辩两件得逞，还有第三件呢？继续辩呀？”

“我不想跟你说了，你没有权利问我，三更半夜的，有意思吗？我今天是去了赵挥的别墅，是因为官司和工作，具体内容，你没有资格知道。”

“谈工作不在办公室而在海滨别墅，好浪漫啊！”

如馨脸色铁青，一字一顿：“虽然你没有资格听到，但为了这个家，今天我愿意在这里以我父母的名誉发誓：我，叶如馨，如果做了对不起丈夫、对不起柳家的事，天打雷劈，出门撞车，不得好死，满意了吗？”

此毒誓一出，柳家人面面相觑。

如馨狠狠瞪了柳媛媛一眼，回了卧室，砰的把门关死。

3

次日清晨，如馨睁开双眼，床头柜上搁着一杯牛奶。

柳志文坐在床边带着微笑注视着她：“起床吧，洗把脸，把牛奶喝了。”

“妈煮的？”

“我煮的。”

“妈对我有误会。”

“误会已经消除了，妈交代我煮的，她买菜去了。”

如馨翻身爬到他身边，抱住他：“谢谢！”

柳志文拍拍她的背：“昨晚喝了多少酒？到底发生了什么事，不能跟我说说吗？”

“没有。”

“有什么难事，不该瞒着我。说出来，兴许我能出出主意呢。”

“真的没有。”如馨心里压着一座山，嘴上决然不肯承认。

“为什么突然去喝酒？跟谁喝的？”

“同事啊，还能有谁？”

“你这样太让人担心了，喝酒开车，不要命了？”

“同事把我送回来的。”如馨继续撒谎。心里却对自己昨夜酒后驾车的行为后怕不已。

“真没事吗？你这不是成心急我吗？”

“得了，我实说了吧，那个赵挥确实找了我几次，知道案子在你手里，又通过别的途径了解到你的为人习惯，所以不敢直接找你，就绕到我这儿，想通过我跟你协商，看能不能把女儿判给他。”

“你怎么说？”

“我能怎么说？我根本没办法答复他，我说我从不干涉你的工作。昨天是我主动找他的，我到他那儿去主要为了把他讨好我的礼物给退回去，亲口告诉他，让他死了这条心，根本行不通。还有，让他管好他表弟，不要让那个流氓再来勾引我们家媛媛。”

柳志文皱着眉头：“他送什么礼物给你？”

“一套护肤品。”如馨信口诌来。

“你怎么知道赵挥的住处？据说他的住处一直很保密，就连我们法院掌握的也仅是公司地址。”

“老公，难道查出一个人的住处对我来说是难事吗？只要不住在地球以外，我们事务所是干什么吃的？”

“昨晚妈给你打了好几个电话，怎么一直不接啊？”

“被同事们拉到酒吧里，闹哄哄的，我根本没听着啊。”如馨起身从包里摸出手机，上面果然一连串未接电话。

这时从外面传来开大门的声音，柳志文起身向外走去：“好啦好啦，赶紧起床吧，妈买菜回来啦。”

看到柳志文像往常一样轻松自如亲切无比的笑容，如馨才知道家庭危机又一次化险为夷。这个男人还是很在乎自己的，尽管心里有疑问，但还没有撕破脸皮，还是情愿相信妻子。正因如此，一定要想尽一切办法，保护好他的声誉，不能让他十年英名一朝毁在自己手里。

约好了与当事人谈事，如馨来到律师所，看见一个五十多岁的老太太在等自己。老太太见了她便鼻涕一把泪一把，口口声声让叶律师给做主。老太太说的是一起强奸案，说自己的女婿把自己强奸了。猛一听到这里，关系到伦理道德，如馨立即高度重视起来。律师事务所的年轻律师们，一向对强奸案有着浓厚兴趣，这时小杨已放下手里案卷，支棱着耳朵在门口听。老太太说，女儿早年遇了车祸而亡，之后女婿与丈母娘一直保持着互助性的来往，时间久了，竟然有了性关系。第一次干那事，是女婿主动的，后来成了习惯，平均每月两到三次，这样保持了三年之久。可是最近，女婿突然冷淡了她，另找对象同居起来。老太太觉得自己吃了亏，不服气，于是想到去告他。

真晕！林子大了什么鸟都有。如馨听完，差点没喷饭。小杨说，真想一脚把她踹出去。

天天面对的就是这种环境，只要开始工作，接触的基本上都是各种各样的纠纷矛盾和丑陋阴暗，美好的事物一般不会主动上门来找律师。千奇百怪的事，乱七八糟的人，世界之大，无奇不有，缺乏想象力是根本想不出来的。如馨耐着性子问老人："你要告他，你的目的是什么？"

"我要他赔偿。"

"一旦启动了法律程序，很多麻烦事也就来了，再说一场官司下来，很有可能要拖很久才会有结果。"

"我有的是时间，我就耗到底。"

"如果输了官司呢？"

"怎么可能？我听人说只要找您就能赢官司，为了等您我早饭都没吃。再说那个孽障大逆不道，干了丧天良的缺德事，我怎么可能输官司？"

"大娘，实话讲吧，你这件事不合适起诉，没有赢的可能。"

"连你都这么说，天下就没有公理了？"

"你只能私下找他协商，不是要赔偿吗？如果他能良心发现，应该会给你补偿的。这样吧，我还有事，你先回去再好好想想吧。"

这时如馨的当事人敲门进来。如馨打发走老太太，取出案卷，将最新发现的一份合同漏洞指给当事人看。一个上午很快就过去了，当事人要请她出去吃饭，她婉言谢绝了。

主任将一个新来的实习生拨给了如馨。而此时，小杨与如馨的合同已经到期，小杨跟如馨谈过，想单干。没有人愿意永远在别人的羽翼下，如馨当然表示支持，年轻人要奔前程谁也拦不住。小杨换了办公室，最后又来跟如馨话别，请了几个同事要一起吃顿饭。如馨正要跟大伙一块出去，大姐如莲突然打来电话，说今天妈妈过生日，你给忘了？如馨这才蓦然记起，提出订间饭店。大姐说，等你订饭店菜早凉了,再说妈也不愿出去吃,我和白俪干了一上午,都摆上桌了,就缺你和志文了,赶紧回来吃吧。

如馨只好跟小杨说了抱歉,小杨很理解,表示改天再聚。如馨立即联系了柳志文,又赶往商场买了份礼物,接上柳志文一起回去了。叶家人都到齐了,一年中难得的家宴,若不是老人过生日,子女们聚在一起还真是不容易。柳志文、叶如胜、姐夫、岳父四个男人摆开了酒,划起了拳,热热闹闹的,王宏英乐得脸上开了花。如馨正准备与姐姐、妈妈、弟媳好好说说话,不想主食还没上桌,手机音乐响起来。

若是一般当事人,她一准会推一推。可一看号码,一颗心顿时沉了下去。

是赵挥。如馨拿起手机去了里屋。接完出来,歉意地告诉大家,有事要离开一下,交代志文好好陪陪爸妈。柳志文问:“什么事这么急?”

如馨说:“一个当事人发现一份重要证据,我得马上赶到现场。”

“要帮忙吗?我陪你去?”志文说。

“不用,你替我陪爸妈好了,我会尽快赶回来。”

“别慌,开车小心点啊。”志文叮嘱她。

如馨拎着包离开了。王宏英叹了口气:“瞧这忙的,连顿囫囵饭都吃不上。”

柳志文笑着对大家说:“总这样, 说走就走, 再干两年就让她提前退休了,来,咱们吃。”

第十七章

1

一家饭店的单间里，桌上摆着几个精致菜肴，赵挥衣冠楚楚地等在那儿。

落了座，如馨开门见山地问："这么急把我叫出来，什么事？"

"看看这几个菜，都是清淡的，合你口味吗？"

"我已经吃过了。"如馨僵着一张脸，一点儿表情都没有。

"那好，谈正事。考虑好了吗？"赵挥不慌不忙，不怒不喜。

"你说过，要给我时间的。"如馨仍然没有想好对策，因为根本就没时间想。

"我告诉你一个事实，你手下那个小杨律师，已经正式代理吴远虹了。"

"什么？"如馨惊诧不已。小杨跟了她两年，工作上的事不论大小都要先征求她的意见，才单干没两天，就代理了吴远虹？而且，连跟她打个招呼都没有！

"你不用觉得意外，这年头，发生什么事都不奇怪。"赵挥说。

如馨咬了咬嘴唇，一声不吭。

赵挥又慢条斯理道："本来，我并不想太为难你。我也希望通过正常的诉讼程序达到诉讼目的。可是，上帝偏要跟我过不去，作为我证据链中的重要环节之一，小杨反戈一击，让我措手不及。"

"你出手太慢了，应该提前找小杨。"

"刚刚我去找小杨，他对我说，就在今天早上他与吴远虹签订了委托协议，就晚了这一步。问题出在你身上，我以为你早打好招呼了，没想到你根本没把这事放心上。"

“这段时间我太忙了，对不起，你别急，再想想办法，找证人并不是多困难的事。”如馨耐着性子安抚，“虽然我不能出庭，就桃花源那件事，保安，门卫，都可以作证。”

“我已经很累了，”赵挥望着她的眼睛说，“这样吧，这场官司就交给你了，你来办，行吧？过程我不管，我只要结果，只要女儿以合法程序回到我身边。我给你时间，你一定会办好的，是吧？”

如馨低下头，用小勺子搅动着碗里的鱼汤，汤已经凉了。

赵挥起身离开了。

夜里，关上电视躺下来，如馨故作漫不经心地吹枕边风：“对了，赵挥那个案子有什么进展？”

“尽可能庭外调解。”柳志文说。

柳志文审案有一个原则：最差的调解好于最好的判决。以和为贵，追求和谐一直是他的作风。办案过程中，他首先考虑的是如何使原、被告双方的利益最大化，损失和伤害最小化，能调解解决的尽可能调解，原本简单的案子绝对不能因为上了法庭就复杂化，很多案子往往一旦法槌落下，就会对一方造成毁灭性的打击，这是他最不愿意看到的情形。

“有调解希望？”如馨问。

“只要有一颗公正的心，我相信天底下没有讲不清楚的道理，没有解决不了的矛盾。”

“事情没你想的这么简单。记得当初一审结束后，赵挥就找过我，试图调解协商，许以重金，没用，吴远虹是铁了心，在这件事上水火不容。”

“两个怪胎。干这么多年工作，离婚争孩子的案子审过几百例了，还第一次遇到这种男人，铁了心要争别人的孩子。他究竟什么意思？以正常人的心理，这孩子作为耻辱的见证，放手才是最好的选择，天天看着受刺激？不知道他是怎么想的。”

如馨轻轻叹了口气：“也许，我们还不能明白一个做父亲的心情。”

“是，养了十年，有感情，可毕竟不是亲生的，只要吴远虹不点头，哪个法官也不可能把孩子判给他，多简单的道理，可他就是想不明白，这么告来告去有什么劲头，还是调解吧，要么吴远虹同意孩子给他抚养，要么赵挥放弃这个想法。”

“一点都不简单。”如馨道，“关系到一个孩子的成长、未来和一生，这次赵挥上诉，吴远虹又来找我，知道我为什么拒绝她吗？”

“这女人素质不高，你反感。”

“实际上我个人的喜好还是其次，最主要的原因，吴远虹不是一个称职的母亲。如果因为她给我钱，我就帮她霸着孩子不松手，这么做会让我觉得助纣为虐，帮她赢了这官司，我的良心会谴责自己的。还记得上次深夜里我在夜总会门口把小姑娘领回家的情形吗？那家夜总会涉嫌色情活动，当时我就很痛心，吴远虹那个人，根本不配做母亲。”

“不要随便给人扣帽子，你跟吴远虹认识才几天？接触有多少？母女俩的日常生活你又了解多少？仅仅因为看到过一两次什么，就把一个母亲给否定了？就算吴远虹有些出格的行为，你在这儿进行道德谴责有什么用？她为什么要这么干？内在原因是什么？你了解吗？”

如馨哼了一声：“你了解吴远虹吗？”

“这个案子的前因后果，我们正在进行调查了解。”

“那就好，关于这个女人，我还真不想说什么。她究竟是什么样的人，为人母称不称职，自然会用事实说话。”

“问题总要一分为二地看，那个赵挥找你都说了些什么？你得注意了，第一你是我家属，第二你代理过吴远虹，在这件事上，还是少和赵挥来往为好。”

“我当然知道。”如馨沉吟着说，“如果调解不成，你们打算怎么办？”

“你的问题怎么这么多？这是你要考虑的问题吗？你怎么回事？怎么老是想替那个姓赵的说话？为什么一个劲贬姓吴的？那个女人有得罪你吗？”

“我有替谁说话有贬谁吗？我是可怜那个女孩儿，”如馨一脸无辜，“跟你讲这些，我完全是出于一颗公正的心，算啦，算我瞎操心，以后不提这事了，睡吧。”

如馨伸手摁灭了台灯。

2

如馨一到律师所，就径直去了小杨的新办公室，不请自坐。

小杨嬉皮笑脸：“馨姐，你来啦？有什么指示？还是有宝贵经验要传授？”

“兄弟，记得上次在夜总会门口，你说什么来着？说我帮吴某某打官司是助纣为虐，这才几天呀？你也助纣了？”

“一个优秀的律师，不应该说出这样的话。”小杨微笑着回答。

“她给了你多少钱？”

“呵，”小杨笑道：“你别站着说话不腰疼了，叶大律师，就算你不能帮兄弟一把，至少也得给予理解吧？我跟你不一样啊，你有打不完的官司，你可以根据自己的喜好选择市场，选择客户，说心里话这就是我梦寐以求的工作状态啊，可是行吗？我现在单干了，案源就是最让我头痛的头等大事，我得吃饭，生存，还房贷车贷、谈恋爱，你知道如今恋爱消费有多么昂贵吗？我都谈不起了呀，不接案子，喝西北风去？要么你给我介绍个对象，让她一分钱彩礼不要就嫁给我，这行，我立马让吴某某一边待着去，我也烦这个姓吴的，我有办法吗？我倒是想给姓赵的服务，可人家没请我呀？也许十年以后我才能像您这样潇洒度日，可现在，还不行，吴某某要选择我，我有勇气说不吗？没有，这就是我悲哀的现实，我也很痛苦，很无奈，我要帮自己厌恶的人做事，协议期间还必须忠实于她，这是多么折磨人的事啊！”

如馨盯着小杨：“你误解我的意思了。”

“你不是在谴责我？”

“你忠于职业操守，勤奋又努力，我为什么要谴责你？我主要是想跟你谈谈吴远虹这个案子。”

“你要给我提供免费帮助吗？”

“你这小浑球，我帮你什么时候收过费？你看这样行不行，尽可能私下调解，那个赵挥的目的不就是要孩子吗？你摸一摸吴远虹的真实想法，看她能提出什么条件？”

“咦，这倒让我奇怪了，你这是在帮谁做事？”

“帮你啊，你不希望圆满解决吗？”

“我不觉得你在帮我。你不是带着特殊任务吧？帮你老公进行庭外调解？”

正说着，吴远虹一头从门外闯进来：“杨律师，别跟她废话了，号称什么大律师，我看她是收了姓赵的好处，置职业道德于不顾，公然替姓赵的当说客，我明确告诉你，没门！就算他把所有财产都拱手送给我，女儿也不可能跟她。我活着女儿跟我活，我死了女儿跟我死，跟姓赵的那个变态没关系，让他趁早收了心，别再打什么鬼主意，我绝不会上当的！”

如馨瞪着吴远虹：“吴女士，请自重！说话注意影响，空口无凭就别随随便便诬蔑人，小心我把你轰出去！”

吴远虹恨恨地看了如馨一眼，向小杨求助：“杨律师，你们就是这样对待客户的吗？”

“坐，有话好好说，”小杨打圆场，“叶律师其实是想帮助我们的。”

吴远虹扭头剜了如馨一眼，不再说什么。

接待完吴远虹，小杨来到叶如馨办公室，看到她闷闷不乐的样子，走过来坐到她桌前。

“馨姐,我不知道你究竟在帮什么人做事,我也不想知道。不过,我想帮助你。”

记得小杨刚到所里时,跟着如馨实习,不论从生活上还是工作学习上,都得到过如馨难以计数的无偿帮助,对此小杨一直感恩在心。

“没看我正思考吗?你忙去,别烦我。”如馨皱皱眉头,并不想让小杨看出心事。

“这个号码给你,或许对你有用。”小杨拿起笔,在如馨桌上的白纸上记下一串电话号码。

“什么?”如馨诧异地望一眼。

“一个小伙子,叫曲林,正跟吴远虹打得火热,吴远虹好像挺用情,什么事都听他的。”

“你什么意思?”如馨一下子明白了小杨的用意。

小杨笑笑:“作为吴的代理人,我也希望赵、吴二人的纠纷尽快圆满解决,这么拖下去,对谁都没好处。”

看着这个号码,如馨仿佛看到了一线希望。

××酒吧一个角落,如馨如期见到了曲林。一个白净高挑的小伙子,谈吐得体,笑起来一脸灿烂阳光。吴远虹那种寂寞空虚的女人,陷入这张情网不足为怪。如馨开门见山说明了来意。她问他:“你们以后有一起生活的可能吗?”

“我是没问题,就看她了。”

“有可能吗?”

“应该是有希望的,她一直对我蛮好的。”

“她对孩子怎么样?”

“这怎么说呢,她自己的女儿,好坏别人都不能说什么。总之还行吧,虹姐就是有时候脾气不太好,心情好的时候对孩子还是蛮不错的。”

“如果你们以后生活在一起,你愿意孩子跟你们生活吗?”

“这个我没法选择,得由她决定。不过我想如果没有孩子,两个人生活应该更方便些。”

“她前夫上诉要夺回孩子的事你知道吗?”

“知道一些。那个男的跟孩子感情非常好,总偷偷地去看孩子,可我到现在也搞不明白虹姐为什么不让孩子见爸爸,怎么说都是孩子的亲爹,大人离婚怎么能这样对待孩子?我想不通。”

看来幸儿的身世还没有扩散得太厉害，起码这个小伙子并不知情。从曲林这里，如馨再次了解了一些关于赵挥与幸儿的事情，这一对没有血缘的父女确实有着不可分割的父女感情。如馨心里甚感安慰，为自己此行的目的也找到了理由。同时，从小伙子身上，她的确看到了希望。

"你有劝过她吗？让女儿跟着爸爸过。"

"没有，怕她不高兴。我一直觉得她还在气头上，一时糊涂，故意用孩子折磨前夫，我想等一段时间以后，她清醒过来，应该会想明白的。"

"你也看到了，吴远虹脾气暴躁，喜怒无常，孩子跟着她会吃苦头的。你应该劝劝她，孩子如果回到她爸爸身边，对你，对吴远虹，对孩子都有好处。一举三得，想过吗？"

"你到底想干什么？为什么劝我这么做？"

"我直说了吧，这是一件善事，有益的事，如果你做到了，你可以得到一笔钱。"

"多少？谁给我？"

"三万，谁给你就不用管了。"如馨试探着说。

"三万块钱让我干这事？"曲林一脸不屑。

"你要多少？"她问。

"十万我可以考虑。"

"我能答应的只有六万，具体还要跟当事人商量。"

"让我考虑考虑吧。"

3

一周后，如馨接到曲林电话，说事情谈得差不多了，约她见面，并要求她预付两万定金。如馨一下来了精神，心想爱情的力量果真神奇，吴远虹那块顽石居然也有如此容易攻破的软肋。如馨手头没现钱，特意向单位财务借了两万元，赶了过去。

"钱带来了吗？"见了面，曲林问她。

"谈得怎么样了？"这是她最关心的。

"虹姐说为了我们俩以后的生活，这事可以考虑。"

"好，她愿意考虑就行，你继续努力。"

"我愿意继续跟她谈,不过我现在需要看到你的诚意,别到时候虹姐把孩子给了别人,我就再也找不到你了。"

"我又怎么能看到你的诚意?"如馨问。

"你这就没意思了,既然信不过,干吗还找我呢?那我走了。"曲林站起身来。

舍不得孩子套不住狼。如馨想,不让他见到利,他怎么会替你去办事?不妨先给他一小头,为了后面那一大头,他自然会去卖力的。

如馨立即从包里取出一万元,从桌上推过去:"今天来的匆忙……"

不待她说完,曲林打断她:"你这么没诚意,我还怎么帮你谈事?弄得虹姐挺不高兴的,还是算了吧。"

曲林转身欲走。

"等一下!"如馨取出另外一万。

曲林将两捆钱装进怀兜,用奇怪的眼神看了如馨一眼。

如馨感觉到异样,还没回过神来,曲林骤然翻脸,同时扬起巴掌,以迅雷不及掩耳之速"啪"地给了如馨一记耳光。

如馨被打了个愣怔,厉声质问:"曲林,你要干什么?"

曲林突然愤怒地喊道:"问我干什么?这要问你自己为什么要花钱买别人的孩子?臭娘儿们,你毁了我的幸福、毁了我的前途、毁了我的一切!我为你的事付出了劳动和代价,这点钱连辛苦费都不够,太便宜了你!"

曲林转身大踏步离去。

如馨气得浑身发抖,光天化日,被人诈去两万元,却不敢报警,也不敢向周围求助。

周围的人都瞠目结舌地望着她。

你为什么要花钱买别人的孩子?你答得出吗?

不,不能让他就这么走了!如馨已顾不了太多,下意识地跳起身追了出去。这时曲林已钻进一辆红色现代跑车,疾驶而去。如馨冲进自己的汽车,猛打方向盘狂踩油门,发疯似的追了过去。小伙子的车技相当不错,直到追过二十多公里的快速路,拐上一座行车稀少的大桥,如馨狂打着方向盘把自己的帕萨特横在了现代跑车前。他若不停她就打算撞上去,他不是对手的。

曲林刹了车。

如馨下了车,快步走向曲林车前:"你下来!说清楚!把钱还给我!"

曲林下了车,一把将如馨推出老远,他瞪着两只发红的眼睛,冲着她歇斯底里地吼道:"你这个疯婆子!怎么会遇到你?真是倒了血霉了!因为谈你的事,吴远虹把我给踹了!天哪,你把我的大好人生给毁了!你还我的幸福生活!你赔我!

没让你出十万,太便宜你了!”

如馨继续挣扎:“把钱还我!要不然警察会把你铐走的!”

“报警去吧,老子等着!”

报警吗?借腹生子之事势必要大白于天下,你他妈丢得起人,志文丢得起吗?

面前声嘶力竭的小伙子,彻底把如馨给镇住了。看他那疯狂绝望的样子,如果她继续纠缠下去,他没准会把她从桥上扔下去。

如馨一下子泄了气,无力地瘫坐在路边,呆呆地望着他:“曲林,算我倒霉,钱我不要了,快滚吧!别让我再看到你,败类!垃圾!人渣,吃软饭的可耻之徒,滚……”

如馨捂着脸,眼泪从指缝中汹涌落下。

谁要你以身试法,明知违法的事还要去做?你挨打,你被骗,你活该!你还当什么律师?!打落门牙往肚子里咽吧!他妈的,只因求子心切,堂堂大律师在一连串的事情上,竟然丧失正常的理智判断,丧失清醒头脑,病急乱投医,居然一而再、再而三地犯如此低级错误!如馨恼恨自己,无法原谅自己!恨不能纵身跃到桥下,摔死算了。

原来,曲林被金钱所诱,回到吴远虹住处,试探着谈起这个从未谈过的话题。不料他刚一开口,一向对他疼爱有加的吴远虹脸色大变,啪啪啪地抽他几记响亮耳光。她狂怒着骂道:“你这个吃里爬外的东西,畜生,你吃我的喝我的,居然还嫌弃我女儿?我养你还他妈的不如养条狗!你给我滚!”

曲林慌忙解释:“我是为了幸儿好,她爸爸那条件好,她跟着爸爸能够得到更好的教育机会和生活,你为什么……”

“小王八蛋你住嘴!我最恶心的事就是前夫要我的女儿!你他妈的快从我眼前消失!从今往后不许你再踏入这个门!滚!”吴远虹不由分说,把曲林的衣物用品一股脑儿翻出来,通通从窗口扔到楼下。

之后,吴远虹迅速更换了门锁。一周过去了,曲林夜夜都在门口哀求,甚至下跪,但吴远虹始终不为所动,冰冷似铁。有一夜他看她从外面回来,便跟在她身后趁机挤进门去,不料她愤怒地报了警。曲林被警察带到派出所,以私闯民宅扰乱治安为名,将他狠狠教训批评了一顿,还罚了款。晦气啊,好不容易与富婆谈上恋爱,已经谈到了婚嫁这一关,本来小日子过得好好的,不料节外生枝,为一点小外快动了心,却没想一下子痛失富婆的心。曲林清楚,这就意味着痛失了有可能共同享用的千万财产,意味着美好前程一朝被毁。而带来这场灾难的,罪魁祸首正是那个想买孩子的莫名其妙的混账女人。本想让那女人出十万,又担心不易得手,两万元则顺利让那女人丧失了警惕性。不过,这与他的损失比较起来,连牛身上一根毛都算不上。

如馨钻进卧室翻出夫妻俩所有的存折,发现账面上的现金也不过一万多块。由于陆续为母亲支付医疗费,这两个月的收入根本就攒不下来。没办法,她不得不以老办法,卖掉几手股票,取出钱来换回财务的欠条。这些年如馨工作业绩骄人,她把余钱相继投资A股市场的几只股票,没想到这些股票在今年都给她带来惊人收益。遇到资金紧张的时候,往往会卖一点来应急。

这个事发生以后,回到家,如馨话语很少,食欲也不佳。张金芳忙前忙后,担心她是不是生了什么病?还要带她去看医生。面对婆婆关切的目光,如馨只剩下一种感觉:厌烦!甚至很想把婆婆臭骂一顿!如果当初不是这个神经病老太婆逼她太甚,她又怎能误入歧途,做下借腹生子这等糊涂之事?事到如今,如何是好?她已被逼上绝路,骑虎难下,又无路可走!

不过她最终还是忍住了。没有对婆婆说出一句难听的话。不过还要继续对婆婆撒谎:这几天状态不好,可能是工作累的,休息一阵就会好了。

4

日子一天一天地过去,赵挥案离开庭日益临近,周艳的腹部日渐隆起。随着天气的转冷,如馨给周艳添了几件冬衣。每次看到周艳圆圆的肚子,如馨就像看着一颗炸弹,想象着不定哪天它会突然炸掉。可如果让她把这个一手制造的炸弹毁掉,根本下不了决心。这是自己的亲骨肉啊,丈夫的骨血呀,这一切来得是多么不容易啊！如果就此失去,夫妻俩将来还能有自己的孩子吗?

这段时间每过一天,如馨的焦虑就会增加一分,有时急得像热锅上的蚂蚁,抓耳挠腮,想不出好主意。好在赵挥也还在忍耐,还没有找柳志文爆出猛料。柳志文始终蒙在鼓里,偶尔他会发现妻子情绪异常,像有什么不开心的事藏在心里。每每问起,如馨都能随机应变,自圆其说,还要责怪老公疑神疑鬼,婆婆妈妈。柳志文也便笑笑,不再追究。心里只想,女人的情绪果真如夏日天气,阴晴不定,难以琢磨。有时也会疑惑,如馨以前也并不这样,是否与年龄的增长有关?还是工作压力过大?为了帮她减压,他常常工作之余介入她的工作,夜里躺在床上，总要帮她分析案情，出谋划策，在某些案子上，他常常有着天才般的精准判断，确实帮妻子解决了不少疑难问题。

然而这次如馨碰到的难题，他却一点也帮不了，因为她压根儿不敢让他知道。

赵挥处心积虑的目的，不是要毁掉柳法官或叶律师，而是要得到女儿。只要帮他完成这一心愿，天下就会太平。也因为如馨揣摩到他这一心理，才敢一日日拖延下来。不过每拖一日，如馨就会愈加清晰地意识到，拖延完全于事无补，根本不是解决问题的办法。因为她根本没有办法让赵幸儿回到他的身边。

赵挥的沉默，就像暴风雨来临前的平静。

他愈是不动声色，如馨愈觉得可怕。

这一日，如馨正吃早饭，忽然接到赵挥的电话。

他要她马上出来，有事要谈。

如馨匆匆喝了两口粥，在公婆诧异的目光里，从家里提前出去。

老天爷，如今的她，就像被拴了鼻绳的牛，而绳的另一端在赵挥手里。他随意一拉，她就乖乖地走。要不然有她的好受。

在咖啡馆见了面，赵挥开门见山道："法院对我的案子还是相当重视的，没想到这么快就要开庭了。"

"什么时候？"

赵挥吐一口烟雾："很快，要不了几天了。今天找你出来，就是要跟你重新敲定一下，别事到临头再出什么岔子。"

如馨一言不发。

他又问："你跟柳法官都说了吧？都安排好了吧？"

如馨还是不说话。

"问你哪，怎么不说话？我正因为理解你的苦衷，才给你面子，才没有直接找柳法官谈，我想这些事还是你们夫妻之间的悄悄话更为方便，你能理解我的苦衷吗？"

"赵挥，我求求你，放过我们好吗？撤诉好吗？意义真的不大，我曾经想过帮你找些证人，以证明吴远虹的劣迹，可作为律师，我很清楚这个案子的性质和走向，不管找到什么证人，让法庭把幸儿判给你，这种可能性都微乎其微，几乎是零，除非吴远虹松口。现在关键问题在吴远虹身上，还是通过私下调解的方式比较好，你说呢？"

"如果能调解，我干吗还要费这么大周折？说真的，我也不愿意看到叶律师这么难过，要我说，如果是别的法官，确实意义不大，如果是柳法官，那意义就不同了。我相信柳法官可以做到，只要他肯做，就万事大吉，OK？”

“赵挥，不要逼柳志文了，好吗？他很无辜，他没有做错什么，为什么要这么惩罚他？”

“我有逼他吗？又是谁在惩罚他？我这是在帮助他！如果他知道自己有个孩子几个月后就要落地了，知道自己很快就可以做爸爸了，他是不是会很激动？会不会很感激？为了这份感激，他难道不想有点作为吗？”

“赵挥！”如馨一下子又被激怒了，她站起来道，“你别蹬鼻子上脸，幸儿根本不是你的女儿，她的亲妈又没死，柳志文不可能把幸儿判给你！你就死了这条心吧！”

“柳志文做得到，他一定做得到！你难道一定要我亲自找他说吗？”

“别逼我，我说过我做不到，我无能为力，柳志文也做不到，判一个案子，不可能由他一个人说了算！”

“你会有办法的，你是他的妻子，他最心爱的女人，足智多谋的大律师，你一定能够调动他，会让他听你的，为了你们的家，为了你们的幸福生活，你就大胆做吧，相信他一定也会有办法的，他是此案的审判长啊！”

“我从来不干预他的工作，我真的做不到！”如馨义愤当头，完全不能自控，突然手一扬，一口未喝的一杯咖啡突然泼到赵挥脸上。

褐色的汁液顺着赵挥英俊的面庞往下淌，渗进他雪白的衬衫领子里。

他愣住了。

她也愣住了。

他的目光定定地落在她的眼睛上，好半天不说一句话。

室内静得怕人，如馨哆嗦着嘴唇，抽出两张纸巾扔给他，但纸巾很快被浸透了。情急之下，她从包里找出一条一次性白色小毛巾，扔给了他。他抓着小毛巾，并不拿它们擦脸上和脖领上的咖啡，而是看也不看一眼将它揉成一团扔进烟缸里。

他盯着她，一字一顿接上刚才的话题，低声地狠狠地说：“从来没有做过的，不一定永远不能去做，特殊情况还要特殊对待。研究所在你之前从来没有为任何人实施过代孕手术，研究所不是我一个人的，它严密的制度原本没有权力让我做出特殊决定，可为了帮助你，我还是破例使用了一次特权，你是第一例，也是最后一例，唯一的，懂吗？这就叫特殊！”

如馨不想让这个男人看到自己的脆弱，可是眼泪还是不可控制地从眼睛里流出来。她红着眼睛盯着他，低声问：“法院有那么多法官，你为什么把我们当成了猎物？”

“我也不想选择你，可谁让我无意中发现了你的秘密？应该说，是你自己撞上来的，或许，这就叫缘分吧。”

“你卑鄙！”

“第二次骂我卑鄙，骂得好，我的良心也在这么问自己。”

“你还有良心吗？”

“是人，都有良心。说到良心，我倒想问你一句，你凭良心说，幸儿跟吴远虹一起生活能有什么好处？”

正在这时，赵挥手机铃声响起来。他看了一眼来电，低声对如馨道：“你老公，柳法官！”

如馨扭过脸去，不愿看他淌着咖啡的脸。

柳志文在电话那边问：“是赵挥吗？”

赵挥说：“我是赵挥。”

“我是柳志文，下午你到我办公室来一趟。”

啪，不等赵挥有所反应，电话已经挂断。

赵挥对着手机愣了一下，将手机扔到桌面上：“什么人呀，怎么敢这么对我说话？谁敢这样跟我讲话？这是命令吗？让我去他办公室，叶律师，那法院整天讲什么与百姓亲如一家，法官对家里人就这种态度？”

如馨觉得十分解气。什么大款富豪，案子到了柳志文手里，都是普通的当事人，从来不会因为谁钱多就另眼相看。如馨最欣赏的，也正是柳志文这种骨子里的清高。

她淡淡道：“你可以不去啊。”

“我去！我怎么可以不去?！审我案子的法官大人哪，能不去吗？”

如馨的心再度沉了下来：“赵挥，你说过要给我时间的，你是个男人就不能说话不算数！”

“别拿这话激我。我愿意给你时间，可是我还有时间吗？难道给你的时间还不够多吗？”

“你再给我两天时间，让我再想想办法。”

“我该怎么做，只受我自己大脑的指支配，谁说什么都没用。”

整个下午如馨忐忑不安，无心工作，担心两个男人见面会发生什么事。下午早早结束了工作提前回家，心神不定又不得不耐着性子等待柳志文。天落黑时，柳志文进了门，手里拎着山竹和猪蹄。山竹是如馨爱吃的，张金芳则喜欢啃猪蹄。看到柳志文情绪平稳，谈笑风生，如馨一颗心这才暂时落了地。

晚饭后，如馨刚刚走进书房，打开电脑，准备为一个新案子写一份起诉书，赵挥突然打来电话。她关上门悄悄地接了。只听他在电话里说:“叶律师,请转告柳法官,我给他面子,不是怕他,而是出于我对自己人格的尊重。你叫他以后跟我说话客气点,否则别怪我翻脸。”

放下电话,如馨坐在电脑前待了好一会儿,却一个字也没写出来。

今天柳志文把赵挥叫到办公室,主要是委婉地告诉他,他的案子正在按照法律程序正常进行,请他耐心等待,尊重法律,相信法律最终会给予公正裁决,不要企图走歪门邪道,否则只会越搞越糟。柳志文还说,叶如馨与此案已无任何关系,这方面的事,有什么问题直接找他谈。

赵挥听得很明白,柳志文的言外之意是:往后不要再以案子为由,接近他的妻子叶如馨。

一个男人叫另外一个男人离自己的妻子远点,这种心情赵挥很理解。

让赵挥恼怒的是,叶如馨都跟老公说了什么,柳志文凭什么这样对他训话?一个小小法官如此目中无人,我还没去整他,他倒先来整我,凭什么?他很想把叶如馨叫出来痛训一顿,然后看着她痛哭流涕地乞求自己放过她。不过,他最终还是没有发作,忍住了。除了打出一个警告电话,他没有再说什么。

晚饭时,一家人聊天,看柳志文笑话不断,心情不错,如馨便有意无意地问起赵挥的案子。柳志文说:“对,快开庭了。”

“什么时候?”

“下周。”

“这么快?”

“这就是效率,等结了这个案,今年我的结案率又上一新台阶。”

“打算怎么判?有谱吗?”

“这我怎么告诉你?具体怎么判,要看庭审情况。”

“听说赵挥那边准备很充分,幸儿有希望跟他吗?”

“你不会是赵挥安插在我身边的间谍吧?”柳志文笑问。

“怎么会这么想,一想到那个孩子,我替她担心。”

“敞开了说吧,如果孩子是赵挥的,就凭这份执著,我二话不说保证孩子归他。但现在这个情况太特殊了,从落槌那一刻起,我就得对自己审理的案子负全责,出了问题我得担着,你说这个案子我该怎么判?”

如馨竭力让自己笑出来:“你认为该怎样判就怎样判,我相信你的判决永远是正确的,我永远是最支持你的啦。”

第十八章

1

天空阴阴的，似要下雨，却没有雨落下来。不远处的海面变成了一片灰绿色，笼罩在一片薄雾之中。

叶如馨坐在办公室，埋头伏案，一筹莫展。

小杨忽然兴冲冲地敲门进来，一进来就打了一个胜利的手势："馨姐，曙光出现啦！"

这两天如馨一看见小杨，就会不由自主想到那个吃软饭的曲林。一想到自己被诈去的两万块，心脏就会条件反射地疼痛、抽筋。这能怪谁？一个精明的律师，走火入魔般掉进人家的圈套，沦为被人奴役的工具，被一个吃软饭的家伙骗去钱财。真他妈的蠢到家了！如馨有苦难言，有冤都无处诉。

此时，她冷着一张脸，对小杨的"好消息"已不再有任何兴趣。甚至想训骂几句，却忍了忍，什么都没说。

"馨姐，有希望了，"小杨说，"幸儿跟她爸爸生活，这不是不可能的事啦！"

"什么？"如馨冷冷地问。

"在我锲而不舍的努力下，吴远虹终于松了口，同意幸儿回到她爸爸身边啦！"小杨眉飞色舞，"如果这事真成了，我这次也算积了大德。通过这段时间跟吴远虹的接触，我不得不承认，谁跟这个女人一起生活，那真是太不幸了，活脱脱的人间地狱啊，把她那个喜怒无常的坏脾气形容为魔鬼，一点不为过，幸儿这孩子，实在太可怜了。"

"别啰唆了，快讲结果吧，吴远虹改变态度了？"如馨两眼骤然放光，仿佛真看到了一丝希望，难道，这个女人终于良心发现了？

“不过,她是有条件的。”

“有什么条件?”

“只要赵挥同意复婚,她就带着孩子回去,这样……”

如馨又被兜头猛浇冷水。她的目光重新冷下来:“你的意思是,把这个魔鬼重新推回赵挥身边?”

小杨道:“吴远虹是因为失去了赵挥这个亿万富翁,才由一个止常的女人堕落为魔鬼的,如果她能够重新得到了他,自然也就重新回到了人间,恢复为一个正常的女人。”

如馨冷笑:“这是你的想法?还是你当事人的想法?是不是太一相情愿了?考虑过赵挥会接受吗?”

正说着,小杨手机响起来。接完电话,小杨对如馨道:“吴远虹的,她要我尽快联系赵挥的律师谈这件事。”

如馨冷冷地说:“抽风啊? 想起一出是一出,四时不等五时。”

“人家办事讲效率,要不这样,你亲自出面跟吴远虹谈,更直观一些,然后再找赵挥的律师。”

“这事跟我有什么关系? 要我去谈?”

“你不是要免费帮我办案吗? 走吧。”

如馨表面这么说,内心里恨不能立即见到吴远虹,尽快了解到她的真实想法。除了复婚,还有没有别的可能?

见了面。吴远虹盯着如馨劈头就问:“怎么是你来了? 我要找的是赵挥的律师,你是吗?”

小杨说:“叶律师是我请来帮助我们的。”

如馨直截了当地问:“复婚是你唯一的条件吗? 有没有可以代替的条件?”

吴远虹冷冷地盯着她:“怎么? 你觉得我和赵挥没有复合可能?”

“我是为你好。你曾经口口声声说赵挥变态,跟一个你认为变态的人生活在一起,会有幸福吗?”

吴远虹瞥了如馨几眼,好一会儿才道:“那都是气话。在我所接触过的男人中,赵挥是最优秀的,也曾经是对我最好的。我们本来过着很幸福的生活,是我自己没有珍惜,不小心毁了这个家。离婚以来,思来想去,我还是爱他的,我不能没有他,他既然一心要幸儿回家,这说明他心里还有我,因为我是幸儿的亲妈!”

如馨看着吴远虹的眼睛问:“这才是你的心里话,对吧?”

吴远虹忽然流了泪,脸上竟然有了一丝难得一见的柔情。

“如果不能复婚,为了幸儿,你愿意幸儿回到赵挥身边吗?”

“不，我不可能和女儿分开，如果他不同意跟我在一起，女儿也绝不可能跟他在一起！”吴远虹擦掉眼泪，脸上的柔情一下子不见了，取而代之的是先前那种坚硬和仇恨。

与吴远虹分手后。小杨说：“事到如今，也只能死马当作活马医了。没准复婚是一条路子呢。夫妻间感情原本就是复杂的，谁也说不清楚的，一辈子就这么长，离离合合反反复复都是难免的，当初离婚或许是冲动，没准赵挥也后悔了呢。他如此爱女儿，爱女儿爱到骨头里，为了女儿为什么不能原谅前妻的过错？难道他就没有错吗？”

“离婚是冲动，你认为赵挥是那种容易冲动的人吗？”如馨没好气地反诘。

“怎么着也得找赵挥谈谈呀，万一有希望呢？”

毕竟这也是一条出路。有路就有希望。如馨怀着复杂的心情，联系了赵挥。当他听完如馨的转述，就像在听别人的故事，表情竟然十分平静。咖啡桌前，他专注地注视着叶如馨。他的眼神里含有一缕忧郁一缕思考，还有一缕轻蔑。

“为什么这么看着我？”如馨问他。

“我想请你替我回答，复婚，这可能吗？”他问她。

“我怎会知道，”如馨说，“我是在问你，得由你回答。”

“接触这么久了，对我这个人你多多少少应该有所了解，难道你就没有别的什么建议？”

“我觉得，人难免犯错误，你如此胸怀大度，能容纳幸儿，为什么不能容纳她？她哭了，当我看到她的眼泪时，凭着直觉，我确定她是爱你的，很怀念很留恋你们那个曾经幸福的家……”如馨小心地谈着自己的看法。

“如果我答应复婚，叶律师，你的难题是不是一下子就迎刃而解了？”

“或许，对我们双方都有好处，对你也是，毕竟你们之间有过幸福的岁月……”

“不要再提幸福这个词，这两个字只会让我想到耻辱。”

“你既然这么爱幸儿，为了幸儿，你……”

他打断她：“为了幸儿，我什么都可以做，括弧，一切与吴远虹有关的事情除外。”

“她真的还在爱着你。”

“爱？我已经感受不到什么是爱。至少，我可以肯定，我已经不爱了，我可以原谅一切，但我只能跟我爱的女人一起生活，这才是最重要的，我不能强迫自己，懂吗？我好不容易逃离了那个火坑，你现在又想把我推回去，叶律师，你不觉得自己太自私太残忍了吗？”

“感情可以慢慢培养。”如馨试图说服他。

“晚了，我已经心有所属，不可能再和其他任何女人培养感情了。”

“心有所属？爱上别的女人了？”

“对。”

“那为什么一定要幸儿呢？你完全可以和你的爱人开始自己的新生活呀。”

“因为你根本不懂，一个男人、一个父亲的感情。”

如馨还是不死心：“你考虑考虑吧，也许只有这样，才是幸儿回到你身边的唯一办法。”

“你这个女人为什么如此顽固？我明确告诉你，吴远虹要复婚，只有一个办法。”

“什么？”如馨睁大双眼。

“除非我死了，在我无法掌管自己肉体的时候，让她和我的尸体复婚。”

“那怎么办？究竟该怎么办？”如馨简直快要疯掉。

“你会想办法的，马上就要开庭了，叶律师，你一次一次让我给你时间，我告诉你，我已经没有时间了，如果到时候幸儿没能判给我，恐怕我就没有办法保证柳法官的一世清名了。”

“赵挥，赵先生，赵大哥，你说过，你我同病相怜，有共同的不幸和苦衷，你又何必苦苦逼我？我已经无路可走了。”如馨神情憔悴，双目发红。

“因为我首先已经无路可走了。”他语气平静，平静里透着一股狠劲。

“难道没有幸儿，你就不能活吗？”

“没有幸儿我可以活，而且活得很好。关键是幸儿没有我，她会活得很不好！我不允许她活得很不好！”

2

叶如馨痛苦地徘徊在周艳住所的楼下。

冬日的寒风吹着她的脸，圣诞节的气氛越来越浓。从超市到商场、从餐馆到酒店，几乎所有营业场所都张贴着圣诞老人的头像，门窗上喷绘着“圣诞快乐”的字样。漂亮的圣诞树，圣诞贺卡和新年贺卡充斥着眼球，大街小巷到处都充满着节日的喜庆气氛。

如馨的心里，一丝喜庆都找不到。原本清澈的双眼布满血丝，已经几天没有睡个好觉了，严重睡眠不足。夜里睡不着，又不能让同睡一床的柳志文发现。要装睡，装成死人，一动不动地躺着。度夜如年，煎熬至极，早晨头痛欲裂，却要装作精神抖擞的样子，强颜欢笑。

她终于作出了决定。脸上流着泪，心里滴着血，终于咬牙切齿地作出了决定。

周艳腹内的孩子，流淌着自己和丈夫骨血的孩子，一度给她带来美好希望的孩子，为了这个家，为了丈夫，为了自己，她一手制造出来的孩子，如今，它已经成了痛苦的源泉！它不断地冒着苦水，她舔呀舔呀，这份苦水浸透了身心，仍然不知何时是个尽头……还是为了这个家，为了丈夫，她不得不痛下决心：亲手把它送走。

原以为，孩子是那么重要。可现在，与丈夫的清白、荣誉和尊严比起来，她必须选择后者。宝贝，你要为爸爸作出牺牲，因为，你来这个世上的方式是如此的不合适，不恰当。你不该来，这就是你的命。

错，是我一个人的。我是个罪人！上帝！我罪不可恕！

如果下辈子让我下地狱，我认！

如馨终于抹掉眼泪，挺起胸脯，让平静回到脸上。她一步步上楼，敲开了周艳的门。

听完如馨的决定，周艳大吃一惊。

她本能的反应是双手护住肚子，惊恐地望着如馨，大叫一声："不！"

一向冷静的周艳，居然也不能冷静。

她望着如馨，就像望着一个刽子手，望着一个出尔反尔背信弃义的逃兵："为什么？为什么？你的理由是什么？"

"没有理由。"

"没有理由？这是闹着玩儿的吗？我的青春，我的生命，我的身体，就是让你用来做游戏做实验吗？我不同意，我不会同意的！"周艳激烈地抗拒着这突如其来的"灾难"。

"请不要问理由，好吗？我也很痛，我对不起你。"如馨的话是如此苍白、无力。谁知道她的心在无声地滴血呢？

"既知今日，何必当初？你当初为什么要这么干？孩子都快五个月了，你就忍心吗？你不觉得很可惜吗？"周艳抱着肚子，痛哭流涕。

如馨再也无法强装坚强，她抱着周艳失声痛哭。

她悲痛无比的哭声把周艳镇住了。周艳用纸巾给她擦泪："大姐，你告诉我，究竟发生了什么事？”

“别问了，大姐这是迫不得已。”

“上次你曾担心会有人来找我作鉴定，其实我一直都很安全，从来没有人来找过我。”

“从来没有过的事，不等于以后不会有。大姐求你了，你就算帮大姐的忙吧。”

“可是，可是……”周艳又哭起来，伤心至极。

“艳，我单方面撕毁协议，我来承担全责。你做这件事，目的不是为了生孩子，而是为了给你妈妈挣回救命钱，大姐理解，你放心，合同约定的钱，大姐会一分不少付给你的。”如馨咬着牙给予承诺。

当晚，如馨再次来到周艳住处，送来六万元。这是合同约定的第二笔款项。

“还剩三万，我给你打个欠条，过一阵手头缓过来，一定会尽早给你的。等做完手术休养一阵，你赶紧回去照顾妈妈吧，这段时间辛苦你了。”

周艳没说什么，尽管有些过意不去，还是默默地收起了钱。

如馨又一次成了负债人。原本要卖些股票，打开电脑一看，几天前卖掉的又长了一截。目前市场形势大好，所持股票进入良好上升通道，此时再卖实在不忍。犹豫了一下，本想向周芸借，考虑到她工资不高，就打消了这念头。于是编个借口向李菲开了口。李菲家资过千万，丈夫做生意，遇到些法律上的问题没少麻烦过如馨。李菲对别人一毛不拔，对如馨还是够意思的，二话不说送来几捆现钞，还问够不够，不够尽管开口。

如馨如数付款的行为，着实让周艳受到震撼，也让她更加认定，大姐是个好人。其实如果她不给钱，周艳是毫无办法的。合同不受法律保护，起诉没有任何效果。而如果要周艳撕破脸皮去做 DNA，千方百计找如馨家里去闹，而她也着实做不出来。真的，如果如馨有一丁点儿不善之心，周艳只能成为违规代孕的牺牲品，受害者，自认倒霉。

细心的周艳发现，大姐一定有什么苦衷，迫不得已而为之。周艳可以肯定，大姐爱这孩子。如今却突然做出这样的反常决定，周艳看得出大姐正遭受着非常人能忍的巨大痛苦。为了大姐对她的厚待，她觉得不能就这样让大姐失去这个孩子。但她不知道究竟发生了什么，想帮助大姐，却不知从何做起。

周艳苦思冥想，终于想到了黄玉梅教授。这也是她在这个城市除大姐之外唯一的“熟人”。她瞒着如馨打车跑到研究中心，找到了黄教授。她讲出了她的疑虑，讲出了帮助大姐的愿望。黄教授也大吃一惊，这事实在太奇怪了！由于当初直接受命于董事长做此手术，待周艳离去后，黄教授稍一犹豫，还是拿起了电话。

3

叶如馨联系了医院的妇产科,约好了时间。

当然,这一切依然秘密进行,不能让家里任何人看出她有什么异常行为。

之后,如馨平静地给赵挥打了电话。她告诉他,一切都安排好了,他只要等待开庭,静候佳音就是了。

赵挥冷冷地问她:“幸儿能够通过合法途径回到我身边?”

如馨冷静地回答:“会的,你就放心吧。”

放下电话, 如馨又打电话给小杨:“我正式免费协助你办理吴远虹一案,让吴远虹过来签委托合同,我要亲自出庭!”

小杨不解地问:“你怎么啦?”

“据说赵挥那边准备得非常充足,我担心他暗箱操作,担心你输官司。”

放下电话,如馨拿出小镜子照照自己,她看见自己脸色铁青,双目发红,基本已丧失了理智,快要发疯。这段时间,她感觉自己就像一只笼中困兽,因不慎失足而被人捉住,继而玩弄于股掌之中,痛楚、屈辱和仇恨的火焰在她心中愈燃愈烈,她不禁咬牙切齿地想,赵挥啊赵挥,你如此丧失人性地逼我,不择手段地害我,口口声声要通过合法途径讨回女儿,你如此胁迫我们,怎么又叫合法?既然你不仁,休怪我不义,我绝不可能让你达到目的!想要回女儿,做梦!去死吧你!

尽管周艳苦苦相求,留下这个孩子,如馨仍是狠着心肠把她送进了医院产科。

周艳进了手术室。如馨以家属的身份,颤抖着手在医生拿出的手术协议上签字。

这一刻,她又一次落泪了。无声地,不让任何人看见。

也在这一刻,她的名字还没写完整,一只大手猛地从旁边伸过来,夺去她手里的签字笔,扔到旁边的垃圾桶里。

她惊异地回过头,是赵挥!

“你要毁灭证据吗?”他压低着声音质问她。

此时此刻,如馨心头压抑已久的愤怒就像火山一样,顿时爆发出来,她一言不发,劈手就是一记耳光,狠狠掴在那张英俊的脸上。

这一次,赵挥没有躲开。

他狠狠瞪了她一眼,冷冷地对医生道:“不能签,孩子的父亲不同意!”

丢下这句话,赵挥转身飞奔向手术室。

手术室里,护士正在帮助周艳脱衣躺下,周艳还在犹豫不决之中,只见一个男人不顾一切地大步闯入,双手托起她的身体,大步飞奔而去。

待如馨追出去时,周艳已被赵挥塞进汽车,飞驰而去。

“浑蛋!浑蛋!”如馨一边咬牙切齿地骂着,一边逛踩油门追去。

如馨一路追到赵挥的别墅。在大门口,她不顾保镖阻拦,拼着小命闯了进去。

“周艳!周艳!”她大声叫着周艳的名字,“别听他的,他要害我……”

却不料周艳十分配合赵挥,她从车里出来,迅速跟着赵挥进屋上楼,顺从地被赵挥锁进一间屋子。

赵挥像一堵墙,堵在楼梯口,居高临下地望着如馨。

他的表情依然平静,脸上隐约还留着如馨的指印。

“赵挥,你这个小人!你要干什么?!是谁告诉你的?是谁?”如馨痛苦得发疯。手术这事只有她和周艳二人知道,难道周艳和赵挥本就是一伙?

“周艳!你出来!你这个骗子,我瞎了眼睛,我看错你了!你给我出来!”如馨痛苦地大叫着。

赵挥冷冷地望着她:“叶律师,曾经我觉得你非常善解人意,善于倾听,为什么现在变得如此急躁?不分青红皂白就给人下结论,这不应该是你的作风。”

“赵挥,你想干什么?你都说出来吧,今天我豁上这条命,我跟你拼了!”

“拼命?我不愿意,我的兄弟们也不会同意。”他依然十分冷静。

刚才在外面的那个强壮的黑衣青年走了过来,在旁边盯着如馨。

如馨血红的眼睛闪着寒光:“你们要干什么?要杀人吗?”

赵挥冲青年挥挥手:“小顾谁让你进来的?先出去!”

黑衣青年低着头迅速退了出去。

“别害怕,叶律师,我并不想惊吓你,来吧,先坐下来,喝杯热茶,定定神,我们好好谈谈。”

“我跟你没什么好谈的。”

“我要谈。首先,你冤枉了周艳。周艳不是骗子,你没有看错人,周艳是个好姑娘。今天我跟她是第一次接触,之前,我和她毫无瓜葛,素不相识,只不过在你之前看到过她的个人资料而已。”

“赵挥!你究竟要干什么?”

“别这么激动，叶律师，请听我说，我的计划终止了，我们的交易，就算是交易吧，结束了，我正式宣布退出。”

如馨无法理解他的话意。她呆呆地望着他。

赵挥又道：“原本，基于两桩美好的愿望，我给你一个孩子，你给我一个孩子，两桩都成，最好不过。可现在看来，不能两全了。”

如馨还是回不过神。

赵挥轻轻叹了口气：“我理解失去孩子的痛苦。既然你我同病相怜，虽然我很痛，但还是决定成全你，不要让你也失去孩子，两个家庭，两个美好的愿望，不管哪件成了，都是值得庆贺的事。对吗？”

“你在说什么？我听不明白！”

“别做傻事了，叶律师，让周艳把孩子生下来吧，既然你那么爱这个孩子。”

“你的目的是什么？将来拿孩子毁我的丈夫吗？”

“别把我想得这么龌龊，你走吧，回去好好想想，想明白了，再来接周艳，我这里的保姆会照顾好她的。”

“我不能走！你也不能走！很快就要开庭了，我不允许你害我丈夫！”

“那你住下吧，反正这儿有的是房子。”

“你究竟安的什么心？”

“别这么多疑，职业病是吧？周艳肚子里的孩子和幸儿已经不再具备因果关系了，听不懂人话吗？幸儿的事，你凭着良心能做到哪儿就做到哪儿吧，我不会再为难你了。”

“你怎么会这么好心？”

“我从来都这么好心，你为什么不肯相信？”赵挥突然发了火。

“那前一阵为什么苦苦相逼？”

“前一阵我疯了，满意了吗？快走吧，别让我再看到你！不然我会后悔的！”

4

黄昏，在灰蒙蒙的雾气中，叶如馨将信将疑、无可奈何地离开了赵挥别墅。没有别的办法，天已经黑了，不能不回家。次日一早，她又匆匆赶去。

周艳正在吃早餐，气色红润，情绪平静。

“赵挥呢？”如馨问她。

“那个男人昨天晚上就离开了,不知道去哪儿了。”周艳说。

“谁做的饭?”

“一位阿姨。”

“他有对你说什么吗?”

“他跟我总共说了一句话,他说这个孩子来之不易,说你需要这孩子,让我保持愉快心情,顺利把孩子生下来。”

如馨呆坐着,捉摸不透赵挥又在要什么花招。

半天,如馨道:“走吧,我们去医院。”

“不,我绝不去!大姐,你来听听,它在我肚子里运动呢,我舍不得就这样结束它……”周艳拉起如馨的手,按在自己腹部,“你感觉到了吗?你舍得吗?”周艳落泪了。如馨也落了泪。周艳又道,“大姐,我收了你的钱,我一定要给你一个健康的宝宝!我看得出,你也舍不得,不是吗?”

“他到底跟你说了什么?”如馨克制着自己,强迫自己冷静。

“真的什么也没说!”

“他是不是给了你一大笔钱?还是承诺了你什么?”

“不!大姐,请不要侮辱我!他一分钱也没有给我,也没有做任何承诺。生下这个孩子真的是我心甘情愿,如果不能给你一个孩子,我的良心可能会受一辈子折磨。”

“这是个阴谋。”如馨又一次流下了泪。

“不!我看得出他是个好人,他绝对不会伤害你,你干吗这样多疑?”

“我多疑?”

“是,你太多疑了,为什么不肯相信别人的好心?”

“你为什么替他说话?”

“我是凭着良心说话,这个男人,我感觉他很替你着想,孩子的父亲是他吗?”

如馨吃惊地盯着周艳:“他不是!这孩子和他没有任何关系,你别胡乱猜疑。走吧,跟我走。”

“去哪儿?”

“回老地方。”

“大姐,让我在这儿住两天好吗?就两天。我长这么大,从来还没有在海边住过,我觉得周围景色太美啦,跟画儿一样,我想今天到海边走走,可以吗?”

如馨那套老宅地处内陆,周围是闹市,又像鸽子笼一样狭小,周艳整日闷在那里,确实不是滋味。这所优雅华丽的别墅,对周艳来讲,无疑就是梦幻般、天堂般的住所。见周艳如此恳求,如馨也不再勉强。

叶如馨回到办公室,小杨正在到处找她。小杨拿着吴远虹的委托合同,要叶如馨兑现承诺,免费帮助小杨,成为共同代理。如馨接过合同,一言不发撕掉,扔进垃圾篓。小杨瞪大双眼:“堂堂大律师,怎能言而无信,涮人玩儿呢?”

“下回你涮我,行吗?”

“你……”

“别烦了,让我清静一会儿。”如馨不耐烦地挥挥手,把脑袋埋进臂弯里。任凭小杨说什么,她都置之不理。

小杨正要离开,如馨又猛地站起来,拎起包抓起外套飞奔出去。看着她风风火火的背影,小杨不禁诧异不已:近段时间,这个女人究竟是怎么啦?太不正常了。

如馨还清晰地记着,上次幸儿跟她说过的就读的学校。如馨一路疾驰,到了那所学校,没费多大周折,就找到了幸儿所在的班级,找到了幸儿的老师。从老师这儿,她了解到,幸儿原是个头脑聪明个性活泼的孩子,自从父母离异后,成绩就一落千丈,怎么补都补不起来。不仅如此,性格也大变。小小年纪,总是神情抑郁,不喜欢集体活动,经常一个人发呆。

“她没有高兴的时候?”如馨问。

“有,每次她爸爸来看她的时候,会暂时高兴一阵儿。”

“我可以单独跟她谈谈吗?”

“可以。”

老师从教室里把幸儿叫到办公室,关上门出去了。

“幸儿,你还记得阿姨吗?”如馨蹲下去,双手拥住幸儿稚嫩的双肩,望着孩子的小脸。

“记得,我在阿姨家住过一晚。”幸儿低声回答,眼睛却不愿与她对视,而是低头看着自己的脚尖,并竭力挣脱了如馨的双手。

“还记得跟阿姨说过的话吗?”

幸儿摇摇头:“不记得了。”

“想爸爸吗?”

“想!”

“阿姨问你,爸爸和妈妈,哪个对你更好?”

“爸爸。”幸儿不假思索。

“在他们两个人之间选一个,你选谁?你最想和谁生活在一起?”

“我想一家三口生活在一起。”眼泪从幸儿眼睛落出。她低下脑袋，自己用手背抹了抹。

“如果只能选一个呢？说心里话？”如馨紧紧地望着她。

“爸爸。”

“你想和爸爸一起生活，对吗？”

“是。”幸儿咬着嘴唇说。

“跟妈妈在一起的日子，妈妈有没有打你？骂你？妈妈有没有经常对你撒谎？”

“嗯。”幸儿点点头，却不肯说出来。

“有没有？你大声说出来。”

“有！”

“幸儿，为了你和爸爸的幸福，明天会有人接你到法庭，你曾经给阿姨说过，到了法庭你也敢把这些心里话说出来，对吗？”

“为什么去法庭？”

“为了你以后能和爸爸生活在一起。”

“真的吗？”

“真的，只要你敢在法官面前，回答律师提出的问题，大声说出心里话，从此以后就会和爸爸在一起，永远不会再分开。”

“好吧。”幸儿点点头。

第十九章

1

明天就要开庭了。这时候，如馨已完全从内心里希望，如赵挥所愿，幸儿能回到他身边。晚饭时，如馨又忍不住向柳志文询问起这个案子。

“如果赵挥证据很充分，能够证明吴远虹虐待孩子，又有精神分裂方面的隐疾，而孩子又表示愿意跟爸爸生活，你们还会维持原判吗？”

“孩子毕竟只有十岁，人伦常理她还不懂。”

“但已经十岁的孩子了，作为限制民事行为能力人，她有权选择更适合她的生活。”

“这需要审议，不能我一个人说了算，看庭审情况吧。”

“就算不是亲生女儿，但如果她亲口说出亲生母亲打骂虐待，而养父非常慈爱，你们也应该慎重考虑，不能光把血缘伦理放第一位。”

“当然，如果吴远虹真的有精神方面的疾病，而孩子说的虐待又是事实，我们当然会考虑。”

如馨正准备找借口饭后外出，正思忖着编什么理由时，柳志文忽然接到同事老张妻子打来的电话，说老张被人捅了。柳志文二话不说推开饭碗抓了衣服飞奔出门。柳志文前脚出门，如馨也无心吃饭，跟着就要出去。面对婆婆质疑的目光，她谎称去一趟律师所，加班查案卷。

厨房灶上正煲着汤，儿子媳妇一口没喝就匆匆出去，这让张金芳郁闷不已。

如馨打电话约见赵挥。赵挥在电话里情绪低落，不愿见面。如馨说，你不想争取女儿了吗？你快出来，关系到明日的判决，我有重要情况跟你商谈。在等待赵挥的时间里，如馨去了律师所，坐在办公桌前让大脑冷静下来，整理思绪，刷刷地在一页纸上记下明日法庭上律师要询问幸儿的十多个问题。写完后，她逐一捋了一遍，长舒一口气。每一个问题都直击要害，一针见血，这对法庭作出对原告有利的判决至关重要。

几分钟后，如馨与赵挥在律师所附近那家茶楼见了面。

如馨直截了当说出自己的想法："在这个案子里，幸儿是最关键的人，你从来没想过让她出庭？"

赵挥静静地坐着，沉默地望着她。

"这个，你拿着，明天交给你的律师，他知道该怎么做的。"如馨从包里掏出那页记满关键性问题的纸："明天，把幸儿接到法庭。"

赵挥接过纸张，仔细地看过一遍。

"怎么样？你看还有什么漏洞？有什么要补充的吗？"如馨问。

赵挥一言不发，双手捏着纸页撕了起来，只听哧，哧，哧，如馨花费半天心思写出来的东西，登时变成一堆碎片，丢进烟灰缸内。

"赵挥！"如馨又惊又恼，"你这是干什么？你疯啦？"

赵挥望着如馨的眼睛："你们当律师的，为了达到诉讼目的，都是这么不择手段，这么残忍吗？"

如馨道："我在帮助你！你为了争取女儿，难道没有不择手段吗？"

"我的律师早有这个建议，我不同意。"

"为什么？"

"我不想幸儿直面大人之间的恩怨。"

"作为第三当事人，她必须面对！她出庭很正常，她还可以作为证人作出对你有利的证词！"

"幸儿已经很可怜了，让这个不幸的孩子站在法庭上，从爸爸妈妈当中选择一个，放弃一个，让她当众说出她的妈妈有多么坏，多么不好，你不觉得这对孩子太残忍了吗？我不忍在法庭上看到幸儿痛苦的眼神。"

"为了孩子以后的幸福，你必须忍一时之痛！"

"就这一时之痛，我忍不了。就算能忍，就能赢回女儿吗？你以为幸儿会照着你的思路去说吗？"

"她会的！"

"你了解她？还是我了解她？如果她不呢？如果她说出相反的话呢？我是不是要当庭陷入更加被动的境地？一点挽回的可能不再有，是不是所有努力付之东流，前功尽弃？"

"你们父女不是感情很好吗？你那么疼她，她那么依恋你，她怎么可能不选择你呢？难道你连这点信心都没有？你是信不过她？还是信不过你对她的爱？不管结果怎么样，总得努力一把，不试怎么知道？”

“别说了，她毕竟是个孩子！孩子的无常和无奈我们谁也预料不到！”

“幸儿很懂事，她知道好歹，她不是一个糊涂的孩子！”

“正因为她太懂事，所以才不能让她出庭。我太了解吴远虹了。你们就别去难为孩子，别去撕裂孩子的心了。”

赵挥静静地坐着，沉默着，一支接一支地抽烟。这一次，如馨没有像往常那样提前离开。她一直默默地陪他坐着，谁也没再说一句话。

大约九点多钟，两人离开茶楼。刚刚出了大门没几步，如馨由于满腹心事，一不小心左脚踩到了一块香蕉皮，脚下突然打滑，身子顿时失去平衡，差点摔倒在地。走在旁边的赵挥眼疾手快，及时伸出手，一把将她拉住。如馨失去重心的身体在这一瞬间一下子倒进他的怀里。

夜色掩映下，她感觉到自己的脸颊烫得厉害。

“对不起！”她红着脸忙推开他。刚一直立，左脚踝处就传来钻心的疼痛。

“为什么对不起？你又不是故意的。”他再次一把扶住她，架着她的身体向她的汽车走去。

就在这时，如馨清晰地听到前面不远处传来一个奇怪的响声。抬头看去，竟然看到婆婆张金芳站在人行道的灯影中，充满怨恨的眼神此时正在怔怔地望着她。婆婆身前的地面上，跌落着一只保温饭盒，冒着热气的汤正在地上流淌。

如馨慌忙叫了一声：“妈。”

张金芳仿佛没听见，她望望儿媳，又望望儿媳身边的男人，一句话也没说，转身走了。

如馨推开赵挥想要追去，一抬脚又猛地摔倒在地。左脚给崴了，抽筋般地疼。赵挥上前不由分说抱起她，将她抱进了她的汽车。

“上医院吧？”他说。

“没事儿，缓一下就好了。你走吧。”

“真没事儿？”他问。

“麻烦你帮我把那个饭盒给捡回来。”如馨指着前方地面上的饭盒。

赵挥前去捡了饭盒，交到她手里。

她再次催他：“你走吧，左脚，不影响开车。”

自动挡，用不上左脚。

赵挥一声不响回到自己的汽车，并没有立即离去。而是坐在车内默默地注视着她的车子。

如馨在车里歇了大半个小时，脚上的疼痛缓解许多，大脑也逐渐恢复了冷静，并且想好了如何跟婆婆解释，这才启动了车子，徐徐离去。

近段时间，张金芳一直觉得儿媳有些怪怪的，早出晚归，似乎总有些神神秘秘的事瞒着大家。为此，她的心里也总是消除不了一些奇怪的想法。今天晚上如馨饭没吃完就离开了家，张金芳心里更加不是滋味。一是心疼儿媳为加班废寝忘食；二是疑惑儿媳究竟是不是加班。于是就拎着煲好的汤从家里出来，一路去了律师所。如果儿媳真的加班，刚好送汤给她喝。如果儿媳没有加班，也好探个究竟，她到底有没有说谎。

然而，张金芳并没有在律师所看到儿媳的身影。从楼下看办公室的窗口黑着灯，她还是不死心，跟门卫说了半天好话才得以进楼，上去敲门，根本无人回应。她失望地离开律师所，往回走的路上，路过那家茶楼，张金芳无意中看到停在门外的儿媳的车。

老太太就一直坐在树影下等待。直到听到门口那儿有了响动，回过头去，迎面看到儿媳靠着一个男人的身体走路的一幕。这太可怕了，老太太仿佛被人背后捅了一刀，一颗母亲的心开始流血。

2

夜幕沉沉，冷风飕飕。如馨拎着饭盒，瘸着一只脚回到了家。

柳志文还没回来。柳洪亮一个人坐在客厅看电视。

“爸，妈呢？”如馨问。

柳洪亮朝卧室努努嘴：“给你送完汤，回来一进门就关屋里，可能睡了，牙没刷脸没洗的。”

如馨将饭盒送进厨房，来到婆婆屋门口，小声地叫着：“妈！妈！你开开门！”

“怎么啦？”柳洪亮问。

“没事儿，爸，你看电视吧，我就想跟妈说句话。”

如馨又叫了大约十多声，屋里一点动静没有。

柳洪亮看不过去，站起来走到门前，拍着门大声道：“金芳！你干吗呢？如馨叫了半天门没听到吗？开门！”

如馨无奈地说：“爸，算了，明天再说吧。”

如馨正要转身离去，吱呀一声，门开了一条缝。

如馨一步跨进去，顺手关上门，将柳洪亮关在外面。

屋里没开灯，张金芳坐在床头，一言不发，泪流满面。

“妈，今晚……”如馨压低了声音。

张金芳打断她：“什么也别说，我不想听。”

“对不起！妈，误会，是个误会！”

“既然是误会，说什么对不起？”

“妈，您听我说……”

“如馨，你说什么都没用，我已经亲眼看到了，我不想听你给自己找理由。我听够了。我当初不让儿子找律师，现在看来仍然是正确的。律师这张嘴，我早领教过了，已经害怕了，你不要再费口舌了，出去，我要休息。”

如馨准备好的话一句也没说出来，全给堵了回去。

张金芳很受伤，这次是真的伤了心。以前不论女儿怎么绘声绘色地描述，她都不肯相信。这次，她的眼睛告诉自己：无风不起浪。因为觉得柳家欠了儿媳，为了弥补这份亏欠，她一个长辈，一天到晚捧着她，哄着她，千方百计让她吃好，休息好，怕她累着，饿着，就像侍奉女王似的侍奉她，就是亲生女儿也没有这样的待遇啊。亲家母病了，自己这么大岁数了，竟像孙子一样，来来回回地跑去看望，有什么稀罕物品，吃的用的，也不忘给分去一半。这么干都是为了什么？不就是想把心窝子里的东西掏出来，换回她的心？可是儿媳呢？她珍惜过吗？就算把心都扒出来给她，也拴不住她的心啊！你把她当回事，她把你当回事了吗？这儿媳靠不住啊，留住她的人，留不住她的心，她是不是早晚要跑掉？早晚要跟了别人？这么一想，张金芳愈发伤心，痛心，她可怜儿子，为儿子而痛。

如馨却没想这么多，见婆婆冷冰冰的样子，也不便强求，担心越描越黑，只好垂头丧气回到自己房间。房间里空荡荡的，这时才蓦然想起老张被捅的事。柳志文所在的法院几乎每年都会出意外。前年一位庭长不听医生劝告，连续三天三夜处理积案，第四天当他走出办公室时，扑通一声倒地身亡。医生说劳累过度诱发心肌梗塞，去世时还不到五十岁。去年，一位年轻的女法官在家门口遭人围攻，竟被殴打致残。谁也无法想到，这个法院还会有哪些年轻的生命遭受意外突发的威胁和袭击，会在某一天随风而逝。柳志文也一样，日夜为各种案子奔波、操劳，得罪人、被个别不法分子仇恨是免不了的事，想到这里，如馨就感到一种特别的担心和牵挂涌上心头。难怪婆婆当初坚决阻挠儿子找律师，家里有一个高风险职业者已经够让人担惊受怕，再加一个，若没有特别结实的心脏，还真让人难以承受。

柳志文进门时已是凌晨两点。想到老张的不幸，如馨冲动地抱住他，看到他平安健康完好无损，心里才稍稍踏实下来。柳志文却根本没有注意她的不安情绪，他推开了她，不去洗脸睡觉，而是打开大灯，翻箱倒柜找存折。终于找到了他需要的存折，只见上面余额只剩三百多元。柳志文不禁瞪着妻子："钱呢？前一阵这上面不是还有一万多块吗？去哪儿了？"

如馨暗自叫苦，又不得不面对："我妈那边有点紧张，前几天我给她拿去了，我爸说过一阵就报出来了，到时候给咱退回来。"

柳志文坐在地板上，懊恼地摆摆手："拿去给妈治病了，还退什么退，你手上能拿出来多少？"

"我？"如馨想了想，"明天吧，明天我能凑个一万两万。"

"整天就知道买股票，赶紧找机会把股票出手一部分。挣钱干吗呀？用钱的时候就麻爪。"

"知道了。"

柳志文将存折扔回柜屉，起身去了洗手间。如馨从后面跟进来，从镜子里望着他的脸："老张是被嫌疑人捅的吗？这应该也算工伤啊？你们院里没出钱吗？"

柳志文叹了一口气："你这个女人怎么这么说话？不问问老张伤得怎么样，开口就是钱。院里出钱也得等财务上班啊。"

"噢，伤得怎么样？"

"砍了二十多刀，脑袋，面部，眼睛，下巴，胳膊，腿，后背，前胸，肝脏，差点伤了动脉，就在他家楼下，要不是他媳妇哭着喊着跑出来，120又来得及时，这次肯定没命了。"

如馨听得后背飕飕发凉。这哪里是简单的捅人呀，简直就是把人往死里整。她两眼发直地看着丈夫："他现在怎么样？活过来了吗？"

"重度昏迷，一条命算是捡回来了，但以后怎么样很难说，明天早上手术，能不能醒来，会不会在床上躺一辈子，就要看他的造化了。"

这一夜如馨没有睡踏实，柳志文倒是挨着枕头就起了鼾声。次日天蒙蒙亮，如馨还睡意蒙眬时，柳志文已翻身起床，并摇醒了她。

"我现在去医院，但我只能在医院待到八点半。九点钟赵挥案子开庭，耽误不得。你今天牺牲点时间好不好？你先凑点钱来，尽快带钱到医院，老张媳妇是个家庭妇女，医院的事怕她弄不明白，你去搭把手帮帮她的忙，行吗？"

"嗯。"如馨点头应允，大脑里想着赵挥的案子，迅速盘算着时间该如何分配。

"老张媳妇下岗多年，孩子在上大学，一分闲钱都拿不出来，他媳妇昨晚打电话哭着跟亲戚借钱，我这心里别提多难受了，你先跟同事借点儿，我会尽快想办法还上的。”

丢下这句话，柳志文就急匆匆地走了。张金芳在后面喊他吃点东西再出门，他说等不及了。如馨起身来到厨房，张金芳一见她就别过脸去，不跟她照面。她主动跟婆婆说话，张金芳掉着一张脸，爱答不理。早餐桌上的气氛从未有过的尴尬。饭后如馨在厨房洗碗，张金芳这才说了一句话："今天你晚点走，我们谈谈吧。"

想到今天大堆事情在等着，如馨大脑一下子炸开了。她硬着头皮跟婆婆说："妈，今天确实很忙，好几件事排着队呢，这样，晚上我早点回来，好好谈谈，行吗？"

张金芳冷冷地瞅了她一眼："你忙吧，算我没说。"

看看时间，如馨无心安抚婆婆的情绪，换了衣服拎起包急急离开了家。

3

此时离开庭还有一个半小时。如馨联系到代理赵挥此案的韩律师，迅速驱车赶去见面，开门见山说明了来意。韩律师告诉她，让幸儿出庭的事，他从一开始就提出来了，但老板不同意，他不能擅自做主。

如馨说："赵先生不是不同意，他是在犹豫。作为代理人，为了帮当事人争取权益，你有权作出临时决定……"如馨掏出笔记本，刷刷刷地重新写出昨晚被赵挥撕碎的纸条上的几个问题，"这个你看一下，你还可以发挥一些，总之，只要让幸儿说出心里话，对赵先生只有好处没有坏处。"

韩律师不解地看着她："叶律师，我没记错的话，你曾经代理吴远虹，为什么……"

"赵先生帮过我的忙，我不过凭着良心做一点力所能及的事而已。这件事，其实不仅仅是在帮赵先生，我主要是想帮这个可怜的孩子，你明白吗？"顺从了自己的良心，却违背了职业道德。是的，在任何人看来，她都不应该这么做。

"我必须向老板请示一下。"韩律师说，"我们没考虑这个环节，没有准备，这太突然了，会弄巧成拙的。"

"没有时间了，别请示了，这样只会误事。我以我的良心和人格保证，我的确想帮助赵先生和幸儿！幸儿已经十岁多了，限制民事行为能力人，又是第三当事人,她出庭合理合法。另外作为证人,她完全可以当庭证明母亲对她的虐待和母亲的不正常生活。你放心吧,我已经跟幸儿谈好了,你尽快给她办出庭手续,安排时间让她出场,你只要按照我给的问题一一提问,她一定会说出心里话的。只有这样,才会有希望。放心,赵先生不会怪你的,如果幸儿最终判给了他,怕是高兴都来不及呢……"

韩律师再次确认:"你已经跟幸儿谈好了?"

"是的!幸儿一定会选择爸爸的!"如馨斩钉截铁。

"那好,我先见见幸儿吧。"眼见多了一分胜算,韩律师最终接受了如馨的安排。

随后,如馨匆忙赶到学校接了幸儿,将她交给韩律师。韩律师与幸儿聊了几句,临时作出了让幸儿出庭的决定。见一切安排妥当,如馨这才回到律师所,惦着柳志文交代的事,本想去财务室借钱,走到财务室门口,想到前不久刚刚借过,着实不好开口。于是开车回了父母家。尽管仍是难以开口,但毕竟亲生父母,总比外人更方便些。一听志文同事出了事,在医院等着用钱,爸爸立即从柜里取出一万:"如馨,这还是你上次拿来的药费,还没用呢,你赶紧拿去吧。"

如馨说:"就是应一下急,改天我就拿回来了。"

王宏英说:"别再往回拿了,这一阵药量减小,我的药费已经够了,你赶紧送过去吧。"

如馨匆匆赶到医院,老张已被推进手术室了。她将钱塞进老张媳妇的包里。老张媳妇哭着告诉她,法院领导已经来过了,手术费也交上了。如馨不知该如何安慰,看到老张媳妇失魂落魄,满脸憔悴,估计还没吃饭。于是又跑到医院招待所的餐厅里,买了两个包子,端来一碗粥。老张媳妇没说什么,勉强吃了一点儿,脸上这才有了点人气儿。

"没事儿,没事儿,不幸中的万幸,一切都会好起来的……"这是如馨在医院里反复安慰老张媳妇的一句话。

下午三点,如馨接到小杨的电话。

赵挥夺子案结果出来了:法院驳回赵挥的请求,维持原判。

如馨赶回律师所,直接进了小杨办公室。

如馨迎面就问:"怎么回事?幸儿没到庭吗?"

小杨喜笑颜开道:"正是小姑娘的出场,帮了她的妈妈,我们胜了。"

"怎么会这样?"如馨大脑嗡嗡响着,无法相信自己的耳朵。

小杨大致描述了庭审过程。

赵挥一方出示完善的证据链，一系列的证人证词，又是证明吴远虹重度抑郁症，又证明她虐待儿童，等等，致使吴远虹陷入被动，搞得小杨都无力招架。双方激烈庭辩之后，原告律师可能为了加码，请求法庭宣布幸儿出庭。幸儿到场后，看看妈妈，又看看爸爸，不待原告律师发问，幸儿主动对法官说："你们什么都别问了，我决定跟妈妈生活在一起。"

就这样，轻轻一句话，四两拨千斤，原告精心准备的证据堡垒骤然崩溃。

法庭认为：虽然吴远虹脾气暴躁喜怒无常给女儿的生活留有阴影；虽然吴远虹日常生活有不检点行为；虽然赵挥已与女儿建立了深厚的父女感情；虽然由他抚养女儿对女儿的成长十分有利；但，孩子毕竟不是他的亲生骨肉，夫妻离异后，孩子的法定监护人及抚养义务人吴远虹坚持不同意让女儿跟养父生活，而孩子已明确表示愿意跟母亲一起生活，故法院不予支持原告提出的抚养请求。不过，考虑到吴远虹患有一定程度的抑郁症，从孩子的身心健康考虑，法院准予原告定期探视养女。

如馨正愣着，手机铃声响了。如馨"喂"了一声，只听韩律师劈头抱怨："叶律师，你可把我害惨了！不该一念之差啊，我被你坑了呀！"

"韩律师，你听我解释……"

"事情已经这样了，你还解释什么？"砰的一声，韩律师挂断电话。

如馨忙把电话打过去："韩律师，早上你不是跟幸儿聊过以后才决定让她出庭的吗？"

"是，我跟她聊的时候，她确实对我说想跟爸爸在一起，谁料到了法庭不待我开口问一句话，竟直接告诉大家决定跟她妈在一起，我现在怀疑这是个圈套！"

"韩律师，你冷静一下，我也没料到会这样，真对不起……"

"说对不起有什么用？我正忙呢，你别再打来了。"韩律师又把电话挂了。

可怜之人必有可恨之处，这孩子怎么回事？答应得好好的怎么临时变卦？如馨恨不能立即找到幸儿问个究竟。事情弄成这样怎么跟赵挥交代？如馨耐着性子熬过了这一夜，第二天离开家门就直奔幸儿学校。

幸儿看见如馨，低着头不敢与她对视。

如馨尽可能心平气和："幸儿，咱们不是说好了吗？到了法庭等律师发问，然后一句一句说出你的心里话，你为什么不听安排？"

幸儿咬着嘴唇，一声不吭。

"难道你跟阿姨所说的，爱爸爸，想爸爸，愿意跟爸爸在一起，都是假话？难道爸爸对你不好？"

“不，不！”幸儿摇着头，眼泪哗哗地流出来。

本来想发一通火，可看到孩子这样，如馨也不忍再说什么。她蹲下来望着幸儿的眼睛：“早上你跟韩律师不也这样说的吗？想跟爸爸在一起，可为什么上了法庭突然变卦？你告诉阿姨，这究竟怎么回事？”

“我……我……”

“到底怎么回事？”

“爸爸曾经跟我说，无论我选择跟谁一起生活，他都永远是我的爸爸，会永远爱我，不管我在哪儿，他都会来看我。”

“既然爸爸这么好，你为什么不告诉法官，愿意跟爸爸在一起？”

“可是妈妈对我说，如果我在法庭上选择跟爸爸一起生活，我就永远也看不到她了，她会从楼上跳下去的。”

“她什么时候跟你说的？”

“那天你来找我以后，我回去问她，是不是会让我上法庭……”

老天！庆幸的是幸儿此生遇到了这样的养父，不幸的是幸儿此生又遇到了这样的母亲。多么不同的父母之爱！多大的反差！如馨的眼眶湿润起来。悔恨刺痛着她的心。自以为做事周密，不料却是聪明反被聪明误，没考虑到这些意外。现在说什么都晚了，她简直无颜面对赵挥。那天他特意叮嘱了，因为他了解吴远虹，了解孩子，所以才不要孩子出庭。而她却如此自作聪明，自作主张，不仅没能起到积极作用，相反彻底把事情搞砸。

不过逃避也不是办法，周艳还在他的手里。她必须前去见他，面对他，要杀要剐，只要不连累到柳志文，一切后果她一人承担。

4

冬日寒风肆虐地刮着。如馨怀着晦涩、忐忑的心情，又一次踏进了赵挥的别墅。除了一名年长的保姆，只有周艳一个人。周艳精神饱满，面色红润，看来在这儿过得确实愉快。

“赵先生来过吗？”如馨问她。

“那天走了以后，再没来过。”

如馨掏出手机，拨出赵挥的电话。她抱愧在心，简直不知该如何面对。半小时后，赵挥驾车回到了别墅大院。他一声不响地进了门，径直坐到客厅沙发上，面色平静，沉默不语。

保姆端来茶水和一些点心，问他要不要在这里用饭，赵挥未置可否，示意保姆退去。

如馨轻手轻脚走过来，在他面前坐下。她看看他的脸，平静得一如无风的湖面，一丝涟漪都没有，心里是喜是怒，她什么也看不出来。

“对不起！”如馨小心翼翼地开口。

赵挥深邃的目光在她脸上停留了一会儿，然后嘴唇动了动：“别说这些没用的了，你可以走了。”

“赵挥，我……”

“你把周艳带走吧，别让我再看到你，对不起，我累，需要休息。”赵挥靠在沙发背上，双眼慢慢合上了。

这时周艳已收拾好自己的东西，拎着小包从二楼下来。

“我们走吧，大姐。”周艳看着如馨。

如馨心情复杂地站起来，又看了一眼赵挥，他闭上双眼时的疲惫让她有些不忍，他微微蹙起的眉头让她看到了他内心的痛苦。但她又不知说什么才好，解释什么都显得多余。她的出发点是善良的，弄巧成拙不是她的本意，这他应该理解。

把周艳送回老宅，做了晚饭又陪着周艳吃了，一切安顿妥当，如馨这才开车回家。进了家门，桌上刚刚摆好碗筷，全家人都在等她。

“我已经吃过了，你们用吧。”如馨闷头钻进卧室，心情黯然，浑身疲惫不堪，一头倒在床上。

饭桌上，柳洪亮示意儿子过去看看。柳志文笑道：“这么大人啦，还饿着她？我们吃，甭管她。”

饭后回到卧室，一看媳妇有气无力地躺在黑暗里，柳志文立即俯身察看她的脸色：“不舒服吗？”他习惯性地用手背试额头温度。

“没，在外跑了一天，就是累。”如馨推开了他的手。

“饿不饿？在外面吃什么啦？吃好了吗？还想吃吗？想吃什么，我去给你弄点。”柳志文的温柔体贴让她不忍再推开他。

“你去厨房给我做饭，不怕你妈不高兴？”如馨问。

“给媳妇做饭，光明磊落，我有什么好怕的？”

“那你去做个蛋花汤吧，我就想喝这个。”

“好，要什么菜？”

“菜就免了，就一个汤。”

“马上，等着就是了。”

十分钟后，柳志文果然端来一碗冒着热气的西红柿蛋花汤。

次日早晨，如馨来到厨房，发现婆婆的脸掉得更厉害了。气氛令人十分难受。如馨一声不响，擦地，抹灶台，闷头干着“习惯”分配给自己的活。她不说话，张金芳倒憋不住了。

“如馨，昨天早上你说晚上早点回来跟我谈谈的。”

“嗯，妈，我们要谈什么？”如馨一时想不起要与婆婆谈什么。

“当律师的，记性也会这么差？不应该吧？”张金芳瞥了她一眼，对她的态度显然很不满意。

“对了，妈，我想起来了，谈那天晚上的误会。”如馨心里道，这个婆婆实在让人受不了，你一天在家里就拱着一件事死琢磨，我能像你吗？我一天在外面办十件事都不止，又不是电脑，哪能什么都记得一清二楚？

“亏你还记得。”

“我们现在谈吧，那晚，我……”

张金芳猛地打断：“昨天我等了你一天，你说过早点回来，可你回来都什么时候了？进了门就钻卧室，你有谈话的诚意吗？你现在想谈？我不想听！”

“那就算了，不谈就不谈。”如馨转身出了厨房，解下围裙。

婆婆可能因为心情不佳，总想找个碴儿来出出气。

偏不巧如馨心情也没好到哪儿去，索性懒得理会。

第二十章

1

日子平稳地过着。柳志文一如从前,工作,思考,审案,锻炼,不论工作多么繁忙紧张,回到家他总是笑语不断。由此看得出,尽管赵挥输了官司,却的确遵守了他的承诺:终止了计划。不管他最初出于什么心理,最终能够弃恶从善,没有给柳志文带来麻烦和灾难。除了内心里因幸儿的事带来的愧疚,如馨对赵挥还是多了一分感激。

上次主任交给如馨的实习生叫王佳。王佳对自己能够跟着叶律师这位曾经的"十佳"感到自豪,每每面对如馨,她的双眼充满了崇拜和敬慕。而如馨,近来常常陷入从未有过的困惑和沮丧之中。由于最近以来连续作出失误的判断,接二连三办蠢事,蠢得连她自己都觉得不可思议,执业十年,由无数成功带来的那份自信不知哪儿去了。她开始怀疑自己,怀疑自己这些年是如何瞎猫碰到死耗子,歪打正着地赢了几起大官司,去年又如何侥幸地被评了"十佳"。因此,当面对王佳单纯清澈又敬慕的眼神,她已没有了往日面对实习生时的那份骄傲和自豪,而是内心里充满了惭愧。

如馨闭着眼睛总结自己。十年来,成功的喜悦感总是短暂的,多数时候体验的是做律师的不易和艰辛,当初张金芳死活不肯接受做律师的儿媳妇,有道理啊,女人当律师有什么好?经常要和男人一样每天工作十小时以上,周末加班,接了案子就算有理,也会担心输官司,几乎每天都要面临各种严酷的考验,承受着巨大的心理压力,焦虑,易怒,精神紧张,经常忐忑不安的,缺乏安全感,为了生存或为了寻找更多的案源,有些人只有牺牲自己的原则和立场,迂回曲折地通过其他途径来实现目标,工作过程中不仅要直面同行的激烈竞争,还有可能遭遇当事人的不理解和恶意欺诈……还有待遇问题，其实这一行业早已从上世纪九十年代被视为高收入的阶层沦落为低收入、无保障的阶层，处于金字塔高端的高收入律师者只是极少数而已，身边大约百分之七十以上的律师生活艰难，有的年轻律师因为接不到案子还要向所里缴纳管理费等各种费用，收入为负数的也不鲜见。同行中不少女律师都患有不同程度的心理疾病，没别的原因，都是职业闹出来的。

有时候尤其这种情绪低落的时候，她真不知道是不是应该坚持下去。这时候就想，干脆回家算了，做一个家庭主妇，逛逛街买买菜炒炒股票，或者开一间小店，赚个生活费，过一种平淡宁静的生活……但又怎甘心就这样放弃？除了柳志文，有谁知道这十年来走到今天这一步，十佳光环的背后，她付出了多少汗水、不眠之夜和辛勤努力？终于可以不再为案源犯愁了，获得了那么多当事人的认可和信任，怎么可以因一时失误而否定自己？太阳洒在办公桌上，如馨重新睁开眼睛，振作起来，打消了大脑里某些消极的念头。

王佳的工作热情很高。每天都会提前半小时到达办公室，擦地板，抹桌子，不管叶如馨要不要来，她都会把如馨的杯子刷干净，沏好茶。看着她，如馨就想到了当年的自己。实习律师从来都是所里的免费劳动力，所里不开工资，实习律师在这里工作和劳动不仅拿不到一分钱，还要交给所里一定的钱，承担所里日常费用支出。记得十年前自己二十二岁大学毕业，顺利通过司法资格考试，踏进律师所，实习半年的收入总共三十元，那是跟主任出去见客户，当事人给的打的费。主任叫她收下，她就听话地装进了口袋。以往每年所里都会来多名实习生，近两年却有所不同，今年小王竟是唯一的实习生。小王告诉如馨，法学院的同学们，已经很少有人将律师作为第一职业选择，毕业时真正选择律师职业的少之又少，比如她这一届，毕业生二百多名，最终与律师所签约的只有三个。大多数法学毕业生首先会考虑做公务员，法院，检察院，都是不错的选择，至于律师，若没有积累一定的社会关系，不会轻易考虑。王佳说的确是实情，世风日下，如今律师这一职业竟如此不堪。不知这是不是当今社会的悲哀一种。

这天有点空闲，如馨与王佳聊了聊，谁知王佳说了一番话，让如馨颇为丧气。王佳问如馨："叶律师，前晚朋友聚会，遇到一个准备改行的律师，他说了一番话让我对前途真没信心。"

如馨问："说什么了？"

"那人说了三条经验之谈。他说，第一，做律师拼勤奋拼实力是次要的，纯粹是拼关系。一定要和法官、检察官搞好关系，要不你会发现所有的法律条文其实都是空话。"

如馨哼了一声："第二呢？"

"第二，他说，法律条文在通过司法考试后其实就是一张废纸了，应当说对于别人来说是张废纸，你会发现几乎所有的法律案件都不遵循应有的程序进行。"

如馨皱皱眉："还有呢？"

"第三，他说，做一名律师最少要十年才有可能出头，他特别叮嘱，是十年的拼命献殷勤拉关系，而不是十年的艰苦奋斗。"王佳叹了一口气，"唉，听了这些可怕的经验之谈，我都心灰意冷了，唉，该怎么样才能成为一名好律师呢？"

如馨冷笑一声："王佳，我敢保证，跟你说这些破经验的人，肯定是一个混得特差、特落魄的绩差律师，他这种人早该转行了，该干吗干吗去，还要磨蹭到现在？他根本就不懂这个行业，根本就不适合当律师。"

王佳说："是啊，这人确实混得特差，干了七八年律师，到现在连房子都没有。"

"你觉得我怎么样？"如馨问她。

"你挺成功的。"王佳由衷地说，"什么时候我要能像你这样，这辈子我就满足了。"

如馨道："那今天我告诉你我的经验之谈，也有三点。第一，那些凭关系凭幕后交易办事的，在任何行业任何圈子都存在，但那绝对不是主流，那只是少数，是阴暗面，律师行业也一样，你们这些刚踏进来的，不要只看那些阴暗的东西，没好处。第二，和任何行业一样，只要有人的地方，都会有精英和垃圾。你一定要记住，天道酬勤，一分努力一分收获，世上没有不劳而获的事，任何一个成功律师的背后，他一定是最勤奋、最不懈、最能吃苦、办事最认真、付出比别人都多的一个人。第三，一个有着冷静头脑能够正常判断是非的律师，就一定能够看到，我们身边还是有许许多多靠着自己的努力和奋斗取得成功，并最终走上大律师的榜样，而不该道听途说就盲目否定自己的工作，从而对前途丧失信心。"

不管怎么说，如馨还是蛮喜欢王佳这个年轻人的。王佳性格外向，不仅语言表达能力好，与外界打交道颇能灵活多变，她的文字表达也相当漂亮。虽然是个新手，但从她手里出来的公文材料，词语、句子、段落、篇章的理解和使用、措辞和技巧都十分准确到位，有时候如馨只需稍加改动就可直接使用，这让如馨十分欣喜。

考虑到王佳的不易，如馨很注意细节问题，每次两个人出去办事，只要是共同的消费，不论公私，如馨都抢先埋单，绝不给王佳增添经济烦恼。小王也很懂事，如馨因为忙，常常十多天难得去一趟洗车店。以往，总是柳志文抽空送车去洗,也有时在自家楼下拎着桶和抹布亲自替老婆擦车,自从王佳来了,柳志文的劳动力基本上省下了。小王大学时就考了驾照,有时趁午休时间,主动把如馨脏兮兮的车子送去洗车店,不一会儿再锃光瓦亮地开回来。这让如馨十分感动。从王佳身上,如馨看到了自己当年的影子,好学、勤快,可以肯定是棵好苗子,愈发下决心好好培养。

王佳与柳媛媛同龄,相比之下,柳媛媛就太不懂事。大学期间主要靠家里寄钱,一向过着衣来伸手饭来张口的生活,毕业后不仅吃着家里的饭,还拿着母亲的工资卡,花着母亲的退休金,买衣服挑牌子,只选贵的,就连内裤二十元以下的基本不考虑。毕业好几个月了,整日游手好闲,拿着母亲的积蓄去炒股,从来没想过正正经经找份工作。爱当寄生虫也就罢了,谈恋爱也不找个正经人,非要弄个流氓跟家里过不去。原先与嫂子多么亲密的小姑子,因为这个流氓,竟然一夜之间与嫂子反目成仇。自从家里默认了她和黄农的交往,这下好了,几乎天天腻在一起,连回家吃顿饭都难得一次,有时连续多日看不着影儿,谁的话也听不进去。前阵子如馨忙得一塌糊涂,这阵稍有空闲,想到柳媛媛,难免担心。本想找她谈谈,反过来一想,你是人家什么人?排得上老几?爹妈都不管呢,你又何必多事?你好心管她,她听你的吗?没准还是自讨没趣,自找苦吃。罢了,罢了,由她去了。

怀孕五个多月了,周艳的肚皮圆圆的,鼓鼓的,弯腰系鞋带的事已经不方便做了。如馨从家政公司请来了一位有经验的大嫂精心照顾周艳。而她自己,只要抽出时间,就会过去看望,担心周艳寂寞,陪着聊聊天,谈谈家常,帮助她缓解压力和情绪。有时候,如馨忍不住趴在周艳肚皮上,倾听胎儿的动静。这种时候,发自内心的期待和柔软的母爱在全身涌动,让她充满了做母亲的幻想、喜悦和激动。

不知何故,最近几天,周艳突然情绪低落,闷闷不乐。当然,看到如馨时,周艳会强颜欢笑,尽量不把心事表现出来。细心的如馨还是从她的眼睛发现了异常,很快又从保姆口里,了解到周艳常常对着窗外出神,似乎有什么心事。如馨与周艳谈心,诚恳的态度感染了周艳。周艳倾吐了心事。几天前小姨打来电话,告诉她母亲的病情不容乐观,医生提出立即切除一个已经坏死的肾,否则后果不堪设想。

"前一阵不是说病情稳定了吗?"如馨焦急地问。

"也不知道怎么回事,用了那么多药,不仅没有好转,反而这么快就恶化了。我对医院真是失望了。"周艳伤心地哭起来。

"艳,别,你别这样……会有办法的!"一见周艳情绪波动,如馨就紧张不已,担心她肚子里的胎儿。

“对不起大姐,我会调整好心情的。”周艳抹掉眼泪,尽量克制自己。

周艳正承受着巨大压力。如果切掉一个肾,母亲就剩一个肾。而剩下的也是一个病肾,如果这个再坏死,母亲就要性命不保。尽管心里惦念母亲,但周艳始终遵守协议,不曾向如馨提过一次回去看看的要求。但如馨已完全感受得到,周艳内心里的煎熬和对母亲强烈的思念和担心。出于人之常情,如馨决定陪同周艳看望母亲。当她刚一提出,周艳立即表示感激。看来她心里已盼望已久。

“你就这样回去,怎么跟你妈解释?”如馨望着她高高隆起的肚皮,顾虑重重。

“我已经想好了,我就说交了个男朋友,半年多前领了证,怕她担心就没告诉家里。”

“结婚这么大的事,这能自圆其说吗?”

“从小我的事情都是自己做主,妈妈应该会相信我的。或许妈妈看到孩子,有了盼头,心里一高兴,病情能好转起来呢。”周艳抹去眼泪,冲如馨微笑。

“你妈要问起,女婿怎么不回来看看?”

“我就说他被公司派到国外学习去了,明年才能回来。”

2

在周艳母亲手术当天,两个人一大早就出发了。

如馨载着周艳,驱车二百多公里,来到×市市郊的一家部队医院。周艳母亲住的是普通病房,四张床一字排开,住着四个肾病患者。周艳妈面色蜡黄,双目无神,看到女儿,她的眼睛里骤然闪出一道亮光。周艳将编来的一套谎言讲给母亲,母亲果然听信了她,面露喜色,还让她撩起衣襟,伸手抚摸了一下女儿圆圆的肚皮。

医生拿着几张单子过来要家属签字,周艳和小姨仔细研究单子,病床上的周母不停地参与其中,在选择全麻和半麻的问题上,母亲与女儿发生了争执。

周母盯着医生的眼睛问:“全麻和半麻哪个贵?”

医生说:“全麻一千一,半麻四百。”

周母不假思索:“半麻!”

然后强令女儿在半麻上打了钩。

医生离开后，周艳拉着如馨到走廊上，小声问她："大姐，你知道这半麻和全麻是怎么回事吗？"

因为如馨母亲做过开腹手术，如馨很明白是怎么回事。全麻就是全身麻醉，患者整个人包括大脑处于昏睡当中，对医生在身体上开刀全然没有知觉。半麻则是局部麻醉，患者头脑清醒。一般情况，只要不是经济上特别困窘，这种大手术最好实行全麻。如果半麻，手术过程中，只要患者一抬头，就能看到自己身体被切开，甚至看到医生从里面取出血淋淋的内脏器官，这样极可能造成患者的恐惧和不安情绪，严重的引发精神崩溃，从而影响手术进行。

闻听此言，周艳二话不说，立即拖着笨重的身体追到医生办公室，将刚刚填好的单子给改成全麻。下午两点，主刀医生准备就绪，因全身麻醉而失去了知觉的周母被推进了手术室。手术一直进行了四个多小时。在等待的时间里，如馨担心周艳累着，说服她回到病房，在母亲空出来的病床上躺下休息了一个小时。手术结束时，夜幕已缓缓地降临。母亲依然处于昏迷之中，不过医生表示，手术很成功。周艳一颗心稍稍落了地。母亲身上插着几根管子，双目紧闭，毫无知觉，周艳还是在病床前坐着观察了好一会儿，随后，又在走廊上抓着小姨的手，事无巨细一番番再三交代。最后，尽管不舍得就这样离开母亲，但看看时间不早，周艳还是乖乖地跟着如馨返回。

因为晚归，晚饭时间里，如馨打电话回家。她告诉柳志文，她与王佳到Y市取证，现在正在高速路上往回赶。夜里十点多了，仍不见如馨进门。张金芳绷着一张脸，提醒儿子："一天到晚不是案卷就是取证，就显她是个大忙人？你不要整天自我感觉太良好，麻木迟钝，任凭媳妇一门心思掉进钱眼儿里，你就不怕她跟人跑了？"

"妈，瞎猜疑什么，别总是用老眼光看人，我相信她，你所担心的事永远不可能在她身上发生。"柳志文自然不高兴母亲的言论。

柳媛媛在一旁火上浇油："妈，您就别白费口舌了。柳法官做事只讲证据，只要他没亲眼看到，你说什么他都不会相信。还是老婆的话好听，怎么能相信老妈的？"

柳志文横了妹妹一眼："要么你住下，要么赶紧回去，别在这儿添乱！"

张金芳又道："就算我瞎猜吧，你也不想想，天天不见人，她在外面赚再多钱有什么用？你还能守着一堆钱过日子？"

柳媛媛哼了一声，低声道："忍者神龟！"

柳志文瞪她一眼："说什么？扇你！"

柳媛媛把脸仰向哥哥："你扇！"

柳志文举起的胳膊又放下，叹了一口气，将自己关进卧室。看了一会儿电视，还是不见如馨进家，一个女人家，夜里跑高速，实在让他放心不下。于是拿起电话，又怕影响如馨开车，便通过如馨律师所的同事要到了王佳的手机号码，拨了过去。

“王佳，你们现在到哪儿了？”

“柳大哥，马上就要出高速了，一会儿就到家了，你放心吧。”王佳回答得干脆利落。

柳志文心里也一下子踏实下来。夜里十一点多，如馨风尘仆仆地到了家。柳志文在母亲的白眼里，到厨房给如馨热了饭菜，亲眼看着如馨狼吞虎咽吃下去。看着婆婆满脸的旧社会，如馨也懒得理会。心里想，这老太太真是不讲理，我和你儿子一样工作，一样辛劳，为什么回到家我还要承担家务？我给你儿子做十顿饭，没见你说过一句感激的话，你儿子给我做一顿，你就给我掉脸子？你有怨气就憋心里吧，我没精力来哄你，只要我男人相信我，你愿怎么猜怎么猜去。

第二天周末，柳志文不上班，早饭后习惯性地到楼下，拎着桶和抹布，仔细地为妻子擦车。这车他极少用，但爱护它更甚于妻子。擦着擦着，柳志文的目光忽然落在车轮处，发现轮胎缝隙间有大团的泥巴，车身上还溅着明显的泥点。他觉得奇怪，在城市里行车，哪来这么多泥巴？擦完车上了楼，一头扎进书房打开电脑，查询Y市近几日的天气状况。发现这个城市最近十日内始终天气晴朗，一滴雨都没落过。

当晚，他有意无意地问妻子：“昨天你和王佳下乡啦？”

“没有啊，怎么啦？为什么这么问？”如馨望一眼丈夫，不解其意，他的问题让她感到莫名其妙。

“没什么，”他不动声色，“车上那么厚的尘土，还以为你跑一趟农村呢。”

临睡前，他靠在床头看电视。她跟他聊天，他一反常态，带答不理。她像往常一样，在他身上掐了一把：“怎么突然变得盛气凌人啦？这么冷淡，我不高兴啦……”

若在以往，他一定会关掉电视来哄她。此时，他对她的挑逗毫无兴趣，皱着眉头推开她的手：“别打扰，我看电视呢，愿看一块看不愿看你自己先睡去。”

如馨看一眼电视，并不是什么吸引人的节目。

3

如馨回去看母亲。看到妈妈的状态越来越好，因为停止了化疗，头上又长出一头新发。陪父母吃饭，饭桌上妈妈说起一件奇怪的事。

“如馨，你们家最近有没有发生什么事？”

“没有。”如馨不假思索。

“真是怪了。前一阵，你婆婆三天两头往这儿跑，跟我拉家常，我都有点依赖上了。这一阵怎么搞的，一个多月了，影子也没见着，电话也没一个，你婆婆是不是病了？人上了岁数，说倒下就倒下了，要是真病了，我得赶紧看看去，几天不见，我还想得慌呢。”

“你甭担心了，我婆婆好着呢，比我都健康。”

“那就更怪了，为什么无缘无故的没联系了呢？想打个电话问问吧，可咱是个病号，不好主动去找人家，别让人家把咱当累赘。可不问吧，越想越觉得不对劲，难道我什么地方说错话了？得罪了人家？”

“妈，这事你别太放心上，我婆婆虽然六十岁的人，脾气还是个小孩子，一天晴一天阴的，冷不丁地抽风是家常便饭，谁也搞不懂她究竟怎么回事。”

父亲横了她一眼：“这孩子怎么说话呢？”

如馨不再说什么。

王宏英仍是不解：“一团火怎么忽然就变成一块冰了呢？如馨，是不是你惹婆婆生气啦？”

“我哪里有，我整天忙得团团转，哪有工夫惹她。”

从父母这儿出来，如馨不由又想道，看来有必要跟婆婆谈谈。有些事情回避不得，不把那晚的误会解释清楚，婆婆心里这个死结打不开，整天一锅里吃饭，抬头不见低头见，每天回家看她那张阴沉沉的脸，日子还真没法过。

回到家，如馨在厨房里告诉婆婆，找时间谈谈吧。这次张金芳没拒绝。由于这天柳媛媛回来了，单独谈话不方便，于是与婆婆约了转天早上，待柳洪亮下楼锻炼，柳志文上班去，婆媳俩才能有单独谈话的时间。这一晚，婆婆脸上的颜色好看了许多。如馨不由得又想，看来婆婆一直在等待她的解释，看来婆婆还是愿意相信她的，只要能说出合理的理由，婆婆应该是情愿相信那是一场误会。

不料就在这个晚上，如馨正睡得迷迷糊糊，手机铃声突然大响。睁开眼睛，看看表正是凌晨一点。她摸出手机看一眼来电，立即下床去了卫生间。柳志文也被吵醒了。他睡意蒙眬地问她：“怎么晚上不关机呀？谁呀这么晚打电话？如果是陌生号码千万别接，弄不好就是话费诈骗集团的，你一摁接听键，几块钱就被电信扣走了……”

这时他听到她对着手机喊了声：“周……周芸哪！”

不过一分钟，如馨已从卫生间出来，三下五除二穿好衣服。她对他说：“周芸儿子突然发高烧，人事不省，送医院了，我得马上赶过去……”

柳志文立即掀起被子欲穿衣：“半夜三更的你不能一个人出门，我陪你去！”

“不行！你去了周芸会不习惯……”

柳志文还在床上愣着，如馨已经拎起包抓起车钥匙冲出家门。

他好生奇怪，他陪妻子去帮助危难中的周芸，周芸会有什么不习惯？

如馨一路疾驶，飞奔去了老宅。周艳突发剧烈腹疼，保姆吓得不知所措，慌忙打电话喊如馨过去。人命关天，出了家门如馨就拨了120。她到达时120刚好也到了。只见周艳面色苍白，口唇失血。医生给诊断，说是急性肠炎，可能不小心吃到不清洁食品引起的。如馨顿时捏了一把汗。怀孕以来，如馨最担心的就是生病，怕用药，一直细心地、小心地呵护着、照顾着周艳，周艳自己也很注意，连感冒都没害过。如馨问医生，这怎么办？不能随便用药吧？有没有什么有效的土方法？医生告诉她，问题不大，很快针对孕妇情况开了些药，叮嘱了诸条注意事项，诸如多喝些乳菌饮品之类。

天亮以后，周艳腹泻已止住。如馨亲自给做了早饭，周艳喝了半碗白粥，状态逐渐好转。这时王佳打电话来提醒如馨，今天要去Y市取证，她已经在高速路口等她。如馨简单填饱了肚子，又开车出发。上了车，想起柳志文，便打电话到家里。听到话筒里传来志文的声音，她一下子放下一颗心。

“不是刚刚去过Y市吗？”他问她。

“你难道不知道嘛，为一证据往同一个地方跑十趟八趟不足为奇。”她说。

“嗯。”他当然知道。去年有一阵子他办案为获取一个证据，一周之内与同事往北京开车跑了三个来回。夜夜开长途，骨头都散了架。

放下电话，如馨驾车去接王佳。车子开出没一会儿，手机铃又响起来。

周芸打来的。

“你在哪儿？”周芸的声音从手机里传来，完全是质问的口气。

“我在路上，接个人，马上上高速了，有事吗？”如馨如实答。

“凌晨一点半，志文来过我这里，你们俩是不是打架啦？你跑哪儿去了？我告诉你，什么事都没有家庭重要，别身在福中不知福，好端端的日子给葬送掉。”周芸语气严厉，完全在打抱不平，主持正义。

如馨上次请周芸配合她的谎言，当时周芸就很奇怪，到底怎么回事？让我说我的亲戚住在银都花园，我哪有什么从山西来的矿主亲戚？当时如馨说，让你帮个忙，你看你这麻烦劲，不就一句话吗？非要刨根问底干什么？不帮就算了。一句话把周芸顶了回去。周艳的事，是如馨心里一个大秘密，赵挥是唯一的知情者，她不愿意第三个人知道，哪怕知心好友。所以周芸一点不知情。至于这个未来的孩子，她早已想好了说辞，到时候面对亲朋好友，邻居同事，一个“抱养”把所有的嘴巴都封住。

真是多行不义必自毙。这一次，由于手忙脚乱，编谎话终于露出了马脚。

好家伙，柳志文明明已经知道了她在撒谎，刚才在电话里居然不动声色，跟没事人一样。

如馨的心沉沉的，从来未有过的沉重。

好在这位女律师具有天生的处惊不变、临危不乱的素质。就算这样，她依然能够专心致志地行车，能够聚精会神地去面对工作中更为棘手的事。

4

还好，Y市的事情比较顺利，前后两个小时就办好了。下午三点多钟，如馨和王佳已回到律师所，她交代王佳在办公室整理材料，而她自己提前回了家。

一进门，只见婆婆脸上阴云密布。如馨小心地叫了一声：“妈！”

婆婆转过身去，仿佛没听见。

如馨忍耐着，像旧时犯了家规的受气小媳妇，跟在婆婆身后去了婆婆的房间，关上门，又叫了一声妈。

“你心里还有我这个妈？”张金芳坐在床沿上，一脸怨气。

“志文……”如馨担心志文会不会跟妈说什么。

“志文上班去了。”

“昨晚……”半夜三更从家里跑出去，如馨思忖着如何解释。

“昨晚你帮周芸去医院看病，这没错，我们也没人说什么。”

如馨放下这条心：志文已帮她圆了谎。

“那你为什么不高兴？”

“我不高兴跟你没关系，我还没这个不高兴的权利啦？不高兴还得装高兴？”婆婆没好气地说。

如馨蓦地想起，昨天约好的事：今早与婆婆谈话。

她厚着脸皮笑了笑：“妈，今天真是太忙了，你看，我这不是提前回来了，就是要跟您好好谈谈。”

婆婆不吱声。

“妈，那天……”如馨小心翼翼地琢磨着措辞。

一句没说完，手机响起来。柳志文打来了。如馨的心顿时又沉了下去。

“你在哪儿？”柳志文语气冰冷。

“在家。”

“马上出来，我们谈谈。”

如馨看看婆婆，为难地对着手机道：“志文，有什么事晚上回家说好吗？我正在跟妈谈话。”

“不行！马上给我出来！我在××咖啡店等你！”柳志文严厉的语气根本不容商议。

“妈，你看，志文找我，我得去……”如馨结结巴巴地对婆婆说。

“什么事啊他？”

“不知道。”

“你去吧。”婆婆的脸拉得更长了。

坐到驾座上，如馨对着方向盘狠狠地拍了两巴掌。他奶奶的，这是怎么啦？欠你们柳家什么啦？要是我自己，要不要孩子能怎么样？为了你们，干这件偷偷摸摸的事，天天生活在谎言中，我累不累啊？上了班要跟各种各样的当事人谈话，哪怕人家是流氓变态杀人犯，也要耐着性子谈，还得想着法子替人家找开脱的理由。回到家里本要休养生息，却不料还是谈不完的话，今天这个谈，明天那个谈，你们母子轮番上阵，不把人谈疯了日子就过不了？

婆婆与小姑整天防贼似的不信任，猜疑、质问，每次回家都会感到像上刑场，下地狱，让人觉得阴森可怖，对她们，倒是可以敬而远之，可是，连丈夫也开始怀疑……你连自己的老婆都信不过？你也太让人失望了！

一股无名火在如馨胸内熊熊地燃烧着，这样的日子何时才是尽头？

在咖啡店一角，如馨一眼看到柳志文。

他锁着眉头，满脸郁闷。桌上的烟缸里，积了一堆烟头。的确，最近以来，他也奇怪她在忙什么。种种迹象交织在一起，让他意识到必须和她进行一次长谈。

“什么时候来的？”她问他。

“坐两小时了。”他头也不抬，闷声闷气。

她往圈椅里一坐，只觉疲惫不堪，一向脊背挺直的她，浑身竟一下子软了下来，就像瘫了一样赖进椅靠里。

“说吧，半夜三更，到哪儿去了？”他问。

如馨正苦思冥想编什么谎来应付这一关，一见他这种法庭审案的腔调，编谎的念头顷刻消失掉。靠谎言过日子本就让她痛苦不堪，尤其整天对自己的爱人撒谎,更令她深恶痛绝,生不如死。

她表情麻木,呆呆地看着他:“你没有必要知道。”

“我怎么没有必要知道?”他抬头凝视着她的脸,不由得火道,“我是你丈夫,你半夜从家里跑出去,我怎么可以不知道你去了哪儿?去干什么?!”

“你知道了只会更麻烦。”她有气无力地说。她心里也憋了一肚子气,也想发火,可是她连发火的力气都没有了。

“为什么怕我知道?难道是什么见不得人的事?”他尽可能压低嗓门儿。

“别问了,我困。”

“困也得说,昨晚去哪儿了?去干了什么?跟谁在一起?说呀!”

“我不会说,你就是问死在这儿,我也不会说的,不可能让你知道的。”

“好啊,你……”柳志文气得脸色铁青。

如馨头一歪,趴在桌子上竟然睡着了。

咖啡店里这一觉,竟然睡了两个小时。醒来时,柳志文已经不见了。她看到的,只是自己睡梦中流出的口水,黏糊糊地淌在自己的手臂和桌子上。如馨揉揉太阳穴,让自己清醒了一点,埋单起身离开。

刚刚走出咖啡店大门,一眼看见柳志文。他坐在人行道一把长椅上,一边抽烟,一边对着过往行人车辆出神发呆。他原本挺直的腰,无精打采地弯着,那个精神抖擞、笑语连天的男人不见了,那个英俊潇洒、充满活力的男人不见了,取代的是一个愁眉不展、心事重重的郁闷男人。

她直直地站着,盯着他看了好一阵儿。远远看去,他竟也那么疲惫。这是自己的丈夫,一向信任自己的丈夫,因为自己午夜外出又说不出理由,竟被折磨成这个样子。他这个样子让她心疼。这一刻,她很想走过去,轻轻把他的脸搂在怀里,告诉他,她的秘密。告诉他,他们的孩子。

可是,理智终于占了上风。毕竟他们的孩子,还在另一个女人的肚子里。

他不可能会接受。是的,他是个傻瓜,他大脑缺根筋,他不会接受孩子以这种方式来到尘世。

她一步步走向自己的汽车。

启动了车子,她坐在驾座上,按了两声喇叭。

柳志文转过头来,盯着她好一阵,这才站起来,慢腾腾地走过来上了车。

“回家吧,”她转着方向盘,往前驶去,“妈还在等我们呢。”

“我不想回去。”他坐在副驾座上,呆呆盯着前方,这口气就像一个任性的孩子。

“你想去哪儿?去吃饭,好吗?”

“昨晚你去哪儿了？”他岔开她的话，继续纠缠这个问题。

“别问了好吗？”她皱着眉，“我饿了，我们找地方吃饭吧。”

“不行，我一定要你说。”他固执地，“不说明白，今天是不可能吃饭的。”

“别逼我，我真的不想说。”

“你真要把我急死是吗？”

“你真要把我逼死是吗？”

“那好，先放开这个问题，说另一个，你那天去哪儿了？”

“哪天？”

“还要装到什么时候？”柳志文突然暴怒，“那天你根本就没有去Y市！小王什么都告诉我了，是你特意打电话叮嘱她撒这个谎的！你说你去哪儿了？到底干什么去了？说呀！”

“别再反复折磨了，我不想说。”

“我一定要你说！说！你不说才是真正的折磨！”

“相信我好吗？我没有做对不起你的事。”

“还在撒谎！”

“我没撒谎！”

“那为什么不敢说？说呀！去哪儿了？快说！”

“不说你会死吗？”如馨再也控制不住，怒火顿时喷薄出来。

“不说我就没法活！说呀！”柳志文声嘶力竭。

“好吧，我和你一块死，我陪着你死，行了吧？”

如馨一脚将油门踩到底，发动机呜呜地叫着，嗡地一下就射了出来，发疯地狂飙。旁边的车辆受惊般纷纷狂躲。此时的如馨头脑一片空白，根本就控制不住自己的行为。

让一切都结束吧，我已经够了，累了，我不想再努力了。眼泪从她美丽的眼睛夺眶而出，汽车在她手里，绕着S形的弯路，疯狂地向前冲去，她完全不知道接下来将会发生什么。

“踩刹车！刹车！”柳志文瞪圆了眼睛，一边伸过胳膊控制方向盘，一边冲妻子狂喊。

还好，他的及时出手，使疯狂的车子没有伤到任何车辆和行人，而是一头朝路边一棵大树撞去。只听砰的一声巨响，两个安全气囊全弹了出来。

人进了医院。车子进了修理厂。庆幸的是，此车安全性能还真不错，如馨额头在方向盘上磕了个包，擦破了皮，柳志文右手被气囊弹出时的高温给烫伤，除此之外，两人并无大碍。进医院是因为如馨惊吓过度，给吓昏了。

如馨的额头和柳志文的右手，各包着一块纱布回了家。

早上完好无损地出门，晚上进门则成了伤员。看到儿子媳妇这副德行，张金芳和柳洪亮大吃一惊。面对父母疑问的目光，柳志文故作轻松："没事儿，不小心撞了车，还好，没伤着人。"

"谁撞的？谁开的？"张金芳追问。

"我。"柳志文答。

第二十一章

1

当新一轮太阳重新升起的时候，如馨重新恢复了理智。约当事人见面谈话，带着王佳外出调查取证，一切仿佛又回到了轨道。

中午休息时，如馨一言不发地盯着王佳的脸看了许久。

“为什么这么看我？”王佳被盯得心里发毛。

“柳志文找过你？”如馨平静地问。

“嗯。”

“你出卖了我。”

王佳犹豫了一下：“如果不出卖你，我就得出卖自己的良心。”

“有时候，善意的谎言能够起到正面作用，愚昧的诚实只能把事情弄得更糟。”如馨突然发现自己竟成了哲人。

“那你说我该怎么办？”王佳苦恼地说，“那天你到底去哪儿了我也不知道，只打电话来让我照你的话去说，真是莫名其妙的。后来柳大哥来找我，我还不承认，他就说出了一个细节，证实了你在撒谎，我也就坚持不下去了。”

“什么细节？”

“车轮上的细节，算啦算啦，以后你别让我帮着你撒谎了，扭曲人格！”王佳皱着眉，一脸不高兴。

此时，如馨意识到自己是真的众叛亲离了。小姑子成了仇人，跟婆婆结了怨，还失去了丈夫的信任，周芸指责她，就连一向温顺如绵羊的王佳，竟也变成了小毛驴，犯起了驴脾气。

晚上回到家，除了公爹还能对她和颜悦色，她面对着的就是几张冤家般的脸。可以不计较婆婆和小姑，但柳志文的态度真让她承受不了，简直要崩溃。

柳志文不再问她什么。他关着门把卧室搞得一团糟，翻箱倒柜，似乎犯了职业病，企图找出什么证据来。她问他找什么，他根本就不理她。她便懒得再问。直挺挺躺在床上，柳志文在旁边不停地摔东摔西，噼噼啪啪弄得她根本不能入睡。

都三十多岁的人了，还当法官呢，怎么还像个小孩子？真是一头驴。她头痛不已。

柳志文的驴脾气又发作了。当初他娶她时，就这样冲他的父母狂发驴脾气。你顺着他，他就乐呵呵地听你指挥；不顺他的意，他就四蹄乱弹，不达目的誓不休，不撞南墙心不死。恋爱婚姻的战争中，他赢得了最终的胜利，娶到了心爱的女人。

如今，驴脾气居然冲着老婆发作了。

看来如果不继续编谎说服他，这头倔驴是不肯轻易安静下来的。

他是个胸怀宽广的男人，一个深爱着妻子的男人，只要她能说出令他信服的理由，他一定会变得温驯。

可是，让如馨苦恼的是，她已经不愿再编谎了。除了内心不愿意，技术上也的确山穷水尽，黔驴技穷，一句也编不出来了。

她无能为力，只有眼睁睁地看着心爱的丈夫痛苦不堪，看着这头狂驴不断地发作，固执地钻进死胡同里不能自拔。

再次去看周艳时，保姆告诉如馨，近几日来，周艳食欲不佳，心情不好。如馨惊问为什么。保姆说，可能在为钱的事情犯愁。保姆无意中听到周艳与小姨通电话，上次交给医院的押金已经用完，如今又开始赊账，医院不断地催促交款。

如馨心里焦急，不知如何是好。想到这种大手术前后，在医院里一天几千元的支出，钞票就像流水一样随着各种输液管子哗哗流走，确实是叫人无法承受。

这时她已想不出可以借钱的人了。没办法，使出撒手锏，咬咬牙卖出一部分仍在上涨通道中的股票，倒出钱来，还了李菲的欠款，给妈那里送还一万，剩下的，往周艳小姨在医院的账户里打进四万元现款。

其中三万属于合同余款，另一万则是如馨的爱心捐助。周艳感激涕零，只差给她下跪了。就这样，孩子还没落地，如馨前前后后不仅付清了合同款项，外加献上一份爱心。

这天如馨从周艳这里离开时，考虑到家里的情况，她告诉周艳，家里出了点麻烦，往后可能不会频繁来看她了，要她好好照顾自己，有事及时电话联系。

周艳善解人意地点点头："大姐，您放心吧。"

如馨掏出钱包,从中抽出一张卡交给周艳:"商场消费,饭店吃饭,银行取现,你先拿着用吧。"

"不,不用。"周艳躲着不接。

如馨塞进她衣兜里:"上面没多少钱,不过平常零用够了,万一有什么事我不能及时赶过来,你就得自己解决了。"

果然,一连七八天,如馨都没过来。以前总是如馨送来蔬菜、水果和食品,现在只能自己或保姆出去买了。周艳在商场超市转来转去,总觉得这里的物品要贵上许多。一斤菜贵一两毛不说,还不新鲜,水果则比外面市场贵得更多,实在划不来。于是,周艳去附近一家储蓄所,从柜台里取了二百元现金,用于日常消费。

不巧的是,叶如馨的姐姐叶如莲,这天就在这家储蓄所的柜台里坐班。

几年前,如莲就在这里上班。当初柳志文和如馨买房子,让姐姐帮着打听房源,如莲就近取材,根据小夫妻的经济状况在附近选了这套二手房。后来如莲被调到别的储蓄所干了几年,前不久又被调回来,仍然坐柜台。

这个周末的中午,一个年轻的孕妇从外面走进来,一直走到如莲的窗口。

孕妇从柜台外递进一张卡,支取二百元现金。

本来柜台外贴着:为节省时间,两千元以下请从 ATM 机取款。这孕妇看不到也罢了,取的数额还如此之小,如莲仍然耐心地为其办理,对孕妇的印象也由此加深。

这是一个普通的借记卡。不普通的是,通过电脑显示,如莲发现这张卡的卡主是柳志文。

这就让她注意了,竟和妹夫同名同姓。

孕妇取完钱就走了。下午,如莲下班后在附近市场买东西,无意中又看到了这名孕妇,并且看到孕妇拎着菜进了附近一栋熟悉的楼房。这栋楼之所以熟悉,是因为妹妹和妹夫曾经在这里生活过。联想到孕妇手中持有柳志文大名的借记卡,她就有一种奇怪的感觉,越想越纳闷,竟身不由己地跟着孕妇上了楼。

就这样,如莲跟着周艳来到了柳志文、叶如馨夫妇曾经生活过的旧房子。

就这样,如莲完全可以确定,卡主柳志文就是妹夫柳志文。

妹夫的卡怎么会跑到这个孕妇手里?她与妹夫究竟什么关系?

急性子的如莲怎么也忍耐不住,她上前敲开了门。

周艳站在门里面,诧异地望着门外的叶如莲。

"收水电费的吗?"看来者一声不吭,周艳主动问。

"你是怎么住到这儿的?"叶如莲开门见山地反问她。

“我租的。”周艳根据如馨的交代，撒谎。

“租的？你跟柳志文什么关系？”叶如莲厉声质问。

“柳志文？没什么关系。”

“装什么装？没什么关系他的借记卡怎么会给你使用？”如莲瞪着她质问。

“噢，这个呀？”周艳有些恍然大悟，“你是谁？”

“你浑蛋！”如莲啪地给了周艳一记耳光。

“你干吗打人？”周艳捂着脸，大惊。

“打人？孩子都有了，还装什么糊涂？这是不是柳志文的孩子？是不是？”如莲指着周艳的大肚子。

“我不知道。”周艳不客气地说。

“孩子这么大了不知道谁是爹？够不要脸的呀！”

“你到底要干什么？”

“我就想知道，你肚子里是谁的孩子！”如莲愤怒不已。

“这跟你没关系！”

“你说不说？”

“凭什么打上门来质问我？我不可能告诉你！滚，滚远点！莫名其妙的泼妇！”周艳砰的一声把门关死。

关上门，周艳既惊又愤又疑。柳志文是谁？这泼妇又是谁？满脸的怨气，一看就是被丈夫冷落的怨妇，她为什么如此敏感柳志文？如果她是柳志文的妻子，那么大姐(如馨)又是柳志文什么人？这卡是大姐给自己的，可柳志文的银行卡怎么会在大姐手里？难道，大姐是柳志文的情人？莫非这孩子就是大姐与柳志文的爱情结晶？因为婚外生子，无名无分，当情人怕招惹是非，不便怀孕，才租借子宫生下这孩子？

周艳忽然有些明白了，难怪呢，大姐曾经担心，会不会有人来带她去做什么亲子鉴定，说什么有人要借此要挟她……

这件事真够复杂的。但无论如何，她既然与大姐有约在先，大姐又待她不薄，这世上除了母亲，还有谁这样呵护过她，照顾过她吗？既然收了大姐那么多钱，撇开协议不说，即使作为感恩和回报，她也一定要把孩子给保护好，平平安安地生下来。不管在别人眼里大姐是怎么样的人，在她心里，大姐是一个不折不扣的好人，值得尊敬和信赖。所以，她绝不能对不起大姐。

想到这里，她拿起电话给大姐拨过去，想说一下这泼妇的事。可如馨正在开会，周艳到嘴边的话又咽了回去，只说没事，挂了电话。

碰了一鼻子灰,叶如莲岂能咽下这口气?她拿出手机拨打妹妹的电话,如馨却告诉她正在开会,不待她开口就给挂了。如莲继而一想,这事还不能直接对妹妹说。太突然了,如馨能接受得了吗?在她心里,她的丈夫几乎完美无缺!她承受得了这样的打击吗?

叶如莲越想越气,火暴脾气令她一分钟也等不下去。她气冲冲地跑到法院大门口,打电话责令柳志文立即出来见她。

柳志文吓了一跳,还以为柳家出了什么大事。慌忙撇开工作跑了出来。

眼睛里容不下一粒沙子、疾恶如仇的叶如莲,像盯着一个十恶不赦的坏蛋,双眼一眨不眨地盯着妹妹的丈夫。

"大姐,有事吗?"柳志文问。

"没事我到你这儿来干吗?闲的?撑的?"如莲没好气地说。

"家里发生什么事了?"她焦躁不安的样子让柳志文无法往好处去想。

"你盼着我们家出事?"

"你怎么这么说话?"柳志文简直无法理解,自己哪里得罪了这位姐姐。

"好听的话不会说给你听的,你这个道貌岸然的伪君子!"如莲义愤填膺。

"说清楚点行吗?"柳志文莫名其妙,耐着性子企图沟通。

"自己干的好事你不清楚吗?还要我说出来?我都说不出口,无耻!"

"平白无故你骂什么人哪?疯子!"柳志文转身欲走。

"我骂你,我还要扁你!"叶如莲冲上前去,啪地一记响亮耳光。柳志文毫无防备,挨了个结实。

他妈的这是怎么啦?撞鬼啦?老婆天天玩儿神秘,内战还没结束,老婆的姐姐又莫名其妙跑出来,疯子似的又打又骂……这究竟是怎么回事?柳志文憋了一肚子火,恨不得追上去,将这个莫名其妙的泼妇按在地上狂扁一顿,好发泄心中闷气。不过最终只是幻想而已,打一个女人,他还干不出来。

2

叶如馨费尽心思暗箱运作的事情终于败露了。

信用卡、借记卡等各种各样的卡,中行的、建行的、工行的,如馨钱包里有十多张,柳志文钱包里也装有不少卡。有的卡是以她的名义办,有的卡是以柳志文的名义办的,有时候两个人一起购物、吃饭,拿着卡刷来刷去,不定什么时候什么原因，什么时间什么地点，她的卡就会跑到他手里，他的卡就会流到她包里。如馨万万没想到，百密一疏，小小一张卡坏了大事。

首先，叶如馨被父母急电召了回去。当叶家人得知，周艳的事是如馨一手炮制的，而柳志文完全一无所知时，震惊极了。

面对父母质疑的目光，如馨打定主意，无论如何，不能让妈妈知道自己终身不孕的事实。要不然，妈妈也会像婆婆那样，从此陷入无底的深渊，为女儿痛苦，为女儿忧虑，为女儿犯愁。跟婆婆不一样的是，妈妈还是个病人。妈妈必须以愉快的精神跟癌魔进行顽强抵抗，否则，癌细胞随时都可能卷土重来，吞噬掉她的生命。

但她必须为周艳的事向父母作出合理解释。她告诉爸妈，因为工作忙，没时间，经过再三考虑，物色合适人选来代替怀孕，这一支出和她一年的收入比起来，微不足道，非常划算。

如馨想从经济学的角度，让一向精打细算、节俭度日的父母给予宽容、理解和体谅。

却不料，当亲耳听到女儿口中竟然说出这样的话，叶振山羞愤当头，勃然大怒，啪地一掌拍到桌子上。一向很少动怒的他指着女儿破口大骂："逃避怀孕，借腹生子，这是人干的事吗？你还是个女人吗？浑账！浑账！"

"我怎么生出这样的女儿？这还是我的女儿吗？一心钻到钱眼儿里，钱迷心窍，钱比生孩子还重要啊？你们现在还缺什么？要那么多钱干什么？"王宏英也气得跌坐床前，口唇发紫。

如馨吓坏了，泪流满面地抱住妈妈，请妈妈原谅她一时糊涂。

自知闯了大祸的如莲，一时也瞠目结舌，慌了手脚。不问青红皂白地打了无辜的妹夫，以后还怎么面对？

夜里，从父母家里出来，如馨垂头丧气开车回家。还没到家门口，就被柳志文截下。他把她赶离了驾座，开上车子一路狂奔到海边。除了夜里的海风、海潮和海浪声，一个人影也看不到。毫无疑问，这是谈论隐私问题的最佳场所。

柳志文率先从车里跳出来。如馨还坐着不动，他打开车门将她拉了出来。

月亮露出了半边脸，月色像流水一般静静地泻在平静的海面上。夜空缀着无数闪光的星星，间或有一片云朵，使星星显得更加晶亮。夜风吹来，海面上漾起微微波浪，一条条白亮的"丝绸"在海面上婀娜多姿地飘摆，月夜的海景真是太美了。

但此时此刻，谁也没有心思欣赏美景。

月色里，他冲着她劈头盖脸大发雷霆："叶如馨，你堂堂一个律师，应该比一般人更懂得维护法律的尊严，没想到你竟然做出这种事，你配做律师吗？配做法律工作者吗？真是不可思议！"

"别谈什么律师，我只是一个女人！"

"你太让我失望了！我早就说过我不在乎，你为什么这么不自信？为什么对我们的婚姻没信心？！"

"你失望？"如馨冷笑着说，"我正是要给你希望才去这么干的，你什么也没做，马上就能当爸爸了，你还有什么好埋怨的？这些日子为这事我受了多少苦忍了多少折磨？你们猜疑我，不相信我，以为我在外面干坏事，我都咬着牙忍着，挺着，苦苦熬着，撑着，我都快要崩溃了，我为了谁？我为了什么？这都是为了你，为了你妈，为了你们柳家，就算我的做事方式不妥，可你也没有道理横加指责！"

说到伤心处，如馨情不自禁泪如雨下。

"你太糊涂了！"柳志文不为所动。

"我一点都不糊涂，我清醒得很！有了孩子，有一个有血有肉、会哭会笑的孩子，你爸妈就不会寂寞了，柳家的血脉就可以延续下去，我们生活就会更加和谐和睦，我的日子就会更长久甜蜜……这都是你妈灌输给我的！"

"气死我了！你怎么可以这么干？怎么可以瞒着我干出这样的事？"柳志文痛苦地吼叫着，"违背国家法规，违背社会伦理道德，违背良心！叶如馨，你怎么可以这么做？"

"违背谁的良心啦？我问心无愧！"

"人家周艳是生育机器吗？人家的肚子是商品吗？你干的什么好事啊！"

"她生孩子是自愿的，目的就是为了挣笔钱，这样就可以改善她的生活，至少能过得轻松一点。我们资源互补，相互帮助，碍着谁啦？"如馨没敢说出周艳为母治病的事实。

"天哪！"柳志文揪着自己的头发，痛苦不堪，"我该怎么办！这个孩子该怎么办？我要死了，你会把我逼死的！"

"都已经六个多月了，再坚持一下，孩子就能呱呱坠地了，我为了这孩子付出了多少心血你知道吗？你忍心把它给害了吗？这是你的骨肉呀！"

这一夜，两个人在沙滩上待了很久。

两个人都感到伤痕累累，疼到了骨头里。

待冷静下来，柳志文问她，手术在哪儿实施的。

如馨拒不回答。她说："就算让人家受处罚，也是公安机关而不是你们。"

"到底在哪儿做的？"

“别问了我不会告诉你的！”

一连三天，柳志文不跟妻子说话。他天天冷着一张脸，皱着眉，终日陷在思索之中。回到家也是关进卧室，不吃饭就不会出来。吃饭时也一反常态，不再与家人说笑，吃完就走，在饭桌前一分钟也不肯多留，完全像变了一个人，弄得如馨成了千古罪人。张金芳看在眼里，疼在心里。她再也坐不住了。她叫住儿媳，向她打听究竟出了什么事。

“没事儿，妈。”如馨举重若轻。

“没事儿他怎么会变成这样？”张金芳压根儿不相信儿媳的话。

“真的没事儿，可能是工作压力太大吧。”如馨敷衍。

“你就赶紧说出来吧，我都快急死啦！”

“我真的不知道，要不你去问他自己。”

到了这种时候，如馨其实很想把事实真相原原本本告诉婆婆。如果这样，她相信不仅以前的误会能够全部烟消云散，周艳的事上一定会获得婆婆的大力支持。她相信如果婆婆得知有一个孙子(孙女)即将降临人世，一定会欣喜若狂。儿媳也算将功赎“罪”，就算曾经对婆婆有过欺骗，也能得到谅解和宽容。

然而，柳志文交代她：绝对不可以让爸妈知道！不能让他们知道有这么一个孩子，不能让他们知道儿子媳妇的秘密。

柳志文还没做好当父亲的准备，尤其当这么一个孩子的父亲！他也还没想出这件事该如何处理，这个孩子该怎么办？何去何从，他焦头烂额，毫无主意。

就在柳志文和妻子因为这个孩子陷入新一轮的冷战中时，一个早晨，如馨刚走进办公室，就突然接到从周艳那边传来的噩耗：孕妇突然大出血，止也止不住！

这一次，如馨第一反应就是通知柳志文，因为她再也无力独自承担这种突如其来的灾难和痛苦。她一边通知了柳志文，一边疯狂地驱车赶去，将周艳紧急送往医院产科。

第二十二章

1

这个冬日的早晨，如馨的心冷到了极点，痛到了极点。

如馨恳求医生不惜一切代价挽救孕妇和孩子。医生也确实尽了最大努力，但最后还是不得不遗憾地告诉她：孩子保不住了，必须引产。

术后，周艳虚弱地躺在产科病床上，面色惨白，双目失神。

“为什么？为什么？这究竟怎么回事？究竟出了什么事？”如馨无法控制自己的情绪，双目充血，忍不住质问周艳。

周艳一句话也不说。

柳志文将妻子拖出病房，生气地低声呵斥：“刚刚做完手术，你怎么这样对待她?! ”

“是你干的吗？是不是你？你给她吃了什么药吗？”如馨的矛头啪地指向丈夫，逼视着他。

柳志文勃然大怒：“把我想成什么人啦？人命关天，我能像你干偷偷摸摸的勾当？”

保姆转述：“出事前，周艳接过她小姨的电话，之后情绪波动很大，悲伤得要命，一整天没吃东西，晚上又关在房里哭了整整一夜。”

“天哪，一天一夜不吃东西不睡觉，你怎么不告诉我？”如馨恨不得将保姆狂揍一顿。

“周艳不让我跟你说，她说缓两天就会好的，没想到今天一起床就出了事。”

如馨立即接通了周艳小姨的电话。

电话那头，传来了更加沉痛的消息。

周艳母亲自从上次见到女儿身怀有孕,又联想到孝顺的女儿近几个月来的怪异行为,就猜到了女儿大概在做什么。如山般沉重的巨额医疗费,让这位重病在身的母亲痛苦欲绝,她不愿意继续拖累女儿,也因对自己的病情不抱希望,于是在一天深夜,趁人不注意,她跑出医院,跳海自尽。

如馨身心俱疲,失魂落魄地走出医院。

如馨整个人剩下一具躯壳,成了一尊木雕泥塑。

她呆呆地回到周艳住过的老宅里,一言不发地坐了半晌。

看到她这样子,柳志文竟然痛哭流涕。他抓住她的双手,把她的手狠狠地拍在自己的脸上:"可怜的宝贝,你要不高兴你就打我,你骂我,你说句话呀,你想哭就哭出来,你别这样啊,别吓我呀……"

如馨一句话也没有,目光痴痴呆呆地,就这样枯坐到天黑。柳志文寸步不离地守着她。他做了两顿饭,凉了去加热,热好了又放凉,她一口也吃不下,他也吃不下,只好把反复加热已经变形变色的饭菜一盘盘倒进马桶。

从未有过的巨大悲痛重重地击倒了叶如馨。

当柳志文深夜里重新做了夜宵小心翼翼地劝她吃点东西时,她突然浑身爆发出无名的力量,将他端到面前的碗盘噼噼啪啪地摔到地板上。精心做好的饭菜又一次变成垃圾。

"这下你高兴了吧?你满意了吧?"夜深人静,如馨终于哭出声来,悲愤地谴责丈夫,眼泪就像倾盆大雨,哗哗地流淌。

孩子,孩子,自己的亲骨肉啊!为了这个孩子,她付出了多少努力,花费了多少心血,承受了多少不为人知的委屈和折磨!再坚持一阵,孩子就要出世了,她就可以做妈妈了!难道就这样功亏一篑,一夜之间化为乌有,让她做母亲的愿望化为泡影?

曾经,这个孩子成了她生活的中心,没有哪一件事情比宝宝更能深深地吸引着她;曾经,她是那样充满欣喜、全心全意照顾着宝宝、期盼着宝宝的到来;曾经,她原本那颗沉浸在事业里的心,是那样不知不觉被宝宝打动,让她浑身上下、分分秒秒都充满了女性本能的母爱;曾经,因为宝宝的激励,她更加斗志昂扬、加倍地努力工作,希望赚更多的钱给宝宝优越的生活,希望以更优秀的业绩成为孩子未来的榜样……

"是上帝捉弄了我!"如馨心碎神衰,形容枯槁一会儿号啕大哭,一会儿又神经质地哈哈大笑。她深深陷入这场噩梦,不能自拔,情绪剧烈波动,久久不能平静。

柳志文一言不发，蹲在地上，默默地收拾一地狼藉。然后，他一屁股坐在地板上，眼泪止不住地往下流。为了他曾经有过的不赞成的念头，他一下子沦为千古罪人。那些日子他尽管陷入矛盾和挣扎之中无法取舍，却也绝没有盼着出现这种令人痛心的意外。他的心也很痛，他的心也在滴血。

上帝为什么要把这份灾难加到我们身上？我们没有那么大的承受力，我们没有那么坚强，我们都很脆弱，我们都很容易受伤，我们受不了这样的打击和愚弄……

究竟谁是凶手？周艳吗？周艳的母亲吗？医院的巨额医疗费吗？疾病吗？贫穷吗？

柳志文感到疲累交集，心力交瘁，但他不能就这样倒下，他必须挺住，他是顶梁的柱子，他必须为妻子撑起这片将要塌下的天空。此时的妻子比他要更加疲累交集、心力交瘁，比他更痛千倍万倍。他完全可以感受到妻子内心悲痛欲绝、肝肠寸断、天崩地裂的痛苦感受。他对前不久为此事冲妻子大发雷霆的粗暴行为，痛悔不已。现在他能做的，就是帮她驱散遮在天空的乌云，替她把痛苦和忧伤扛住，安抚她，让她真切感受到他对她的深深爱意，尽可能帮她把伤痛降到最低……他强迫自己站起来，走到妻子身边，把她揽在怀里。他一声声劝她“不哭”，他却也控制不住自己的情绪，夫妻俩又一次抱头痛哭……

凌晨时分，如馨开始发高烧，说胡话，浑身的骨头就像无数蚂蚁在咬，断裂似的疼痛。柳志文慌忙将她送到医院，医生说是突发病毒性感冒，来势凶猛，抽血、化验，当场给打了吊瓶，开了一堆药。柳志文本要带她回家，可是如馨却不愿回家，坚持要去周艳住过的老宅。柳志文怕她触景生情，不肯同意，如馨却大发其火，固执地一定要去。考虑到回家也有麻烦，担心父母看出端倪，柳志文就没再坚持，陪着她去了老宅。

服药后，如馨睡了一会儿。早晨，他又一手药片一手开水，把她抱在怀里，服侍她用药。太阳升起来的时候，如馨身上的烧退了下去，柳志文打电话向单位请了假，依然寸步不离地陪着她。这一天，如馨不再哭闹，又是呆呆地坐在窗前，怔怔地望着窗外出神。当晚，柳志文遵照医嘱，再次带她到医院挂了个吊瓶。

前几天，是她变着法子哄他高兴。这两天完全颠倒过来，他挖空心思、绞尽脑汁地哄她。在他的细心呵护和耐心开导下，她渐渐地接受了这个现实。这其间，张金芳不断地打来电话，早一个，晚一个，焦急地询问他夫妻俩在哪里，在干什么，发生了什么事，为什么白天黑夜不回家。柳志文不得不用尽各种借口和理由敷衍搪塞。

张金芳心里不踏实，在柳洪亮的建议下，她跑到叶家去打听。如馨的父母也说不出个所以然，反而愈加为女儿担心。打电话到律师所一问，得知如馨已经三天没现身，父母更是惊疑不定，心神不宁。言谈中王宏英无意中说漏了嘴，张金芳猛然得知儿媳在外找人做试管代孕，一下子瞠目结舌，接着就捶胸跺足，号啕大哭，一边哭，一边喊："我可怜的儿子！我可怜的儿子！"一边喊，一边抽打自己耳光。见此情景，叶振山和王宏英手足无措，为女儿的行为羞耻不已，无颜面对。只好一边说尽好话安慰亲家母，一边大骂女儿不孝不贤。

叶如莲不知道妹妹出了什么事，心想这件事一定与周艳有关。忙赶去如馨的老宅，与开门的柳志文撞个正着。想到上次妹夫无辜挨打受辱，如莲不觉汗颜。柳志文对上次的不愉快只字不提，仿佛什么都没有发生，一如既往地待她，这使她心里更觉惭愧。

从这里回去，如莲忙向父母汇报了周艳的意外事故。老两口也不觉心疼不已，王宏英还落了泪，替女儿，替可怜的周艳，也替那个没及出生的孩子。

柳志文和妻子在结婚之初的旧房里住了整整三天。他每天都要带她去医院输液。三天后，如馨感冒症状已逐渐消退，情绪稳定下来，身体有了力气，精神好了许多。她主动跟柳志文谈起："我想明白了，想通了，可能这就是天意，上帝确实在别的方面厚待我，但在这件事上，就是不肯成全我。我努力过了，无怨无悔，以后也不会有遗憾了。"

"你能这样想真是太好了，其实真的没什么，我还是那句话，只要我们过得快乐，这比什么都重要。"如果不是她自己提起，柳志文压根儿不敢主动谈这件事，怕她受不了刺激。

"周艳不知道怎么样了？她还在医院吧？已经三天了，得把她接回来，怎么说引产不是小事，要坐月子的。"如馨的嗓音已经嘶哑。

"我已经给那保姆交代过了，还留了些钱，叮嘱她好好照顾周艳。"柳志文说。

"谢谢你能这样做。"

"别这么说，我有愧。"柳志文道，"周艳这孩子挺不容易的，家里那么苦，从小是怎么挺过来的？好端端的姑娘，如果不是为了救妈妈的命，也不会走到这一步。妈妈出了事，她痛苦伤心在所难免，出了这意外恐怕她也没想到。我们不能因为孩子没了就撒手不管，她心里还不定有多难受呢。"

"走吧，马上去医院。"如馨抓起衣服就往外跑。

第二十三章

1

外面吹着冷飕飕的风，集中供暖的医院大楼内却热烘烘的，不流动的空气让人感觉呼吸不畅。病房里空荡荡的，根本不见周艳的身影，连留下照顾周艳的保姆也不知去向。一位年轻的护士向如馨转交了周艳留下来的一只信封。一封周艳写给如馨的信，还有一些钱，还有如馨交给周艳使用的那张银行卡。

冬日的海风异常凛冽。医院大门外，柳志文和如馨静坐在车子里面，无语凝噎。

大姐！对不起！请原谅我的不辞而别。因为没能完成我们的约定，我没脸面再见您！说真的，虽然很清楚这个孩子跟我没有血缘关系，也十分明白它只不过借我的肚子来到这个世界而已，可随着胎儿在我的身体里一天天长大，每天每夜感受着它的率动和呼吸，我真真切切有了为人母亲的喜悦。几个月来，我已经把它当成了自己的孩子！记得上次您遇到了麻烦，下决心拿掉它时，我有多么心痛，多么不舍！我感觉和这个孩子已经有了种割不断的感情，我和您一样，已经深深地爱上了他！当最终躲过了那一劫，我当时感到庆幸，甚至感激上帝！还有一种劫后余生的感觉！当时我就下决心一定要保护好他，不让他受到任何伤害，一定让他平平安安健健康康来到这个世界……可是，谁也不曾想到，上帝又给我开了一个残酷的玩笑。为了帮母亲脱离病魔的魔爪，我曾经愿意不惜一切代价，可没想到这些努力一朝之间付之东流。我只能偷偷地可怜自己，命运对我太不公平！不仅如此，我更没想到的是，我的不幸竟然也给您带来了灾难！您已经为此付出太多，却要遭受这份千不该万不该的痛苦和不幸,看来命运不仅对我,对您一样的不公!但是我们不能去抱怨命运,因为任何抱怨都没有意义。不管怎么说,这一次的经历,如果这也算是命运的馈赠,它让我成熟了许多。对不起,大姐,我不是故意的……往后,我有了新的奋斗目标,就是努力工作,尽早偿还因我的违约带给您的经济损失。另,保姆我让她走了,费用已经结清。医院退还的住院押金和您的银行卡随信归还。希望您早日走出阴影……永远祝福!

读完周艳的信,如馨呆呆地不说话,泪珠在眼眶里打转。

柳志文拿起信,目不转睛地又看了一遍。

如馨拨打周艳的手机,被告知已关机。

“回家吧?”放下信,他征询她的意见。

“回去吧,不要让爸妈再担心了。”她说。

看到消失了三天三夜的儿子媳妇平平安安地回来了,柳洪亮和张金芳除了由衷的高兴,谁也没说什么。晚饭后,柳志文和如馨早早回了卧室。躺下了,他忽然轻声提出一个疑问:“信里说你曾经想把孩子拿掉,这是怎么回事?”

“当时你们家怀疑我外遇,受不了这种折磨,矛盾不决,一时冲动才起的念头。后来周艳死活不肯同意,坚持要把孩子生下来,我也就打消了那念头。”她没有说出赵挥的事。

想到妻子曾经的挣扎和犹豫,柳志文心如刀绞,觉得自己真是失职。她瞒着家里在外面干了这么大的事,他竟然一点没有觉察。而妈妈和妹妹,却还要不明缘由地捕风捉影,强加罪责到她头上。他把她紧紧抱在怀里,亲吻她,发自肺腑地说了一声“对不起”。

第二天一早,起床后如馨又一次拨打周艳手机,依然关机。她不由担心起来:“这孩子也不知道上哪儿去了?”

“是不是回老家了?她妈不在了,会不会有很多事等她料理?”柳志文头脑清醒地说。

“对,应该回去料理后事了。唉,刚做完手术,不好好休息,这身体能受得了吗?落下什么月子病可怎么办?年轻轻的,以后的路还长啊。”如馨愈发担心。

“作孽啊,”柳志文叹了一口气,“年轻轻的女孩子,竟被逼到这份儿上。以后没事还好,要是落下什么后遗症,搭上人家一辈子幸福,我们罪过可就大了。”

“别吓我行吗?”如馨抱着肩膀,浑身发冷,反省道,“那天我太冲动了,不顾她刚刚做完手术还在病床上,居然冲她发了火,真是不应该,她居然一句辩解也没有,还在不停地向我道歉,我是不是太残忍了?”

柳志文提议:“真是难为她了。要不我们去找找她,最起码得让她知道,我们并没有怪她,这样她心里也能好受些。”

“算了,既然她躲起来不愿见我,我还是别去主动找她了。要不然她以为我会管她要钱,再给她带来心理压力,那就适得其反了,马上就要过年了,就让她踏踏实实过个年吧。”

“也行,是福不是祸,是祸躲不过,你也别难为自己了,没准过两天等她想开了,就会自动出现了。”柳志文安慰妻子。

饭桌上,张金芳主动往儿媳的碗里加了一勺汤。如馨抬头看婆婆,婆婆躲开了她的视线,但神色里显然多了几分暖意。婆婆这种突然而来的温情表示,让如馨诧异不已。以前婆婆对她不好,整天热嘲冷讽的,多年以来她已经习惯。到了今年,在柳志文的“调解”下,婆婆突然一百八十度转变,把她当成亲生女儿一样来疼爱,这让如馨受宠若惊,惭愧不已,简直不知道该如何回报。再以后,又因为莫名其妙的误会,婆婆日日脸面降霜,黑着一张脸,使如馨十分不安,不知如何解释才好。现在,这又是怎么啦?婆婆突然又对她好了起来,如馨不觉感到害怕,有些不敢接受。

很快,如馨便从父母那儿获知,张金芳已知道了周艳的事情,还知道了那个孩子又突然没了。看来,婆婆这是动了恻隐之心,也在同情儿媳的遭遇。如馨受不了婆婆忽阴忽晴的态度,便跟柳志文商量:“干脆跟妈挑明了吧,一五一十都告诉她,让她落个明白。”

柳志文道:“说什么?说我们俩合着伙哄骗她?这个玩笑开大了。她早已经接受这一现状,现在突然再变回去,你让她如何接受?这场风波就让它尽快过去吧,血的教训啊,还不够深刻?你必须吸取这个教训,从此以后,好好过日子,安心上你的班,别再节外生枝琢磨那些乱七八糟的念头了。”

无奈,如馨顺从了丈夫。

再说张金芳,当她猛然听闻儿媳找人代孕,心里一下子打翻了五味瓶。她想,儿子有疾,看来那孩子一定是别的男人的种子。也可能来自某家医院的精子库?她替儿子难过,当晚一夜未眠,悲伤了一整夜。不过反过来一想,儿媳也是女人,若让人家一辈子不生育,不让人家有后,这也不近人情,不太人道。既然儿媳没有去亲自怀孕,说明她还算一个有良心的人,不管怎么样,她还在照顾儿子的情绪,也在尽力维护柳家的颜面。想到这里,张金芳终于想明白了,如果那孩子生出来,儿媳以领养的名义抱回家,那么自己就装个糊涂,权当不知道这回事。

怎么说也是儿媳的孩子,儿媳又要跟儿子过一辈子,孩子进了家门,一手养大了也就是亲人。谁让儿子命运不济呢?遇到这样的媳妇,也算不幸中的万幸吧。

却不料张金芳从思想上刚刚转过了弯,就又从亲家那里听到噩耗:孩子没了。张金芳半天没反应过来,心里很不是滋味。联想到儿子媳妇最近以来的不正常表现,连续三天三夜不着家,是不是为这事在打架?是不是儿子无法接受,导致孩子被迫引产?这么想着,张金芳觉得,这就是儿子的不对了。妈都想通了,你还有什么想不通的?人家一个正常女人,愿意守你一辈子,你还不偷着乐去?咱也不能太难为人家吧?人家想要个孩子,又没跟别人私通鬼混,人家不惜花费重金,而且还没伸手要你一分钱,这已经很够意思了,你就不能睁一只眼闭一只眼?你不能给人家孩子,经济上你又不占优势,你拿什么拴住人家的心?张金芳真想把儿子叫出去,找个没人的地方好好数落一顿。可是再一想,儿子有什么错?儿子已经很不幸,他内心有苦,怎么再忍心给他插一把刀?这世上哪个男人能够接受一个妻子和别的男人生出来的孩子?就算是试管,天天看着孩子身上脸上没一点自己的特征,将来的日子怎么去过?

张金芳焦头烂额,也不知如何是好。见儿子媳妇好端端地回来了,小两口竟然一如既往地亲密,她的心头不禁也疑惑不已。不过,事情已经过去,既然儿子媳妇不主动对她说起,她也就不必多事,只当什么也不知道,继续装糊涂。只要夫妻俩谈妥了,只要他们俩过得好,她这个当妈的,心里有什么疑问,有什么困惑,有什么不解,有什么委屈,一切一切,全都可以忍下去。

春节一日日临近了。就像以往每一次过年一样,这些日子张金芳都会比平常更为忙碌。每天逛超市,逛市场,不断地采购置办年货。虽然现在购物如此方便,各类食品积压太久既不新鲜又不好吃,但张金芳仍然喜欢把一个超大冰箱塞得满满的,似乎这样才更有年味儿。

2

春节在灿烂烟花中过去了。

大街小巷浓郁的节日气氛仍然没有消散,元宵节的脚步紧跟着就来了。

这天是农历正月十四。一大早天空忽然飘起了雪花,从早晨飘到中午,直飘得满目银色,处处皎洁,整个城市从上到下换上了洁白的容颜。

到了下午,律师们差不多已经走光了。人人回家过十五,如馨自然也不例外。离开律师所时,王佳兴奋地邀她去泡吧:“我约了朋友上甲壳虫,你拉上柳大哥一块出来玩儿吧,今晚有精彩节目。”

如馨笑道:“我们就免了,还是回家陪陪老人吧。”

王佳是典型的“吧虫”,夜夜泡酒吧,哪天晚上不到酒吧去,这个晚上肯定过不了。因收入不高,于是每晚下班前拿着电话不放手,约这个约那个四处踅摸埋单的人。实在找不到,就算口袋里只有二十元,她也要去酒吧买瓶水消磨几个小时,听乐队帅哥演唱,对她来说是享受生命。几年前的如馨和王佳一样,沉迷于酒吧那种氛围,有事没事都会约朋友到那里坐坐,隔三差五到迪厅去蹦一蹦。这两年就不同了,对那些地方一点兴趣提不起来,若不是特殊情况或推不开的应酬,简直忍受不了在那里消耗掉大好时光,不折不扣地浪费生命,更不会无缘无故跑到那里掏光口袋里的钱。现代人四岁一代沟,这与王佳已隔了几代?

难道我已经老了?

从律师所出来,如馨特意去了商场。如今对她来说,除了工作,家庭就是生活重心。与家人坐下在一起吃顿饭,聊聊天,省下泡吧的钱给家里增添些情调和温馨,这比什么都来得实惠。五花八门的元宵节饰品、礼品,琳琅满目,眼花缭乱中,她选了两只大红灯笼,准备回家布置一下。

从商场出来,她坐到车里习惯性地给柳志文打电话,提醒他早点回家。谁知柳志文却告知她,今天他值班,回不了家了。柳志文每月值一次班,雷打不动,值夜班时就睡在办公室。别说元宵节,就算碰上大年初一,也要二十四小时守在法院。柳志文充满歉意,如馨好不扫兴。就在如馨打算回家时,刚给车子打着了火,手机音乐突然响起来。

如馨看一眼来电,心脏腾地跳起来。

周艳!截至今天,距周艳不辞而别整整一月。

还真让柳志文给言中了?她自己竟又跑了出来。

“艳,是你吗?”如馨心情复杂,更多的是担心。难道周艳发生什么意外?

晚饭时间到了,如馨找了家餐馆,周艳如约而来。

一月不见,周艳像变了一个人。原先白皙红润的脸蛋不见了,此时的她,两腮深陷,肤色苍白,连头发都枯涩无光。如馨不觉一阵心酸。这种酸楚的感觉让她突然意识到,面前的女孩,一直表现得那么坚强乐观的女孩,在突如其来的灾难面前,一样是那么脆弱,那么不堪一击。

如馨点了几个周艳爱吃的菜,看着她大口大口地吃着,心想,这些日子回到老家,难道连顿饱饭也没吃过?这个年她是怎么过的?

“大姐,本来我真是没有脸再回来见您。”周艳放下筷子,喃喃道。

“事儿已经过去了,我也从没怪过你,你别这么自责了。”

“我今天来找你,就是想跟你说一件重要的事。”

“你找到工作了吗?以后打算怎么办?”如馨立即想到周艳以后的日子何去何从。她是不是想请自己帮忙联系工作?如馨立即将自己的人际关系滤了一遍,去个私企做点事还是可以帮忙的。

“这个,给您!”谁知,周艳从兜里掏出一只信封,从桌面上轻轻地推到如馨面前。

“什么?”如馨下意识地打开看,惊讶地发现信封里装着两张现金支票,一张十二万元,一张二十万元。

“十二万是合同款,是还你的钱。另外你给我妈妈一万元爱心款,我们就收下了。”

“你哪来这么多钱?”如馨立即警惕起来,类似代孕的事,她绝不允许周艳再干。

“您放心,我不会再做傻事了。有的事情,一生一次,足以刻骨铭心。”周艳低下头,她用纸巾按住眼睛,泪珠很快湿透了纸巾。一会儿,又抬起头,朝如馨笑笑,“大姐,今天我来就是为这事,我必须得如实告诉您。”

就在一周前,周艳打开关了多日的手机,没多久,就接到了黄教授打来的回访电话。预产期越来越近,黄教授一直关注着这个孩子的孕育过程。周艳只好将刚刚发生的意外事故告诉了他。黄教授表示十分遗憾。不料第二天,周艳又忽然接到赵挥的电话,要求跟她谈谈。她告诉他,她还在老家,等以后有机会再返城去拜访他。谁知赵挥说,你在哪儿?告诉我地址。

果然,当天下午,周艳在老家借住的亲戚家的房子里见到了风尘仆仆的赵挥。在他的追问下,她将事情的来龙去脉原原本本告诉了他。临走时,他又无意中从她的亲戚口里得知,她如今已是无家可归,因为家里的房子早变成医疗费花掉了。赵挥没说什么,默默地开车离去。

次日一早,周艳刚刚起床,再次接到赵挥的电话,他说已经到了门口。周艳走出院子,果然看见了赵挥的车。他打开车门请她上车,在这个封闭的空间里,他将两张支票交给她。她看到三十二万的总额,震惊不已,不敢相信自己的眼睛。她问为什么?他说,他的公司每年都进行慈善方面的捐助,今年,她有幸成为捐赠对象之一。

“我一个健全人,怎么说也是个大学毕业生,”周艳说,“如果接受了这笔捐助,我会瞧不起自己的。”

“可你还是接下了?”如馨问。

“赵先生非常诚恳。他说,他被我救治妈妈的精神所打动,说我的现状完全符合公司的捐赠条件,不过他这一次是有偿捐赠,他唯一的条件是,要我尽快返还代孕合同里对方已经支付的全部款项,但不要让对方知道这笔钱的来历。说完,他就留下支票走了。”

如馨沉默着。

“我知道自己没有理由接受这笔捐助,可我又发现自己根本没有勇气去拒绝它。这笔钱让我大脑里产生了好多念头,其中一个想法就是,带着钱远走高飞,去一个无人认识的地方,开始新的生活。我挣扎了一夜,最终没能迈出这一步。我为自己产生这样的念头而感到羞耻,我鄙视、痛恨自己,因为我想到了您,我不想让您瞧不起我。后来我又想,先还了您的钱,然后把我们家卖掉的房子重新买回来,等有一个安身之地,再用余下的钱做点小买卖。可是,我又不想让赵先生瞧不起我。我想了整整三个晚上,终于决定还是来见您,第一还了您的钱;第二,请您把剩下的钱还给赵先生。并且转告他,我完全可以自力更生,而且能够活得很好。”

“既然赵先生慷慨相赠,你就收下吧,难道你真的不需要?你现在寄人篱下,连自己的窝都没有了,而姓赵的,开百多万的车,随便一件衣服或许上万元,这点钱对他来说根本不算什么,但对你就非常重要,你可要想清楚了,就算退回去,他未必会觉得你有多高尚,或许很快就会忘掉。”这是大实话,如馨完全发自肺腑。

“谢谢您,大姐,我的确很需要钱,可我更愿意找份工作慢慢地挣。如果接受了这笔钱,我真的会瞧不起自己的!”周艳流着泪说,“我就没有必要再去见赵先生了,麻烦您帮我把钱还给他吧,虽然人家很有钱,根本不会在乎这个,就算他很快就会忘掉,但我也不能在这一刻让人家看扁了我。”

与周艳谈话期间,如馨接到婆婆电话,问她回不回家吃饭,如馨毫不犹豫地说在外吃了。饭后,她把周艳送回当初住过的旧宅,要她在这里多住几天,好好休息一阵,等身体彻底复原了再回老家。可周艳告诉她,明早就得回去,她已经应聘到家乡一所中学做了一名英语教师,正月十七就要正式开课了。如馨问她,为什么没想到城市来发展呢?周艳说,她的性格决定她不适合城市生活,节奏快,生活压力大,她更愿意在简单的环境中,过一种简单、平静的生活,挣钱可能会很少,但消费低,不会活得太累。

安顿下周艳，如馨开车回家，行至一半，心里惦着那沉甸甸的支票，于是从手机里调出赵挥的电话，拨了过去。自上次官司结束，至今再无联系。上次她的自作聪明，虽与他上诉失败没有决定性的因果关系，但当时弄巧成拙的反作用，一直使她抱歉在心。一直想找机会谈谈，可由于种种原因，至今未能见面。今天这两张支票的意外出现，使她觉得，必须见他一面。

电话里，赵挥的声音沉沉的，似乎情绪低落。

她提出见面谈谈。

他问："有事吗？"

"有。"

"重要吗？"

"重要。"

"那就麻烦你跑一趟吧，"他说，"我现在出不去。"

"你在哪儿？"如馨问他。

"家。"

"海边那所房子？"

"是。"

如馨犹豫了一下，觉得晚上到他那儿去有些不妥。可想到他那里还有工作人员，看看时间也不过八点多钟，又不愿这么早就回家去面对婆婆那张善变的脸，便打转方向盘去了。

3

雪已经停了。

远处的海面轻涛拍岸，在夜幕下闪着深蓝色的光泽。天边零落着几颗小星星，若隐若现地眨着眼睛。道路两旁缠绕着树枝的细碎的彩灯，像美丽的珍珠，辉映着天空的星星，把这个夜晚装扮得五彩斑斓。

在这个美景醉人的夜晚，如馨将汽车停在了赵挥别墅的院落门口。

摁响门铃。许久，前来开大门的竟然是赵挥本人。这让她意外。她冲他笑笑："架子够大的呀，请你出去坐坐，还请不动。"

他望了她一眼，似乎没有说话的兴致，一言不发地转身回走。

偌大的房子里空空荡荡，冷冷清清，除了赵挥自己和如馨这位客人，其他人的影子一个也看不到。

“坐。”赵挥指指沙发说了一句，而他自己，竟然走到另一张长沙发前，不顾客人在场，径自躺了下去，闭上双眼。好久不见，他却也不拿她当外人，一点没有距离感和陌生感。

这一无礼之举，让如馨颇为不悦。刚刚从周艳那里得来的对他的好感，一下子荡然无存。她皱皱眉头，站在大厅中央一动不动。

“怎么就你一个人？保姆、小顾呢？”一时间，如馨警惕性十足，担心会不会再次落进一个圈套。

“过节了，阿姨、小顾上半天班，今天下午让他们都回家了。”他一改往日底气十足的从容不迫，一副有气无力的语气。

“过节正是需要人手的时候，怎么能一个人也不留？”

“大家都是一样的人，人家的家里也正需要人，明天正月十五，月儿都圆了，哪个家庭不想团聚？”顿了一下，他问，“有什么事？说吧。”

他怠慢的态度让她很不舒服，但既然来了，事情还是要办的。她依然站着，开口道：“你叮嘱周艳不要让我知道是你给的钱，谢谢你能这么高看我。而实际上，你多虑了。找周艳代孕这件事，我有责任，你也有责任。如果不是你当初的居心叵测，或者我能够坚定一点，这件事都不会发生。事已经出了，结局很失败，我经济蒙受损失，内心备受摧残，事到如今，既然你良心发现，愿意承担这部分经济损失，我想，我也应该成全你，不是吗？所以，你让周艳还我的合同款，我就不客气了，照单收下。至于这次打击给我带来的心理伤害，对我来说也算一次教训吧，我认了。”

说完这番话，她心里想，没错，我不如周艳。物质上我比她富有得多，但在精神上，她比我高贵。

“说完了吗？”他闭着眼睛问。

“还有，你给周艳的二十万捐赠款，她托我还给你。虽然她很需要钱，但为了一个四肢健全的年轻女孩子、一个大学毕业生的自尊，她不能接受这笔钱，她让我替她谢谢你，说你是一个难得的好人，她会永远祝福你。”

如馨从包里取出那张二十万的支票，走向沙发前的茶几，将它轻轻放在桌边。

“我走了。”她说。

他没有回应。

她低头看看他的脸。只见他双目微闭，双颊通红，额头上滚动着豆大的汗珠，神情异样。如馨吓了一跳，走过去，下意识地俯身试他额头温度，果然烫得惊人:“哎呀,发烧啊？怎不早说？”

“不要紧的,麻烦你拿条毛巾,倒杯水给我。”他虚弱地躺着,连睁眼睛的力气都没有。

入冬以来病毒性感冒在这个城市肆虐横行。就在两周前,当时由于情绪低落,免疫力下降,如馨经历了一场高烧噩梦。看他此时的状态,比起她当时的情况有过之而无不及。她慌忙从卫生间找来毛巾,给他擦了汗,喝了水后,又不由分说要送他去医院。他却摇头表示只想休息,不愿折腾。

“你是不是浑身的骨头都在痛？这种病毒性流感很可怕的,跟普通伤风感冒不一样,必须去输液,要不然脑袋会烧坏的,你不想变成痴呆吧？”

他不再坚持,摇摇晃晃地站起来,头重脚轻地上了她的车。就在如馨上次进过的医院,如馨跑去排队挂了急诊,病人和家属一堆一堆的,走廊上坐满了挂着吊瓶的病人,十有七八都是病毒性感冒。果然不出所料,抽血,化验,医生诊断后,赵挥竟与上次如馨所患如出一辙,连开的药都一模一样。如馨排队取了药,然后陪着他在输液间里一坐就是一个多小时。担心里面空气污浊,如馨特意找了两个靠窗的位置。赵挥提醒她做好预防措施,别做了好事反而殃及自己。如馨摇摇头说,我刚刚领教过了,对这一拨病毒已经有了免疫力。

把赵挥送回家,如馨就让他回卧室休息。奇怪的是,到了二楼卧室门口,赵挥就让她留步,他自己进去,一头倒在床上。如馨怕他身体缺水,晾了开水要给他送进去,刚到门口,他有气无力的声音便从里面传来:“你别进,你别进来……”

如馨隔着门缝看到他和衣而卧,并将两床被子全捂在身上。里面有什么秘密怕她看到呢？晕死！你一个病人,我是怕你死了,难道我会非礼你吗？如馨差点没喷血。她根本不理会他的阻止,犹豫了一下,端着一杯水推门而入。心想,放下水我转身就走,就是你求我,也不会再多待一分钟的。

一间古典风格的卧室,温馨雅致,一色的紫檀家具,一张宽大的床,如馨将一杯温水和两包药片放到床头柜上,转身正要离去,一抬头,不由得呆住。

正对着床的一面墙上,悬挂着一张巨幅照片。长度和宽度,等同于整面墙壁。

照片上是一个回眸一笑的美丽女人,长发翻卷,风姿飘逸。

叶如馨看着照片上的女人,仿佛站到了一面大镜子前。

她一时也弄不清楚,究竟是那个当红影星,还是自己。

她呆呆地望着。只见画面上那条白色的连衣裙是那么熟悉,还有那双白色的凉鞋,俨然就是自己的旧物。

这是怎么回事？她心里纳闷。

“不是你，这不是你。”他闭着眼睛，仿佛已猜透她的心思。他不承认，不好意思吗？

她回头望着他，他额上依然滚着豆大的汗珠。她问：“你热吗？”

“我冷。”

如馨打算离开，这时却迈不动脚步。她打开柜子找了被子给他压上，再次拿来毛巾，不停地帮他擦汗，洗毛巾，换毛巾，再擦，再洗，折腾了一个多小时，方才安宁下来。如馨看看时间已不早，便向赵挥要保姆的电话，想叫保姆赶来照顾。可是赵挥却说，这么晚了，就别折腾阿姨了，好不容易过个节，让她好好跟丈夫孩子团聚一下吧。

“小顾呢？叫小顾过来！”如馨记起了那个忠实得狗一样的黑衣青年。

“小顾刚谈了恋爱，是我让他今晚跟女朋友一起过的，大家都不容易，别打扰他了。”

“你不是还有很多小兄弟吗？随便叫个过来吧，这儿不能没人。”

“大过节的，别折腾他们了。”

“那你怎么办？就这么折腾我？我也得回家呀。”

“我早就让你走了，你走吧，我没事的。”他依然闭着眼睛，嘴唇灰白。

“那我这就走了，对不起了。”

她刚一转身，他又道：“刚才，我看到你车后座上有两个大红灯笼，是送给我的吗？你忘了把它们拿上来。”

如馨哭笑不得。好家伙，都烧成这样了，眼睛还这么尖利。

如馨未置可否，只是低声道：“你好好休息吧，我走了。”

如馨拎着包走到大门口，忽然想到上次自己高烧输液后，整夜虚汗不断，如果不是柳志文给她不停地补水，差点虚脱。一个商界指挥着千军万马的男人，就这样倒在病床上，那么虚弱和无助……留下一个病人独自在一所大房子里，是不是太冷清了？半夜里会不会发生意外？出点什么事怎么办？如馨犹豫着，不由自主地停下了脚步。

她给柳志文打了电话，说在周芸家与几个朋友打麻将，走不脱，可能玩通宵。让他打电话跟家里说一声。柳志文没说什么，只叮嘱她注意安全。张金芳接到儿子电话后，自然有些不悦，但也没说什么。如馨没有麻将嗜好，不过一年之中，偶尔会在节假日与朋友玩儿一两次，小赌怡情，不过消遣娱乐而已，对此柳志文怀有一颗宽容之心，她当婆婆的也不便横加制止。

放下电话，如馨从车里取出了两个大红灯笼，又折身回去。

这一夜，如馨将卧室的门轻轻推开一条缝，自己则坐在卧室门口的圈椅里。

打一下盹，抬眼观察一下室内动静，隔两小时送杯水进去喊他喝下，后半夜强令他服了一次药。

早晨，赵挥睁开双眼，仿佛从噩梦里走了出来，脑袋那种紧箍咒般的感觉退去了，浑身上下也轻松了不少。他穿着内衣内裤伸着懒腰打开卧室门，骤然看到一个女人衣衫整洁地坐在门口圈椅里，已经睡着了。

他大吃一惊，急忙要转身退回室内，然而脚步却没有迈出。

她精致的五官、纤尘不染的白皙的面庞，酣睡的姿态，毫无设防地展现在他的注视下。他忽然记起了昨夜的事。记起了她送他上医院的经过，记起了他要她回家。她却没走，她留了下来，她在他的门前守了一夜。

他的心里淌过一丝丝暖流，那是一种从未有过的温柔和温暖的情绪。他轻轻地上前，无声地温柔地注视着她。这时如馨忽然醒了，她睁开了双眼，打了个哈欠，望着眼前的男人："哟，你怎么出来了？你不烧了吗？"

"噢，我想，应该没事儿了。"赵挥尴尬地后退一步，稍许又恢复了声色不露的平静之态。顿了一下，他又问，"你……你怎么没回去？"

"怕你死了呀，只好强迫自己当了一次钟点工，记着你要付费的，可把我累惨了。"如馨站起来伸伸懒腰，想到自己病时，柳志文通宵达旦地守在床前，受的这番活洋罪完全不比病人少，心里顿时滋味万千。

赵挥低头瞅一眼自己，又抬起眼睛瞅着她："是你给我脱的衣服？"

"放心吧，我不可能乘人之危非礼一个半死不活的病人，衣服都被虚汗浸透了，担心你这边烧退了那边再被冷汗浸死，"如馨斜了他一眼，"要不是可怜你，我才懒得干这些呢。好啦，我该走了。"

关于卧室里那幅巨大相片，如馨很想问个究竟。却最终忍住，什么也没提。

赵挥想说点什么，却觉得这时说什么都是多余，于是什么也没说。他转身回卧室，顺手关上了门。待他换了衣服重新出来，如馨已经不见了。这时听到楼下传来响动，他走下楼梯，听到响声来自厨房。以为是阿姨来了。过节期间，他给保姆放的是半天假。当然，保姆上半天班，可以拿到平日三倍的薪酬。

这时赵挥已经有了饥饿感觉，于是静静地坐在客厅沙发上，打开电视看早间新闻，习惯性地等待早餐。

"来吃吧，我该做的已经做完了，这下必须要走了。"如馨将一碗西红柿鸡蛋手擀面条摆在桌上，同时还有两样小菜。

赵挥再次吃惊地望着她："你怎么还没走？"

如馨白了他一眼："马上就走！"

"我不是这个意思，我……你还是一块吃了再走吧？"

“只做了你一个人的，我没时间了。”

如馨利索地摘下围裙，快步走向赵挥，一直走到他身旁，并弯下腰将一只手伸到他的胳膊边，她丰满的胸部几乎要贴到他的脸上了。赵挥睁着双眼惊愕地看着她，不知她要干什么。

如馨一言不发刺了他一眼，从他身旁的沙发上拿起她的包。包带居然还被他压在屁股下，她使劲拽了一下，拎着包转身快步离去了。

赵挥不由得凝望着她的背影，愣了好一会儿。直到阿姨从外面进来，发现餐桌上的面，吃惊地问：“先生，谁给您做的？您吃了吗？”

赵挥站起来走向餐厅，平静地回阿姨：“马上吃。”

“哟，有点凉了，您稍等一会儿，我给您重新做碗吧。”阿姨端起碗要去厨房。

“别动！我就吃这碗！”赵挥在桌前坐定，盯着阿姨手里的面。

“我给您热一下吧。”

“不用！”

“哟，好漂亮的灯笼，先生买的吗？”阿姨突然发出惊叹。

赵挥放眼过去，只见两个红彤彤的大灯笼，洋溢着浓郁的节日气氛，喜洋洋地立在门边不显然的角落里。他情不自禁地笑了笑，吩咐阿姨：“马上挂起来，就挂大门口。”

如馨开着车飞快地往周艳住处赶，昨晚说好了早晨送她去车站。车子没开出几里地，手机发出一声短信提示音。

“大姐，我已经上车了。说句不该说的话，一直不明白您和赵大哥是何关系，也不明白当初那件事为何背景。现在只想给您一句心里话，我一直觉着赵大哥是个难得一见的好人，一定要珍惜！周艳。”

如馨调转方向，心里道，这丫头，瞎猜什么呀，什么乱七八糟的。

第二十四章

1

天空被绚烂的烟花装点得五彩斑斓。每一扇窗口都透出温馨祥和的灯光，每一扇门里都流淌着欢声笑语。正月十五的晚上，和所有传统的中国式家庭一样，柳家人一个不少地坐在餐桌前吃团圆饭，老两口在等待即将开播的元宵晚会，柳媛媛则与朋友们约好，饭后去公园看花灯。总之，说笑声不断。就连张金芳和如馨这对关系时好时坏的婆媳，也都在脸上写上了一团和气。

唯有一个人神情异样。那就是柳志文，一反常态，仿佛装着什么心事。从单位值完班后，上午进了门，情绪就一直凝重。这完全不是他的风格。如馨问他怎么回事，他却什么也不说。

柳媛媛端起一杯红酒嚷着要敬爸爸妈妈，一家吃得正热闹，谈得欢乐，这时门铃突然响起来。柳志文起身开了门，一个男人站在门外。是法庭上与柳志文有过交道的韩律师。

“韩律师呀，快请！”面对不速之客突然造访，柳志文仍然以礼相待。

“不了，”韩律师表情严肃，“我找叶律师，就一句话。”

如馨闻声而出。

柳志文回到餐厅。

十多分钟后，如馨再回来时，脸色惨白，呆若木鸡。

“出什么事了？”柳洪亮、张金芳、柳媛媛，三双惊愕、疑问的目光聚集在如馨的脸上。

那个女孩，幸儿，走了。

就在昨天半夜零时，赵幸儿在自己的卧室，用刀片割断了手腕动脉，失血死亡。吴远虹凌晨四点回家发现，惊慌失措地报了警。警察经过仔细地现场勘察，暂时以自杀进行了处理。不料今早吴远虹哭号着找到办案警察，反映了一个重要情况：幸儿死前的整个下午，也就是正月十四的下午，赵挥带她出去玩了几个小时。吴远虹在朋友那里谈事，原打算与女儿一起过节，因事情紧急没能及时赶回来。所以，在女儿出事前的时间里，也就是正月十四夜里零时以前的时间里，女儿极有可能与赵挥在一起。

为什么好端端的女儿突然会自杀？这么小的孩子干吗要自杀？自杀一说完全不能成立，有没有可能被人害死后故意伪造了自杀现场？据吴远虹反映，当初因为赵挥发现女儿并非亲生，才与吴远虹结束婚姻。离婚后赵挥对此事耿耿于怀，怀恨在心。为了报复，他在明知幸儿是妻子与他人所生的情况下，仍然不顾亲友劝阻，使出种种手段，不惜一切代价，欲把幸儿抢走。为了躲避赵挥的纠缠和报复，在赵挥上诉失败后，吴远虹立即带着女儿又一次搬了家，给女儿转了学，还换了手机号。然而，不久之后赵挥仍然找到了她们藏身之所，隔三差五地出现在她们视野里，阴魂不散地缠着幸儿不放手。为了牢牢抓住幸儿，他甚至在借送幸儿玩具之机，将GPS卫星定位系统安装在女儿身边，以达到随时监控她们母女的龌龊目的……就在正月十四这个下午，吴远虹去学校接女儿，发现女儿已被接走。打电话询问，女儿告诉她，她正跟爸爸(赵挥)在一起，说赵挥要带她出去看海鸥，从电话里听出女儿很开心。为了不扫女儿的兴致，吴远虹因为忙，也因一念之差，没有及时去接回女儿。当深夜里回到家猛然发现女儿惨遭毒手，这才如梦初醒。在此之前，赵挥与女儿在一起的时间里，究竟对女儿做了什么？一系列疑问，让吴远虹觉得女儿的死与赵挥脱不了干系。

根据吴远虹提供的情况以及带有GPS定位装置的玩具狗，尤其当警察在吴远虹住所门口提取到赵挥的足印后，迅速赶到赵挥住所，将其控制起来，并在其住所查获了与GPS相关的电脑等一系列电子设备。警方无法破译赵挥的怪僻行为：别说没有血缘关系，就算亲生女儿，当父亲的怎么可以用GPS去追踪监控自己的女儿？

对这一突发事件，柳志文并无惊讶。他沉重的脸色早已说明他知晓了一切。的确，他早上还在法院，就接到公安局刑警队打来的电话，得知了这一噩耗。随后，又接受了警察的来访，向警察提供了不久前刚刚审过的赵挥夺子案的有关情况。

此时，看着妻子紧张失神的表情，柳志文不解地问："如馨，有你什么事吗？

韩律师找你干什么？”

如馨表情僵硬，一句话也说不出来。

美丽的元宵之夜，繁华的都市被白皑皑的大雪以及各色彩灯装饰得浪漫而温馨。然而这个家里，空气仿佛要冻结，让人窒息。

幸儿出事的这个晚上，因为赵挥高烧，如馨和他在一起待了整整一夜。强烈的直觉告诉如馨，吴远虹将女儿发生意外的责任强加给前夫，甚至怀疑前夫杀害了女儿，这一推断实在荒谬。一直以来赵挥那份深深的父爱已然悄悄地打动着如馨，潜移默化地影响着她，感染着她，那些真情的流露，让她死也不会相信赵挥是装出来的。

在柳家人充满质疑和不解的目光里，冷静下来的叶如馨，清楚地意识到自己的责任。

她无奈地、痛苦地、深深地垂下了头。

她比谁都清楚韩律师的此行目的。

赵挥在被拘留了三十几个小时后，重新恢复了自由。

叶如馨挺身而出的作证，使吴远虹“赵挥杀害女儿”之说一击而溃。至于吴远虹又提出的“赵挥有可能在与女儿接触过程中，有过恐吓之类的精神暴力，导致女儿精神崩溃而自杀”的猜测，由于缺乏证据支持，警方未予采纳。随后警方经过重新勘查现场，进行缜密分析，再次断定赵幸儿为自杀。

尽管摆脱了“杀女”之嫌疑，但这一令人难以置信的结论，仍然将赵挥推入了万劫不复的深渊。痛失爱女，没有人知道他的内心在怎样流血。没有人知道他的心有多痛。

2

文学大师早说了，幸福的家庭都是相似的，不幸的家庭各有各的不幸。

的确，柳家的平静、安宁与和睦，来之不易。

遗憾的是，这份安宁没能持续多久。

毫无疑问，幸儿自杀一事，让这个家庭再掀狂澜。

不光是柳家，就连公安局整个刑警队都知道了。正月十四那个晚上，女律师叶如馨和那个用 GPS 定位系统监控养女的“变态富豪”在一起，从黑夜到天亮，整整一夜。女律师证明了关于养女身亡之事上赵挥的清白，但没有第三个人能够证明，女律师与赵挥之间的清白。

关在卧室里，柳志文暴怒不已："和几个朋友在周芸家打通宵麻将，这是不是你说过的话？你不仅欺骗了我，还让我欺骗了我的爸爸妈妈，为什么？这一切究竟是为了什么？！为什么要欺骗我们？！"

如馨成了一个真正的囚犯，垂着头无言以对。

"整整一个晚上，孤男寡女在一起，到底在干什么？"柳志文声色俱厉，痛心疾首。

如馨痛苦地闭上眼，一颗心抽搐成一团。

"我他妈的就是个傻×啊，天底下头号大傻×！老婆天天谎言相待，我还把她当成最亲的人，当成天使……"柳志文痛苦不堪。

如馨小心地解释："那天周艳突然出现了，她说赵挥找到她，给了她一笔钱，让她把我的合同款返还我。我收到了钱，觉得应该对赵挥有个表示，起码要说一声谢谢，才……"

"我×！"柳志文疯子似的不停地暴出粗口，"那个王八蛋为什么要给你钱？说个谢谢就说了整整一晚上？妈拉个巴子到了现在你还把我当傻子呀？"

"志……文，你还信不过我吗？"如馨哆嗦着嘴唇，浑身发抖，此时此刻，此情此景，这位天才女律师的超辩才能丧失殆尽。

"你他妈的所作所为让我如何信任？从未有过的耻辱！奇耻大辱！"柳志文愤怒地喊叫着，从家里跑了出去。

从卧室里走出来，如馨几乎不敢再与柳家任何一个人对视。不敢看他们被愤怒和痛苦湮没了的眼睛。她张张口，想解释一下，可半句话说不完，就会被人堵回去。已经没有人愿意再相信她的鬼话。嫂子撒谎成性，柳媛媛绝望地得此结论。

如馨从家里逃了出去。她在办公室的沙发上躺到半夜，在黑暗里睁着双眼，想不通上帝为何如此喜欢抓着她玩儿，一次次拿她开涮，一次次捉弄于她。不知道究竟哪根筋拧住了，哪根神经搭错了弦，难道真的是小鬼缠身了？周艳干吗非要在那天送回支票？你干吗非要在那晚去找他？难道晚送一两天就会死吗？送就送吧，赵挥病了照顾就照顾吧，你干吗要对家人撒谎呢？你真是撒谎成性啊！你现在是死定了，没人帮得了你！

痛苦到没有出路，如馨已经麻木，大不了离婚嘛。对于她和柳志文来说，这是最坏的结局。但比起吴远虹的丧女之痛，比起赵挥在丧女之后还背负着"变态"的骂名，离婚又算得了什么呢。

与周芸已经好久不联系了。周芸说得没错,如果过得快乐,她确实很少想到她。现在,如馨又一次逃到了这个避难所。一见周芸,如馨强人的外壳一下子就褪掉了,软弱的一面完全裸露。

她忍不住落泪了。

听完她一五一十地坦白,周芸并不觉得事情有多严重。她说:"我的大律师,身正不怕影斜,死刑犯都辩活过,事情轮到自己身上,这点误会都解释不清楚?"

"现在没有人愿意听我解释,柳家人根本不信我说的话,连志文都在怀疑我,我成了一个彻头彻尾的骗子。"如馨十分悲观。

"那你也要解释,必须解释清楚。现在他们在气头上,什么也听不进去,缓两天,等大家冷静下来,好好坐下来谈谈,把事情都谈开了。志文一家都不是不讲道理的人,我相信事情会弄清楚的。"

"难道连赵挥特批做试管的事也说?"如馨睁大眼睛。

"都坦白了吧,只有这样,才能取得谅解。"

"如果他们要问,赵挥为什么要主动帮我忙?"

"如实说好啦,赵挥的圈套,为了挟制柳志文,得到对他有利的判决。"

"可事实上赵挥最终并没有做出威胁柳志文的事情,柳志义压根儿一直蒙在鼓里,什么都不知道。他会相信我的说法吗?"

"那这样好啦,请赵挥出面,亲口解释,要不然还真是说不清楚。"

"这不是瞎丢人嘛。"

"丢谁的人?丢你还是志文?一夜未归,和一个男人单独在一起,还撒谎骗了家人,由此引起家人的误会,有什么不正常?如果换了是志文,你会没一点想法吗?"

"可怎么给赵挥开这个口?"如馨一脸难堪。

"实话实说呀,他生病你照顾他一晚上,造成家人误会,他有责任去说明真相,澄清误会。要不这样,你把赵挥地址给我,我去一趟,当面跟他说,顺便把当晚去医院看病的病历要过来,柳志文不是只认证据吗?怎么说也得让他知道你确实出于人道主义在照顾一个病人。"

"难道这是唯一的办法吗?"如馨犹豫着。

"你还能想出更好的办法吗?"周芸反问。

"不,我不想把事情弄得这样复杂,只怕越描越黑。"

"这事本身就这么复杂,不讲清楚只会更复杂。"

"不,不到万不得已,就别再去给赵挥添麻烦,他现在已经够难受的了,女儿是他的命根子,这一次不知道他能不能挺过去。"

3

一连三天，柳志文没有回家。他不想回家，不想看到她，不想与她同居一室。他只想一个人离开一下，冷静地想一想，夫妻间究竟出了什么问题。

如馨每晚按时回到家里，面对公爹失望的眼神和婆婆的冷脸，偶尔看到柳媛媛无意刺过来的白眼，气氛实在尴尬。这让她感到在家里的每一分钟就如同十八层地狱一般地煎熬。活得真是好窝囊，心情压抑得无可救药。数次给柳志文打去电话，每次都没响两声就会被摁掉。他不接，他根本不想听到她的声音。

她完全能够理解他的心情。如果颠倒过来，换了是他整夜与一个女人在一起，他若实情告知在照顾病人，她或许心里坦然踏实。可如果以谎言蒙蔽，就不能不让她起疑心。假若光明磊落心里无鬼，为什么要谎瞒家人？千不该万不该一念之差编出打麻将这一万恶的谎话，原本为了避免误会，不料弄出天大的误会。可当时如果她不这么说，究竟该怎么说？和赵挥的纠葛，一句两句说得清吗？

如馨躺在床上，辗转反侧。一会儿抱怨那家伙不该不早不晚偏偏那个晚上病倒，一会儿懊恼自己为什么多管闲事，他不是也没死吗？他第二天从病床上站起来，难道就是她守他一夜的结果？

如馨有两次与婆婆谈话的机会。可每次她一开口，就被张金芳故意岔开话题，根本就不容她解释。婆婆一直在回避这件令柳家人蒙羞的事，这是旧疤未愈又添的新伤，一个字也不愿再提起。但婆婆的眼睛里，已不再像上次误会发生时，射出那种厌恶与憎恨的光。这一次，婆婆的神情里，盛满了无奈和悲凉。

清晨，如馨刚刚从床上睁开双眼，张金芳忽然敲门进来。

“妈！”见婆婆主动进门，如馨受宠若惊，慌忙披衣而起。

张金芳深深地望了儿媳一眼，无奈地叹了声气。她将手中一封信轻轻地放在梳妆台面上，一句话也没说，转身而去。

如馨急急地打开了信。

> 如馨，因当初执意反对你和儿子婚事，为此，妈妈曾经抱愧在心，深觉对不起你。当忽然有一天，得知你们夫妇不育的问题出在儿子身上，妈心里肝肠寸断，痛不欲生，想不通老天爷为什么这样对待我的儿子。妈也想积极地帮助儿子，想过很多办法，可惜事与愿违，一切都是徒劳。当看到你依然无怨无悔

陪在儿子身边，甚至连一点不悦的神色也不曾流露，妈妈的心被深深地震撼了。为你的深明大义和贤惠善良，妈感动万分，也感激万分，也愈加觉得柳家亏欠了你，天天寻思着如何补偿你。平常只要看到你们过得开心，让妈做什么都心甘情愿，这些日子以来，妈在心里面确确实实已把你当成了自己的女儿……可能正是因为这种设身处地角色置换吧，慢慢地，妈终于想通了，如果我女儿嫁了一个不能生育的男人，我一定会非常难受，说什么不会接受的……妈也是一个女人，妈能理解你作为女人的心情，天下哪个女人没有做母亲的心愿呢？一个正常的女人如果不能有自己的孩子，这辈子该有多么遗憾？你有追求幸福的权利，有选择做母亲的权利，谁也没有理由去剥夺你的权利和幸福。儿子遇到这样的事，这是他的命，如果非要拽上你陪着，让你为他做出这么大的牺牲，这对你不公平，妈的良心也没法安宁！你是个好女人，是个好媳妇，虽然妈很舍不得，很痛，可妈的心也是肉长的，妈不能为了自私的想法，不能为了自己的儿子，拖累你一辈子……你走吧，重新开始新的生活吧，不管走到哪里，妈都会从心底里祝福你，希望你得到一个女人该有的一切幸福……

捧着婆婆写的信，如馨颓然地在床上坐着，发了好一会儿呆。待大脑清醒过来，她忙又跳下床，穿着睡衣冲出了卧室。客厅里坐着柳洪亮一个人，公婆的卧室里空空如也，厨房和卫生间也不见张金芳的影儿。

“妈！妈！”如馨转着圈叫着。

“你找她干吗？出去了。”柳洪亮说。

“去哪儿了？”

“不知道。”

如馨忙换衣出门。此时她心里唯一的念头就是马上找到婆婆，一字不瞒给婆婆说出实情。不能再瞒着老人了，她这当妈的，为了儿子的事，忍了多少苦，遭了多少罪啊。老人活得多不容易啊，难道还要继续对老人残酷地折磨下去吗？

然而如馨在楼下转了一圈，不见婆婆的身影。又跑到附近的菜市场和小超市，仍然没找到。两个小时后，如馨颓丧地回到家，取了包和婆婆的信，开车去上班。

这一天，只要有空她就把信拿出来看一遍，每看一遍，眼泪都会止不住地往下流。到晚上拖着沉重的脚步回家时，几乎可以一字不落倒背如流。

晚上，家里，婆婆回来了。但如馨再次看到婆婆时，她的心境已完全改变。

早上那种说出真相的强烈想法，也已经荡然无存。

如馨整夜未眠。

人生最美好的事情莫过于拥有温暖的家庭。这温暖二字，是不是必须要有孩子的参与才能使其具备真正的意义？因为孩子，这一年来，家里过的是什么日子？不断地猜疑，解释，争吵，眼泪，彼此的折磨和痛苦，还有温暖的感觉吗？表面上的和谐掩饰不住内心的空虚，是不是只有孩子的填补，一个家庭的空虚才能够真正排除？

一个老太太，一直被儿媳视之为神经质的老太太，尚且能够设身处地角色置换，尚能如此大度地放手，你为什么不能？你做不了一个完整的女人，怎么忍心让你的爱人做不成一个完整的男人？一个正常的男人，如果不能有自己的孩子，这辈子该有多遗憾？他应该拥有他这个年龄的男人可以拥有的一切，谁也没有理由去剥夺他做爸爸的权利和幸福。你的心就不是肉长的吗？你为了自己的幸福，为了自私的情感，你要一辈子抓着他不放手吗？一定要他陪着你承受这份命运的不幸和不公吗？无辜地搭上他的幸福？就算他愿意，你的良心可以安宁吗？

两个人的确曾经相爱。难道因为曾经相爱，就一定要死死在一起捆一辈子？你真的能够给他一辈子幸福？你和志文，未必还有什么爱情，如果有，那也不过是一份没有血缘的亲情罢了。而这种亲情，则是由于长期的共同生活而形成的习惯和依赖，换一个女人，只要有了一定的岁月累积，也一样会建立新的依赖和习惯，新的亲情……那时，就会觉得原来旧的习惯并不是唯一的生活方式……

他说不在乎有无孩子，说跟你结婚不是为了生孩子，未必不是对你的同情。或许对你以后孤苦伶仃的生活放心不下，所以才不忍让你离开。你为什么不能解除他的后顾之忧呢？

不眠之夜的痛苦思索，如馨终于作出了一个令她心碎欲绝的决定：退出。

退出这个家庭，重新走自己的路。不能为夫家留后，这是谁也没有办法改变的现实，你不是观念守旧的人，但这个家里的老人始终固守陈旧的观念，他们的观念逼迫你不得不在心理重负下生活，而这一切并不是你想要的生活。与其苦缠在一起双双痛苦，不如彼此都走出去，以后的日子是好是坏，都是你的命，你必须咬牙挺过去，没有过不去的鬼门关，离开了这个家，未必不是一种解脱，你本是一个快乐的人，你应该过那种属于自己的轻松日子……

天一亮，如馨就拨通了周芸的电话。

"你找赵挥了吗？"如馨问。

"我在等你的回话啊，没有你的旨意，我哪能随意去惹事？"周芸说。

"你别去了，不用了。"

"你给家里解释清楚啦？"

"已经完全解决了。"

"真的没事儿了？那以后好好过日子吧，别再惹是生非了。"

第二十五章

1

早上如馨走出家门,看到一个熟悉的身影在楼下徘徊。

过去一看,果然是赵挥。

他依然平静的神色,掩饰不住眼睛深处的郁闷和憔悴。如馨简直无法想象,面前这个男人的心情,该有多么糟糕。

“赵先生,你怎么到这儿来了?”

“我想跟你们家人解释那晚的事情。”赵挥看着她说。

“是周芸吗? 她找过你了?”

“周芸是谁?不认识。”他反问,“还用别人找我吗?从里面出来的那一刻,我就已经想到了。”

“你想到了什么?”

“别嘴硬了,你的脸上都写着呢。”

两个遭受重创的人彼此对望一眼,愈发的同病相怜。

“已经没有必要了。”如馨黯然道。

“很有必要,我必须去说清楚。”

如馨语气坚定:“赵挥,你听着,如果真想帮我,就别去!这儿没你什么事儿,我和柳家的恩怨已经结束了,你就别蹚这浑水了。”

“你说什么? 结束了?”他吃惊地望着她,“有误会为什么不讲清楚?”

“做出这个决定不容易,”如馨满面疲惫,“如果你是我的朋友,这个时候,就该理解、尊重我的选择。”

赵挥呆着,一句话也说不出来。

这些日子可以说是赵挥有生以来最灰暗的一段时光。自打离婚，他就一直为女儿的幸福生活而努力，为此绞尽脑汁，费尽思量。前一阵吴远虹再次带着女儿失踪，搬家，转学，换手机号……为了不让女儿的身影脱离自己的视野，他被逼无奈，不得不出此下策，借用GPS定位系统以确保随时得知女儿的下落。元宵节前的那个下午，他与女儿约好，带她去看海鸥。海里的游艇、海边的游人、天空飘飘扬扬的雪花和彩色的气球……一群群海鸥在海面上盘旋，甚至飞到海边与游人嬉戏，那一切，形成一幅多么和谐优美的画卷……幸儿被深深地感染着……那个下午，可以肯定她是快乐的，开心的……可是，当夜幕快要降临的时候，晚餐还没吃完，幸儿就开始坐立不安，条件反射地要求他送她回家。她说妈妈要回家与她过节，她不能让妈妈回到家找不到她。赵挥尽管觉得遗憾，但为了不让女儿有心理负担，还是尽快将女儿送回了母女俩的新家。亲眼看着女儿进了门，又叮嘱她关好门窗，他这才带着一丝欣慰带着一缕伤感转身离开。不知道那天是怎么回事，是否接触了带有流感病毒的人群？一向结实的他回到家就软了下来，躺倒了，高烧一夜，如果不是如馨及时赶到，送去医院打针用药，又整夜相伴照顾，真不知那一晚会怎样挺过。他万万没想到的是，那个夜晚竟然成了他人生最可怕的一场噩梦，亲爱的女儿稚嫩的小脸犹在眼前，正是花蕾般的年纪，她何故要结束自己如花的生命？她哪来的勇气？在他离开后的时间里，究竟发生了什么？她的心灵正在承受着什么样的痛苦和压力？

他仍然沉浸在幸儿自杀的噩梦中不能自拔。更没想到的是，这场噩梦竟然波及了另一个家庭的和平稳定。望着叶如馨这张疲惫的脸，望着她决绝的眼神，他简直不知道该说什么才好。

如馨道："如果仅仅是误会，那倒好办得多。双方的问题太多了，我们都很累，或许结束这一切，才是彼此最好的出路和解脱。"

"真这么决定了？是不是太草率了？"

"不，深思熟虑，这是唯一的结局，真的，我累了。"如馨抬眼看了他一眼，"谢谢，赵先生，谢谢这种时候你还能想到我们家的问题。不知你的心情好点了没有？"

"我没事儿。"赵挥转过脸去，用轻松的声音掩饰伤感的心情。

正在这时，如馨看到公爹拄着拐杖从楼洞里走出来。柳洪亮习惯性地到楼下人工湖边锻炼，无意中向这边张望，刚好看到了她和赵挥。

如馨拉了拉赵挥的衣襟："我们别傻站着了，走吧。"

说罢,如馨与赵挥并肩向停车场走去。

柳洪亮呆呆地站着,简直无法相信自己的眼睛。如果还有一个人愿意相信儿媳的无辜,那么就是这位老人。但此时,望着儿媳和另一个男人双双离去的背影,老人也不禁疑惑了。难道,传闻中的一切,都是真的了?

2

这天,如馨去一家酒店办事,无意中碰到韩晶。这个女人依然珠圆玉润,白皙丰腴,面含微笑,从容自信,一双充满善意的眼睛,除了增添了几分成熟韵味,与十年前几乎没有二致。如馨不由想到,志文的母亲还是很有眼力的,如果当初柳志文娶的是韩晶,如今会怎么样?不用说,孩子已经上小学了,一家人温馨甜蜜,幸福美满,绝不可能有如今这些扯不清的烦恼。

次日早晨,趁着张金芳出去买菜,柳洪亮下楼锻炼,如馨将自己的东西装满了后备厢,拉到了旧宅。她给婆婆留了一封短信。她的信没有婆婆的那样情绪饱满、感人至深。这一刻她的心在滴血,留下的只一行淡淡的字:“爸,妈,我走了,具体事宜我会和志文谈的,保重!”

张金芳捏着字条,颓然坐在沙发上。柳媛媛从外面进来,从妈妈手里拿过短信,冷笑一声道:“还真够绝的,说走就走了。”

张金芳呆呆地道:“女子变了心,八马难拉回,由她去吧。”

柳媛媛不平道:“怎么还让她给甩了?要分手也得是我哥甩她,真窝囊!”

柳洪亮叹口气道:“你们就别再责怪如馨了,她或许也有她的难处,一切遂缘吧。”

夜幕降临,如馨拖着疲惫的步伐,怀着沉重的心情,回到了住处。一脚跨进门,猛然看到客厅内有个红点在一闪一闪。“谁?”如馨受惊不小,心脏怦怦地跳起来。

灯亮了。柳志文赫然坐在客厅里,闷头抽烟。

这也是他曾经生活过的地方,有一把钥匙还在他手里。

这是柳志文离家的第四天。他不回家只是想让自己冷静一下,而不是逼她离开。当母亲打电话告诉他,她从家里搬出去了,他还不肯相信。现在看来,这是真的。她所有的私人用品都从共同生活的家里搬了出来。

“你来干什么？”她冷着一张脸，他的猜疑和不肯理解已经让她深受伤害。

“你打算干什么？”他反问她。

“这不明摆着吗？既然过不下去不如分开，一天到晚彼此折磨，这日子谁受得了。”

“我还是想知道，那天晚上究竟发生了什么事。”

“还有必要吗？”

“有必要，我要知道。”

“你不都已经猜着了吗？孤男寡女，整夜守在一起，还能干什么？”她嘴角划出一丝冷笑。

“我想知道事实真相。”

“非要我亲口说出来？说出来，你就能原谅吗？何必这么折磨自己，有意思吗？”

“我不信。”他希望她和以前一样，面对猜疑百般推诿，找借口搪塞，可是，她低下了头，不再与他对视。

“是事实，”她说，“我对不起你，对不起！”

“我不想听什么对不起！”

“可我必须得说，对不起，请你离开这儿！”

“我要是不离开呢？”

“那好，我走。”如馨拿出手机拨通一个电话，“赵挥，我想到你那儿去，我的汽车出了问题，你来接一下好吗？”

赵挥问：“现在？”

如馨答：“对，马上。”

放下电话，如馨对柳志文道：“你还不走吗？”

柳志文恼羞成怒：“我要见姓赵的王八蛋，我有话说！”

二十分钟后，赵挥的汽车到了。

雪亮的车灯下，赵挥看到柳志文和叶如馨双双站在楼下，两个人的脸色都那么难看。此情此景，叶如馨的用意已是一目了然。

眼睁睁看着一个家庭正在裂变，理智告诉赵挥，必须阻止他们。制止这个女人，对这个男人说出真相。

然而不知何故，一番短暂犹豫后，赵挥从车里钻出来，径直走向叶如馨，低声道：“我们走吧。”

如馨望了他一眼，欲跟他离开。

“等一下！”柳志文愤怒地挡住了他，“赵挥，你想干什么？”

“这儿不是法庭，我干什么不需要向柳法官汇报。”赵挥语气平静，心底里突然蹿出一股无名的火气。如果这位法官在法庭上把女儿判给自己，让女儿能够生活在自己身边，割腕的悲剧还会发生吗？绝不可能！

柳志文鄙夷地盯着赵挥，某些输官司的人情绪变态，往往采用一些极端的手段报复法官，难道这就是属于赵挥的报复方式？柳志文喉结滚动着：“赵挥，你究竟想要干什么？要是个男人，就他妈的把你的目的大声说出来，要报复就冲我来，别他妈在女人身上打主意，像个缩头缩脑的娘儿们！”

赵挥显然被“娘儿们”一词给刺中了。他望着柳志文，冷冷一笑，声音不高，却是一字一顿，狠狠地回击：“报复？说到报复，刺刀见红的方式更对我的脾气！既然这样，那好吧，柳法官，今天我不妨坦白地告诉你，我爱上了叶律师，本来我并不打算横刀夺爱，但如果她要选择我的话，我当然不会继续隐藏自己的感情。只要她愿意，只要她需要，我愿意给她我的一切，这就是我的目的！”

“太过分了！赵挥你他妈不要欺人太甚！”一向冷静处事的柳志文，突然变成一头发狂的狮子，不由分说一拳砸了过去。

“法官就他妈的可以这样欺负人吗？”赵挥也毫不示弱，挥拳砸了回来。

这一场面是如馨没有料到的。看到丈夫与人打架，无论如何，这种时候她都应该站到丈夫一边，去帮助丈夫，或者用自己的身体去护住丈夫。可是，她的脚却一点都不听使唤，她走向了赵挥。她冲他狠狠地叫道：“住手！我们走！”

如馨率先走向赵挥的汽车，拉开车门钻了进去。

赵挥瞅了一眼柳志文，也回头钻进车子。

柳志文如一尊泥塑，愣愣地站在车道上，眼睁睁看着车尾消失在夜灯下。

疾驶的车内，赵挥的嘴角隐约挂着一丝血迹。如馨的脸上，留下了明显的泪痕。她的心在滴血，她不知道自己是对是错。

沉默许久，赵挥问她：“干吗拉我来扮演这个不光彩的角色？”

“其实你早已经进入了角色，演了很久了。”

“刚才说的话，完全是为了配合你演戏，别误会。”

“知道，你也不要自作多情，”如馨冷冷地说，“不管怎么说你演得还是不错，谢谢。”

“你上哪儿去？”

“上你家吧。”

“我会误会的。”

“就算借你房子一间，住一晚就走，既然配合我演到了今天，还在乎一个晚上吗？”

“也罢，好人就做到底吧。”

3

柳志文在与妻子新婚时生活的旧房里独自待了一夜。睹物思人，昔日恩爱与甜蜜往事历历在目。他无法相信这一切会是真的，可是这一夜，他的妻子确确实实没有回来。第二天早晨，他拖着疲惫的身体去上班。这一日心神不宁，根本无法专心工作。打开厚厚的案卷，一个字也看不下去。中午，没有丁点食欲的他打起电话，拨通赵挥的手机。并非以法官、而是以一个男人、以如馨丈夫的身份，约赵挥出来谈谈。哪知赵挥一点情面不给，只是冷淡地以“没有时间”为由毫不客气地拒绝了他。

柳志文胸口堵得厉害。这一口气憋在心里，实在难以下咽。对方愈是回避，他愈是控制不住当面谈话的念头。他打电话从柳媛媛那儿要来赵挥别墅的地址，开着法院的公车直驱而去。院里的保镖看到法院的车停到大门口，二话不说给开了门。

还好，赵挥还没出门，正在宽大的一尘不染的餐厅里用午饭。餐桌上只有他一个人，柳志文没有看到如馨的身影。

赵挥坐着，柳志文站着。两个男人四道视线相互激射着对方，时间有些凝固。

“哦，柳法官大驾光临，不知有何指教？”赵挥打破沉默。

“就不绕弯子了，”柳志文直盯着他，“我想知道，一直以来你和叶律师之间的关系。”

“啊，这个呀？”赵挥神情从容，嘴角流露出一丝淡淡笑意，“既然叶律师没有亲口告诉你，那就是说，她不希望你知道，换句话说，你不该知道。听我一句劝吧，知道越多，苦恼越多，既如此，你又何必自寻烦恼？”

“严肃一点，赵挥，请你也听我一句劝，你输官司是必然，不幸痛失女儿那是意外，你的心情我能理解，你或许对我有怨，我也理解，如果你恨我，就直接冲我来，刺刀见红也好，半夜扔黑砖也罢，都朝着我，行吗？只是请你不要把不满和怨恨发泄在无辜的女人身上。”

“呵，”赵挥冷笑，“柳法官，请你不要把我想得那么龌龊，你如果一定要继续侮辱我，那我只有两个字，出去！从这儿离开！”

“我想知道你究竟什么目的？你纠缠叶律师到底安的什么心？”柳志文快要气疯了。

“昨晚不是已经告诉你了吗？健忘是吗？好，再重复一遍，我是个男人，叶律师是个女人，漂亮、可爱、魅力四射的女人，一个男人被一个女人吸引，情不自禁想靠近她，这不够吗？”

“无耻！”

“当然，有的事情单凭一相情愿还是不行的。看到了吗？门口那两只大红灯笼，就是那个特殊的夜晚，叶律师送过来给我过节用的，你还有什么不理解的吗？”

“赵挥，你觉得你赢了吗？你让我鄙视！”

“随你，你有鄙视的权利，我尊重你的权利，行了吗？”

那两只悬挂着的大红灯笼，像两只嘲讽的眼睛瞪着柳志文，柳志文的心痛苦地抽搐着。从来没有遭受过这样的屈辱，他不知道自己错在哪里。当晚，回到了家里，他红着两只眼，黑着一张脸，在父母的注视下，默默地扒了几口饭，然后头也不回地走进卧室，砰地关死了房门。张金芳和柳洪亮面面相觑，柳媛媛也吐吐舌头，气氛紧张得令人喘不过气来。

柳媛媛来到屋门口，小声地叫着：“哥，哥！”

屋内一点动静也没有。柳媛媛在母亲的示意下，拧开门轻手轻脚走进去。只见柳志文直挺挺躺在床上，黑着灯，看不清他的脸色。

“哥，你去找过他们啦？”柳媛媛站到床边，小心地问。柳志文一言不发。她又道，“天涯何处无芳草，何必一相情愿对这种女人如此痴情，值吗？受伤的人永远是你，长痛不如短痛，为什么不快刀斩乱麻？”

“出去！你给我出去！”柳志文恼怒地呵斥。

柳媛媛吓了一跳，慌忙出去。

张金芳走进去。她在儿子床边坐下，喊着儿子的名字，语气里满是无奈：“看得出她并不想回头了，有的事可以忍，有的事不行，咱有咱的尊严，不能因为有短处，就把尊严踩地下，任人践踏。”

柳志文眉头紧锁，将脑袋蒙进被里。

张金芳又道：“算了吧，我那么实心实意地待她，都不能感化她，留不住她一颗心，既然这样，何必强扭呢？”

“让我静一会儿。”柳志文闷声闷气。

张金芳生气道:“是男人就该有个男人样子，瞧这副德行，你还是我儿子吗？”

柳志文呼地一下掀开被子,跳下床三步并作两步冲出门去。张金芳一下子痛哭流涕,担心儿子出事。柳洪亮安慰道:“放心,你自己的儿子都不了解吗？不会有事儿的！”在柳洪亮眼里,儿子永远是一个头脑冷静的人,任何时候都不会做出丧失理智的事。

4

柳志文一口气来到旧宅。看到窗口里透出灯光,他飞也似的上楼去敲门。门开了,如馨站在门口,望着门外气喘吁吁的丈夫,她的心脏一阵紧一阵地疼痛。可是她的脸上,依然是麻木,没有任何表情。

“我需要你的解释。”他盯着她的双眼,“我们谈谈。”

“还有什么好解释的,你都看到了。”她说。

就在几天前,她多么希望能够解释,希望他、希望柳家的人,能够听她解释。可是现在,她什么也不想说了,一丁点解释的愿望都不再有,她已经不想去扭转什么,她只想闭着眼睛,随波逐流,顺其自然,任其发展,走到哪一步算哪一步。

“我不信。”柳志文双手按住妻子的双肩,摇晃着,“我不信！你没有做对不起我的事！”

如馨眉头蹙成一团,拨开了他的手,轻轻叹了一口气:“志文,你不是一直想知道那个代孕手术是在哪儿做的吗？现在我告诉你,就是赵挥帮的忙,是他找的人给办的。”

“他为什么要帮你……做这件事？”柳志文尽力克制自己。

“他知道我的事。”

“他怎么会知道你的事？”

“他看了我的病历,觉得我很可怜,主动提出帮我的忙。”如馨说。她本想说我和他同病相怜,可这样一来无疑泄露了赵挥的隐私。

“你的病历怎么会给他看？这么隐私的事情为什么要让他知道？”柳志文又一次激动起来,厉声质问。

“别逼我,我不想说得太直白。”

“我要你说！你说！”柳志文一脸痛苦的表情。

“因为我们俩……有着非同一般的特殊的关系。”

“什么样的特殊关系？”

“成年男女，还能有什么样的关系让两个人无话不谈？”

柳志文大脑嗡嗡地响着，有一种天旋地转的感觉。无法形容此时此刻他的震惊程度。他完全呆住了，一动不动地望着深深爱着的妻子，他无法相信这样的话竟能从她的口里说出来，面对面地说出来。她坦率和诚实的态度，无疑在告诉他，两个人的关系完了。他已经没有退路，也没有挽回的借口。他无法原谅自己的疏忽，也无法原谅她的不忠。她不仅撕碎了两个人的爱情，撕碎了这个家庭，还残忍地撕碎了他的自信，他的尊严，撕伤了他和亲人的心灵。

如果她是一时糊涂犯了错，如果她能忏悔错误恳求原谅，他想他是能够宽容能够原谅的。可是，她的态度是如此坚决。她目不转睛地看着他，她也流下了眼泪，她咬着嘴唇，再次说了一声“对不起”。

看来，她去意已决。柳志文浑身仿佛掉进冰窟。这一刻，他发现自己爱这个女人到心痛，又恨她到切齿。他还从来没有像现在这样，被一个女人任着性子摆弄。她凭什么随心所欲摆布别人？他靠墙站着，沉默着抽完一支烟。为了维护一个男人最后的尊严，一支烟后，他望着她的眼睛，从牙缝里挤出两个字：“离婚！”

上帝，请别，请别说这个男人不够宽容，他觉得自己的忍耐已经到了极限。

这些年来经手离婚案子无数，柳志文看惯了那些三天一吵两天一闹、每吵闹必喊离婚的夫妻。许多吵闹着离婚的夫妻，一次次把诉状递上来，又一次次撤回去，闹了多少年也还是离不了。就像他这样的，结婚以来就从没动过离婚念头，突然有一天愤怒地提到离婚，就干脆利落地去办手续的，连他自己都觉得不可思议，就像电影情节一样，难道十年的感情积蓄，就这样灰飞烟灭？毁于一旦？

去办手续时，柳志文心情复杂，神情沉重。两人坐在长条桌的两头，分头填写离婚协议。财产分割上，一点麻烦没有，两人很快达成协议，现住价值不菲的海景房归柳志文，因为那是当初法院集资建的，沾了柳的光。其他财产诸如旧房、股票等归如馨，因为现有的金融资产，大都是如馨的劳动结晶。这样分割两个人都感到很公平，彼此没有异议，也没有礼让。填完了协议交给办事员，办事员浏览一遍，立即发现柳志文的签名签错了地方，要求重填。再填一遍又有地方填错，办事员哭丧着一张脸抱怨说，这些文本都是花钱买的，有成本的，如果来这里的人都像他这样一遍遍重填，一人浪费几本协议，一天得造成多少浪费。一向好脾气的柳志文脸色愈加难看，双目圆睁将胸中闷气全部撒向办事员：“啰嗦什么？几页纸能浪费几个钱？待会儿不给你工本费吗？”办事员还在小声嘟囔，浪费的不是我的钱，是国家资源。柳志文火道："就你懂节约资源？你叫什么名字？什么服务态度？叫你领导来！我要投诉你！"心里想，这事谁他妈的干过？第一次填这玩意儿还不允许出错？"

办事员小声说了一句"疯子"，白着脸扭身出去了。

如馨冷冷地看着柳志文，一句话也不说。在她目光的斥责下，柳志文缓缓低下了头。在排队拍离婚照时，两个人的眼泪不约而同夺眶而出。拍完照出来，柳志文问如馨："还能谈谈吗？我怎么觉得这不是真的？"

每次给人做调解，他总是这样主张，若非原则问题，就不要随意离婚。即使对方触犯了原则，也要给他(她)机会，实在过不下去再考虑分手。婚姻是个很严肃的事，牵涉双方的家庭、老人、社会影响，怎能如同儿戏，说离就离！他一直觉得，他和妻子在一起已经十年，好日子才刚刚开始，两人的喜怒哀乐、生活习惯早已融在一起，这种心心相印，已是无法复制，不可代替。两人之间本身没有问题，永远也不会有问题，怎么一下子就出了问题？这问题是怎么来的？他觉得太突然，不真实，就像不是自己的事，而是替别人办事。

可是如馨轻轻却又坚决地摇摇头，她咬咬牙，冷静地回答："别骗自己了，志文，我对不起你！"

"如馨，有句话我必须提醒你，因为赵幸儿的事，赵挥对我心存芥蒂，我感觉他在报复我，所以你要冷静一下，重新审视你和他的关系，不要一时冲动中了圈套，最终让自己受到伤害。"

如馨低着头说："我也三十多的人了，不是小孩儿，他这个人到底怎么样，我会做出正确判断，你不用担心，我相信他不是那样的人。"

"他真的爱你吗？"柳志文心有不甘。

"这你就不用管了。"

"你爱他吗？"

"这也不是你要管的事。"

柳志文自讨没趣，只能把怨气和疑问全咽回肚里。如馨心里也不是滋味，当办事员往离婚证上摁钢印时，她的心也仿佛给压碎。从办事处出来，如馨叫住了柳志文，强调道："这件事我暂时不想让我们家知道。"

柳志文明白了她的意思：身患重症的岳母受不得这样的刺激和打击。

他郑重地点了点头。

"谢谢！"没有道声再见，如馨头也不回钻进了车子。

关上车门，她就再也忍不下去，眼泪哗哗而下。

天空突然下起了雨。雨越下越大，她忽然想起，他没有带雨具。她调转方向回到两人分手的地方，只见大雨中，他的身影已经走远。

蒙胧泪眼中，她仿佛望到他再次停下脚步，回过头向这边张望。她揉揉眼睛，完全感觉得到他的不舍，感觉得到他对她那份永远放不下的牵念。她已不敢再去看他的身影，猛踩油门让车子飞了出去。

就那样，柳志文在雨中走着，走着……路上匆匆的行人，匆匆飞驰的汽车，都是那样的有目的，那样的有奔头，只有他……他是那样的茫然，困惑，从未有过的无助，找不到目的和方向。泪水和雨水混合着在脸上滚流，搞不清楚究竟为什么，上帝要让他受这番惩罚和折磨。他选择了退出，不是因为不爱。因为爱，才无法容忍一丝一毫的爱的不洁。

爱是无罪的。如果她真的爱上了另一个男人，如果那个男人能够给她幸福，而这份幸福又是自己所给不了的，如果……那么，他今天的决定和选择，一定会是正确的。他可以原谅，原谅她为真正的爱情而付出。也可以承受，承受她为追求新的爱情所需要他付出的代价。妻子，一个在他的心里一直是多么美好、多么温暖的词汇，今天，他失去了它……风雨中，他一个人走着，或许，此生不会再有人默默地陪着他走，或许，这世上从来就没有哪一种爱，能够分担一生的愁。

爱，竟是那样的脆弱……

第二十六章

1

努力经营了十年的幸福就这样轰然倒塌了。

婚，就这样离掉了。

是不是太草率了？如馨一次次问自己。不，一想到那个家，一想到那个被称之为婆婆的老女人，一想到永远不可能再有的孩子，她的心情就会骤降至零度，整个人都会掉进冰窟。

离开，是因为爱。或许没有人能够理解，有一种爱叫做放手。或许不该用这种残忍的方式去刺伤爱人的心，可如果不这样，已经千疮百孔的感情，还能够复原吗？罢了，罢了。

离婚后的如馨没有想象中的潇洒。她心情沉重，双腿发软，食欲不振，夜里无法安眠，一连三日，不想见人，不愿说话，足不出户，孤独地待在冷清的小屋里，悄悄舔着流血的伤口。

毫无疑问，最难过的当属夜晚。躺在宽大的双人床上，孤独得要命。半夜里从床上爬起来看电视，打游戏，天一亮就早早起床，一遍遍试穿满柜子的衣服，站在镜前欣赏自己，总之，婚姻中想逃离，真正回到单身了，又觉得空虚、无聊。她发现，其实自己还没有能力享受这份孤独。

多年来早已习惯了每晚睡前与一个人说说话，每早睁开眼睛看到一个人的脸，习惯了事事商量，习惯了日日夜夜的相伴……如今，这一切都结束了，整个人像被抽去了筋骨，无精打采，丧失了斗志，连工作都失去了动力。邮箱里有一封朋友发来的情感测试。如馨百无聊赖，根据问题如实答了一遍，测试结果与她的状态惊人的一致：表面上你的感情生活也常会引来别人羡慕的目光，但你自己却总是觉得好像欠缺了一些什么,也许,你要求太高,也许,是你不够努力。很多时候,你心里想的是一套,做出来的是另一套。

要求太高?如馨自嘲地笑了笑。这些年来兢兢业业地工作,心无旁骛地过日子,都要求什么了?是否以后,真的要做点高要求?至少对自己要好一点?

沉寂的门铃突然响起。把如馨从郁闷、失落的思绪中拉回了现实。

前去开门的时候,有一个念头控制了她的大脑:如果是柳志文,她会二话不说,紧紧地拥抱他,然后无条件跟他回家,然后办理复婚手续。

事与愿违,站在门外的是赵挥。

赵挥和以往一样,依然整齐的发型,精致的服饰。又像正要赶赴哪个女人的约会,手里捧着一束含苞待放、娇艳欲滴的粉红色的鲜花。

"为什么一直关手机?"他的目光落在她脸上。

"是吗?可能没电了。"

"你没上班,不工作了?"

如馨自嘲地苦笑:"这两天在想这个问题,上班是为了什么?挣钱吗?为了活得有质量过得更幸福吗?现在感觉有些变了,一切奋斗的、努力的好像没什么目标了。"

"我并不主张为了别人的幸福,把所有的苦难由自己来承担,这种做法很愚蠢,因为谁也做不了救世主。"

"我从来没想过去做什么救世主,我谁也救不了,连自己都救不了。"

"那就更别惩罚自己,别对自己太残忍,把身体折磨出毛病来,不就雪上加霜了?给你,找个花瓶插起来。"赵挥将鲜花递到她手上。

如馨捧起花到鼻前嗅嗅,连一句谢谢也没有,只淡然苦笑:"在一个女人空虚寂寞的时候送花给她,会让她误会的。"

"这是含苞待放的月季,不是玫瑰。我的花房种出来的,摘来给你欣赏,愿它给你一份好心情。但如果你不喜欢,可以扔掉它,只要别当着我的面,我不会因此而责怪你的。"

"既然你亲手种的,又亲手摘来,怎么能扔了?我有那么残忍吗?"如馨故作轻松地笑了笑,转身回里屋找来花瓶,去厨房盛了清水,动作迟缓,一枝枝地插进去。

"明天别忘了换水,稍加一点点盐,可以开得久一些,希望能给你改善一下心境,尽快走出来,外面的阳光其实跟往常一样。"

"谢谢,我也是这么劝自己的。"

他又道："我认同庄子的观点，人生很短，逍遥游是最高境界，无羁无绊，不被外物所役使，顺乎自然，这样才能获得真正的快乐和幸福。"

"有道理。"她笑了笑。

这一晚，如馨打开手提电脑，用了大量时间查找关于玫瑰与月季的细微区别。找到了理论依据，又拿来与花瓶中的鲜花，从花叶、花瓣，以及花茎上的刺儿，逐条比对，很容易就得出结论：赵挥说了谎。毫无疑问这是一束玫瑰。粉红色的玫瑰，表示铭记于心的爱和长久一生的关怀。

第二天早上，如馨睁开眼睛，明媚的阳光从窗外照射进来，房间里显得格外的宁静，空气显得格外的清新，床头粉红色的玫瑰散发着一缕若有若无的香味，它的香味很淡很淡，似乎只有用心才能去品味。

心里忽然间有一点温馨，有一点感动。从床上爬起来，第一件事先去给花儿换了清水，加了少许食盐，然后到卫生间给自己冲澡，换了干净的衣服，打开房门，看到阳光依然照耀大地，气温竟然已经回升，温暖如春。

情形还不算太坏。她想。有一份喜爱的做得还算不错的工作，有两个知冷知热能够在关键时刻出手相助的朋友，有一份与世无争知足常乐的心境，还有旧房一套，汽车一辆，账户里股票、基金等金融资产很可观的一笔，这都是你的财富啊，只要不去追求太过奢华的生活，经济上是没有后顾之忧的，只要勤奋工作，钱财这些东西还可以源源不断地流进来。独立生活能力也是蛮不错的，手机里贮存着水电维修、电脑维修、家政公司、送水工的电话，大小事务还能够应付自如，日常生活还没有因为离婚而变得混乱。和普天下的大众一样，你完全可以过一份属于自己的幸福生活，你有什么理由非要跟自己过不去？

昨日已经过去，今天刚刚开始。虽然绕了一圈一切又回到原点，不过世界并没有坍塌，日子绝对不能消沉，一个人的生活也是生活，以后想怎么过就怎么过吧，再不用看别人的脸色，不用再去想别人高不高兴。生活中本就没有太多诗意，不能因为缺陷，就让悲戚笼罩着整个世界。对自己好一点吧，快乐度日才是最重要的，才对得起父母给的这具肉体。

原来的悬崖峭壁一回身便成了坦途大道，原以为山穷水尽的日子忽然间也会变得柳暗花明。这是一种奇异的感觉，就在昨天，如馨还沉浸在伤痛中不能自拔，郁闷不已。一夜过去，心头阴霾竟然一扫而空，她重新精神抖擞起来，拎起手包，打开手机，启动车子，像往常那样赶往律师所去。

路上，手机音乐响起来。看一眼号码，是赵挥。

"昨晚休息得好吗？"他低沉的声音传过来。

"还行。"她说，"你呢？"

"……不怕你笑话,加起来也就睡有两小时。"

"是因为这个吗?……故意把玫瑰说成月季?"

"你弄清楚它们的区别了?谢谢……"

还是以往的声音,感觉却大为不同。放下手机,如馨心潮汹涌,这是怎么回事?真晕哪!难道,新的爱情就要降临了吗?不会吧?这么快就进入另一场爱情了吗?

2

在山脚下的精神病疗养院,如馨陪着赵挥,见到了吴远虹。

就在不久前,有一天吴远虹打开衣柜换衣服,在一件大衣兜里,意外地发现了一封信。这是幸儿在出事前写给妈妈的信。看完后,吴远虹就傻了,不吃不喝,不再认得任何人。

医生诊断为突发性精神分裂,赵挥惊悉这一噩耗,只有把她送到了这里。

与别的病人不同,她很安静,不哭不闹,不论白天黑夜,总是手不离信,不停地默念着女儿留给她的文字。

幸儿的遗书是这样写的:

亲爱的妈妈,你知道我有多么爱你吗?每当你很晚很晚才回家,我都整夜提心吊胆,睡不着觉,担心你在外面遇到坏人受欺负。每当你伤心流泪,抱怨是我拖累了你,我都会好难过,好恨好恨自己,为什么给妈妈带来痛苦。每当有同学嘲笑我是野爸爸生的孩子,我都想回家找你问个究竟,可是又怕惹你伤心生气,每次话到嘴边都没敢说出来。妈妈,你知道吗?

每次爸爸来看我,我是多么想跟他走,跟他去吃饭,跟他多说一会儿话,跟他多玩一会儿,可是怕你生气,怕你难过,我什么都不敢做,甚至不敢跟爸爸说心里话。妈妈,你知道吗?当你搜走又扔掉爸爸送给我的玩具,当我跟爸爸通话后被你责骂,你知道我有多么难过吗?可是为了怕你难过,我从来不敢让你看出我的难过。妈妈,我知道不该瞒着你听爸爸的电话,更不该瞒着你偷偷地跟爸爸见面,你是不是对我好失望?明天就是元宵节,你今天早上答应我晚上早点回家陪我一起过节的,可为什么我等了那么久都不见你进门?是不是因为我跟爸爸见面又惹你生气啦?妈妈,其实你不该恨爸爸，不该担心什么，爸爸一直对我很好很好，他身边从来没有后妈，爸爸和你一样好爱好爱我的，我好想我们一家三口共同生活……请原谅，妈妈，我先到另一个世界去了，以后再也不会惹你生气了……答应我，妈妈，不要恨爸爸了，他是天底下最好的爸爸……

吴远虹拿着信给如馨看："这是女儿写给我的吗？护士，你帮我念一遍好吗？"

如馨问她："你都看了多少遍了？还要念？"

吴远虹想了想："这是女儿写的，我认得女儿的字，麻烦你再念一遍，我想听听女儿的声音。你知道我女儿去哪儿了吗？乖女儿，是妈妈害了你，你去哪儿了？你回来好吗？"

如馨望着这张痴痴呆呆的脸，看着幸儿最后留在世间的纸上稚嫩的字迹，心里一阵阵刺痛。

赵挥拎着暖瓶出去新打了一壶开水，给吴远虹的杯里晾上；去拧了热毛巾，帮吴远虹擦脸，擦手；又剥了香蕉塞到她手里，吴远虹吃着香蕉，痴痴地对他说："医生，你看到我女儿了吗？你要是看到她，麻烦告诉她一声，就说我马上就回去了，让她别到处乱跑，求你了，行吗？"

从疗养院出来，赵挥神情平静，声音却沉痛得很："如果当初她没有背叛，我就不会离开；如果我不离开，她就不会堕落；如果她不堕落，女儿就不会出事；如果女儿不出事，她就不会有这一天。说到底，我有责任，我眼睁睁地看着她一步一步往深渊里滑，看着她一天天堕落，却没有伸手去拉一把，我有罪。"

"别这么自责，如果人人都能料事如神，看穿未来，人世间可能就不会有命运这一说了。"

"你信命吗？"

"信。就像我自己，努力过，挣扎过，最后还不是这样了？吴远虹成了这样子，可能这也是命中一劫，难以逃掉的。"

赵挥默默地开着车，久久地陷入沉思。

吴远虹跟他一起生活整整十年。十年的时间，她从来不知道跟着他学习，哪怕是学一点点生意经验。很多时候他并不知道她在想什么。为了让她过舒服日子，他是愿意让她在家里好好待着，可如果她不舒服，完全可以拒绝他。但她没有。不仅没有，反而越变越懒，越变越蠢。女人的尊严和自信，从她身上已经消失殆尽。当她自己意识到生活越来越空虚、无聊，越来越失去了乐趣的时候，她不是想办法重新走向职场，换一种生活，寻找自己的尊严和自信，而是沉迷于居心不良的男人的甜言蜜语中不能自拔。家庭的破裂似乎让她的好梦做到了尽头，这时候她不仅不检查问题，反省自己，而是借酒消愁，醉生梦死……一个女人，她不是完人，她也渴望爱情，性爱，但什么事都不可以走极端，人的情欲就像火一样，它可以点燃生活，也可能带来灾难，如果一切可以重来，吴远虹还会这么做吗？她极端的性格跟从小成长的环境不无关系，她的悲剧不是某件突发的事造成的，也许，这果真就是她的命？

3

白天忙忙碌碌地很快就过去了，表面要强的叶如馨，还没有让离婚女人的落寞出现在自己脸上。不过夜晚来临，当一个人回到寂静的小屋，心里自然和这屋子一样空空荡荡，冷冷清清。

一个人的家里太冷，她有时候害怕回家。这样，回娘家的脚步就格外地勤了。更多的时候是回妈妈那里蹭饭吃。尽管有着各种各样的理由，但还是被大姐如莲发现了端倪。逃避不过，只好向大姐坦白了。

离婚这么大的事，居然一声不响地给办了。对此，大姐十分恼火。为了妈妈的病体，大姐不得不压住一肚子火气，没有将妹妹的秘密向家里公布。当然，回过头来少不了质问为什么。如馨自然把责任揽在自己身上。她说，问题出在我这儿，是我对不起志文，对不起柳家。大姐瞪起眼睛问，老天！你究竟干了什么事？让人家给休了？

如馨苦笑，不是他们休我，是我休他们。不想跟他们过了，够了。大姐边落泪边骂，身在福中不知福啊！没出息的东西，好好的日子你不过，你作死呀？总以为你们俩那么好，好得像一个人，怎么可以说离就离了？你也太不像话了？瞒着父母偷偷地离婚，你这不是要妈的命吗？如馨一脸不在乎的表情，这跟妈的命有什么关系？别告诉她不就成了？世事无常，感情这东西是最不靠谱的，有什么办法？我都拿自己没办法。

叶如莲越想越不对劲，就瞒着妹妹，一个人跑到柳家去问个究竟。恰巧那天柳志文和父母都不在，只有柳媛媛一个人在家。很快，如莲了解到妹妹离婚的前因后果。之后，她又带着一腔怒火跑到如馨住处，指着鼻子一顿痛骂，严厉地质问她和那个姓赵的是怎么回事，严词责令妹妹离那个变态杀人狂远点，否则就把这事告诉父母。

不知道听柳媛媛说了什么。一提到赵挥，疾恶如仇的叶如莲就愤怒、厌恶至极。那个赵挥是什么东西？害死女儿，逼疯前妻，整个一变态恶魔！你要是被他的钱糊住了双眼，没准哪天小命就得丢了！

你胡说什么？小心人家告你诬蔑诽谤！如馨哭笑不得，拿这个糊涂姐姐束手无策。叶如莲恨铁不成钢说，离了婚本来名声就不好，还跟这种人在一起混，让别人怎么看你？

如馨一听就恼火，都什么时代了，离婚跟名声有什么关系？旧社会呀？我不管别人怎么看我，你少在我面前危言耸听、杞人忧天，就显你多明白事儿？你明白什么？叶如莲斥责妹妹，不管怎么说你不能跟姓赵的在一起，多少钱都没用，变态！你要继续执迷不悟我真跟妈说了。

你要不想让妈多活两天就说去吧，怎么这么烦哪，我的事以后你少管，你管得了吗？我都管不了自己！如馨皱着眉头，心里发堵。不离婚痛苦。离了婚最大的烦恼莫过于亲人的责备、埋怨和不理解。

如莲痛心疾首，这么做你对得起柳志文吗？这么多年的感情说扔就扔了？如馨道，我有什么对不起他的？我给他重新选择的机会，让他再找一个比我好得多的女人，这对他是好事！如莲痛骂，残忍！你就这么忍心？为了什么？钱吗？真没想到你也是这种爱慕虚荣的东西，庸俗！如馨冷冷一笑，如果你愿意离这个庸俗的残忍的爱慕虚荣的东西远点，我没意见，请吧！

因为离婚的事，与大姐闹得很不愉快。叶家的人是不是从基因就有问题？总是胳膊肘往外拐。假设是张金芳的女儿，不论是对是错，她至少首先想到孩子的心里会有多痛，她会替你痛，她至少不会给你伤口上撒盐，不会说一句埋怨和责备的话。只可惜，和张金芳这辈子只能做婆媳，天生的敌人。

并非冲动。经过大姐这一闹，如馨反而开始冷静地考虑和赵挥的关系。

经济能力，社会地位，一样不缺。心肠不错，品质不坏，两个人年貌相当，虽然算不上超级美女帅哥，但站一块起码是般配的，他能让她拿得出手，她也不会给他丢份儿。尤其重要的是，两人有着相似的隐痛，将来的日子养几条狗，永远不会为后代的问题而折磨对方。

天生一对啊。如馨自嘲地笑自己。

第二十七章

1

两个月来，柳志文的结案率再次创了新高。为了让自己更加忙碌，他完全到了不分昼夜、废寝忘食的状态。领导肯定，同事服气，看着工作上的种种成就，他却一点也高兴不起来。过去十年，三千多个日日夜夜，是那个女人陪他走过。一起哭过，一起笑过，工作上的过失，她替他着急上火，一点点成绩，她比他还开心兴奋……如今物是人非，已无人再与他分忧解愁，也不再有人分享喜悦。

不管怎么说，父母家人永远是最重要的精神支柱。回到家里，他尽可能像往常那样笑脸相对，轻松自如，定期为父母安排活动，不让欢声笑语因他的离婚而离开这个家。即使每天工作到很晚不能更多陪伴老人，至少不会忘了打电话问候，尽可能不让父母受到双重打击。亲情总是能够相互作用的，也正是有了父母永恒不变的爱和支持，在遭遇婚变的重击后，他才没有垮掉，并且能够更加专注更加卖力地投入工作。

每当夜深人静，一个人躺在床上，辗转反侧之时，柳志文才会意识到，有一种疼痛从来没有离开过自己，而且很难排遣。这个心结无法打开，可是没有人能够告诉他，该如何不再去想那个女人，又该如何去忘记那件耻辱的事。他不想把全部责任推到她身上，他一遍遍盘问自己，什么地方做错了？究竟问题出在哪里？

离婚一度让他心力交瘁，也曾伤到极致偷偷落泪。偶尔借酒消愁，但宿醉之后，事实依然是事实，没有丝毫改变。这件事几乎让他对爱情和婚姻的所有信仰崩塌了。或许这么多年他爱的只是一个想象中的爱人，一个理想中的爱人，他至今仍然无法相信身边的爱人，怎么能够做出对不起他的事。他还是不愿相信，或许她有苦衷？或许出于某种无奈？还是某个特定环境下的冲动？他愿意给她一个机会，也给自己一个豁达的机会。可是，她并不领情。几次徘徊在她的楼下，却最终克制了自己。还有意义吗？绿本都办了。罢了，罢了，那个不明不白的暧昧的夜晚，足以使人留下肮脏的记忆。与其带着痕迹生活下去，不如一刀斩断，一了百了，何苦作践自己？

是的，男女都是懦弱的感情动物，能自控的人其实并不多。都是活生生的人，情欲是无罪的，只要开心，旁人的道德算得了什么？或许他的观念太过保守，或许他已经不再适应这个时代，他之所以守得住自己，得承认多少有些刻意，他不能要求别人都像他这样，顾忌这个顾忌那个，严格地自律，残酷地要求自己，这个世界上，还有几个人能够像他这样，十年忠于一个女人？难道他真的没有对别的女人动过心吗？难道他从来没有过不可示人的欲念吗？为什么他能够为了她为了这个家扼杀掉心中的魔鬼，而她就不能够？内心的欲望不加控制，那结婚的承诺还有什么意义？算了，自控能力那么差的女人，不值得去一辈子守护。一个庸俗的女人，她不理解你的爱，不配得到你的爱，她只配过一种虚荣的物质生活。忘了吧，重新开始。

父亲说，你不要去恨。她既然这么绝情地走掉，说明你本身很可能有让她不满意的地方，你一向自我感觉良好，这大概只是你单方面的感觉。

母亲说，她爱跟谁就跟谁吧，你呢，该干吗干吗，也不能太亏了自己。

妹妹说，从一而终已是传说里的传说，现在的人感情都太丰富了，三个两个都是少的，不找个五个八个的，感情没办法释放。建议你多注意身边的美女同事，看看有没有下手的机会。你这岁数，人生也快要过半了，剩下的日子怎么开心怎么来吧。

他去看望老张。老张一条腿残了，一只手连筷子都拿不起来。老张说，如果能让我恢复健康，离十次婚我也愿意。

仔细想想，他们每个人说的都有道理。

日子还是要过的，并且还一定得过好，不能让人笑话了。

这天张金芳打来电话，兴冲冲地告诉柳志文家里来了客人，要他下班后早些回家。母亲没说是什么客人，但听声音，柳志文猜到一定与自己有关。最近以来，老太太从没闲着，四处托朋拜友，给儿子张罗对象。

果不其然，一进家门，柳志文看到一个陌生的女人坐在自己家里。这女人三十出头，肤色白皙，苹果形的圆脸，一双眼睛像少女一样黑白分明。此时，她笑吟吟地向他打招呼，落落大方，脉脉含情，猛然一看，真与印象中的韩晶有几分神似。这时候他忽然想到了韩晶，那个从十岁开始就深深爱上他发誓要嫁给他的女人，那个一直被母亲视之为理想儿媳人选的女人，那个女人如今在哪里？当初娶的如果是那个女人，如今生活又将会怎样？

听完母亲的介绍，柳志文笑了。一个中学教师，连职业都与韩晶类似，莫非这就是上帝安排给自己的缘分？柳志文告诉自己，新生活应该从这里开始。他还告诉自己，只要父母高兴，就不必再挑剔什么。怎么说也是二婚，不能跟十年前一个标准。更何况眼前这个女人，哪一点配不上你？

欢欢喜喜地吃了晚饭，气氛融洽，还真有一家人的味道。饭后，在母亲的提示下，柳志文送这个叫赵岚的女人回家。出了家门，赵岚抬腕看看时间还早，就建议一块去看场电影。柳志文问："哦，最近有什么好电影吗？没看到有什么大片出来吧？"

"那算啦，我们随意走走吧。"赵岚没有坚持。

"不不，你要是想看，我可以陪你。"柳志文并不想扫她的兴。

"我也不是很想看，到海边散散步也挺好。"赵岚温柔地笑笑。

乍暖还寒，海边的风还不小，柳志文不由得裹紧了外套。这一路他基本没什么话，赵岚却不时地说点什么，说到高兴时，就会自己笑起来。柳志文有一搭没一搭地听着，偶尔傻笑一两声，有时根本搞不明白她为什么发笑，为什么高兴。看他对她的话题并无多大兴趣，又看他不断地裹衣领子，她仿佛摸准了他的心思，柔声说："外面挺冷的，我们还是回家吧。"

两个人就这样交往起来。实话实说，这种时候若让柳志文对一个女人产生恋爱的感觉，确实是件难事，更别说激情。不过，交往之初，赵岚的温柔、顺从、体贴、善解人意和细致入微，尤其她单纯、干净的眼神，不俗的气质，的确吸引了他，让他产生了好感和亲切感。

这个女人有很多优点。她从来不打听他不愿说的任何事情。她信任他，相信他的每一句话，努力地适应着他的生活方式和生活圈子。他带她参加过一个同事的婚礼，邻座一位同事的小孩子不小心把汤汁洒到她身上，她连眉头都没皱一下，第一反应是帮孩子擦去手上的汤汁，柔声细语安抚这个毛手毛脚的孩子。她的爱心和友好，让他心生感动，有那么一个瞬间，他几乎就要做出决定，后半辈子就跟她过吧。

然而随着交往的递进，他又很快发现了问题：这个女人太温柔了，不，温柔这个词并不确切。这个女人太温顺了，简直可以说百依百顺。要命的是，他发现自己根本享受不了这种百依百顺。

两个人在一起的时候，吃什么，用什么，去哪儿，玩儿什么，她几乎都是听他的，似乎从来没有自己的主意。就连逛商场，她给自己买衣服，也要问他喜欢什么颜色，喜欢什么款式。他说，你喜欢什么就买，只要合适就好。她说不，我一定要穿你喜欢的。就连买一瓶香水或化妆品，她也一定要他说出他喜欢的品牌和香型。等等类似的事情，根本就是给他出难题。他对女人着装和化妆品从来没有过什么研究，也从来没固定喜欢过某一种品牌，在以前的生活里，生活里最重要的那位女律师，不论她选择穿什么，他都会觉得很好看，不论她用哪种牌子的化妆品，他都会觉得那种香味很好闻。

而眼下这个女人，不知何故几乎到了丧失原则的程度，一点自己的性格没有。难道这是爱一个人的方式吗？她的温柔善良他很喜欢，可他还是感到茫然，感觉某些地方不对劲，总是觉得这个女人太好了，好得让他无法适应。有些男人就是天生的贱骨头，女人越是对他好，他越是不把她当回事。没错，他就是这种贱货，他责骂自己。他也努力让自己适应，努力去忽略那些小事情，小问题。可事实上，他更无法忽略的是，自己对这个百依百顺的女人确实不来电，一点激情没有，一点挑战性找不到。这样的女人做妹妹可以，若做情人，做夫妻，总觉得缺了什么。就在柳志文犹豫不决的时候，有一天他送她到家门口，她并不急于上楼，夜色里，她忽然开口道："志文哥，有件事我必须得告诉你。"

她这一突如其来的称呼，让他愈发觉得她像妹妹，又觉得像六十年代电影里的某一情节。

"好，你说吧。"他望着夜色里的她。

赵岚一脸凝重："这些日子以来，我愈来愈觉得你人不错，是个好人，能跟你走在一起，也是上帝安排的缘分吧。"

"别说我是好人，"柳志文自嘲地笑笑，"做好人压力很大，我最怕别人说我是好人。"

"你是个好人！"赵岚再次肯定了她的观点，"我能感觉得到，这段时间你很犹豫，所以我必须要跟你说说这件事。"

"什么事？说啊？"柳志文对这个女人的突发感慨感到莫名其妙。

"这件事你不用担心，不要有什么心理负担。"赵岚欲言又止。

"我担心什么了？"柳志文愈发奇怪。

赵岚咬着嘴唇："你放心，这辈子我已经生过一个孩子了，虽然判给了前夫，但我已经很知足了。往后，我只想跟所爱的男人在一起好好过日子，不会再要孩子了。"

"为什么？"柳志文仍是诧异，"你为什么不会再要孩子？"

"我……"赵岚低着头说，"我已经做过绝育手术。"

"什么？"柳志文不可思议地望着她，"为什么要告诉我这个？"

赵岚一脸诚恳,双目潮红:“志文哥,你的情况伯母都跟我说了,我很心疼,真的,今天告诉你这个,就是为了让你放心,不要再有什么顾虑,我会一心一意照顾你,死心塌地跟你过日子的。”

柳志文点点头:“噢,谢谢,谢谢,谢谢你的诚实和慈善心肠,可是,可是……”

柳志文词不达意,不知说什么好。他仰头望望幽幽的星空,心里是哭笑不得的感觉。老天爷,这就是上帝赐给我的缘分吗?这事还真够巧的,老妈从哪里找来这位宝贝的?至少在妈妈看来还是够般配的。天哪,我该怎么办?即使再婚,也是为了让父母高兴,即便连爱情都要牺牲了,最起码得传宗接代让父母抱上孙子吧?

赵岚这份情义的确令他感动,可是,这究竟算怎么回事?这个世界上,他如果愿意为一个女人做出牺牲,那就是前妻叶如馨。仅此一例而已,因为他还没有那么高的境界,他已经没有了为第二个女人做出牺牲的耐心和能力。

看着他默默无语,赵岚的眼泪一下子流了下来,她情不自禁扑到他怀里。他稍一愣,回过神来拍拍她的后背,轻轻推开她,就像待妹妹那样,伸手擦掉她脸上的泪,笑笑说:“傻丫头,为这个哭啊?我从来不觉得这有什么,自由自在无牵无挂落个清闲,未必不是福分呢,干吗要为此难过?”

“你真的这么想吗?”

“当然是心里话。”

“你能这样想得开,我就放心了。”

“不过,不过……”柳志文欲言又止。

“不过什么?”

“回头我给你电话。”

回到家,柳志文就以玩笑的口吻委婉地向老妈提出抗议:“就算推销货物,都是只说好不说坏,该瞒就得瞒着,像你这样一上去就先把短处抖搂出来,啥时能推出去?”

张金芳正色道:“这是给你介绍对象找媳妇!丑话不说在前面,到时候让人家说咱一家都是骗子?骗婚?”

柳志文叹口气,不再与老妈争论,也不做任何解释。

2

与赵岚就这样结束了。

有些黯然神伤，有些残酷惨烈，至少对赵岚是这样。

爱，是一种纯感觉的东西。有就有，没有就没有，不能骗自己，更不能骗别人。柳志文这样安慰自己，同时给自己寻找开脱的理由。可是赵岚想不通，她找到他，追问究竟是为什么，一定要他亲口说出问题出在哪儿。柳志文被逼不过，只得说出一半原因："我觉得……性格不太合适。"

"性格？哪里不合？你说清楚！别吞吞吐吐！"赵岚突然一反常态，瞪着眼睛质问，往日的温柔荡然无存。

"我这个人比较粗心，平常忙碌惯了，可能不太会照顾女人，可能更适合那种比较独立、遇事能自己拿主意的……"

赵岚哭了："你们男人怎么这样啊，真是看不懂。以前有个男人跟我好，因为我太有个性，太自我，结果被他提出分手，原因是嫌我对他不是百依百顺。这一次我吸取了上次教训，小心翼翼地跟你相处，掩饰我的个性，克制自己的锋芒，什么事都按你的意思来，对你完全是百依百顺，可为什么还惨遭同样的下场？天啊，我该怎么做？"

柳志文瞠目结舌："老天！这阵子你跟我在一起，一直在掩饰自己？克制自己？你为什么要这样？你为什么不坚持做你自己？你有什么想法，你想做什么，你为什么不坦率地说出来？为什么毫无原则地克制？人跟人不一样，你不能因为前一个男人喜欢百依百顺，就认为所有的男人都那样，这个观念是错误的，明白吗？"

赵岚双目圆睁，恨恨地斥责："你这个自私的男人，你根本就不懂什么是爱情！你根本就不配成家！我以前还同情你呢，哼，压根儿就不值得同情！什么东西！"

赵岚甩出这句话，噔噔噔地站起来出了咖啡店。

我晕！原以为是只绵羊，原来也有凶神恶煞的一面。原来两个多月来的温柔和百依百顺都是获取爱情的工具？

是他的眼睛出了问题？还是判断出了问题？柳志文差点晕倒。

望着赵岚远去的背影，有句话柳志文没说出口："倘若稍能聪明一点，就应该先搞清楚人家需要什么样的货色，而不是先备好了货然后碰运气……唉，女人真是难以琢磨的动物！"

赵岚是张金芳费了九牛二虎之力好不容易淘来的宝贝，却被儿子随随便便地打发掉了。张金芳有些遗憾，不过她并没有埋怨儿子，婚姻如鞋子，一定得穿着合脚不是？要不然往后的路如何走下去？于是，在她锲而不舍地寻觅下，柳志文又与一位叫袁露的女子有了一段短暂的交往。

袁露是一位大学教师，离异三载，相貌端正，性格内向。她平常很少主动说话，但每每主动开口，总会是些类似纪律或规矩性的言辞，而且总是与食品有关。比如她说：记着，油炸类食品不能吃，因为它们含致癌物质，破坏维生素，使蛋白质变性，是导致心血管疾病的元凶。比如她说，腌制类食品不能吃，容易导致高血压，会增加肾脏负担，影响黏膜系统，对肠胃有害，易得溃疡和发炎。比如她说，肉干、肉松、香肠不能吃，饼干类食品不能吃，汽水可乐类食品、方便类食品、罐头类食品等等，等等。

柳志文十分怀疑她不是教生物化学的，而是专门研究饮食与健康的！

与袁老师吃过几次饭。每每吃饭时候柳志文就会小心翼翼、胆战心惊、大脑发胀，未吃先饱。在她面前，他从来意识不到自己是个大男人，她总能让他强烈地感觉到自己像个小学生。于是，几次饭后，他想逃跑。

有意思的是，还未等他说出不再见面的理由，她却率先提出了中止交往。

有一天，她忽然问他："你会抽烟吗？会喝酒吗？会打麻将吗？"

他不解其意："为什么问起这个？"

"不会，是吧？什么也不会，我说得没错吧？"她嘿嘿地冷笑。

"会不会又能怎样？又不是什么好习惯。"

"假正经！"她冷笑着说，"最烦就是你们这种假正经！"

"假？从何说起？"

"我们相处两个月了吧？我没见过你抽烟，没见过你喝酒，没见过你打麻将，还有，你从来没有碰过我一下，连我的手都没敢拉过，两个月来，你主动发给我的短信是零条，主动给我打的电话不超过六个，你以为这么做，我就以为你是一个正直的、可靠的、可以托付一生的好男人、正人君子吗？我告诉你，这不正常！既然你不承认假正经，那就是有心理障碍了？要么就是不喜欢我喽？既然不喜欢，你干吗还要一次一次出来跟我吃饭？一次次虚伪地浪费我的时间？我很忙耶，没有那么多闲工夫跟你这么不咸不淡地干耗着……"

晕！又一怪物！这是大学教师吗？如今的女人都怎么啦？他妈的我为什么不碰你？你不反省自己为什么不能吸引我，反而……得，去他妈的！

被袁老师踹了之后，柳志文如释重负，终于长长地舒了口气。随后的日子，在母亲的眼泪、乞求、软硬兼施下，柳志文痛苦地、不情愿地、一次次硬着头皮走在相亲的路上，就像为了完成一项任务。总是一次次地小心翼翼，总是担心一不小心伤害了女人。事实上他的担心完全多余。如今的女人无一不是身经百战、久经沙场，那么容易受伤害的已很难让他遇到了。

实话实说，很难有哪个女人能够令他产生兴趣，怦然心动那更是奢谈。不是年纪太大,就是文化素质太低,要么就是脾气太怪。常常是介绍人说得貌美如花,贤淑温柔,而他刚一见面就有了逃的念头。有的勉强坐下来吃顿饭,对方虽说长得还可以,气质也还可以,谁知一开口就问收入,问房产,问车子,问职位,甚至问父母的养老和遗产……三句话没说完就让他倒了胃口。排除了A,排除了B,排除了C……老天,一个小小法官,顶着个离异的头衔,又不是什么富豪大款、达官权贵,可供他选择的真是不多呀!他不仅仅是失望,而是心灰意冷。身边的朋友和同龄人大都有家有室,不会像单身时那么随叫随到,面对母亲忧虑的眼神,他也觉得尴尬,夜里躺在床上,渐渐也有了寂寞之感。之前没想到再婚的路竟会这么曲折,茫茫人海,找一个各方面都合适的人竟是那么难,与一个陌生的女人重新去相处,去磨合,与之产生感情,那真是难于上青天了。或许这就是现实?离异的人最好悄悄待在屋里舔自己的伤口,可以等待,守株待兔,等着缘分自己一头撞上来,最好不要去相亲,真是影响情绪,破坏心态。

就在柳志文对相亲备感厌倦、对再婚不抱任何美好期望之时,一位姑娘出其不意地走进了他的视野。若按类型,二十九岁的苗圆可归为大龄未婚一族。高挑身材,白皙秀丽,因为男友出国留学,终身大事一拖再拖。男友一去五年,头三年越洋电话不断,电脑视频互诉相思。为了这份情思,苗圆忠心不贰,苦苦等待。然而到了近两年,不仅电话少了,视频消失了,渐渐地竟失去联系。不是她联系不上他,主要是他不仅不再主动与她联系,而且有意躲避。她感觉到此情已变,伤心痛心流泪滴血之后,在父母的劝说下,开始为情感另觅出路。

"是为了父母?为了不让父母再担心?"头一次聊天,柳志文直截了当地问她。

"也为了自己。别人伤害你,你干吗还要惩罚自己?不能再难为自己了。我渴望有个家,有完整的生活,有个能够与我彼此关心的人,回到家有人疼、有人爱、有人谈心,心里也不会那么空了。"苗圆是一位优秀的外科医生,一双顾盼生辉的眼睛时时闪着智慧、冷静的光芒。

"我的情况你都了解吗?"柳志文又问。相亲的次数多了,心也变得麻木。就像是交易双方,直来直去,直奔主题,爱情的浪漫在这里已经被省略了。

"基本上了解,介绍人都说了。不过,我觉得外在条件都是次要的,重要的是人。"

苗医生很真实,也很坦率。实话实说,柳志文对她还是很有好感的。看得出,她对他印象也不坏。临别时,她主动留了她的住所电话,也算给了他一个明确的信号。几次约会后,似乎进入了轨道。每逢周末,如果柳志文没时间,苗医生也会主动到柳家来,每次都买很多零食,与张金芳聊天,帮着做些家务。坐在一起吃饭,柳志文看着她,会觉得很舒服,感觉像是一家人了。

第二十八章

1

这一年,除了工作,如馨做了三件大事。

第一件,三月份所里的例行慈善活动,她做出一个令自己也令全所惊讶的举动。这次所里捐助的是一个生命垂危的尿毒症患者。一位男病人,三十多岁,严重肾衰竭,死神可能随时光临,换肾成了他活下来的唯一希望。但巨额的换肾费用又根本无力承担,六十岁的母亲要求为儿子捐肾,怎奈配型并不合适。医院找到了合适的配型,却因患者无力筹措费用,手术迟迟不能进行,为了救儿子一命,老母亲含泪提出建议,把六岁的孙子卖掉。病床上的儿子得知后,表示宁愿死掉,也不能卖自己的儿子!很快,这事被通报给媒体,记者在报纸上呼吁:救救这个摇摇欲坠的家庭……

主任在例会上拿着报纸,饱含感情地呼吁部下:"瞧瞧,连一位收破烂的大妈都捐出了一百块钱,我们难道还不如一个收破烂的老人?如果我们每人献出一份爱心,或许就能把一个人的生命从死神手里夺回来,挽救一个家庭……"这次,主任带头捐了五千,小杨这些人按老习惯一人一百。收钱的小赵来到如馨办公室,如馨表示要考虑一下。

"馨姐姐,我的大律师,你就三百块钱,还要考虑什么?少下一顿馆子不就出来了?那可是一条人命那!唉,越有钱越抠门儿啊……"小赵摇着头,一脸无奈。

"我捐三万,明天直接划到患者账户上。"如馨干脆利落地说。

"什么?我没听错吧?"小赵瞪大双眼。

"你没听错,出去吧,我要工作。"如馨埋头打开一摞卷宗。

"神哪!太阳从西边出来了?看来我,不,整个所里都要重新认识叶律师啦!

这才是大律师的做派嘛,都说你找了个男朋友,巨有钱,看来此事不假呀!”

如馨头也不抬:“这是我自己的事,跟男朋友没关系,让我安静一会儿好吗?”

“喂喂喂,馨姐姐,捐钱的时候一定要记着名字后面坠上咱所的大名,千万别忘了啊。”小赵叮嘱她。

如馨哼了一声:“别指望我给所里贴金,我不留名。”

“什么?”小赵眼睛瞪得更大了,“真是不理解啊,那你图什么呀?”

“没法跟你解释,我要忙呢,啊,你也忙去吧。”

“境界!境界!”小赵大呼小叫地出去了。

这一善举不是一时冲动。自从接下了周艳退回来的那笔合同款,心里便打了一个结,解不开。她必须得承认,从精神上,从灵魂上,周艳比她高贵。但这笔钱不该接吗?这笔钱来自赵挥,如果不是他,她又怎能受到那一番折磨和伤害?也根本不会损失掉这笔钱。可是接下了这笔钱,怎么就像接了一团火,总觉得烫得慌,这是为何?这笔钱,系着两条命:一个夭折的胎儿,一个是周艳的母亲。一想到这些,如馨心里就会隐隐作痛,痛得发堵。这次所里的慈善活动,如馨在看过关于患者的报道后,几乎毫不犹豫地作出了决定。当然,她做不到将那笔钱当爱心全部献出,因为眼下她也有许多用钱的地方。三万块钱不过是合同款的四分之一,但足以让她的心情舒畅了许多。帮助别人可以令自己快乐,这件事有意义,有价值,这也是她人生中第一次主动地、心甘情愿地、无偿地捐赠陌生人,这一数额令全所被动捐款的律师们无不受到震动。

媒体的力量还真是不小。社会上的热心人好心人也真是不少。汇涓成河,不过几天,几十万的捐款已被转到医院的账户上。记者持续跟踪,动静越来越大,医院顺水推舟,特意减免了部分费用。移植手术很成功,那位老母亲将剩余的捐款拿出来,捐给另外一个等待移植的患者。事情到了这里,如馨心里是备感欣慰。报纸发动这场慈善活动挽救了两条人命。想到那个夭折的孩子和周艳跳海的母亲,如馨内心的自责竟然少了几许,也轻松了许多。

2

这些年已经看惯了推窗望海的风景。人少,天阔,干净,优雅,如今重新住回到闹糟糟的老区,楼下随处可见小店和商贩,尤其周围还发展了一片夜市,一到晚上，想散散步都没地方可走。加之室内装修老旧，如馨每天回到住处，愈发感到不适。人家都是越过越好，她怎么走的是下坡路？都这把岁数了，干吗还要刻薄自己？为了改善住房环境，周六周日她开着车到处转，沿海一带新开的楼盘里，不时看到她寻寻觅觅的身影。

海景是心中一个情结，她要给自己一个新家。

赵挥说，你不嫌累吗？我的房子给你住一举两得，人也有了，钱也省了，何苦折腾自己？如馨淡淡一笑，你的房子是你的，我也要有我的，一个女人，没有房子哪里会有安全感？赵挥笑了，把你身份证给我，我过户一套别墅到你名下，这样就安全了吧？如馨一点也不领情，干吗要你过户？我这个人就是个怪脾气，只有住自己买的房子，心里才会更踏实。

看中了一套复式。三楼四楼，楼顶一个一百多平方米的大露台，如馨一眼相中了它。总价两百多万，将所有的存折翻出来，多年的公积金也给提出来，看看火暴的股票市场不断地创出新高刷新纪录，每只股票的价格严重脱离价值，高得令人心惊肉跳，政府部门天天发出风险提示，一次次警告"买者自负"，如馨终于痛下狠心，索性闭上眼睛一股脑儿将股票账户存货全部清空，将几只基金悉数赎回。

律师所的股民们无不替她惋惜："股票涨得这么好，怎么说卖就卖了？你傻呀？"

"办案要忠于当事人，炒股则要听党的话，我的感觉错不了。"如馨笑说，"带海景的房地产，应该是目前最安全的投资了。

把现有的旧居挂到二手房中介，很快就联系了买主，凑上一笔钱，房款付了一半，剩余部分按揭贷款。这套豪宅便成了她这一年做的第二件大事，人生记录又一次被刷新：第一次独立购置房产。就像获得工作成就一样，她感到充实，自豪。就这样，如馨天才的理财智商，很快就得到了验证。就在她抛空股票的第二周，某一天半夜，国家突然发布新政：提高股票交易印花税。此政一出，连日火暴的市场突遭狂风骤雨，各路获利资金疯狂出逃。A股市场在经历了有史以来最壮阔的一轮牛市之后，有史以来最残酷最血腥的一场股灾上演了！连续五个交易日，两市上千只股票连跌五个停板。老天，五个跌停板啊！短短五日，许多股票拦腰斩断。老股民一年利润转瞬化为乌有，新股民尚未挣钱，一进场先挨一顿猛烈棒击。不少抵押住房梦想在股市上发财的，更是哭天骂地，悔青了肠子。一时间，办公室股民们大眼瞪小眼，完全呆傻了。一周前谈起行情还兴高采烈的情景再也不见了，取而代之的是一个个垂头丧气，如丧考妣。整个律师所，唯有如馨谈起股票，能够轻松地笑出声来。于是遭到前所未有的强烈攻击和埋怨："叶律师啊叶律师，你也太不仗义了，你是不是有内部消息？你怎么自己逃跑了？把战友们给闷进去?”

如馨说:“当时那情形,让你们卖股票就像断你们财路,就算是内部消息告诉你,谁肯听?贪,该着,这事我只能表示同情,爱莫能助。”心里却道,我若不是六年前因为贪婪被困山顶,经历了漫漫熊市里的痛苦挣扎,又怎会有今天的胜利逃亡?再说,好人好报;婚姻失意,财运亨通,上帝总算是公平的,要不然,这样一个女人,不能做母亲已经够不幸,又雪上加霜痛失爱人,若再失财,今后的日子该怎么过呀。

3

如馨搬进了装修一新的新居。夏季,家居海边的优势凸现出来。别的城市已如火炉,需要泡在泳池方能消暑解恨。而她,傍晚饭后悠闲地坐在露台上,清爽海风像一只柔软的小手在身上一遍遍抚过,听听音乐,看看晚霞,惬意至极。清晨和夜晚,穿着无袖衫居然还会有丝丝凉意,若是周艳来此,一定会惊呆:天哪,这哪里是七月的日子?

然而这个夏季注定了并不全是清爽惬意。母亲王宏英感觉不适,送去复查,病情竟有复发迹象。如馨又惊又痛,又不得不强作镇定,全家人再次统一口径,用谎言紧紧瞒住病人,展开新一轮药物抵抗。身上已留下巨大刀口,再次开刀已不可能。只能采取保守治疗,化疗是一种,只是病人又要遭受摧残。想到上次化疗时,病人每天要输几个小时的液体,杀癌细胞的同时,体内正常的健康的细胞一块被杀死,输完液之后浑身如千蚁噬咬,饭吃不下、觉睡不香的那种折磨,如馨就心如刀绞。病人要在输液和输液后的痛苦中,度过每一天的生命,真是太可怕了,不堪回首。

于是,在专家的建议下,如馨几乎没有犹豫,决定用一种特殊的药。一种产自英国的新型抗癌药物,适用于不抽烟的女性肺癌病人。这种药在国内还未普遍使用,原因只有一个:药价昂贵。一盒六千多,只有十片。每天一片,需要常年服用,用来抑制癌细胞的生长,维持病人的活力和生命。这样下来,一年需要大约二十万的费用。

用了两个月,就像每天服用维生素片一样。王宏英气色红润,精神饱满,食欲、睡眠丝毫没受任何不良影响。压根儿看不出她是个病人。复查了两次,竟奇迹般地发现,阴影已经逐步萎缩了。

有钱真好。早知如此，就不该买这套海景房了。如馨已经开始借债。朋友，同事，短短两月，已打出几万元欠条。唯独没向赵挥开口。但细心的赵挥早已看出她的困境。他从钱包里抽出一张卡，很随意地递给她，让她需要的时候随时取用。如馨犹豫了一下，接了。当夜开着车在街上晃悠，找了一台ATM机，输进密码，对着屏幕上的数字，她的眼睛瞪得老大，呆了半天，数了好大一会儿，才弄清卡里的钱是七位数，打头是个幸运数字"8"。

好晕哪！八百多万！实话实说，这一刻，她完全被这笔钱感动了，被他的慷慨和信任感动了。这一刻，她再次清醒地意识到，自己遇到了有钱人，真正的有钱人。这些日子，这个有钱人一直陪在她身边。虽然从来不曾说出那个"爱"字，但她明白他的心思。藏在他卧室里的那张巨照，那是什么时候偷拍的？

也就在这一刻，她决定和他确立关系：恋爱关系。第二天，她主动将那张存了巨额存款的卡还给了他。不是矫情，而是觉得眼下还不需要，不明不白地拿这么大一笔钱在手里，心里实在不踏实。

他显然意外："为什么？先放你那儿了，用起来方便啊。"

她举重若轻："有两笔代理费马上就要到账了，我妈的病用不了多少钱，我还应付得来。"

他笑笑："好吧，你自己看着办，不勉强。"

她也笑笑："需要的时候我会管你借的。"

这就是这一年里，她所决定的第三件大事：与一个同病相怜的有钱男人确定了恋爱关系。

接下来，如馨又花了两个月的时间，研读了十三本书籍材料，学习和了解了所有国际上关于肺癌的治疗方法和药物作用，包括饮食、起居等。妈妈操劳了大半生，她不想让她靠吃药度过晚年。在她的努力下，王宏英日日保持乐观情绪，十分配合，主动积极锻炼、保养，药量日渐递减。

这其间，赵挥托国外的朋友又买回一些药，有的能用上，有的用不上，但这些举措自然而然更进一步拉近了两个人的距离。有一次听到她轻轻叹气，他安慰道："别担心，只要有我在，你妈妈一定会得到最好的治疗，一定会好起来，不会有事的，相信我。"

他经常鼓励她："每个人都会面对各种压力，不同的人表现也不同。关键在于态度，对于困难和压力的态度，有人主动寻找快乐，有人只会终日愁怨，知道吗，我最欣赏你的，就是你骨子里那种独立、乐观、积极、坚韧不拔、不认输的劲头，你是你们家的顶梁柱，你必须每天都要笑出来，这样才能振奋其他人。"

就这样，两颗孤独的心渐渐地靠拢，两个孤独的人渐渐地进入了状态。

一对过于理智、清醒的男女，注定了不会像其他热恋中的痴男怨女那样。但不管怎么说，千真万确，两个人有过一段难以忘怀的快乐时光。

4

那段时间，只要他有空儿，只要她也不忙，两个人就会聚到一起，四处去玩儿。海滩露营，游泳，打高尔夫，郊外赏莲，看演唱会，朋友聚会……有一阵他喜欢热闹，随便找个名目约一群朋友，大把地花钱，朋友还要带来不少朋友，一大帮人围在他身边，捧他，也捎带着捧她，让她的虚荣心得到空前满足。有几次谈生意，他特意要她参与谈判，要她帮着审合同，几千万的项目投资，让她感觉自己从未有过的重要。

他还特别喜欢送她东西。LV包，Gucci包，BURBERRY包，镶钻的胸针，发饰，让她几乎每套服装都有一个相应的手包和饰品可以搭配。到了如馨这个年龄，她很明白天下没有免费的晚餐，就算谈恋爱，男人的钱也不可以随随便便地用。这些价值不菲的礼物，让她无法心安理得，可又不能直接拒绝。他要送她什么，除了痛痛快快高高兴兴地接受，根本没有商量余地。要不然他会说："好吧，你不喜欢就把它扔了。"说这话时，他的表情依然平静，眼神却是落寞的，像个无辜的小孩子。当然，被追，被爱，被重视，除了内心里一点莫名的不安，如馨更多的是享受，感觉超好，很开心，很快乐，甚至，还有一种久违的甜蜜和幸福。奇怪的是，有时候她又感到像在云上飘，缺乏真实感。

但不管怎么说，跟有钱男人谈恋爱就是不一样。浪漫自不必说，特别长见识。做律师十余年，接触过不少有钱人，但从未真正走进过有钱人的生活。这段时间算是体验了，开了眼界，金钱居然能让感觉变得那么好。想想十年前跟柳志文在一起，买件衣服都要扳着指头算计半天，好不容易下决心买下了，又没有合适的鞋子配，而买鞋子还要等到下个月……

几个月的相处，如馨发现，这个男人有很多优点。比如他为人和睦，性格温和，就算下属在工作中出了严重问题，他也会冷静地处理，从来不和员工发脾气。他勤奋，喜欢读书，常常夜深了还在看书或研究公司里各种数据。他善良，软心肠，每次在露天餐馆吃饭，遇到卖花的小姑娘上前叫卖，就算花瓣已经发黑，他也会毫不犹豫买上一大把，常常这花最后落在餐桌上，第二天才会蓦地想起，咦，昨晚买的玫瑰呢？还有，他干净，衬衣日日换，头发天天洗，他的指甲永远那么洁净，修剪得整齐,皮鞋上永远一丝灰尘都没有。另外,生活简单,或许是经历过奋斗的艰辛,就算家资过亿,忙碌的时候一瓶矿泉水一个汉堡也能对付一餐饭。

当然,这个男人也有很多让她无法适应的地方。她原以为自己是对超市这种地方最缺乏耐心的人,不料跟他比起来,真是小巫见大巫了。如果说大众超市那种闹哄哄的环境对她来说只是一种折磨,那么对他来说,简直就是地狱了。偶尔陪她去一趟,就算她买瓶洗发水,他在旁边待立超过两分钟,虽然脸上不会表现出不耐烦,但她能感觉到他的难受,无法忍受的难受和烦躁。就算买瓶饮料,他也要把车开到那种专门卖进口食品的店门口,愿意为一瓶果汁付掉几十块钱,只为购物环境的清静。她觉得实在是没必要的浪费,难道韩国鬼子的饮料就能高明到哪儿去?多掏那笔关税和空运费真冤啊。

再比如,他看上去一个慢条斯理的人,却不喜欢等红灯。有时候她坐他的车,遇到红灯也不过三四十秒,他却等不了,宁可右拐绕道而行,就算多跑十多里冤枉路,也不愿在红灯前等半分钟。真晕,这是怎么养出来的什么毛病?等半分钟红灯会死人吗?真让她受不了。再比如,到了停车场,人家都横着停车,他偏要竖着停。人家大车停这边,小车停那边,他偏要把小车往大车那里挤,结果让看车的老头给撵出来。每当这时,她就会觉得这个人特拧巴,骨子里有一股特拗的东西,仿佛脑子里某根弦搭错了,总是不按常规办事,这让她很不喜欢。她晓之以理专门讨论过这些问题,但他我行我素,压根儿不考虑她的任何建议,哪怕他承认她是正确的。再比如,他不爱说话,沉默的时间居多,如果有朋友在一起,那个发言最少的人总是他。如果只她和他两个人,如果她不找话题调节气氛,常常是安安静静的,一点声音也没有。她心情好,当然可以制造各种快乐氛围,遇到心情不好,他却从不会主动找点乐子逗逗她,半句甜言蜜语也没有。两个人都沉默,和她一个人时没两样。

当然……当然……你想让他又浪漫又温柔又体贴又有钱又专情又风趣幽默又处处符合你的习惯,这几乎是每一个女人的梦想,可这几乎是不可能的。低头检查一下,你完美吗?你身上还不知有多么臭毛病呢。她说服自己去爱他,去习惯他,去爱他的一切,接受他的一切,包容他的一切。约会渐渐地不再到第三场地。他每天忙完工作,会到她这里来,两个人一起吃晚饭,一起上网,或者一起欣赏影碟,夜里十时左右他会主动回家。只有一次看得晚了,他赖着不肯走,她笑着问睡沙发可以吗?他说可以。就这样他在一楼客厅的沙发上睡了一晚。

半夜醒来,她在二楼卧室里的床上,瞪着天花板轻轻叹口气。

唉,如果她爱他,爱得难舍难分,爱得死去活来,爱得激情似火,就像十年前爱柳志文那样,那么这个故事就更完美了。她就奇怪了,这一次恋爱,她为何始终保持着理智和冷静？连一点原始的冲动也没有。已经很久没有接触男人了，面对活生生的人，居然一点都不想。更为奇怪的是，如果这天半夜他悄悄地上楼，敲她的卧室门，她应该不会把他推出去。可是，在这件事上，他居然规矩得令她意外，令她吃惊，令她感动，令她不可思议。有那么一阵，她蹑手蹑脚从卧室出来，站在栏杆后偷偷往下看，静静的夜里，几乎能听得到他的鼾声。他在沙发上睡得很香！

当然……当然……她又告诉自己，又不是十年前，她已不是十年前那个傻兮兮的毛丫头，他也不是爱冲动的年轻小伙儿，冷静和理智一点又有什么不对？难道只有疯疯癫癫的才叫恋爱？

赵挥的三十九岁生日是和如馨一起度过的。

理应是个美好的夜晚。遗憾的是，这个夜晚却不愉快，甚至尴尬。

生日晚宴，赵挥没约任何朋友。只有他和如馨两个人，在一家五星级饭店的中餐厅用餐。钢琴的弹奏声流淌在餐厅的每一个角落，特别的情调在两个人心间流淌。忽然，赵挥望着弹钢琴的女孩的背影，笑问："你知道我现在想干什么？"

"我不猜，你告诉我吧。"如馨笑笑。

"我想看一部老片子——《泰坦尼克号》。"

"那待会儿去电影院吧，不对，现在影院不可能会放这个片子吧？"

"就算影院放，我也不愿去影院。我家里有碟，我只想让你陪我看，你肯吗？"

"当然。"她笑笑。

如馨心里有一种特别的温柔。吹过蜡烛，切过蛋糕，她跟赵挥回他的住处。

走进那所大房子，他没有像往常那样开灯，而是用打火机点燃几支蜡烛。烛光在古香古色的青铜烛台上闪烁，整个房间被温柔浪漫的光芒所照耀。他去洗手间洗了手，然后走向影碟机，找出碟，放起片子。

两个人并排坐在沙发上。音响效果相当好，影片中的优美音乐旋律响着，仿佛坐在影院中。很快，两个人全神贯注沉浸在故事情节中。情节很熟悉，但心情还是随着跌宕起伏的情节不住地起起落落，不时地被温暖，被震撼，被感动。

当影片中男女主人公激情拥吻时，他忽然伸手握住了她的手。她扭过头看他，他的视线落在她脸上，正温柔地注视着她。一种别样的感觉在心头荡漾，不知是否被影片的气氛所融化，他轻轻地拥住了她。

她愣了愣，还不及说什么，嘴唇就被堵上了。

啊？是吗？原来他也会冲动？难道不正常的只是她？

激吻。只是他的激情四射。她完全是被动地接受。很快，他把她抱到了楼上卧室。

她意识到这个夜晚不同寻常,一定会发生点什么。只是没想到,这一切会以这种方式到来。她没有挣扎,没有拒绝,任凭他褪去她的衣裙,她的身体甚至开始迎合。

他已经血脉贲张,她有些发晕地闭上眼睛。

在眩晕中,她突然轻轻地喊了两声:“志文,志文……”

就两声,赵挥仿佛挨了两棒子,刚刚激情汹涌,霎时退潮而去。事情并没成功,他从她的身体上翻滚而落……还没有开始,就已经结束。

她突然清醒过来。也不知要做什么,该做什么。只是下意识地穿好衣服,匆忙逃跑了。

这是怎么了?怎么了?跑什么呀?该死!

没病吧你?如馨一路跑,一路骂自己。

第二十九章

1

一连七天,没有赵挥的任何音讯。他没有一个电话来,如馨也没有打过去。缓缓流淌的溪水像被什么堵住。总之,她感觉到,两个人的情感,或是相处,出了问题。有什么地方在拧着劲,不顺畅,来自他?还是来自于她?

如馨又频频回娘家,陪妈。但不管做什么,总有些心不在焉。心里空落落的。真的,失落的感觉。内心里,她并不想失去赵挥。考虑再三,她硬着头皮主动拨出了电话。

"怎么不联系了呢?"她犹豫着,问。

他沉默了一下,反问她:"你怎么样?还好吧?"

多么平常的客套,哪是恋人之间的对话。

"我还好。"她说。

"你好,那就好。"他说。

没话了。长长的空白和沉默之后,电话挂了。

听得出,他情绪低落。辗转反侧一个晚上,如馨决定去看他。

脸皮是不是也太厚了点?你这个蠢女人!但,她已顾不了太多。因为,她想见到他。

在赵挥的别墅里,除了做饭的保姆,没有其他人的影子。

"赵先生呢?"如馨问保姆。

"先生在楼上,一天到晚关在卧室,好像是病了,什么也吃不下,求他上医院,死活不肯去。"

如馨若有所思:"什么病啊?怎么不给我打电话?"

"先生交代过,不准给你打电话。"

如馨点点头,三步并作两步上了楼。

卧室里却没有赵挥的身影。如馨在书房找到了他。

他穿着白色的休闲装,温文尔雅地坐在沙发里,一只手边放着一壶茶,另一只手捧着一本书,很安静地看书。尊贵,悠闲,哪里像个病人?

如馨暗自笑了笑,不会是相思病吧?她走过去,在他身旁轻轻地坐下。

"你来了?"他并不看她,声音和以前一样,斯文,漫不经心。

"你没事吧?不会是真的病了吧?"她问。

"我有那么弱不禁风吗?"他放下书抬起头来,扭过头看着她,"没想到你会来。"

她近距离地望着他,他眉目之间一缕从未见过的憔悴,让她心里不由得变得柔软。

"我也没想到,整整七天,你会不跟我联系。"她说,"如果今天我不来,你是不是永远不会再跟我联系?"

"是的,"他坦率地承认,"我是这么想的。"

"为什么?"她心里想,真是一头牛啊,犟到这般田地。

"这些天我一直在想,这些年的努力究竟是成功还是失败,"他叹了口气,目光又移向别处,"在我名下,拥有很多,很多,可真正想要的,却不能拥有。"

沉默。好一会儿,如馨道:"那天,对不起……我不是故意的。"

"正因为不是故意,我倒希望你是故意。嗨,为什么你说对不起?该说对不起的是我,是我冒犯了你。"

"不,别这么说……"

"好了,过去的不提了。我饿了,陪我吃饭吧,OK?"

如馨舒了一口气,欣然应允。

溪水打了一个结,重新流淌起来。日子在继续。可是这场风波之后,她明显感觉到两个人的关系有些变味儿。他不再像前些日子那样早晚来电话,也不再每天与她晚饭。两个人依然会见面,隔三差五的,有时他约她,有时她约他。见了面,本来话就少,现在更没什么谈的了,常常是冷场。仿佛一百度的水,突然降到七十度,六十度,这种感觉很明显,清晰。如果一直做朋友,不谈恋爱,该有多好。没想到弄成这样,或许以后连朋友也难做。恋爱谈到这般地步,食之无味,弃之可惜,放手又舍不得,不放手又别别扭扭,进不能进,退不好退,问题究竟出在哪里?

这天出庭一起官司，作为原告代理，如馨当庭滔滔不绝，据理力争。整个庭审过程，她都觉得被告一方瞪向她的目光像利剑一样要把她刺穿。那目光充满愤怒、怨毒，杀气腾腾，不仅要刺穿她，似乎更要将她劈碎。庭审结束，回到律师所，又回到家里，不论走到哪里，她都摆脱不了那种可怕的感觉。不知是不是错觉，那双毒眼仿佛一直在脑后盯着她，刺着她，弄得她坐立不安，心神不宁。哎呀，到了这种时候才知道，律师这活真不是人干的，尤其不该是女人干的啊！

本来约好与赵挥吃晚饭，可是晚饭时间他打来电话，说晚上要开个会，晚点来找她。她郁郁寡欢地一个人吃了几口，索然无味。就这样，一个人在一所大房里，盼着他的到来，想跟他谈谈今天的心情，感受，谈谈自己看似坚强的外表下，内心里也会有恐惧，会有软弱……这时候她不再是什么律师，而只是一个平常的柔软的女人，需要男人来爱，需要他的爱给她支撑，信心、力量和安全感……可是等啊等啊，一直等到零时，不仅不见他的踪影，竟然也没个电话打来。半夜的等待让她情绪焦躁，本就不快的心情更是雪上加霜。

也可以说，这种冷落和怠慢，她压根儿无法接受，根本无法容忍。

沉默了一天。

次日晚上，赵挥不请自来，如馨憋着一肚子气，一脸坚冰无法消融。原本那种倾诉的愿望早已无影无踪。

"怎么可以这样？你这个人怎么回事？究竟要干什么？玩儿什么哪？玩儿够了没有？我没心情陪你游戏……"如馨不管三七二十一，一股脑儿气愤地斥责。

"最近公司出了点问题，临时开会整顿，很晚才结束，我心情不好，不想影响你情绪，所以就没来打扰。"

"借口！全是借口！就算很晚，难道打个电话的时间也没有？一分钟就可以，一分钟也没有？"如馨呜呜地哭起来。

"对不起……"

"对不起有什么用？我不想听什么对不起！难道你还有什么事瞒着我？难道还有别的女人？有的话你说出来，我不会成为障碍的……"如馨口无遮拦，只图个痛快。

"我原以为你是一个善解人意的女人，没想到也会这么不可理喻。"他说。

"善解人意就是要无条件地接受不公平？无辜地被爽约被愚弄也不会有一句怨言？"

赵挥望着她，动了动嘴唇，吐出四个字："不可思议！"

然后，他转身走了。任凭她哭着，他连头也不回，只给她一个坚决的、冷漠的背影。泪眼蒙眬中，如馨已经完全意识到，就在前不久，前些日子，那些美丽的、浪漫的、快乐的时光，竟都成了梦幻，成了回忆，已经遥不可及。

怎么可以这样？！

如果换了柳志文，他怎么可能在她伤心落泪的时候转身离去？他一定会想方设法不停地哄她，直到她破涕为笑，忘记一切烦恼和不快。当然，如果换了柳志文，怎么可以在失约之后一个电话都没有让她独自空待？想起前夫的温柔、宠爱、无微不至的体贴，她愈发伤心，愈发委屈，索性倒到床上放声大哭。

渐渐地，当理智重新回到身上，她又明白了，在柳志文那里，她是宝贝，是公主，是他最珍爱的，他可以迁就，可以忍耐，可以想你所想，疼你所疼。但在赵挥这里，情形就大为不同。他需要你永远面带微笑，精力充沛，希望你能给他带来愉悦、轻松、美好的心情。如果你不能，他自然没有耐心陪你，他根本不愿看你流泪的脸，甚至厌恶你这样的情绪失控……

当然，之所以会这样，原因也是多层次的。与柳志文早已成了亲人，已经血脉相通，骨肉相连，他当然可以容你一切，忍你一切。而与赵挥，完全缺乏感情基础，你忍他，可以，他忍你，却不能。与柳志文，她是唯一，不可替代。在赵挥这儿，她不能做的，不能给的，有的是女人排队愿意送来……

一夜之间，如馨的心结了层冰。的确，好寒心。

2

这个不愉快的夜晚，赵挥在外面喝酒。半夜，如馨带着茫然和失意，在床上迷迷糊糊正要进入睡眠，突然接到一个电话。来电显示是赵挥的号码，里面却传来一个陌生女人的声音，说赵挥喝得太多，回不了家，让她去接他。

JP 会所，这是一个纯粹的供有钱人消遣、娱乐的场所，纸醉金迷，极尽奢靡之能。如馨进去的时候，赵挥靠在一只沙发上，酩酊大醉。一位年轻、靓丽、穿着黑 T 恤、牛仔裤、素面朝天的长发女子坐在他身旁。如馨强忍着心里突突直蹿的怒火，看了她一眼，感觉有些面熟，仿佛在哪里见过。出于礼貌与客气，如馨觉得应该大度一点，大气一点，最起码给一个微笑什么的，却不料面部肌肉僵硬，一点笑也挤不出来。

"你就是叶如馨大姐吧？"那女子一点不懂含蓄，直截了当，一双挑剔的大眼睛放肆地对着如馨上下扫视一番。

"是你打的电话？"如馨未置可否，冷冷地望着她，心生不快，死丫头，嘴巴够毒的,一见面就用“大姐”来打击我,什么居心哪!

“赵先生喝多了,开不了车,他说了你的名字,我帮他挂了电话,就这样,OK?”

听到OK这个熟悉的尾音,如馨一下子想到本市电视台某娱乐节目主持人孙莺。仔细一看,那五官眉眼还真对上了号。只是暗暗惊讶,这女孩子化妆和不化妆简直判若两人,舞台形象和生活形象完全两码事,电视屏幕上笑靥如花、活泼明朗,此时却神情漠然,标准80后那种唯我为中心全世界都不放眼里的嘴脸。

“孙莺小姐,谢谢!”如馨投石问路。心里立即提醒自己,你确实老了,称大姐是给你面子了,两代人,叫阿姨都不为过。

“不客气。”

果然是孙莺。小狐狸精这副见鬼的神情又说明了什么?挑剔的眼神又意味着什么?这么晚了跟一个男人腻在一起喝酒,想干什么呢?领教了赵挥这个冷血动物吧?是不是借他酒醉想送他回家反被拒绝?小丫头,有钱男人的警惕性远比你想象的要高,不要太低估了他对美色这服毒药的免疫力和抵抗力哦,要不然,还能轮到我这儿吗?

如馨心里一阵冷笑,从沙发上把赵挥拖了起来。赵挥竟然很乖,任她架着往外走去。这时心里又有另一个声音在问自己:显然你年长几岁,怎么一点不大度?干吗一见面就敌视那丫头?或许人家很无辜呢,何必以小人之心猜测人家?你是因为嫉妒吗?你爱这个男人是吗?

一口气把赵挥送回别墅。看他像一摊烂泥一样摔在床上,如馨满腔的怨气不打一处来。恨不能一盆冷水将他浇醒。

这还没怎么样呢,就开始受这种窝囊气。以后若真的在一起,还不知道会怎样!想到吴远虹那个怨妇,如馨突然开始同情她。这就是有钱男人的习惯吗?诱惑无处不在,常在河边走哪有不湿鞋,就那种拿青春和美貌当资本的,又挂一张主持人的招牌,这么晚了还泡在那种场所,什么心思还不一目了然?就赵挥这种人,还不是人家枪口下的目标?

想当初和柳志文在一起,何曾有过这方面的半点忧虑?那种放心和踏实……唉,能说柳志文不优秀吗?身边没诱惑吗?除了钱少,哪一条也不比赵挥逊色……罢了,罢了。神经病哪,干吗总拿过去的人来比较……

躺下没一会儿,赵挥突然从床上弹起来冲向洗手间。

胃里的东西全给吐了出来。

晕死!一直以为这是一个多么干净的男人呢,永远那么从容不迫、慢条斯理，原来也有狼狈不堪的时候。如馨喊来保姆一块帮着收拾干净了，又给他换上干净的睡衣，安顿他睡去。夜已深，而如馨经过一番折腾，早已疲惫不堪，就在隔壁房间休息了。

次日清晨，阳光从宽大的落地窗照进来，房子里一片明媚。赵挥焕然一新、温文尔雅地坐在餐厅里，较之昨晚的烂泥相，判若两人。

如馨坐在餐桌的另一端，默默地用早餐。

"哦，谢谢你，昨晚……"赵挥放下筷子，用纸巾拭嘴。

"你还知道啊？"

"隐约有感觉，知道是你……在照顾我。"

"怎么喝成那样？"

"呵，"他淡淡一笑，"人嘛，永远那么清醒未必都是好事，有的时候需要醉一醉。"

"哦，和孙莺是偶然遇到的吗？"如馨故作轻描淡写。

"不，是我打电话约的她。"赵挥也是漫不经心。

死家伙！还蛮诚实的。他这一诚实不要紧，如馨心里一下子翻江倒海起来。跟这种人相处怎么这么累哪，怎么可以这样啊。上次就因为没跟你上床，你就冷落我，怠慢我。我厚着脸皮来维护我们的关系，仅仅因为你的失约而说了几句气话，这下子好，你转身就去找女人喝酒，竟然在一个女人面前把自己喝成那副德行……让我怎么说你，气死！

如馨很想做出毫不在意无所谓的样子，轻松地离去。可是，她做不到。

看着如馨脸上毫不掩饰地晴转多云，赵挥依然从容不迫，反而一丝淡笑在嘴角流露。

"不过一个爱钱的女人，"他说，"因为郁闷，约出来陪着消磨一点时间，仅此而已。"

"女人爱钱有什么错？男人不爱钱吗？"如馨没好气地反问。

"男人女人爱钱都没错，钱也没错，错就错在取钱的方式……算了，说下去就深了，扯远了，呵……"他淡笑着。

如馨从桌边站起来。

"等一下，"他喊住她，"话还没完呢，生气了？"

"我生什么气？"她冷冷地站着。

"还嘴硬，说假话，"他笑笑，"你很在意？是吗？我要你说句实话。"

"当然，很在意。"她说。她不能确定自己是否在爱，但看到这个男人与别的女人在一起，心里的确很不爽。

“这样好了，”他微笑着，若有所思，“你嫁给我，做我的老婆，行吗？以后有人管我了，类似昨晚的事应该不会再发生了。怎么样？”

晕！没搞错吧？这是求婚吗？怎是这种方式？又如此突然？打她个措手不及。她错愕地望着他：“你说什么？”

“听不懂？”他笑了，“当然，对你来说有些突然，但对我来说，不过一次重复而已，不怕你笑话，这句话在我心里已演习过好多次。想过手持玫瑰单膝跪地，不过感觉总是有点戏剧化，再说那是年轻人的把戏，我们还是简单实惠一点的好。戒指，已经买好一直在衣兜里放着，还缺些什么？你帮我想想。”

他果然从衣兜里掏出一只红色首饰盒，打开了，从桌面上推到她面前。

精美的大颗粒的钻石在阳光下熠熠生辉。奢侈品？还是艺术品？她从未想过拥有如此璀璨夺目的首饰，它严重地刺激着她的双眼，刺激着她的心。

如馨脸颊通红，说不出一句话。

“不说话？那就是默许？”他说。

“你的理由？为了有个人管你？”如馨憋了半天，蹦出这么一句。这话问的，真他妈的蠢到家了。

“就算是吧，你……是最适合的。”他说。

“你确定了？”她问。

“确定！”他斩钉截铁。

“为什么这么确定？”她问。

“你为什么要问为什么？”他停了一下，“一定要问，那我告诉你，有一种感觉很奇怪，有时候根本不需要理由。”

“给我时间，得跟家里打个招呼。”她说。她头脑冷静，心跳没有预想中的加速。真的，就算在这一刻，她也冷静得可怕，让自己都觉得不可思议。

“还要家里做主吗？”他问。

“我的事儿一直没跟妈正式说过，估计她早也猜到了，但我觉得还是需要时间跟她谈谈，让她有一个接受的过程。”她指的是离婚。之初王宏英见女儿总是一个人回家，还三番五次志文长志文短地问，每每如馨都要找借口来搪塞。后来渐渐地王宏英不再问了，关于柳志文甚至只字不提。不知道老人家是不是有所觉察，还是从哪里听到了什么，但她从未当面问过女儿什么，没让女儿为难过。

“OK，我等。”赵挥点点头。

“谢谢。”她说。

“晕，干吗要谢呀？”

第三十章

1

“我不知道……我必须好好考虑一下，有过一次失败，不能再有第二次。”坐在周芸家的沙发上，如馨陷入了空间的困惑。嫁个有钱人，或许是她心底里一直潜藏的想法。但当这一刻终于来临，她又犹豫不决。是因为得到太容易吗？才如此不懂珍惜？

“跟家里打招呼”不过一个借口而已，主要给自己一个缓冲。这些日子，如馨心里总有两个声音在斗争。一个声音说，嫁吧，嫁了之后舒舒服服过后半辈子。另一个声音却不停地问，你爱他吗？你真的可以跟这个男人共度一生吗？跟这个男人在一起真的能幸福后半生吗？

“我就奇了怪了，你的命怎就这么好哪！”周芸感叹道，“别忘了是再婚，多少年轻漂亮的美眉梦寐以求啊，怎就让你遇上了？福气啊，不要身在福中不知福了，遇到贵人了，好好珍惜吧！过了这村没这店啊！”

“是福气吗？”如馨睁着一双大眼睛反问。没错，连你自己也没想到，在青春将逝的时候，竟会遇到这么一份让人羡慕的姻缘！或许，这就是缘分？还就是那个可以陪你到老的男人？

周芸又道：“别犹豫了，死心塌地跟着他吧，否则一不小心就会有人把他抢走了。”

“女孩子为什么都想嫁给有钱人？”如馨又问。

“瞧你这话蠢的，那就从需求层次说起吧，马斯洛理论把需求分成五类——生理需求、安全需求、社交需求、尊重需求和自我实现需求，这些理由还不够吗？你没有这些需求吗？”

“我真觉得没什么，”如馨说，“有钱人，平常过日子和普通人有什么不一样？除了不愁钱花，其他没什么区别，吃饭也就需要一张桌，睡觉一张床。”

“别站着说话不腰疼，桌和床可就大有不同了，小老百姓忙忙碌碌地奔命为了什么？想干什么事就能干，永远不为钱发愁，这个还不够吗？别太贪心了啊，瞧人家，醉成那样了，还没与美女去干什么，还知道说出你的名字让你去接他回家，这说明人家心里装着你呀……嫁吧，他爱你，这是最重要的，这就足够你幸福的了……”

“他真的爱我吗？”如馨问。

“不爱干吗要娶？有病啊？”

理智告诉如馨，周芸说得没错，遇到赵挥是她的福气，上辈子修来的福气……难道这就是上帝给她的补偿吗？可是为什么，她怎么一点也激动不起来，一点也兴奋不起来？就算要嫁，似乎只是为履行某种责任，为完成某件要事，而非受心之指引。她的心……她的心……她也不知道心里究竟在想什么。一个冬日周末的上午，如馨一个人来到雕塑园，面对大海打开手提电脑。这里景色如画，游人如织，本想脱离办公室换个环境继续工作来着，然而面对电脑里的材料，一个字也看不进去。心乱，根本没法专心致志。

独坐了一会儿，拎着电脑低着头往回走。很意外地，一个熟悉的身影映入眼帘。

明媚的阳光下，绿色未褪的草地边，张金芳推着一个婴儿车，迎面走来。

如馨站住了。她呆呆地望着昔日的婆婆，一年多未见，婆婆发丝间又添了不少白发。才一年，不会老得这么快吧？难道这些白发是以前就有的？只是自己从未注意过？如馨一时感慨万千，同时深感困惑。张金芳也瞅见了她。老人家略微一愣，立即绽开笑颜，热情地打招呼：“哟，这不是馨儿吗？”

看着婆婆慈爱的笑脸，听着依然亲切的称呼，如馨不由得心头一热，像往常那样叫了一声“妈！”这一熟悉的称呼，让她忽然觉得还是一家人，仿佛从来没有分开过。

“一个人吗？散步啊？”张金芳问。

“哦，没事儿，出来转转。你呢？”

“天气好，这不，推小宝贝出来晒晒太阳，哟，小家伙睡着了。”张金芳俯下身子，全部注意力聚集到车里的婴儿身上，仔细掖了掖孩子身上的小花被。神情间的呵护，就像面对一颗价值连城的名贵珍珠。

如馨的目光落在婴儿身上，粉红色的小脸蛋，此刻正闭着眼睛幸福地酣睡。

"这孩子……谁的呀？"如馨更加困惑。

"志文女儿啊，"张金芳朗声笑道，"小家伙太好玩儿了，我现在都被她给迷住了，一分钟也不能离开，每天看到她，什么烦恼都没了。"

"哦，哦，真的好可爱……"一向伶牙俐齿的叶律师，此刻像个机器人。张金芳的话一下子把她拉回现实：她们已非一家人。

"你看，跟志文蛮像的吧？鼻子，嘴巴，都像他吧？这是上帝给他的孩子呀……"老人家能够说什么呢？为了让昔日的儿媳不再为当初抛夫弃家的行为而负疚在心，要强的老人必须要让她看到：自己的儿子，没有了她一样过得很好，很幸福。

"志文应该得到这份福气。"如馨心里的酸意，不，醋意顷刻间翻江倒海。既然孙女都有了，由此看来，张金芳已然知道了儿子的秘密，自然也知道了如馨不孕的事实。既然这样，老太太就太不仁义了吧？不该在这种时候小宝贝长小宝贝短地往如馨伤口上撒盐吧？难道对儿媳的"不忠"还心存怨恨？罢了，罢了，张金芳，我不跟你计较！如馨强行克制自己，没有当场失态。

当初那样仓皇地、决绝地离开，让一家人都措手不及，之后又从未找老人家谈谈心，如馨的确一直在心头留着一丝歉意。然而此时此刻，仅仅几秒钟，这份歉疚转瞬化为乌有。是啊，既然你的离开成就了志文的幸福，成就了柳家的幸福，你应该欣慰、高兴才是啊。难道当初不是为了这个吗？可是为什么，看到志文有了孩子，有了幸福，心里又会如此失落，如此痛呢？

"你过得还好吧？"张金芳关切地问。

老太太是真诚地关切昔日的儿媳。然而此时，在如馨眼里，这份关切仿佛成了演戏。她高傲地抬抬头，笑道："我过得当然不错了！马上要结婚了，也是个优秀的男人，对我非常好，这也是上帝给我的福气。"

"哦，好得很哪，"张金芳若有所思地笑笑，"那祝福你了……志文也会祝福你的！"

从未有过的另一种伤感，如滔滔洪水淹没了叶如馨。回到家，她倒在床上痛哭一场。柳志文啊柳志文，你这浑蛋！没心没肺的动物！你也太不仗义了！身边亿万富豪在狂追，我都没让自己动心，没想到你却如此迅速地偷偷地再婚生子，这么快就过上幸福生活了？这么快就把我给忘得一干二净了？口口声声一辈子爱我，什么什么呀，可耻的谎言！

叶如馨啊叶如馨，你也太虚伪了吧？你也太表里不一了吧？你离开前夫，你的初衷不就为了他后半生的幸福吗？他终于幸福了，你为什么不替他祝福反而感到痛苦？你不变态吧？

她骂完柳志文,又骂自己。胡言乱语好一通狂骂,好一阵伤心。直到此时,如馨才终于明白自己还在留恋什么,还在期待什么。当这份隐约的希望突然破灭,冷静下来她不得不苦笑着告诉自己,这就是你的命啊。你的命太好了,虽然失去了一份婚姻,但另一个富有的、智慧的、善良的、爱你的、还有很多优点的、多少女人梦中情人的男人,他偏偏在茫茫人海中找到了你,爱你,要你,娶你,觉得你是最合适的,不管怎么说的确是上帝给你的另一种厚爱……福气啊,你就别犯傻了,别犹豫了,有些事情越是摇摆不定就越伤人,不仅伤人还要伤自己,你逃不掉的,早点了结吧,务实地把自己嫁出去……

当晚,如馨精心打扮,主动约赵挥外出晚饭。五星级餐厅,在悠扬的钢琴伴奏中,她用微笑掩饰着神情里的一缕忧郁,问他:"那枚戒指带来了吗?"

"哟,一直随身携带呢,"他毫不掩饰喜出望外的心情,"今晚可以给你戴上吗?"

2

接下来的日子,赵挥开始筹备婚礼。

首先是婚房。赵挥领着叶律师在他所住的小区转了一圈,指着一栋栋造型别致的别墅向她介绍:"这个大园子是我开发的,如今还有六栋房子在我名下,你喜欢哪一所,你定,按照你喜欢的风格进行装修……"

"装那么多房子干吗?装修多累啊,你住的房子不是挺好的?干吗要换呢?"如馨对他的建议并不感冒。再说精装一套别墅最快也得半年时间,而她已不愿再等。她只想尽快把自己的婚讯传递到柳家。

"既然你能这么想,何乐而不为啊?我省事了,"赵挥笑笑,"不过我先把话放这儿,什么时候你住烦了,咱换,行吗?"

接下来,赵挥建议去一趟香港,为的是订制婚纱。如馨仍是无甚兴趣,借口工作忙给推辞了。然而赵挥仍是执意将她的尺寸传到香港一家老牌婚纱店。一个月后,几套质地优良、做工精致、颜色各异的新款婚纱从香港空运过来。赵挥让如馨一件件试穿,又根据婚纱款式搭配了合适的首饰。仅几套行头,耗资已过百万。与赵挥相处以来,他在某些方面的奢华,她从最初的心惊肉跳,到后来的习以为常,到如今已经麻木不仁。他的生活里,似乎从来没有钱的概念,信用卡哗哗地刷来刷去,不过一些数字悄悄地发生一点改变而已。也似乎那卡的后面藏着一个聚宝盆，一个金库，不论怎样地刷，那些数字都不会被刷完。

试衣的时候，望着穿衣镜中的女人，如馨发现自己从未有过的美丽。就算年轻的时候第一次当新娘，也似乎没有今天这番光彩夺目。望着镜中不折不扣的美女，的确是赏心悦目，自己看了都惊为天人，这都是金钱的功劳啊！另外，还必须承认赵挥在审美方面的造诣，简直是艺术家的级别。望着颈上腕上熠熠生辉的艺术品般的精美钻饰，如馨心底里生出的自然是被宠、被爱的幸福感觉，一种由金钱堆砌起来的幸福之感。

接下来，赵挥带着如馨拜见自己的父母，让两位老人认识了儿子即将迎娶的准新娘。二老都是知识分子，知书达理。尤其是赵挥的母亲，与柳志文母亲完全不同的是，她对女律师很有好感，甚至敬佩。她豁达的性格和欣赏的目光，让如馨心头阵阵欣慰和温暖。她甚至建议如馨婚后开立自己的律师所，不必再受制于人。

从赵挥父母家离开，如馨告诉赵挥："我喜欢你妈妈，一位可爱的老人。"

"她也很喜欢你，看来还是很有缘的。"

"是啊，我也有同感。"

"你父母什么时候接见我？"

"随时。"她说。

终于，终于，如馨跟父母交代了，坦白了。对一心渴盼女儿幸福生活的父母来说，婚变的遭遇无疑是一个不小的打击。然而，父母并没有表现出丝毫惊讶，他们的反应相当平静。显然，从如馨口里说出的这些事情，老人已经不是第一次听到了。痛也好，忧也罢，之前已经默默地消化了，承受了。惊讶的反倒是如馨，她惊讶于父母的沉默。既然早知道了，为何从来没问过女儿只言半语？如馨的眼睛湿润了。她低着头，充满歉疚地对父母说了一声"对不起"。

妈妈说，为什么要说对不起？我和你爸都想通了，你的日子是自己的，你有权利安排自己的生活。爸爸说，如馨你是我的孩子中最优秀的，也是我们最放心的，自成年以来在人生每一个关键路口的选择，你都没出过错，但愿这一次也是正确的。如馨含着泪对父母说了一声"谢谢"。

见过赵挥之后，父母也没有多说什么。既没有表示多少好感，也无反感。只是一次礼节上的拜访和接见而已。他们始终没有拿赵挥与柳志文作比较。只是母亲悄悄地流露过一丝担忧，有钱男人多花心，这个男人，他靠得住吗？如馨故作轻松地告诉母亲，对于如今的我来说，没有比他更可靠更值得依托的人了，他会和我相伴一生的。如馨斩钉截铁地回答，给妈妈吃了一颗定心丸。妈妈说，既然这样，我和你爸只有祝福你们了！

如馨感激于父母的宽容和理解。从内心里，希望父母能够亲眼目睹女儿的幸福，能够切身感受到女儿美满的再婚生活。为了父母，她的热情也被空前地激发出来，与赵挥连续忙碌多日，走了几家著名的紫檀家具店，换了全套的新家具。这些家具价值不菲，款式经典，件件堪称收藏精品。看着精心布置的新房，如馨恍然觉得，幸福生活也越来越近了。

包下香格里拉的中餐厅，酒席订了。请柬发出了。赵挥两个外地铁杆儿朋友带着各自的保镖提前赶来，在酒店住下了。婚礼前一天，赵挥亲自开车带着如馨沿婚车路线走了一遍，可谓万事俱备，只待良辰了。

这天下午踩完路线回来，如馨让赵挥送她回到自己的住处。连日奔波，着实有些疲劳，她需要休息一下。因为就在晚上，赵挥要设宴为远道而来的两位友人洗尘，这番应酬，准新娘少不了出场。

赵挥离开后，如馨回到卧室，拉了窗帘，换了衣服本要平躺下来小憩一会儿。不料还未躺下，楼下门铃忽然响了起来。是赵挥吗？她还纳闷，不是给过他一把钥匙吗？穿着睡衣披着头发去开门，出乎意料，柳媛媛赫然出现在眼前。

真是稀客！她突然跑这儿来干什么？因为黄农的事吗？说到这里，不得不交代一下，柳媛媛和黄农那场轰轰烈烈、惊天动地的恋爱，已经在三个月前宣告结束了。结束的原因就像一出戏剧：黄农与另一名青年为争夺一美貌女孩，各拉一帮兄弟群殴，黄农失手捅了那名青年，构成三级伤残。遗憾的是，那个女孩并不是柳媛媛。更戏剧的是，在黄农被正式逮捕了之后，柳媛媛与柳家人方才获知了事实真相。这一年来，柳媛媛对黄农以身相许，死心塌地要嫁他，不料新娘还没当上，人家为别的女人进监狱了。如今，黄农因“某种疾病”被保外就医，柳媛媛与他自然恩断义绝。出这事后，赵挥曾与如馨谈过这位表弟。黄农自幼苦命，他的妈妈即赵挥的姑姑当年不听家人劝阻，一意孤行嫁给了一个外地生意人。黄农八岁时，一日警察突然登门，以贩卖毒品罪抓走了黄农父亲，随后被审判很快又被执行了死刑。半年后，黄农母亲精神恍惚出车祸身亡。就这样，赵挥的父母把不满九岁的孤儿黄农接到身边。黄农自幼不爱读书，脾气火暴，动不动与人打架。到了十八岁，眼看考学无望，赵挥父母为他前程考虑，也为磨炼他的性格，托人走关系送他去参军。谁知不到两年，他受不了军营的严纪与枯燥，竟又偷偷地跑了回来，任凭你们好话说尽，坏话说绝，死活不肯再去当兵。对这个一无技术二无文凭又桀骜不驯的外甥，赵挥父母头痛到了极点，无奈，托关系送他进了一家工厂，但没干两天就受不了作息制度的约束，自动辞职不干了。就这样，黄农游荡在社会上，这时赵挥的生意规模越做越大，尽管他并不喜欢这位表弟，他的公司任何一个职位都不会需要表弟这样的员工，但为了父母不再为表弟担心，也为了表弟不再像无头苍蝇般到处乱撞，赵挥只好把表弟“收编”到旗下。他以严肃的纪律约束他，以实际行动为表弟树立起榜样，希望他能上进，能学好，能干点正事，然而无论如何努力、教育、栽培，黄农始终狗尿抬不上金銮殿，难成正果。赵挥对表弟很失望，甚至绝望。久了，也就懒得再管他。只要不杀人放火，不干坏事，不惹大事，就算是赵家人的幸运了。至于吃喝玩乐，花点钱什么的，只要不太过分，赵挥也就睁只眼闭只眼了。上次弄出捅人的乱子，以赵挥本意，让黄农在大牢里蹲两年，杀杀他的锐气，收收他的野性，未必不是好事。哪料赵挥父母亲自找上门来，恳求赵挥再帮表弟一次。说这孩子如何如何可怜……看在死去的姑姑的份儿上，无论如何不能置之不管。一个青年，蹲几年大牢再出来，一辈子还不毁了吗？父母的糊涂令赵挥悲哀，但终究拗不过父母的固执，赵挥不得不走了些关系，以保外就医的名义，帮助黄农免去了牢狱之苦。如今黄农在哪里，在干什么，如馨一点也不知道。因为她从来对黄农的事情没兴趣，一听这个名字，就会有条件反射般的作呕和厌恶。所以如果赵挥不提，她从来不会去问这个人的事情。

柳媛媛与黄农不是已经结束了？如今忽然找上门来，为的什么？如果为打听黄农的事，那么对不起，无可奉告。这个不知天高地厚、不知好歹、不明是非的丫头，当初因与黄农所谓的爱情，不惜与嫂子反目为仇，甚至恶意地猜疑嫂子，玷污嫂子的清白，故意制造矛盾和事端，中伤嫂子，直逼得嫂子不得不放弃婚姻，离开爱人，这柳媛媛是功不可没啊。

此时的如馨，根本无法让自己宽容，无法让内心平静，无法让往日的恩怨随着时间的流逝随风淡去。这究竟是怎么了？过了今夜，她就要做别人的新娘了，她就要过自己的幸福生活了，为什么忽然看到了柳媛媛，还会有这番激动？那份早已被压在心底的怨恨，怎的又忽然冒了出来？怎的一丝一毫都不曾减少？是吗？难道你对柳志文还没死心吗？对柳家，对柳家的人，还是如此耿耿于怀吗？

如馨靠在门边，冷冷地看着柳媛媛，毫不客气地问：“你有事吗？”

“有！”柳媛媛笔直地站着，不亢不卑。

“说吧。”

“我曾经误解你，我来跟你道歉。”

如馨嘴角流露出一丝不屑：“你误解我什么？道什么歉？”

“后来黄农跟我说了，他哥和你，那时候根本什么事都没有。”

如馨哼了一声：“黄农怎么知道？”

“他哥告诉他的。”

"那好,我接受你的道歉,你可以走了。"如馨下了逐客令。

"我还有一件事。"柳媛媛站着未动。

"说。"

"你要结婚了,是真的吗?"

"这是我的私事,不是你该关心的。"

"我不关心你,但我关心我哥。你结婚了,我哥怎么办?"

"你哥?什么他怎么办?他有他的幸福,难道我不该有我自己的幸福吗?"

"我哥他不幸福。"柳媛媛看着如馨的眼睛,咬着嘴唇说。

"你哥幸不幸福,是你说的吗?他很幸福,我都亲眼看到了,他当爸爸了,他的幸福是我无法给予的,所以,我让开,因为,我也要寻找我的幸福。"

"你找到幸福了吗?"柳媛媛诘问。

"找没找到,跟你好像没什么关系。"

"是,跟我没关系。但我必须告诉你,哥哥的女儿,就是你曾经看到过的那个婴儿,是妈妈抱养来的,她只是哥哥的养女而已。哥哥到现在一直单身,别人给他介绍过几十个对象,他一个也看不上。只有我知道,他心里在想什么。我必须告诉你,他选择爱的标准,和十年前一样,至今未曾改变过。"

如馨瞪大双眼,仿佛挨了电击:"这是真的吗?是真的吗?你哥一直没有结婚?那个孩子是抱养的?为什么?"

"我以父母的名义起誓,刚才所言字字是实!"柳媛媛一字一顿。

如馨心里是波澜顿起,狂涛汹涌!她立时清醒过来,厉声质问:"你为什么今天跑过来告诉我这些?为什么要告诉我这些?为什么是今天?你哥的事跟我有什么关系?你为什么要告诉我?你什么目的?你走!"

"前几天无意中听妈说起你,她说你要结婚了,我没当回事。但是今天,我在商场无意中碰到了黄农,他在帮他哥选结婚礼物,我才知道这是真的,我觉得我必须来见你一面,把心里想说的话告诉你一声,否则我会遗憾的。"柳媛媛停了一下,又补充道,"和黄农现在虽然不再有爱情,但我从未后悔曾经与他相爱,因为我们曾经真心地待过对方,真心地爱过,我们以后还会是朋友……现在他有了新女友,我也有了新男友,我们还会彼此真心祝福对方。"

真晕!如馨之前的担心完全多余。柳媛媛这些人,换恋爱对象就像换衣服一样。开心就在一起,不愉快就分开。他们更在乎的是爱情这朵花,在乎这朵花如何灿烂,至于婚姻这个果,似乎并没有考虑太多。

但此时此刻,如馨大脑一片混乱,已经没有心情去琢磨柳媛媛的事,更没有心情再听下去。她的心完全被撕裂了。被柳家那个抱回来的婴儿给撕裂了。前尘后事浩浩荡荡涌上心头，温柔的、伤痛的、甜蜜的、恩爱的……与柳志文在一起的日日夜夜、点点滴滴，过电影一样在眼前闪着……为什么呀，柳志文，你怎么这么傻呀！

柳媛媛离开了。

如馨不假思索地拨通了柳志文的电话。

一年多了。自办绿证以后，两个人赌着一口气，谁也没有找过谁。一年多了，两个人第一次听到对方的声音。

"是你吗？如馨！"不待她开口，他已轻轻叫出她的名字。

仍然那么熟悉，那么亲切，那么让她温暖。这语气不像对离异的前妻，更像对不小心走失了的自家的小孩子，充满了爱意，充满了惊喜，充满了盼望。

"我只想问一句话，"眼泪濡湿了如馨的双眼，她哽咽着，泣不成声，"志文，你还没有找对象？没有结婚？那个婴儿，是妈从外面给你抱养回来的吗？"

"是，如馨。"

"我要结婚了，你知道吗？"

"听说了。"

"你有什么想法？"

"我……祝你幸福！"他沉默了一下，"真心地希望他能真心地对你好。"

"是真心话？"

"真心话。"

放下电话，如馨一个人呆着，瞪着大眼睛倒在床上。

浑蛋！柳志文你这个浑蛋！我恨你！你为什么不娶妻生子？既然这样，我这一切都是白干了？

第三十一章

1

傍晚的天空很美。晚霞染得山头一片迷人红艳，欲去还留。

傍晚的海港更美。平静的海面，倒映着山边的红霞，像一条条娇艳丝绸飘荡在深蓝的海波间。

这个很美的傍晚，人的心情却不那么美了。

与友人约好的晚饭时间到了。赵挥前来接如馨。等待他的却是冷冰冰的闭门羹。用如馨给他的钥匙打开房门，找遍所有房间，不见人影儿。约好的时间，约好的事情，她去哪儿了？临时有事？为什么不打个招呼？他站在楼前，纳闷着，拨打如馨手机。关机。电池没电了？不应该啊，最新款的手机，电池不至于如此没用。再说叶律师包里随时装有备用电池，怎么可以随随便便关机？回到车里，赵挥愈发纳闷，继续拨打。继续被告知关机。

打到如馨家里，婉转地询问。叶家人诚恳地告知，如馨没有回家。赵挥火急赶到律师所，今天是周六，楼里静悄悄的，如馨的办公室给他的也是闭门羹。无奈，赵挥赶回酒店，为未婚妻的缺席找了借口，敷衍一番。这两位朋友一个从北京赶来，一个从上海赶来，都是圈子里有头有脸有身份的大亨级人物，大老远赶来贺婚礼，晚宴缺席了女主角，这让赵挥好不尴尬。好在兄弟们感情好，又听说叶律师因突发案情去取重要证据，不仅十分理解，而且对其敬业精神连连赞叹。

原定晚餐后去喝茶，因如馨的突然失踪，赵挥已无心品茶，茶楼也就免去了。安顿了二友，赵挥找了借口匆匆离场，继续开始了寻找行动。担心，揪心，恼火，甚至愤怒，这个疯女人，新婚前夜离奇失踪，活不见人死不见尸，到底干吗去了？干什么起码跟人打个招呼吧？不会被人绑架了吧？

赵挥秘密安排几个心腹弟兄，出动了几辆汽车，疯了似的找了半夜，无果而归。回到布置一新的新房，他死死守在电话机前，手里牢牢握着手机，心急如焚，度时如年，大脑像计算机一样启动程序，迅速地盘点生意对手、敌人、仇家、结怨或有可能结怨的对象……

这一夜，叶如馨躲在周芸家的那间小屋里，两眼红肿，哭哭啼啼，一向冷静、理智的大律师，完全成了一个为情所困的小女人。

"不能这么任性了，赶紧走吧，我送你回去，现在还来得及，赵挥找不到你该有多着急呀，明天就要办事了，客人们该怎么交代？明天来参加婚礼的都是咱们小老百姓吗？十有八九是这个城市金字塔尖的那些人，婚礼不办了，赵挥的面子往哪儿搁？多尴尬呀，亿万富豪，哪受过这种愚弄啊，还不得气死了？"周芸苦口婆心在劝她。

"所以我不敢见他了，不敢面对他，我对不起他，这婚我肯定是不结了。"如馨抽泣着，言辞坚决。

"小孩子过家家哪？你想怎样就怎样？哪怕结了婚再离，你起码让赵挥这次得有个台阶下吧？你跑了，你让他明天怎么办？"

"我不知道，我管不了那么多了，反正我是不能和他结了，我结了婚，志文怎么办？他一直在等我呀，为了等我，他都抱养孩子了！"如馨眼泪汹涌，无法控制。

"既知今日，何必当初？有你这样办事的吗？你得尊重自己的选择，得为你自己的选择负责，有些路一脚走上了是不能回头的，没有后悔药可吃的，你这样做是不是太草率、太意气用事、太不负责任了？"周芸恨铁不成钢。

"不，如果明天结了这个婚，那才是草率，才是真正的意气用事和不负责任！"如馨斩钉截铁，"我已经想清楚了，我和赵挥不合适，真的不合适！我正是为尊重自己的选择、正是为以后不吃后悔药才做出这个决定的。"

"我就奇了怪了，婚礼都准备好了，怎就又不合适了？你以为这是游戏吗？"

"答应跟他结婚那是冲动，是赌气，其实我心里很明白，我跟他真不适合。他是个好男人，他有很多优点，他有很多钱，他是愿意真心地把他的钱都给我花，可是，可是……"

"可是什么？你还有什么不满足的？你知足吧你……"周芸气得说不出话来。

"可是跟他在一起，我真的无法开心，真的很不快乐。每次出门他都要求我打扮漂亮，打扮精致，穿什么衣服，梳什么头型，戴什么首饰，拿什么手包，他都会按照他的审美和要求来挑剔，不如他的意就会皱眉头，这让我很不舒服，一次两次可以，长期下去我可真的受不了……柳志文不这样，从来不会这样，永远不会这样,我出门穿什么,他都会觉得得体,穿戴打扮他从来不要求我什么,更不会挑剔什么,就算我不修边幅,就算蓬头垢面,就算穿得像乞丐,就算以后变得很老,变得很丑,他也不会嫌弃,真的,志文永远不会挑我,在他眼里,我打扮不打扮,永远都是最漂亮的……”

“这就是逃婚的理由吗?一个男人要求老婆打扮得漂亮,有什么错吗?”周芸嗤之以鼻。

“对,这不算什么。我还受不了的是,赵挥这个人不爱说话,跟他在一起,总得由我来找话题,我不高兴心情不好的时候,他从来不会哄我,因为他没有这个耐心。我更受不了的是,他经常凌晨才回家,半夜半夜地在外面,在加班工作吗?不知道。在干什么,去了哪儿,我压根儿就不知道,他从来不会主动跟我说他的工作和他的事情,他不跟我交流,不喜欢沟通,真的,我常常搞不明白他究竟在干什么,在想什么,这种作风我受不了,真的受不了。我现在这个岁数了,我有房子,我有汽车,想吃什么想穿什么都可以自己挣钱买回来,所以我需要的不是一堆闪着寒光的钻石,不是那些用不完的存折上的数字,不是华丽的有着住不完房间的别墅,我需要的是有人每天能够陪我说说话,我哭的时候能逗我笑,我笑的时候能陪我笑,累的时候能给我揉揉肩背,饿的时候有人给我做口吃的,只要志文在身边,他就会无微不至地照顾我,我就是他身体的一部分,我哪儿疼哪儿不舒服他都会跟着疼跟着不舒服。而跟赵挥在一起,除了慷慨地花钱,我感受不到他会疼爱我,真的,我感受不到,我照顾他可以,他肯定不会照顾我的,因为他根本就不会照顾别人,跟这种人一起吃鱼翅,吃鲍鱼,我觉得没味,不开心,就算跟志文在一起吃面条,喝疙瘩汤,也会很有乐趣的……你能理解我的心情吗?志文钱不多可是他很勤奋很努力很上进很有情趣,还有,任何时候都会觉得他彻彻底底是我的,对他是彻彻底底放心的……可是赵挥,他根本就是一个不可捉摸的人,他城府太深,脾气太犟,跟他在一起我很累,真的很累……”如馨语无伦次一股脑儿把大堆心里话,全都倾吐出来。

“我的姑奶奶,天天嚷着要嫁有钱人,有钱人真正要娶你了,你又撒手不干了,这可如何是好啊?如果早几天,让人家赵挥也好收场啊,你总得顾全大局吧……”周芸摇摇头,无可奈何叹口气,“不管怎么说,我凭着一个女人的感觉,可以确定赵挥他是真心实意爱你的,只是每个人表达感情的方式都不一样罢了,你要珍惜你的幸福才对啊。”

“是的,就算他爱我,但我说了,他有些作风我真是受不了。我也愿意去爱他,我也知道爱要包容,我也努力过,但最终事实告诉我,包容也得分什么。有的人,他的缺点偏巧是你可以包容的,而有的人,偏巧他的缺点恰恰是无法容忍的,这怎么办呀?这个婚不能结,一旦结了,就真的铸成大错了……"

"好了好了,还说赵挥是犟牛,我看你比赵挥犟牛多了去了!你自己的终身大事,喜欢就嫁,不喜欢就不嫁,谁也不能勉强你,你跑到我这里来说了这么多,究竟想要我帮你做什么?"

"我不知道,我只知道我没有勇气面对赵挥,我没法面对面对他说出这些……"

"好了,我的大律师,今天只好由我做一次你的代理了。"

2

在这个煎熬的夜里,心急如焚的赵挥,忽然接到一个陌生的电话,听到一个陌生女人的声音。这个自称如馨朋友名为周芸的女人,说有重要的事情,关于如馨的事情,需要与他谈谈。

这个名字他似乎听如馨谈起过,隐约知道她有这么一位女友。遗憾的是,与如馨交往以来,她还不曾安排他与她的好友见过面。所以,对于赵挥来说,周芸完全是陌生的。

身边的弟兄提醒他:深更半夜忽然约出去谈话,会不会是个陷阱?

兄弟们要陪他去,被赵挥制止了。

半小时后,赵挥独自一人,如约敲开了周芸的家门。在这个陌生的门里,不知将要面临什么。就算是虎穴,也不会令他止步。

"如馨呢?"赵挥望着陌生的女人,开门见山地问。

"赵先生,您先请坐,"周芸指着客厅的沙发,"我们先谈谈。"

赵挥坐下了。再问:"如馨在哪儿?您要谈什么?"

"真的很抱歉,"周芸说,"我简直不知道该怎么开口说这件事。"

"您就直说吧。"

"我的朋友,如馨,"周芸鼓足勇气,"她,她真的很对不起您,她不敢面对您,她没勇气跟您说,只好,由我替她来说……希望您做好思想准备,这虽然对您很不公平,可您必须……接受这个现实……"

周芸红着脸,结结巴巴地把如馨的意思给转达出来了。

终于,终于,赵挥听明白了。他脸色刷白,头皮发奓。这世上,还有什么比这更让人受伤的事吗?还有什么比这更让人难堪的事吗?还有什么比这更让人愤怒的事吗？如果伤害的仅仅是个人的感情，如果刺伤的仅仅是他胸腔里的一颗心，那么，他可以悄悄找一个地方，悄悄地疗伤……可是，可是，自己的父母该如何去解释？明天的宾客里，本市地产界那些名流，银行行长倒不必说了，还有一位市长……他是个男人，男人的脸面，男人的尊严，男人的需要……除非，除非，新娘突发急病死了，要不然……怎么给人说去？

“如馨呢？”赵挥抬头冷冷地盯着周芸，“我想听她亲口对我说。”

话音落地，一扇门轻轻推开，如馨耷拉着脑袋从里面蹭出来。

看到未婚妻完好无损地出现在面前，赵挥感到一股火气直蹿上来，这之前的几个小时，短短几个小时，就像三生那样漫长！这是怎样炼狱般的煎熬，怎样地在为她担心！担心她被绑架，担心她受意外伤害，担惊受怕到心脏喷血！可是，她……竟然如此大局不顾，无礼爽约，赵挥恨不能上前噼噼啪啪给她一顿狂扁！

可是，他忍住了自己，克制了自己。他以一贯的冷静，修养，克制了他的不满和愤怒。她的表情，她的神态，已经在向他表明，她已意识到她的行为很可恶很可恨了，她已经很内疚、很担心、很害怕了……那就不必再去惊吓她了。他尽量用平静的目光去看她：“是真的吗？如馨，这不是你的决定，这不是真的，对吧？”

“对不起，赵挥，我对不起你！”如馨深深地垂着头，浑身瑟瑟发抖，始终不敢去看他的眼睛。

法庭上那个伶牙俐齿、镇定自若、自信果断、识大体、顾大局的叶律师哪儿去了？这个女人是谁？望着面前的如馨，周芸也不禁感到困惑。

“你为什么要选择对不起我？”赵挥尽量让自己的声音平静。

“赵挥，你打我一顿解解恨吧，我也恨我自己……”如馨的声音也在发抖。

“打你一顿，就能终止你对前夫的感情？”赵挥沮丧至极。

“我和他三年恋爱，七年婚姻，从我做第一个案子，就有他陪在身边，我们手牵手一步一个脚印走过整整十年，如果不是误会，他是不会离开我的，如果不是为了他能过得更好，我也不会离开他的……”如馨已泣不成声。

“别说了，”赵挥木然地站着，生硬地打断她：“哭什么？我知道了，我都知道了，谢谢你，谢谢！”

“谢？”如馨泪眼婆娑，“为什么？”

“你的诚实，谢谢！”赵挥的语气近乎冰结。

“对不起，赵挥，明天……明天怎么办？”

“没事，不用担心，我来处理好了。”这是一种惯性思维，在女人面前，不管发生了什么事，他都习惯性地这样说。实际上，明天究竟该怎么办，他也一团乱麻，找不到答案。

“赵挥,对不起……”

“别说对不起了,我不想再听到这句话。”

“要不,你就说我生病送医院了……”如馨嗫嚅着。

“我怎能诅咒你呢?”赵挥苦笑一下,“没事,真的没事,我会处理好的,别想太多了,你休息一下吧,我走了。”

赵挥调头离去。

夜色沉沉,如馨一脸泪水,呆呆地坐着。

周芸也发了半天呆。好久,才轻轻吐出一句:“我晕!还以为他会大发雷霆呢,没想到这么容易就没事了?”

3

贴着大红喜字的新房里,赵挥蒙着薄薄的棉被,沉沉地睡了六个小时。正午的太阳光穿透厚厚的窗帘,给屋子添了一层亮光。赵挥昏昏然地睁开睡眼,抬眼瞧瞧墙上的钟,这才懒懒地起床,懒懒地换衣。他清楚地记得,今天是原定的大喜日子,婚礼仪式要在十二点正式开始。而此时,时针已经指向中午十一点半。

洗漱完毕,赵挥穿着平时常穿的一身旧衣,从容不迫地走下楼梯。客厅里,聚着一群人,帮他管理公司的几位总经理,几位公办室主任,还有秘书等。这些人满脸的焦急,疑惑,不明白为何在这样的日子,新郎新娘迟迟不肯现身。主角还在家里大睡,糊涂了?睡过头了呀!他们不时地抬腕看表,心急如焚,却由于被几名保镖死死拦着,谁也无法上楼去做个提醒,更不可能问个究竟。

看到老板突然现身,一干人慌忙起身。有的用眼睛瞅着老板,有的用眼睛瞅向老板身后,不住地探询。

“走啊!都坐这儿干吗?”赵挥朝大家扫过一眼,径直向外走去。

一位被赵挥视之为心腹的办公室主任趋身向前,凑到他耳边低声疑问:“赵总,昨晚是不是喝多了?”

赵挥目不斜视:“昨晚没喝酒。”

“新娘呢?”办公室主任焦急地问。

“在她家里。”

“那得赶紧接新娘啊,”主任看看表,“您……您是不是换身衣服再出门?”

“哦,甭换了,客人们都等着呢,先到酒店去。”

出了门，赵挥一头钻进自己的汽车，向司机说了四个字："香格里拉。"

跟在后面的人，分别上了自己的车。一行车队，浩浩荡荡跟在后面，驶上已经准备好的婚礼现场。

美丽的秋天。天蓝如洗，风轻云淡，华贵的香格里拉的中餐厅，客人们已经到齐了。作为婚礼的前奏，一位从歌舞团请来的萨克斯演奏者的正在演奏，随后，一对舞蹈演员登台以极其专业的优美舞姿，表演了探戈、华尔兹等舞曲……一切一切，喜庆，祥和，欢乐，热烈。

赵挥的父母，如馨的父母，都已被提前接来了。四位老人，穿戴一新，胸前戴花，带着满心满脸的欢喜和幸福，坐在最前面的长辈席上。如馨的母亲，还在聚精会神地看发言稿，她已被婚礼主持人告知，待会儿将要上台发言。

此时的主持人，因为迟迟不见新郎新娘露面，急得满头大汗。其实新郎新娘的异常，早已引起了骚乱。只不过这种骚乱被控制在小范围内，满座高朋包括四位老人尚未觉察而已。十一时五十分，新郎终于出现了。

婚礼上，他只身一人现身，让所有的人惊愕不已。他神色平静，温文尔雅，在客人们惊愕的注目礼下，他一步一步、从容不迫地走上礼台，从主持人手中拿过麦克。

"各位来宾，先生，女士们，感谢大家的光临，同时我不无遗憾地告诉各位，因为一点意外，婚礼取消了。不过既然大家都已经到了，我很高兴能够在这个日子里，请朋友们吃顿便饭，就算一次特别的聚会吧，现在，酒宴开始……希望大家吃好，喝好，玩儿好，有兴趣的可以上来唱歌、跳舞、表演才艺节目，希望大伙尽兴！"

从赵挥的脸上，看不到伤痛，看不到喜悦。他彬彬有礼地说完这番话，随即转身离去。身后是一张张瞠目结舌的脸，各种各样的猜测和疑问把这场婚宴弄成了一锅粥。

在周芸家的小屋里，如馨整夜未睡。此时，她双眼红肿地靠在床头，心里惶惶然难以安宁。周芸不离左右地陪伴着。正午十二点，周芸的手机忽然响起。是如馨的母亲王宏英打来的。她询问如馨有没有在周芸这里，并且想知道究竟发生了什么意外。

从昨夜到现在，如馨一直琢磨的是，赵挥会怎么处理这场意外，这时才蓦地想到了父母：自己该如何给老人交代？依然是周芸替她说了。周芸用了大约半个小时，解释了意外的前因后果。挂上电话，如馨急切地询问："我妈说什么了？"

"她说不管你做出什么样的选择和决定，她和你爸都会尊重。"周芸说。

“她肯定会很生气。”如馨担忧不已，“她还说什么了？”

“她很平静，别的什么也没说。”

如馨愣了一下，立即向周芸告辞，驱车回家。显然，父母根本无心酒宴，早早离席回家了。二老沉着一张脸，如馨愈加忐忑不安。她小心地向爸妈解释，没说几句，爸爸就打断她，大致情况我们已经知道了，你现在赶紧去找赵挥，跟人家赔罪，安慰安慰人家吧，人家心里不知该多难受呢。王宏英叹了一口气说，馨儿，你也老大不小了，婚姻大事不是儿戏，玩儿不起啊。如馨流着泪说，正因为不是儿戏，所以才及时中止啊，要不然，以后会后悔的。王宏英问，既然这样，你得跟赵挥好好谈谈，尽量取得人家的理解和原谅，这么回避不是个办法啊，你这事干得有多伤人你知道吗？

下午三时，如馨接到赵挥母亲打来的电话。这才得知，赵挥自中午在酒店露过一面离开后，关掉手机，不知所终。父母焦急不已，四处寻找儿子，找了几个小时不见踪影，谁也不知他去了哪儿。

“瞧瞧，动静闹大了，会不会出大事啊？”王宏英担心不已。

“出什么大事？”如馨喃喃道，“赵挥是个非常理智的人，心理素质不是一般的好，不会出事的，可能他需要一个人静一静吧。”

“你这不挺了解人家的吗？”父亲训她道，“还说人家不可捉摸，我看不可捉摸的人正是你。”

“两码事，爸爸你就别埋怨我了，我得赶紧找他去。”如馨从床头跳起来，匆匆跑了出去。

昨夜赵挥疯了似的找她。

今天她又疯了似的找赵挥。

下午的阳光洒在路上，如馨焦急地转动着方向盘，到各种能想到的地方都找过一遍之后依然无果后，她真的有些担心了。

有几个人，能够承受得了这番打击和伤害？

你这个可恶的女人，你是不是太过残忍？她不停地责骂自己。

在担心和责骂中，在焦虑和惶惑中，终于，终于，她又想起了一个地方。

4

黄昏的陵园，那样地寂静，那样地清冷。夕阳最后一抹余晖涂在一座座碑石上，干枯的落叶铺满石头小径，踩着落叶发出“咔嚓咔嚓”的声音，秋日的萧瑟和墓地的凄凉愈发在心头蔓延。尤其那偶尔从山坡林间传来的一声鸦叫，愈发为墓园带来一丝神秘色彩。

果然，在那一片神秘的寂静中，在淡淡的冷清的余晖下，在凄凄的枯黄的草地边，如馨一眼望见那个孤独的身影——赵挥坐在女儿的墓碑旁，默默地抽一支烟。白色烟雾袅袅升腾着，她看不清他的表情。

天空没有雨，如馨感觉眼睛一下子就潮湿起来，就连这颗跳动着的心，也一下子湿漉漉的了。她快步上前，轻轻来到赵挥身边，轻轻叫了一声：“赵挥！”

他抬抬头，望一眼她，视线又木然地移开了。

“大家都在找你，”如馨低声道，“你爸妈他们很着急很担心……”

赵挥仿佛什么也没听见，依然默默地吸烟。

“赵挥你说话呀，你这样让我害怕……”如馨在旁边蹲下来，自己用手指抹着眼泪。

她的声音牵引着他，他再次把视线移到她脸上。这张青春不再却依然精致美丽的女人的面孔，这张第一次看到就有一种特别感觉的女人的面孔，这个让他无可奈何的女人，让他说些什么好呢？

他想说，就算她不是吴远虹的代理人，当她美丽的身影出现在“竞天”时，也足够引起他的关注。她看上去是那么完美，却有着那样令人痛心的生理遗憾，就算只是一名普通的患者，只要走进了“竞天”的大门，他都愿意帮助她解决难题……清楚地记得那一刻，他是那样强烈地希望能够帮助她，帮助一个美丽的热爱家庭的女人完成她做母亲的美好心愿……

的确产生过利用她来帮助自己夺回女儿的可怕念头。在矛盾和挣扎中，在痛苦和犹豫中，她那番誓死不从的精神，深深地打动了他，洗涤了他……已记不得究竟从什么时候开始爱上这个女人的。很奇怪的感觉，那一阵，每天都很想看到她。但他看到的，是她那样地爱她的丈夫，忠于她的丈夫，那样地爱她的家庭，珍惜她的小家……所以他只有拼命地克制，却还是忍不住偷偷地拍下了她的照片，挂在房间每日欣赏，在那番煎熬的克制和欣赏中，他那么希望能帮她做点什么，能够让她更幸福。

邂逅一个让自己心动的女人并不容易，爱上一个女人更不容易。当终于有一天发现自己所爱上的是别人的妻子时，那种心情……真是千般地伤怀，万般地遗憾。从理智上来讲，看到她和丈夫那么相爱，他嫉妒过，羡慕过，说心里话，他真不忍看他们因误会而分手。可从感情上，他却保留了自己的私心：她离了婚他才有机会啊。他骂过自己，他骂自己其实并不是什么好人，他最终宽容原谅了自己。的确,正因为认识了她,他才认识到,他需要一位什么样的妻子,就是这样一位美丽的贤惠的聪明的女人,并且一定要忠于家庭忠于婚姻愿意为丈夫付出一切的女人。

虽然有那么一段时间,她的态度一直是模糊的。她和他若即若离,眼睛里写满心事。她态度暧昧唯一的原因,不外乎仍然爱着那个男人,在等那个男人……但他终于还是下定了决心,决定不管她有着怎样的过去,也不管今后他能否取代那个男人在她心中的位置,他都要迎娶她,他要她成为他的女人,他要做她的丈夫……锲而不舍地努力,是的,很久很久了,好多年了,他都没有这样充满激情地追求过一个女人……他以为障碍已经排除,感情积淀也已成熟,他以为和这个女人将要拥有后半生的故事,却不料故事还没有真正的开始,就因为情节的突变而落下了帷幕。在璀璨灯光亮起的一刹那,在华美乐章将要响起的一瞬间,他的剧情就已经终止。他必须匆匆退场,捂着痛得发抖的胸口,躲到别人看不到的地方,偷偷地掩面而泣……

他想说,想说……可是,可是他什么都没有说,什么都不必说了。已经到了这般田地,说出这些还有什么意义?她的心始终系在另一个男人身上,就算一时被打动、被感动,又能帮他挽回几分胜局?他是个失败者吗?在这个女人面前?他的退缩是懦弱吗?不,不是这样,他对自己说,爱她,就不要让她为难,给她一片自由选择爱情的空间吧。

他很痛。很痛。痛得无法自制。恨不能大哭一场。可他不能掉下自己的眼泪。他忍着疼痛再次劝解自己:爱一个女人,不一定非要她做你的妻子。渴求太多,反被目标所苦所累。降低所求,或许能够更轻松一些。

爱与恨之间,他觉得不应该选择恨。

进与退之间,他觉得最好还是能成为朋友。

只有这样,彼此才不会太难受。

是的,是女儿给了他这番心境。

如果,吴远虹选择的不是恨,那么,就不会逼死了女儿。

如果,吴远虹选择与他做朋友,那么,女儿的笑颜不应该出现在这孤独凄凉的石碑上。

赵挥的沉默,愈发令如馨难过。她自语道:“真的很对不起你,我愿意接受任何惩罚……”

赵挥将烟头揿在脚边的泥土里。他苦笑一下,终于发出了声音:“你不要这么自责,你没有错。”

“真的吗？你真的这么认为吗？”如馨注视着他的双眼。

“既然努力了这么久，我都没法让你的心回到我身上，如果你继续勉强自己跟我在一起，那才是对我们的伤害。那将来也会成为我的罪过，到时候，两个人都不会愉快，更别说幸福。就算我爱一个女人，我也从来不想以爱的名义把她拴在身边，那样的话，我会瞧不起自己的。”

“谢谢你能这么想，谢谢你能理解……”如馨又落了泪。

“呵，别这么客气，”赵挥竭力让自己笑出来，“我们两个人太像了，不光是性格都那么倔，就连我们的婚姻观，也是出奇的一致，一定要跟自己所爱的人一起生活，半点勉强不得，我是这样，你也这样，换了别的女人，或许不会像你这样任性的，我说的对吗？好了，都过去了，让我们重新开始吧，你过你的，我过我的，希望以后的日子，彼此都能够快乐。别哭了，没有什么大不了的，其实你笑起来是最漂亮的，我更喜欢看你笑……”

如馨抹掉眼泪，尽力让自己笑，可一点也笑不出来。她忧心忡忡：“那你以后……怎么办？一个人会很孤独的。”

“生命本身就是一场孤独的旅行，就算一个人，也没什么大不了。”赵挥仰头望望夜色降临的天空，笑一笑又道，“叶律师，你真觉得以后我会一个人生活？不会那么惨吧？”

“我可不希望你随便跟什么‘不过一个爱钱的女人’去消磨后半生。”

“你的记忆真是蛮不错的，难道你真觉得，这世上除了你，就没有第二个值得我爱的女人了？”

“希望有吧。”

“不是希望，是肯定。肯定会有，既然上帝安排让我失去你，应该另有安排让我拥有另一个，或许这需要时间，不过我有足够的耐心去等，等待属于我的那份缘。”

“你能这样想，我就放心了。既然这样，这个还是留着送给另一个她吧。”如馨从口袋里掏出那枚钻戒，连同盒子递回他手上。

“当然，既然它套不住你了，就用来套别人吧。如果不收回来，对我来说也是一笔不小的浪费不是？”赵挥把戒指收了起来。

“真晕，不愧是商人哪，”如馨终于破涕为笑，“那你送我的那些礼物，都要还回来吗？都没用呢，多数原封不动放着呢。”

“如果以后你愿意把我当哥哥，那就留着吧。如果不愿意，那就随便找个人帮我送出去好了，反正我是不需要了。”

“噢？都挺贵的不是？随便送人我可舍不得，还是留着我用好了。”

赵挥站了起来，伸了伸双臂，把一只手递向她："来吧，让哥哥最后再抱一次，哎呀，怎的就成了妹妹哪？没想到啊。"

如馨被他拉了起来，两个人轻轻相拥。这是最后的一次拥抱，与赵挥。他的怀抱还是很温暖的，很有安全感的，如果没有柳志文那个顽固不化的浑蛋，她是一定要跟这个男人过后半辈子了……世间事，十有八九不如意，既然难以两全，还是选择最适合自己的吧。

"残忍的女人，临阵脱逃，如果是我的部下，我肯定会狠狠地教训她的。"他轻轻放开了她，注视着她的眼睛，笑笑，又无可奈何叹口气，"这样残忍的、没有大局观念的女人，不是我所需要的，所以，我就放了你吧。"

"不仅仅残忍和不顾大局，还有好多好多小毛病和坏习惯，或许都是你无法容忍的。"

"那就让别人去忍受吧，我乐得无爱一身轻啊……"

这天从陵园出来，两个人分别上了自己的车。朝着两个方向，他回他的父母家，她回她的父母家。他们都需要给父母一个解释和交代。

尾　声

周末。早晨的阳光透过宽大的落地窗洒满了房间，一首偶然从网上发现的流行歌曲轻轻地在室内流淌。

那天你用柔情将我点燃
我开始变成你手中的烟
你轻轻地将我含在唇间
我的身姿弥漫了你的眼
你漫不经心燃烧我的生命
我也心甘情愿做你的烟
也许你不经意的一个微笑
我就义无反顾来到你身边
……
空气中寂寞在悄悄蔓延
就算我化为烟也不愿离散
好喜欢你疼我说笨蛋哦乖
我知道我的感觉无法改变
想我了就请你把我点燃
任我幸福的泪缠绵你唇间
化成灰也没有一丝遗憾
让我今生来世为你陪伴
……

如馨脸上贴着自己调制的蜂蜜牛奶果汁面膜，靠在沙发上，聚精会神地听歌。记不得有多久了，没有如此专心地听过一首流行歌曲了。音乐令她浑身放松，让她心灵宁静。尤其这首曲子，第一次听到她就被深深地打动。不是说它的旋律多么优美，不是说演唱者的水平有多动人，打动她的是这歌词，字字句句仿佛写到心里去了。这一字一句，碰触着她心底最底处最柔软的感觉，牵动着她身体最敏感的神经，它们把她送回过去的岁月，前夫的身影，前夫的笑容，过往的千般甜蜜，万般缠绵，潮水一般一浪一浪地涌过来，将她整个人都淹没了。

忽然响起的门铃声打断她的思维。打开门，她揉揉眼睛，不相信似的看着眼前的人。

柳志文就这样出现在眼前。

英俊的面庞，亲切的笑意，一切一切，丝毫未变。就像刚刚结束了一场长途旅行，刚刚走进了家门。

“怎么不提前打个电话？”她问。

“不方便吗？”他问。

“刚起床又脏又乱的，还没收拾呢。”

“刚好我来做一次钟点工，你继续忙你的吧。”

做家务柳志文确实很在行。不过一个小时，整个室内环境换了模样。原本堆着脏衣服的沙发恢复了本来面貌，桌面和地板透亮起来，就连花盆的边沿，花盆里的花叶，都被擦得干干净净，一尘不染。

如馨从洗手间洗完脸出来，看着焕然一新的家，不由道：“哎呀柳法官，真是一个会过日子的男人。”

“是夸呢还是贬？听着怎么这么别扭呢？”他笑着问。

“你今天找到我门上，不是只为打扫卫生吧？”她问。

“当然，还有重要的事商量。希望你考虑一下这个会过日子的男人，能否继续、永远帮你这个懒女人打扫卫生收拾家？”

“脸皮真够厚的，你不误会我了？不认为我做了对不起你的事了？”如馨脸一扭，转身回卧室去了。

她对着梳妆镜往脸上拍爽肤水，搽润肤露，梳理长发。

他的脸出现在镜子里。她从镜子里望着他。

她脸上若有若无的笑意，带一些成熟女人的诱惑，还有一些少女的矜持和羞涩，让他情不自禁热血沸腾。他不由分说伸出双臂从身后紧紧拥住了她。

“烦不烦哪，刚梳好的头发给弄乱了……”她轻轻呵斥。

“等会儿重梳……”他在她耳边轻语。

就像从没有分开过一样，两个人倒在床上，熟悉的感觉排山倒海地席卷了她的身体。她徒劳地挣扎了一会儿，很快就投降了……清新的海风从窗外吹进来。风里夹杂着淡淡的花香，两个人几乎同时想起了新婚之夜。记得那晚，只有一束从婚礼上带回来的鲜花，花香却游弋在整个房间……共同的回忆使两人的呼吸一下子振奋起来，都极力想把花香吸进体内……两个人在屋子里缠绵了一整天，积蓄了五百多个日夜的激情和思念，就像开闸的洪水，毫不克制地倾泻出来。

分别太久的两个人，还絮絮叨叨说了一天的话。柳志文将所经历过的一幕幕戏剧化的相亲经历说给她听，直逗得她合不拢嘴。……后来好不容易碰上了那位多少有些感觉的苗医生，柳志文想，如果稀里糊涂结了婚，如果她能给生个白胖小子，这辈子也就稀里糊涂过了。谁知，还未到谈婚论嫁，精明的苗医生就从张金芳嘴里套出来他与前妻离婚的“原因”：他的不孕是罪魁祸首。就这样，苗医生大惊之下，找了个委婉的借口，从此消失了。柳志文懒得解释，相反如释重负。

“哎呀多可惜啊，你应该找她解释呀，要不然亲自试试，让她生个白胖小子不就成了？”如馨调侃道。

“你这个妖婆，竟然有这样的想法，那好吧，如果有下次，我一定照你说的办。”

直到黄昏，直到筋疲力尽，直到一天没进食的两个人都感觉到了肠胃在咕咕地叫，这才勾肩搭背相拥着出了门，出去找餐馆。烛光晚餐，吃饱喝足。从餐馆出来，又到附近海边的广场散步。柳志文这才告诉她，赵挥找过他了，谈了整整六个小时，把事情的前因后果原原本本地告诉了他。

“我太佩服他了。”柳志文笑着说。

“佩服他什么？”如馨问。

“口才啊，他口才太好了，一番长谈之后，彻底扭转了我对他的看法。”

“我哥怎么说也是屈指可数的人才呢，出类拔萃，顶尖的那类，这个城市没几个。”如馨笑道，“所以说呢，我有自知之明，知道自己只适合你这样的凡夫俗子。”

“别恶心了，姑奶奶，什么哥呀哥的，别让我浑身起鸡皮疙瘩。”

“难怪人家可以做富豪你只能做个小法官，这小心眼儿也算个不利因素吧？”如馨在他身上掐一把。

“别打击我了，伤自尊了！”他笑道。

“心理素质这么差还做什么法官呀！”她又在他腰间掐一把。

晴朗的天空，明净的月亮，晚风习习，轻波拍岸，远处点点渔火，广场的路灯映在海上,就像一串串闪光的珍珠撒在海面。海滨的夜景美极了,这美丽的景色,仿佛要把重新相拥相爱的两个人带到另一个世界,一个童话的世界。

谁也不再说什么,拥着对方的身体,用心感受这份久违的美丽和宁静,心底里是那样的踏实,那样温暖。

如馨回到了原来的家。生活回到了原来的轨道。就像出了一趟远门,旅行归来,疲惫的身体和心灵重新回到可以完全放松休息的地方,一切仍是那样熟悉,那样亲切。唯一不同的是,这个家里多了一个宝贝——养女琦琦,新的生活从这里开始。

如馨从此多了一份牵挂,多了一份责任。每天不管工作有多忙,都要忍不住打回几个电话,询问女儿的情况。琦琦已经开始蹒跚学步,已经可以吐出“爸爸”、“妈妈”的发音,尽管还不够准确清晰,可每每踏进家门看到女儿明亮的眼眸,听到女儿稚气的声音,如馨浑身的血液都会热腾腾的,一颗心暖融融的,真是身心愉快,在女儿面前,所有工作中的烦恼和不快都会一扫而空。她由衷地感激婆婆,是婆婆让她拥有并体验了人生一种崭新的感情。夫妻俩的秘密仍然没有向婆婆捅破,当然,这仍旧是柳志文的主意。不管一切如何,如馨告诉自己,珍惜眼前所拥有的,快乐地过好每一天,让身边的人因你的存在而快乐,这才是最重要的,其他一切都可以忽略。

如今的张金芳,就像换了一个人,她不再觉得生活有什么缺憾,也不再过分地操心儿女的私事,她的精力和生活重心主要转移到小孙女身上。只要如馨不在家,全身心地照顾琦琦,是让她最感幸福的事。虽说柳洪亮的身体已经康复,已经可以脱离拐杖独立出行,老两口完全可以独自生活,但因了琦琦,张金芳觉得儿子这里根本离不了自己。事实上,叶如馨和柳志文都必须承认,这个有了小孩的家确实离不开老人。

这年中秋,已在一家外企工作的柳媛媛带回了新男友与家人吃团圆饭。小伙子相貌堂堂,有着良好的出身,有一份稳定的工作,谈吐修养样样不差,柳洪亮和张金芳喜上眉梢,显然十分中意。因为新成员的加入,饭桌上愈发欢声笑语不断。大饭桌旁摆着琦琦的专用婴儿桌,如馨正坐在琦琦面前,一勺一勺、小心翼翼地给女儿喂饭,这时手机铃突然响了起来。

周芸打来的。

周芸在电话里叫了一声如馨的名字,接着就失声痛哭:“纪实……他回来了。”

“他回来过节,是好事,你哭什么?”如馨一时发蒙。

“他要离婚……”

“什么？”

“他说了，孩子他不要……”

孩子一直被周芸视为婚姻里最安全的保险带。如今，这道保险竟然不再发挥奇效。“长期分居，感情淡化，两个人在一起越来越别扭”，这是纪实提出离婚的全部理由。“我怀疑他有了别的女人，这才是抛弃我们母子的真正原因。”周芸哭诉。次日，周芸出现在如馨的办公室。因隐约打听出纪实在上海早已偷偷地置了房产，周芸正式委托如馨，陪她一道前往上海调查丈夫的财产状况。

从上海办完事返回，在机场候机时，如馨意外地与赵挥相遇。一问才知，两人竟然乘坐同一航班返家。

“这么巧？”他问。

“我出差。”她笑笑。

“我陪她来逛商场。”他指指身边的女人。

如馨微笑着与女人打了招呼。当然，这女人不是吴远虹，不是顾言言，不是电视台那名年轻的主持人。是一张对如馨来说完全陌生的面孔。当然，是个美人。女人友好地冲她微笑，那是一种极富感染力的微笑，霞光一样明媚，让人身心愉快。又是一种幸福极了的微笑，只有沉醉在恋爱里的女人，才会有这样的笑容。

飞机腾空而起，心中有诸多感慨。本想与周芸聊点什么，可周芸仍然沉浸在离婚带来的痛苦情绪里，一路上望着舷窗外的云朵发呆，一句话也没有。看看她憔悴的神情，如馨不知说什么才能安慰。心底里愈发地想家，想念丈夫，想念女儿，想念婆婆做的可口饭菜。

自己是幸运的，她想。

珍惜这一切，她再次叮嘱自己。